"大榕树"
原创文库

绿皮火车
从青春驶过

海峡出版发行集团
海峡文艺出版社

图书在版编目(CIP)数据

绿皮火车从青春驶过/李锦秋著. —福州：海峡文艺出版社，2022.7
（"大榕树"原创文库）
ISBN 978-7-5550-3080-5

Ⅰ.①绿… Ⅱ.①李… Ⅲ.①散文集－中国－当代 Ⅳ.①I267

中国版本图书馆 CIP 数据核字(2022)第 128135 号

绿皮火车从青春驶过

李锦秋 著

出 版 人　林　滨
责任编辑　朱墨山　林　颖
出版发行　海峡文艺出版社
经　　销　福建新华发行(集团)有限责任公司
社　　址　福州市东水路 76 号 14 层
发 行 部　0591－87536797
印　　刷　福州印团网印刷有限公司
厂　　址　福州市仓山区十字亭路 4 号金山街道燎原村厂房 4 号楼
开　　本　720 毫米×1010 毫米　1/16
字　　数　405 千字
印　　张　18.5
版　　次　2022 年 7 月第 1 版
印　　次　2022 年 7 月第 1 次印刷
书　　号　ISBN 978-7-5550-3080-5
定　　价　79.00 元

如发现印装质量问题，请寄承印厂调换

目　录

梦幻磁灶窑 …………………………………………………… 1

别有蝉声 ……………………………………………………… 3

黑徐先生的镜头 ……………………………………………… 5

草庵和它的朴树 ……………………………………………… 7

醉梧林 ………………………………………………………… 9

在北山 ………………………………………………………… 11

汀江上吹来彩色的风 ………………………………………… 14

流年回响 ……………………………………………………… 19

木棉花开 ……………………………………………………… 21

绿皮火车从青春驶过 ………………………………………… 23

命之印象 ……………………………………………………… 26

我的母亲 ……………………………………………………… 28

番薯味 ………………………………………………………… 30

小村小里 ……………………………………………………… 32

田螺的那些事儿 ……………………………………………… 33

老王的茶 ……………………………………………………… 35

一座老屋和一个人的长想 …………………………………… 39

焉得谖草 ……………………………………………………… 41

小事缠身	43
疼	44
一湖水，一朵云	46
这里就是梧林	48
文学使人温暖	58
时光未央	60
若有物语	65
微笑被目光穿透	67
只有时光适合流浪	68
光与暗	70
向晋江	72
安平有座五里桥	74
金井的那些海和湾	75
当我在深沪湾	77
有山名曰紫帽	78
塔下桥上	79
故乡的风泛起微澜	80
两点之间	81
我永远不是单身	84
流动的深情，跋涉到秋天	86
心安即是归处	88
流动，生活的光	89
向生活	90
原野在火车的穿行中醒来	91
谈论什么	93

冷芒或血芒	95
热与冷复合，蹿动的火	100
另一个自我	103
路向何方	105
太阳的光辉照我心	107
我思故我在	110
一片素坯砖	112
记住一个名字，记住一座城	115
我去过五店市	119
五店市即是故乡	121
再次感染你的气息	122
随晋江之水流向白天与黑夜	124
爱像大海	125
就这样记着一片海	126
深沪·海·心	128
故乡	130
徽行碎念	132
武夷印象	144
且与水处听江桥	148
茫荡山的宝珠	150
雨访涌泉寺	153
又见诗山	155
闲言碎语	158
而立碎言	165
那些破思想的章节	168

那些文字，那些感觉	173
平静地收获	175
人生臆谈	177
田园芜，归不归	179
选择一种方式，活着	180
头顶的星空	182
狗尾草	183
人生若只初相见	184
过程是一支动人的歌	185
无以为继之美	186
我又胡言乱语了	187
莫名想起	189
站在黑暗的肩上	190
许自己一个未来	192
走走写写	194
我，属于谁的世界	195
我，判自己有罪	197
给自己一个答案	199
为路过的风景停留	201
寻觅自己	203
在人性之中穿行	205
夏风，夏雨，夏天的暗暝	207
夏日拾句	208
夜	212
随笔二则	213

暂且冥想	215
简单地快乐	216
我思故我在	218
我想沉默	220
倾听一种声音	222
生与死的悲歌	223
夏夜，和君子兰一起唱歌	225
鸣	227
九月的微笑	229
坟墓与海	230
六块碎片	231
雨·夜·青春	234
浮生行路	236
戏里·戏外	238
父亲的江湖	240
旧事叠影情深阒	242
从"梦"起航，到"想"靠岸	245
鸟粪、落叶与那树	249
老屋，老屋	251
请一株绿萝长在梦里	255
岐阳蜜茶	256
独白：一条船的海洋	258
鸟的影子	259
漫步也遐想	262
《草房子》的旅行	265

走一段寻根的人生路 …………………………………… 267

在时光的细节里 ……………………………………… 270

做一只在边城歌唱的竹雀 ……………………………… 273

心清自然，画深典雅 …………………………………… 275

作家许谋清画画 ………………………………………… 277

谁动了我们的时代感情 ………………………………… 281

天空和地层之间，我的苍白不为你们所有 …………… 286

梦幻磁灶窑

　　梅溪之畔，摞砖覆土，树立木桩，撑起一片天空铺展瓦片，从作坊中拉开生活的想象。一千七百多年的历史痕迹裹挟着晋代的风骨，自盛唐抵达宋朝，激扬尘世的斑斓，荡起海风，穿越大地。

　　成型，碎裂，埋葬，沉没，沉默。偶然中重现天光，一个形状，一道纹饰，一个伤口，经由一只手抚摸出隔世的冰凉。这温度中有烈火腾起，百千萦绕，凝结记忆和指纹，泛着生活的光芒。

　　那一年，从泉州港起航，故乡去了远方的异乡。高船阔舱饱满张帆，风在编织着经纬度，弯成一道文明的弧线，汇流商贾，传开世界的声响。

　　谛听。"思接千载，视通万里。"一切听从水的召唤，溯回时光。在虚与实之中，在生与死之际，在明与暗之间，一层一层地剖开心绪，让眼睛从历史的舷窗上鼓了起来。

　　大片大片的流水穿过一方土地，上扬的姿态落下，落成山、平原和峡谷。未知经过多少万年的变化，这里就成了故乡，树木青葱。

　　一场天火的馈赠，让先人从历劫后的灰烬里，刨出了新生活的秘密。于是，故乡的泥土绕指柔地幻化。

　　生火烧砖，从山脚向山麓一拱一平地安放，像建房一样塑造着窑，结穹顶，安窑床，开门窗，也像为了升起炊烟那般在窑尾做了烟囱。仰望，山间青翠现长龙，只待一把火在窑头点燃，腾起烟直上云天。

　　应该是力量的传递，万物的气息破土而出，水的柔情在流动中醒来。搅动、踩踏、搓揉，去芜存菁，生灵与自然的融合回到了原始的亲密。

　　还要作蜕变前的分离，将瓷泥码成一个个高度，留给时间去储存，留给巧手来雕琢。一圈一圈地转动，弦纹在每个瞬间浮现，假以朴素的容颜镌刻年华，演递技艺。

　　虔诚地做一场洗礼，让瓷坯归于素面之坦然。工匠刻划剔镂，贴塑印雕，描绘点染，施妆补底，鸟兽虫鱼、花草叶果、云雷水火的纹饰，沉醉在青、绿、酱、黑、黄的釉水的滋润中，从阳光的抚慰中，鲜活了瓶、碗、壶、罐、盘、碟、盏、炉、盆、盒的艺术。

　　而这一刻，等风来时，与它们一同顶礼皇天后土，告白一个人内心遵循的法则与情怀。

　　折叠光影。俯瞰，山岭在茂盛的树林中延伸。一个个劬劳的身影背负着柴火，向龙窑徐徐走来。这故乡的土地，孕育水，孕育泥土，孕育树木，用灵性创造，用火熔铸，缔结五行，传衍生息。

　　安放的节奏早已熟稔于胸，每一步仍须小心翼翼。捏出一座座支钉，任其如花绽放。将坯体层层叠起，一点一点地接近窑顶，以弥望之态立定窑炉。

　　来一场祭祀，敬天敬地也敬火。馨香祷祝，供品是收获前的付出和寄意，香是行愿的指引。烟尘满面，俯首跪拜，先辈一样的祷词随香烟飞旋。

铺垫茅草，置放柴棍，点火升烟，看火在窑中舞蹈！初时，似有清乐泛来，白纻舞衣的风姿随之而起，轻盈而柔软。待那火势不断蔓延，便有长袖飞出，如浮云向高而去。须臾间，霓裳曲破，繁音急节，缠绕胶着。

一道目光洞察了温度，忙着添柴砌火。于是，燃烧成了唯一的方式，在火舌相互吞噬的世界里，燕尔大曲自窑中雄浑响起。乐章交织，火最终浑然一体，如同舞队，在瓷器微小的勾栏瓦舍里，演绎爱恨情仇。

封窑。让所有的心血在窑中回旋，煎熬时间。

开窑。浇熄所有的臆想，唯有现实的呈现最有分量。

那么，就把所有的喜怒哀乐都交付给生活去掂量，埋头开启又一回的循环。

别有蝉声

又是一个夏天,当金翅黑头蝉,还有被我们唤作"吱吱仔"的小蝉,它们用鸣声摇曳枝叶时,我们就可到村边的水渠去玩乐了,打水仗。你游我追的嬉闹声,全在空旷的田野上荡漾着。

那声音一圈一圈地剥开,许多片段慢慢清晰了起来。经牛粪烘烤的地瓜特别香,田边顺手牵来的胡萝卜嚼着更有味,生吞那被拍成红色的河虾似乎显得很勇敢。当然更有趣的要说是捕蝉。

捕蝉可是一个技术活。所谓"工欲善其事,必先利其器",捕蝉的第一步便是制作抓捕神器。小伙伴们寻来铁线、透明塑料袋等东西,先将铁线折成一个带尾巴的圈,再把塑料袋敞口翻卷于其上,紧接着依缝衣服那般把绳子缝在铁线圈外沿,而后将原先预留的铁线尾巴固定在小竹竿或木棍子上,如此捕蝉器就做好了。

握着捕蝉器的手柄,左右扫动,风鼓起塑料袋,如旌旗猎猎,小伙伴们整装终于可以出发了。在村中的树下,田野边的小树林里,还有小山坡上几已废弃的果农场中,到处流窜着我们的身影。

蝉的叫声大抵可以用长吁短叹来形容,常见的金翅黑头蝉中气十足,冗长有力地叫着。个头偏小的吱吱仔则是气短,急躁地一叫一停,往环回复。

听声而探源。总有人的眼神比你亮,在你还丈二和尚摸不着头脑的时候,早就发现蝉的踪迹。它趴在枝干上,若不细看,那躯干和斑驳的树枝相互掩护,如是天成,只是它不知那畅意的欢叫已祸从口出,引人注目。于是,一切霎时变得小心翼翼,蹑手蹑脚地靠近,慢慢将捕蝉器探了过去,生怕招揽一点风触动了它。

袁枚说:"意欲捕鸣蝉,忽然闭口立。"我们自己也这样干,等到快靠近它时,暂时屏住呼吸,随后以迅雷不及掩耳之势,猛地一扣,那蝉大都只剩在塑料套里扑腾翅膀的份。少许狡黠的蝉奋力一弹,倏地冲了出去,扯开嗓门飞开了。小伙伴见状,赶快上去卡住袋子,囊中取物。

半日下来,竟也捕来不少蝉。尽管俘虏们声嘶力竭地挣扎,孩童的玩性尤其是兴致盎然。我们用小细绳系在蝉的颈部,放它振翅做出逃之状,而后又轻轻一拽,它只得乖乖臣服在地;有时也由它牵着跑开,一片笑声又将它拉了回来。

如此玩弄之下,少有侥幸的蝉儿能重获自由,大多最后成了被遗弃的标本。也许那时,我们似乎对娇小的吱吱仔是比较大方的,权当玩具罢了,而金翅黑头蝉的待遇却截然不同。

记得 20 世纪 80 年代末,我们去田间、小山坡上搜刮野草莓,爬树去摘青皮梨、柿子、阳桃、番石榴,钻进水渠的暗道去捞田螺、河蚌,村中夜游抓老鼠,甚至提着铅弹枪去打麻雀……这一切都和吃有关。

也不知是谁先发现金翅黑头蝉的秘密,它的颈部集结着一块瘦肉,说烤起来吃特别香甜。可想而知，它们的遭遇会是如何了。

而今想来，那时我们折腾来折腾去，连自己的行为也未曾去深思，更遑论关于蝉之生命的概念，自然也不会去深究蝉外之意。

殊不知，这份单纯却被一只鸡迎头痛击。

那年立冬，母亲要为我们杀鸡进补。一只肥硕的老母鸡束手就擒后，所有的操作按部就班地进行着。母亲从煤炉上提来一壶滚烫的开水，如常浇灌在被屠戮后的鸡身上。始料未及的是，那鸡竟死而复活，噌地一下跳出盆跑开去。它脖子上血迹未干的口子在眼前一摇一晃，我和母亲连忙追了上去，将其再生擒扑杀。

我承认，那晚我乐于朵颐。但在那还不知道所谓弱肉强食的年岁里，它求生时的猝然一跳，也让一种模糊的理解跳进了我的脑子里。

后来，偶然读到弘一法师圆寂前叮嘱弟子如何作为的小故事，一股开示的清泉涌了进来。我在想，一个人在即将消尽之时，仍对蚂蚁的生命如此关切，于此情怀之下，那些生命存在的形色，又何尝有异呢？生命之轻重，原来更是在其之承载。

我突然觉得，年少识蝉太浅薄。当我有次读到"咏蝉三绝"时，心头为之一颤，那种晚觉蝉意的自疚感一下子浮了上来。

虞世南说："垂緌饮清露，流响出疏桐。居高声自远，非是藉秋风。"蝉是高洁，天性如此。

骆宾王则说："西陆蝉声唱，南冠客思深。不堪玄鬓影，来对白头吟。露重飞难进，风多响易沉。无人信高洁，谁为表予心。"蝉多为客思，也添时遇之叹。

李商隐却说："本以高难饱，徒劳恨费声。五更疏欲断，一树碧无情。薄宦梗犹泛，故园芜已平。烦君最相警，我亦举家清。"蝉是无力的窘迫感，有"田园芜，胡不归"的自忖。

诗人的蝉非仅是蝉，蝉人难分。而孩童的蝉还只是蝉，单纯、好玩。

时间无声，却让人蜕变，许是由浅及深，许是由简至繁。也罢，谁能不变呢？

"此中有真意"，我还是喜欢蝉。

黑徐先生的镜头

总有一段路需要踽踽独行，总有人会不经意就走进你的生命里，成为一种营养，滋润你的人生。之于我，黑徐先生便是这样的人。

初遇黑徐先生时，乍感其黑，颇似听人说起的"黑番仔"。之后，我也和别人一同唤他"黑徐"。我向他请教大名，才知他就是徐维耕。这个十足的中国农耕文化蕴意的名字，在望文生义中隐含着一股对土地的敬意。

庄稼说，黑土地，好肥力。我看呐，黑徐先生的黑，特有意思。

他的黑，黑里透亮，亚洲铜的色泽中泛着东南亚的浓烈气息，让人觉得其中藏着秘密。果不其然，据其自述，他的母亲是印度尼西亚人，他身上有一半的外域血统。地域上，晋江临海，东南亚居多是海，海海相连，海风熏陶，或许都浸染了他的底色。

其实，你别看他实在够黑，可一谈起话来，黑的灵动、黑的幽默，一股脑儿地喷薄而出。他满口皓齿吐连珠，仿若"嘈嘈切切错杂弹，大珠小珠落玉盘"。遇到讲晋江的风土人情、历史文化，尤其是民间轶事时，他信手拈来，如数家珍般地娓娓道来，抑扬顿挫的腔调与跌宕起伏的情节相应和，活脱脱的故事主角在他身上重现了，什么是惟妙惟肖便直观可视了。就是你闭了眼，也定能想出他眉飞色舞的神态来，特别是一双发亮的眼睛能射出光，还有一头随话语颤动的乌泱乌泱的浓发，俨然年轻的力量未曾错过哪一根头发。

我们有时拿他的黑开玩笑，他却自嘲道：我是脸黑心肝红。好像是如此，但凡你有向他请问的，他知无不言、言无不尽。即便他一时无法应答，他也会寻机给你一个充实的交代。难怪有人打趣地对他说："在晋江，有事找徐维耕！"而对于我这类象牙塔式的后生家，他从不忌讳，乐意教导。正因如此，我对于家乡晋江才有了浅薄的认知。

黑徐先生不仅善讲，更爱摄影，人称"徐大摄"。不必说他常年敏捷穿梭于晋江的各大活动，也不必说那些占满他宿舍橱柜的各种摄影奖杯和奖状，单说他那一堆背着数十斤的摄影包上蹿下跳的插曲，便觉得真切了。据说，在数年前的一个五月间，为拍一张紫帽山日出的照片，或因天公不作美，或因其他状况，他连续十几日于凌晨三四点前往紫帽山。谈起这事时，他全情投入，却又如同置身事外，全然不理听者对摄影者不易的喟叹，似乎有了这份追求就心满意足了。

"人怕出名猪怕壮"，徐大摄因此摊上事了，有单位请他去开摄影讲座。可他一脸愁容，原来是不懂得如何制作课件，真是"老同志遇到了新问题"。见此状，我自告奋勇为他捉刀。事未成时，他平日里不吝称赞他人的话语，又把我吹上了天。

后来，黑徐先生陆续受邀去开讲座，我因工作驿动，再也没在这事上帮过他。只是偶然得知，课件制作对他已是小菜一碟了。年过甲子的黑徐先生，或许因了那颗学习的心，更显得年轻了。

几个月前，黑徐先生招呼我去看一本摄影作品的底稿，说在筹划付梓，想让我写一篇小文。想起同居一室两年多他对我的关照,且复盛情,我怎可推辞呢!

回家后,翻看他发给我的邮件,我着实吃了一惊。真是好家伙!这些年,他四处流窜,悄无声息地攒着拍摄的宝贝,一不小心就拼出一本晋江文化的活页,翻开的满满是晋江民俗文化的戏码。

于是,我在那篇小文中写道:"在他结集出版的《晋邑遗风·徐维耕民俗摄影作品展》里,收录百帧照片,以春夏秋冬的时间线轴,翔实地记录晋江岁时节庆和文化艺术活动的场面,构筑一个韵味深长的立体的晋江民俗文化的风情线。其中有敬天公、祭典、巡境、进香、进主、谢土、水上捉鸭、博饼、搓丸子、包粽子、跳火群等主要活跃在乡间的民俗娱乐样式,有南音、布袋戏、高甲戏、什音、弄龙、刣狮、拍胸舞、灯谜、闽台数宫灯、唆啰嗹等独具地域特色的非物质文化遗产,有扭秧歌、七夕返亲节、书赠春联等融融泄泄的接地气活动。

"在这批摄影艺术的光圈里,我们仿佛望见了舞动的旗幡翻腾起生活的海浪,文化文明的海洋在陆地上自由回旋。我们似乎听见了音乐伴着演绎的节奏优雅飞出,欢愉的笑声随风荡漾;我们好像看到香升起袅袅的烟,火的光芒映照在人们脸上,打亮了新生活的模样。

"作为一名在文化部门工作近四十年的文化工作者,对基层文化活动经年累月的接触,让他对晋江文化艺术有了更直观更深切的感触。作为一名摄影家,他选择这种多年执着追求的艺术方式,来关注、表达和传播地方文化,体现着一名民间艺术家更自觉的责任感。"

我仔细瞧着这些话,怎么净是溢美之词?然,言不过其实,言为心声,想来,我有些羡慕黑徐先生了。

有段时间没碰到黑徐先生了,忽然想起昔日我和他甘当老烟民的一幕:一人吞云吐雾,而后彼此恭请,办公室里顿时云雾缭绕。听说,他竟突然狠心地掐掉几十年的抽烟俗好,剩我独自害人害己。看来,向他学习之路,永无止境。

草庵和它的朴树

"山不在高，有仙则灵。"晋江的万石山，因有摩尼光佛而香客、游人接踵而至。你若来过晋江草庵，或许会知道摩尼光佛就趺坐在这古寺中。

它一眼望去，小小的庵门亮起一个小世界，那两株为陪伴它而等候数百年的圆柏，于沧桑中潜生奇崛、苍劲的虬枝，照焕岁月的光芒。春冬之时，等风来，等小雨飘洒，一股梅花的香迎了过来，拂过行人的肩，贴着它，泛出温润的笑意和光，让人也心生端庄与慈祥。还有那古井、亭子、石径、山石、果树等交叉环绕，似乎只有赞叹才能应景了。

设若携一身惶灼而来，在这幽僻之处清凉，沉潜时光，再轻松而去，应是畅然。而对于一个"身在福中不知福"的人，如我，大抵因可便宜观赏而更多感觉到了寡淡、不稀奇。

诚然，草庵仍是我时常光顾的所在。

清明节的那个周末，为陪儿子完成一篇登山日记，我们又去了草庵。依然先是在庵前的空地上停留，四处张望，继而复入寺中瞻仰摩尼光佛的尊座，读读石柱上的对联，做若有引动之状。

从草庵寺的小门踅出后，可见一小块平坦的空地。这空地不大，颇像一双并靠摊开的手，要为你开启一扇登山的大门。

古寺的墙体上沉淀着褐色的年华，与山石上忧郁的青苔连成一面别致的墙。那灰白的燕尾脊向上一勾，满山的青绿仿佛正向你缓缓流来。它流过突兀的巨石，映衬出一个红色的大"心"字石刻；流过细密而不规则堆砌的石头，分出狭窄、高低的安置；流过曲折的石阶，让石栏杆的白色越发得清醒。

行路。初极狭，转过数十个台阶，便登上一个小平台。几株小叶榕俨然入山的守卫，从两侧的巨石中赫然挺立，也安然地开枝散叶，错落天光。那些不知名的树和野草高低纷呈，有的还开出一朵朵小花，点缀着山色，温柔心境。

孩童的天性也许更接近自然。儿子满面春风，一会儿忙着爬上爬下，一会儿照相留念。遇到未识的花草，他就用手机软件进行识别，而后哇哇一堆乱语。

行至山中约三百米处，需经过一个石楼梯。那是一个两侧夹着铁栏杆的石楼梯，一看就知道是智慧的工匠依山造型，循着山势造出它蜿蜒而上的身段。细看，石板上还留着不少向下的凿口，终日被踩踏的石板似乎也不那么单调了，像是要为你卸去几分登山时步履的沉重。

自古以来，清明时节好踏青。此时，若是行色匆匆，也许你就与一个好光景失之交臂了。在这石楼梯右侧的拐角处，有数块大石盘卧如睡，其前杂树枝蔓自横，新绿优游。

这杂陈之中，有一株已躺下的合欢树。说它是枯枝也无妨，光溜溜的枝干叉开，像是一把被平放的弹弓。也可以说它奇特地生长着，一些细小的枝头上还冒着一团团绿气，仿佛想告诉你生机还在这里。

你瞧，还有一株与众不同的树。我说不出它的名字，只是觉得似曾相识。它就立在那个犄角旮旯里，竖起枝干与身后被截开的巨石平行地往上蹿，又从树干上伸出一只只手来，指向四面八方。有趣的是，两三处比邻巨石的树枝，如同有种沟通后的默契，斜斜而上而又弯出弧度，在靠近石头的地方开出枝杈，探望着远处，撑开一方庇荫的天地。那些叶子一定是听到了召唤，纷纷绽开卵形的脸，泛起纤细的叶脉和锯齿状的轮廓，勾勒点点笑意。

诗中说："清明时节雨纷纷。"雨还没有来临，倒是风来得更勤些，大有"山雨欲来风满楼"的况味。虽是阴天，但总有一些光亮吸你的眼。不必凝视，你看那树的枝柔柔地摆动，跳跃微光。

自然的灵性是充沛而绵长的。就像那棵树，只是和它对了眼，便觉得心在驿动。于是，我也试着用手机软件识别它。屏幕上跳出它的图片，及如此熟悉名字：朴树。

对于朴树我是陌生的，只模糊地听过前种朴树、后栽榉树的"前仆后继"谐音寓意。巧合的是，这朴树正好长在上山路的近处，是刻意的安排，还是偶然的落定呢？不管如何，它就那样安之若素地站在那个拐角，仰望着万石山的云卷云舒，也俯瞰着古寺中的袅袅香烟。

我也曾想，草庵静安于此处，和诸多名刹古寺的择址有着不少相似的因素，是从偶然走向了必然。而今，它散发出动人的气息和意味，接引着世人的慈悲与善良。也许，在数百年前那个劫难横行的时代，它和这方土地上的生灵早已选择了相濡以沫的方式，不断地交融，气脉相通。

不少朋友对我说：你们晋江人爱拼敢赢。其实这也不尽然。我们的先人衣冠南渡，把生存与机遇的抉择注入血脉中，让我们在一个个有形与无形的大海的风口浪尖上可以承袭、迸发。而当我们回归到生活的小日子里时，也不由自主地回到了草庵那听风沐雨的静默里，回到了朴树那寂然而立的素朴平淡中。

一个草庵，一株朴树，也都有晋江。

醉梧林

去过安徽唐模的人,对那有爱情传说的榕树,也许会留下印象。到过福州于山的人,窥见那幽兰旅生的寿岩榕,也许会生发感慨。而到晋江梧林的人,省视那些"鸟粪榕",便会情不自禁地赞叹起来,仿佛错过它们,便是一件憾事。

梧林的鸟粪榕都是"不安分"的,它们因为鸟儿觅食的机缘,委身于不可把握的生存中,硬是在屋顶、墙体上发芽,然后用根的姿态演绎出一株植物之于天地间的气性。

从梧林中区五层大楼的右侧小门而过,便到了蔡德鑨宅的石埕上。目光越过精致的各式雕刻,油绿的树冠撑开一把过滤阳光的巨伞,为到来的行人捧出一地荫翳。莫非是这树太寂寞了,从屋内探出身子来四处观望?

当你靠近大门两侧的红砖墙时,那墙体似乎一下子隆起,让你忍不住想去触摸那起伏的装饰,而时光一下子就从红砖里渗了出来,逼着你的眼。

手摩挲塌寿,一条条灰色的根不知何时已从门前白石的缝隙中露出了浅浅的微笑。等进入屋内,一切好像开起了玩笑,除了倔强挺立的四堵外墙外,其余的几已倾颓。但见一株榕树凌立在榉头上方,它的根还在攀爬,长出门框,长出横梁,长出一只宽大的手掌,牢牢地抓住最后的瓦片,守住老屋的遗踵,罩着一圈火红的闽南。

设若仅有这么一株榕树,那么未免显得孤单。梧林的榕树慧心巧思,待你的脚步稍稍转换,另一番景象就会让你喜不自胜。

自蔡德鑨宅石埕边的小门而出,晃过一道约一米宽的通火巷,便至蔡德卫宅。宅主蔡德卫是蔡德鑨的四哥。在闽南,兄弟安家时毗邻建宅的景况是常见的。看着这两座并蒂而立的官式大厝,蔡德卫和蔡德鑨兄弟俩的情谊宛然浮现在眼前。

而讲起对宅子的讲究程度,蔡德卫宅明显清淡了许多,没有随处可见的雕刻,没有代表富贵的华丽门匾,甚至连大门都是由普通白石架构而成。走入其中,四周宁静的空气随着阳光扑了下来,古木质朴装饰的气息飘然而出。想必宅主的生活简朴,家风也徐徐。

直入上落厅堂,打开一个掩藏的秘密。这时,你的脚步突然慢了下来,视野旋即被那惊异的场面洞开。只见一株榕树端拱站立,一泓绿波铺开了一片别样的天,缓缓向你流来。那枝干旁逸斜出,把漪漪的青绿伸向四面剥落的老墙,俯瞰青苔长出时光。老墙应该是见证者,从不期的出现到经年累月的承受,一次偶然的造化,围护一株植物成了它新的生活。

于是,落地的榕树占地成王,裸露的根任意蜿蜒。细者如水蟒缠绕盘曲,粗者似游龙钻石入木,两者相错披覆,交织成一张情投意合的网,网住脚下的土地,网住过往的岁月,网住一颗颗观望的尘心。

生物学上说,根向地、向肥、向水。我恍惚明白,这六百年的梧林始终保有木本的秉性,梧林人正是用榕根的方式在经营着自己的生活。

梧林自蔡旺生开基以来,村人基本以耕种为生。他们如榕根向地,在村前相对平坦的土地上，在以溪、坑、沟、渠为分界的山间和林间，辛勤耕耘；他们向水，将一条小水沟挖掘成一汪生存的泉水，联结梧林溪，引动风水奇观，反哺栖身的土地。因为地贫人多，他们继续向水，漂洋过海，迎向风口浪尖，在异国他乡隐忍艰苦地劳作，终于抓住了一片新天地。

故土终难离，心念不肯忘。于是，返乡，建房。九十九门大厝、三栋厝、五层大楼、朝东楼、枪楼、蔡德鑨宅、蔡德卫宅、胸怀祖国楼、容膝居、德兜楼、旧学堂……像榕根在梧林蔓延，异域风情、闽南情怀全都融化在乡土的记忆和爱拼敢赢的际遇中，传承梧林人最初的性格。

栉风沐雨的梧林人，自然是深谙根的道理。如果说拘于小家和村庄的情义是朴素的，那么当异族野蛮的欲望肆虐时，梧林人做出了更值得被敬重的选择。于是，高高的洋楼素颜朝天，水泥柱体裸露出铮铮铁骨，一名中国人的拳拳热血激扬冲荡。捐物捐钱，出人出力，同仇敌忾，支援抗日。这些难道不是榕根真正的追求吗？

"我想再也没有一种植物/能像它那样/充分表现我故乡的性格。"这是著名的晋江籍诗人蔡其矫作品《榕树》中的句子。榕树之于晋江，在他那颗赤诚的心中，已经凝结成一种精华。榕树之于梧林，想必梧林人也会有同感吧！

来梧林走走，在融融的春风中，看看老民居，听听老故事，让日子长出"鸟粪榕"的模样，就像诗人刘志峰在其《榕树的家》中描写的那样："我的家乡在乡下/也有一棵这样的榕树/在每一个下雨的上午/都能看到它抽出新芽。"

沉醉梧林，遇见自己，看见一个真实的晋江。

在北山

一座山的胸襟，装下风云变幻的古今，致意汀江逶迤二百五十八公里的柔情。

一座山的怀抱，跨越异族入侵的战火，延续一座大学的记忆，创造出新的荣光。

一座山的温情，沉淀一层层化石，从二叠纪时代醒来，在汪洋的长汀里，崛起礁峰或孤岛的丰姿。

北山，轻轻呼唤你的名字，一种熟悉的亲切感油然而生……

目光，在长汀的旅游地图上逡巡。

北山，居汀州城北，坐北朝南。

就是这么一座不高不低的山，北壁陡立，顶着金沙寺，托起北极楼，东西两侧合抱，揽横岗岭与西峰。近观龙首山与拜相山俯揖，得宝珠峰与朝斗岩朝觐，与汀州群芳温柔相对。

《周易》云："圣人南面而听天下，向明而治，盖取诸此也。"所谓山南水北为阳，立北山之巅而南望，汀州城内阳光润泽、万物生辉、光明决然。客家文化、妈祖文化、城隍文化、红色文化等多元融合、交相辉映，滋润着这方山水，让长汀人的日子鲜活、饱满了起来。

在北山之巅两侧的城墙外守望，瞿秋白纪念园、杨成武将军纪念馆与天后宫，分头而立。俯瞰长汀城，自北而南，东侧城墙串起济川门、五通门、惠吉门、富有门、宝珠门，确实深合"观音挂珠"的说法；自北而东南，可观东阁亭、白沤亭；自东而西，可览云骧阁、三元阁。东大街、南大街直指店头街，齐聚喧腾一片；城隍庙、博物馆、汀州试院、文庙、双阴塔、厦大旧址、福音医院、老古井、福音休养所等胜迹，环绕成群，沉醉于北山。

风景旧曾谙，似水流年。在北山，一座初建于大唐的城墙，在刀光剑影和硝烟战火中穿梭，坐看旧时风月，吐纳人情世故，而来已有一千多年。历经数代臣工和艺匠们精心修葺，上头的青砖还泛着新颖的光气。那些北山的行人，经年累月地走着，注视着它们，唐、宋、元、明、清的痕迹和记忆沉坠，齐整得任由砖叠着砖，静看红尘。

老城墙是无言的引导者，每一块青砖、每一条白线仿佛都在为我指引。依然记得那些勒石以赞的诗词、题字沿着山体蜿蜒而上，让人目不暇接。走在这自然的山间，那些关于长汀文化的光影一片片扑了过来。

初进北山是在长汀之行的一个晚上。

夜色浓酽，酒意微醺，与友人自山门乘兴上行数百米，便在近处路灯的掩护下仓促下山。于此时，方知北山又称"卧龙山""九龙山""无境山"，奇景"龙山白云"高居长汀八景之首。后来查了一些资料，发现在福建一些志书和地理资料中，不厌其烦地记载其"突起一山，不与群山相属，如龙盘屈卧"的得名与奇妙。

翌日清晨，自北山西面独上。行数百米，到了一个岔路口，左边的小路隔着一大片参差不齐的民房，右边则是一道依山势而建的青砖城墙。清晨的北山，也许还在这城墙的怀中安睡，空气中的清凉早已如水萦绕。

拾级而上，脚步越发沉重，一身汗涔涔，时而扶着路旁的松树小憩，时而倚着老城墙大口喘气。清风漫道，林间沙沙作响，时有鸟鸣来交沁，好不悦耳！子美先生渼陂行之时"丝管啁啾空翠来"的意境，大概也仅是如此吧。

行至一座烽火台，拱形的砖门上顶着"西倚听松"的字样。走近细看，一方黑石嵌入墙中，青与黑映衬分明，鎏金的诗文浮于其上："峨峨千尺偏龙岗，万树花明绕佩章。小阁度云枝作盖，轻涛挟雨座添簧。调高雪并春能和，味淡身世兼雨忘。自愧淮阳方卧理，却从宏景恣徜徉。"料想当年，明代汀州知府唐世涵作《西倚听松》之时，大景入笔，细处旖旎，纵横相去，自理珠玑，亦是快哉。

我咀嚼着"西倚听松"的字样，总觉得似乎少了点什么。眼前数丈高的松树昂扬挺立，在秋风之中轻轻拂动，清新之感，不言自明。名之者，如无身临其境，又怎会有此般深切的感受呢？

慢步徐行，始至金沙寺。传闻有寺中有一座复建于明代的玄武楼（又称"吕仙楼""北极楼"），坐北朝南，气势辉煌，是长汀的极佳观景处。

古人好登楼台，登高而望远，登高而抒怀。陈子昂登幽州台，"念天地之悠悠，独怆然而涕下"的慨叹独绝于天地。诗圣在暮春登楼凭眺，"花近高楼伤客，万方多难此登临"的忧愁晕染草堂。倒是那王之涣，"欲穷千里目，更上一层楼"的吟唱绝妙绝伦，饱含哲理。令世人推崇备至的登楼大作中，范希文所作的《岳阳楼记》不可或缺。其以"登斯楼也"而咏，寄"览物之情，得无异乎"的况味，探求古仁人"不以物喜，不以己悲"的超然，而得"先天下之忧而忧，后天下之乐而乐"的大我境界。文人、骚客登北极楼时，目力四极，若真如《八闽通志》所录之"尽见井邑，它山皆拱揖俯伏其下"，怎会毫无感慨呢？

北山风情，西倚听松，东翘舒啸。史载，清代汀州知府王廷伦重建此景，并于陶渊明"登东皋而舒啸"句取意而题额。西对东，倚对翘，听松对舒啸，其意境与情怀的交融让人流连。

一个"啸"字，百转千回，绕不过去的始终是其背后的深意。读陶渊明不为五斗米折腰而归去的长啸，啸是一种风骨，坚毅如山。读东坡先生的"莫听穿林打叶声，何妨吟啸且徐行"，啸是一种胸襟气度，从容豁达。读岳武穆的"抬望眼，仰天长啸，壮怀激烈"，啸是一腔报国赤诚，慷慨激昂。

舒啸也好，吟啸也罢，长啸也行。魏晋至今，一个"啸"字，落落遗风，随性而生，从未因时而改。陈剑为民迁汀治建城池，罗彧秉公执法体民生，瞿秋白坚守信仰而慷慨赴义，杨成武为国为民热血疆场……这些镌刻在长汀历史上的英华，丰腴了长汀的山水，树立起了一座座不朽的丰碑。

我想，那些钟灵独绝的山川名迹，与历史名人的抒怀显影相得益彰，自然就引人入胜。

我想，在北山的时光里，长汀人的骨子里头是有这种基因的，不然为何他们总把微笑挂在脸上，把日子打磨得那么悠闲呢。"四面山势锁烟霞"，龙山独踞飞白云。

　　北山有多高？不得而知。一座不高不低的山，却是人们休闲运动的好去处。飞歌习舞，打拳锻炼，行走观光，品茗闲谈，顶礼膜拜，凡此种种，长时不衰。山中之静，安然生香；往来之动，趣味自在。

　　山不在高，有仙则灵。佛家偈语、道家真言，在北山的青翠中漫溢；汀江之畔教堂里的祷告声，汇入江水之中，潺潺流淌。

　　延伸，泅开，一水江月映风华。

　　太平廊桥如虹飞跃，红灯笼、黑瓦和木构件，嵌入长汀温柔的夜晚。朝圣码头的船声犹然翩飞，飘荡在宋慈航线，摇曳一江秀色。"上三千，下八百"的船，划开一片历史的华光。

汀江上吹来彩色的风

艾青说："智慧的人类伫立在水边：于是产生了桥。"晋江有晋江，长汀有汀江，我不是智慧的人，无论站在哪条水道的一端，都产生不了桥。于是，我想到：寻找一座从晋江通往汀江的桥，寻找那些智慧的人。

古人说，读史可以明智。于是我去读历史。

读到南明政权时，有一桩历史事件浮了出来：南明隆武皇帝朱聿键死于汀州城内（另一说死于福州）。回头看，清顺治二年（1645年），朱聿键在郑芝龙等的拥立下于福州称帝，行宫在郑芝龙的南安伯府。清顺治三年（1646年）八月，郑芝龙从仙霞关撤兵回安平（即晋江安海），隆武帝奔走汀州。应该说，加速朱聿键死亡的原因，少不了郑芝龙的份。

郑芝龙是谁？南安人，明清二朝臣子，民族英雄郑成功的父亲，他的另一个身份是明末清初以军事力量而从事海上贸易的大商人，其根据地就在晋江安海。这些历史碎片飘忽成一条模糊的线，一头系着长汀，一头搭着晋江。

这时，郑成功走来了。清顺治十一年（1654年），长汀人刘国轩投到郑成功麾下，先后参与清顺治十六年（1659年）郑成功围攻南京之战、清顺治十八年（1661年）郑成功收复台湾等战役。清康熙二十二年（1683年）刘国轩在澎湖海战担任统帅，为施琅所击败。同年8月，刘国轩促成了台湾的回归。长汀网评价他："一个与施琅大将军同时代的风云人物，一个随从郑成功收复台湾的前军大将，一个顺应潮流促使台湾与祖国大陆实现统一的郑军总督。"历史有时就是这么有趣，前后在安海二十五年的郑成功和晋江人施琅都成就了刘国轩，而且他们三人的功绩都和台湾有关。台湾海峡是他们共同的水边，他们都是历史中智慧的人。

我接着读，读《汀州府志》（清乾隆十七年版，下简称《府志》），读《晋江县志》（清乾隆乙酉版，下简称《县志》）。时间是一个记录者，晋太康三年（282年），建安郡析出晋安郡，晋安郡下辖晋安、新罗等八地，晋江在晋安境内，长汀在新罗境内，两地同属一个郡。晋江于唐开元六年（718年）置县，长汀于唐开元二十四年（736年）置县，同在开元盛世之期。地域和时间的归属，让长汀和晋江靠得越来越近。

在地方史料中找智慧的人，异地人员要流动，当官是一条路子。根据《县志》·卷之六"守官志"的记载统计（或有遗漏），长汀人在晋江为官的有四人：明朝时任晋江知县的汤有庆和金允中（均为进士），清朝时任晋江训导的胡光玫、胡大用（均为贡生）。我对应在《府志》中找，四人无一载录，却发现另有胡光玫和罗忠徵二人曾任晋江训导。累算起来长汀人出仕晋江的有六人。

在《县志》·卷之七的"武卫志"，卷之九至卷之十二"人物志"中，记载了从唐朝至清朝时期出仕长汀（或汀府府级别）的晋江人有十三人，官位有守备、司户、知府（两人）、通判、县尉、县令、教授、教谕（三人）、训导、巡检，文武皆有。我也在《府志》

中寻找，结果只找到六人：知府傅康和吴文度、通判赵师琨、教授李道南、教谕蔡时升和王之珂。新冒出两个人：一个是赵公迥，宋绍兴年间任汀州户曹；另一个是蔡芳，清康熙年间任长汀教谕。我自己补了一个：蔡光座（《府志》上标注为"凤山贡生"），清康熙年间任长汀训导。其父蔡以褚为晋江梧林人，随施琅征台，有功受封。简言之，截至乾隆己酉年（即乾隆三十年，1765年），长汀（或汀州府级别）和晋江流动的官员共二十二人，而无出入者仅六人，其中主官者五人，训导教谕占者近半成，有十人。

晋江作家许谋清曾写道：历史是一部千疮百孔的大书。虽是如此地不忍细读，然而因为这些智慧的人，两地产生了交集，这便是一座通达的桥，让我们不仅看到了人力资源共享，也自然联想到了民风的形成。

在长汀采风期间，我们要去参观辛耕别墅。我们一行人在汀州古城墙外的水东桥上下车，当地接洽的人员向两面驶来的车辆挥手示意，一种默契从汀江的水上腾起，于是车辆止步，我们鱼贯而出，一切显得那么自然。

穿过江边的一条小路，一位满头白发的钣金工正在裁剪白铁皮，我们一行人围拢了过去，有的指指点点，有的连忙摄像。只见老师傅抬头一笑，旋即又低下头旁若无人地做起他的事来。他身旁那些已见雏形的盆器整齐地码成一堆，仿佛霎时折射出温和的白光，映照着他那一头的岁月沧桑，也目送我们前往辛耕别墅。

同行的人心驰神往地踱进了辛耕别墅，我却在它门前停了下来，不假思索地折回它旁边的一个小吃店。店家见有人来，连忙招呼："要吃什么随便点！"我当知如此，朝排开的锅里探了探，锅中尽是羹汤。

她见我有些举棋不定，立即开口道："我们这个店是老店，不会随便喊价，不然我给你搭配一下，包你满意！"我甫坐定，一碗热气腾腾的大肠炝肉羹就摆在我面前。其实在晋江，羹也是一味引人垂涎的小吃，诸如番薯粉羹、马鲛羹、牛肉羹、海蛎羹、猪肉羹、杂菜卤……而在一碗大肠炝肉羹下肚后，一种满足感自心底而起。可一想自己过名迹辛耕别墅而不入，那一碗大肠炝肉羹的诱惑力有那么大吗？

《府志》·卷之六"风俗"中有一段形容长汀的句子："人安朴素，士乐诗书，乡甲半于郡封，闾阎全无机巧……国朝气运初回，人心返朴，民趋勤俭……虽习尚间涉虚华，而人心终还朴素，当亦省风者所色喜也。"我再对照《县志》中关于晋江风俗的记述，赫然写着："今之绅士，安贫守分，敦《诗》说《礼》，其心事可以质对乎古人……而好善乐施，心地犹宽……"

俗话说：十里不同风，百里不同俗。可偏偏这相去六百多里的两地，民风却又如此相近，或许应该归功于主政教化之人，他们在历史的长河之上，搭建了一座有异曲同工之妙的民风教化之桥，也为一次通行、一个老钣金工的劳作和一碗大肠炝肉羹的诱惑力做了生动的注脚。

日头西斜，我们在汀州古城墙上寻找惬意的光景。同行的摄影家们纷纷举镜，俨然要把古城墙的每一块砖都照进历史，带回晋江。我缓缓地走，将自己落在队伍的最后面，期望能在古城甬道上来往的跫音里遇见一些声音，听见自己的心事，或学脚下的江水悠悠地流向时间的深处，偶尔摇起的波澜拂开了微风。

　　远望，侧看，端详。一块块古城墙的砖纵横交叠，留出拥抱的间隙，埋藏血汗和智慧，让历史沉思，甚至皱起眉头。

　　夜色晕开，青砖泻下光芒，自北向南流淌。鲜血浸染过的土地上，日月星辰上下流盼，像所有的桥都张开了眼，俯首致敬一条江。光影漏下斑驳的叙述，一片古老的城墙再次苏醒。千年的刀光剑影，千年的冷暖雨晴，在你愿意开释自己的一刻，都道与你听。

　　还必须带你去走一条街，去看看江畔的晚风，如何在石路和木门上泛起火红的温暖，让行人从容地装扮过往的时光。

　　顺着一座城楼旁的台阶下行，便来到了店头街。转身，仰视，拱门的弧线上方顶着"惠吉门"三个楷体鎏金大字，嵌入方形黑色的板材里，沉稳而内敛。

　　目光跳过几层平行的青砖，一个圆形的小窗悬于门牌之上。再向上望，汉家传统建筑的重檐楼上凌于其上，城楼一侧的四个角高高跃起，仿佛要掠去这尘寰的喧嚣与浮躁，让你在高大、肃穆、庄严的意境里，掬出一副谦卑、安详的笑颜。这些跃起的姿态如此熟悉，在闽南"皇宫起"大厝上已经保持了几个世纪。那双燕归巢的艺术勾人相思，只是这一个个单开的角挂住的是什么样的情韵呢？千年前的汀州刺史陈剑在卧龙山南面筑起那土城时，包括扩建的后来者，除了想起治州戍卫之功之外，是否也有别样的意味呢？

　　站在惠吉门下，拱门的弧线、台阶护栏的斜线、青砖平铺的直线、小窗的圆、城楼的曲线，各自成趣又浑然一体。掩映在城楼灯饰的红色、青砖的灰色、砖缝的白色里，任夜色朦胧地出入，诱掖汀州的况味，描摹店头街的晕状。

　　向店头街的夜晚望去，各色门店两面张开，此起彼伏的灯笼拉起一条长长的街路，晕开的光滑落在让被踩踏得发光的石板路上，指引我们的脚步。路上人影散漫，偶然邂逅几对挽手散步的年轻女子，你看着她们，她们也不避你的眼，与你对视之后又缓缓地走开了。同行的摄影家忙不迭地端起镜头，生怕失落了哪一片风景。

　　这是一种时空错位的感知吗？那些出任长汀（汀州）官员的晋江仕子们，在青天白日和月上星垂的时刻，或驻足观望那片古老的城墙时，或徜徉于繁华与宁静交替的店头街时，其"览物之情，得无异乎"？历史在此没有给出正解，而我只能继续寻找。

　　长汀采风的最后一天是回程，按照原计划，同行的摄影家要去航拍万亩良田。航拍飞机在摄影家的操纵下，爬升至两百多米。不知是因为光线的缘故，还是因为视力的原因，航拍飞机猝然消失了。而操纵屏幕上分明显示着，我们的身旁那汪汪的水稻田青黄相间，万亩泱泱，土地平旷，豁然开朗。

　　贾岛说："只在此山中，云深不知处。"大约过了两百年，王安石接着说："不畏浮云遮望眼，只缘身在最高层。"两者的诗句都充满禅意哲理，后者则多出了一种底气；前者是一种深度，后两者是一种高度。度是什么？至少是一种有底气的境界和容量。

　　我突然明白了，我一直在找的桥是什么。

　　长汀的县龄将近一千三百年，名人履痕比比皆是，所出的英才不少在史书中有浓墨重彩的一笔。这些人力资源的存在无疑是一种厚实的人文底色，是饱含底气的。

中国大的支、脉河流常被誉为母亲河，因为它们孕育多彩的文化。有人探究，中国传统文化至少有黄河文化和长江文化两大系统，它们各自发展又交相融合。我们再细看，黄河里最初冲出了半坡文明，有齐鲁文化等；长江边出现河姆渡文明，有巴蜀文化等。那么长汀呢？长汀有汀江，汀江被称为客家人的母亲河，流淌着动人的客家文化。

客家文化是一种什么文化？这首先得从客家人说起。客家人被称为"丘陵上的民族"。资料上说，长汀主要有中山、低山、丘陵、盆地、阶地五种地貌，其中低山为主，低山、丘陵占全县总面积的百分之七十多。这种地貌特征符合客家人的称呼。

百度百科说，客家文化的基本特质是儒家文化，并与移民文化与山区文化两种文化融合而成。我关注移民文化——北人南迁现象。从秦始皇开始，北人（大多为官员、将士戍卒及其家眷）入岭南；隋唐匈奴和外族入侵，北人避战乱南迁。这几次的迁移没有多大的文化基因。南宋偏安一隅时，中原百姓、皇室、贵宦、商贾和文人一起到了南方，于是文化的基因活跃了起来。我在"长汀在线"上看到一则消息：长汀人中有三十个姓氏居然都是皇室后裔。我又从资料上看到，长汀有三十多种民族成分。"客"字很生动，"客家人"三个字本身充满艺术气息，俨然可以诠释出三种文化，甚至我们可以放大地说：客家文化是中国传统文化的一个缩影。

我读南开大学教授乔清举的访谈——《河流的文化生命与中华文明的普遍价值》，里面说一位叫张真宇的作家，提出了"河流的文化生命"的命题。从命题上看，河流具备文化价值和生命价值。从更大内涵上去延伸，河流意象的多元化为我们联想了其他存在物象的同类价值。由此生发开，汀江上涌出的客家文化，使长汀真正站上了文化价值的高度和生命价值的深度。这是一座通向社会、通向人类本质的底气十足的桥。

长汀还顶着"红军县""十大最具人文底蕴古城古镇"和"历史文化名城"等多项"国字级"的名衔，还有被国际友人赋予的两个"中国最美丽的山城"之其一，也是福建新石器发祥地之一……太多的华冠令人咋舌。但这些至少也说明了长汀的文化是富有魅力的。著名晋江籍诗人蔡其矫就曾因此而对长汀倾注了浓烈的感情。

1961年6月，诗人游览长汀，写下了一百二十四行的长诗《长汀》。诗人首写长汀的地理位置："三条水拥着一座城/四围是重山叠岭。"再用"历史谈到它/总是起义和战争"道出长汀的历史特质。之后写"福建在这里发出最初的微笑"的诗句，点出了福建省苏维埃政府在长汀成立的重大意义。诗篇也重现了长汀中央苏区时"红色小上海"的盛况。再用悲愤、激扬和赞美的语调，描述了瞿秋白同志英勇就义的英雄气概和革命追求。全诗读来荡气回肠、热情满腔、动人心怀。

有网友在网上统计，长汀与红军的历史联系自入闽起，到开始长征，前后占了十一个"第一"，内容涉及战役、军制、战略决策、红色政权建立、军需、军饷、经济建设、医疗卫生、基层队伍建设等方面。这也不正印证了在中国的历史上，长汀是一个绕不过去的名字吗？

长汀的确是绕不过去的名字，也有让我过不去的心坎。我必须承认，在长汀游览了两日，我的态度不够虔诚，不然就不会滋生一些关于城市规划、管理等现实的焦虑。或许，我更应该去相信那些将会继续创造长汀历史和文化的人们，因为他们比我更懂得长汀的底气和底色。

我有时在想，中华传统文化很大，要用博大来形容。有时我又在现实面前自怨自艾，它怎么又那么小，小到对一段历史可以抹杀，对身边的文化想视而不见。历史首先应该是人史，然后是文化史，都有人的意识的颜色。

你问我，历史和人的意识究竟是什么颜色？是彩色的风。你可以由着性子捕捉喜欢的色彩，但却无法改变它原来的颜色。长汀也应是如此。

于是，我们记住了，长汀有古城墙砖的青色，有汀江流水纯粹明亮的无色，有卧龙山漫山的苍翠，有天空的蓝色，有普照大地的阳光的金色，有苏维埃政权和工农红军的红色……

于是，我说服了自己去相信：长汀的先人和过往的名人是智慧的人们，他们站在汀江边，为长汀铺就了一座通往历史和文化深处高点的桥，长汀因此也成为一座通往中华传统文化、红色文化和生命内核的桥。

流年回响

中秋期间，儿子得写一篇有关"喜欢的声音"的作文。我如是一问，他不假思索地说："喜欢大自然的声音，不喜欢责骂的声音。"这人的思想是经不得触碰的，听到他的回答，有些记忆就爬了出来。

约莫在五六年前的夏天，我因故借住在大剧院的宿舍。宿舍临街，夜晚之时，常有小贩沿街摆摊设点，人流不息，人声鼎沸。

夏日藏了一天的热从地上腾起，伴着摊贩们的吆喝声，从门窗里逼了进来。局促一室之内，埋于案头的心境似乎变得不安分了。

好在天气有时也是知趣的，冷不防就送来一场暴雨。霎时，雨簌簌而下，噼里啪啦，好像非把各种声音吞没才肯罢休。此时，摊贩们推车跑雨的声音也热烈了起来。

雨来得急，也走得快。一小会儿，雨声由骤而缓，渐渐稀疏，最后偶尔听得见些雨珠叩击顶棚的嘀嗒声。雨矜持了，暑气也越发得温柔，真是"当时消酷毒，随处有清凉"，而原本躁动心绪似乎一下子变得乖顺了。

白露刚过，雨显得有些不一样。老人们常说"一场秋雨一场寒"，大抵是一场秋雨会迅速使气温下降，让人顿感凉爽或微寒。然而初秋的雨却并非那般冷峻，它拖着夏末的余热，让你觉得它的造访只是一个亲切的问候。这不，它酝酿了一天的情绪，在你站在窗前时，就潇洒地来了。

往下看，对面楼间距里的车灯迎面驶来，一片纤细的白雾扑了上去，须臾又不见了。车轮在积水的柏油路上碾过，一道白条转瞬即逝。风赶着雨在路上跑，似在起舞弄清影。被雨水浸润的路面，在来来往往的车流里吱吱作响，一会儿闪出一道儿黑，一会儿又露出一道儿薄薄的亮色，让人不禁念起这秋雨的可爱和曼妙！

你瞧，树旁的路灯上，雨丝还在灯罩上斜织出一团热气。想必它们都约好了，就这样悠闲地落着，正好给大地演奏一首优雅而柔和的催眠曲。我伸出手去，像小时候一样，任雨滴在掌心窃窃私语，那手仿若也因有谁的手指头在轻点而轻松起来。

这些天眷的雨水，总会在不同的季节里谱出醉人的歌谣，让人如痴如醉、浮想联翩。对于一个在沿海长大的人而言，从雨的千丝万缕中勾连起海的意象，是不足为奇的。

我的第一份工作是在一个小渔镇的学校度过的。夏日的傍晚，学生散学后，校园的活力似乎慢慢地被抽空，只有那些低矮的冬青、油绿的小叶榕，还有冒着些青菜的菜畦，在虫鸣声中跳动着一份新鲜。初适新地，难免有些陌生，于是大部分时间便蛰居于宿舍。

那天晚饭后，突然心血来潮，很想去看海。夏风徐徐，送我穿过菜市场旁一条狭长的路，脚还未尽兴时，已到了海边。

一个人倚在石栏杆上张望。风吹来，贴在脸上，有种冰凉而黏糊的感觉；风向外扬去，拂开水的面纱，远近的礁石静卧在海的臂弯里酣睡。

涛声在月夜里醒来，像干脆利落的更声，唰唰地涌起，一起啪地撞在礁石上，开出一片一片白花，而后压住声音，整齐如一地后退。它们就这样反反复复地前进、撞击、后退，翻开一瓣瓣心事，映照月色如许。

　　如此的涛声倒也不稀奇，可你若愿等到台风天时，海的热烈令你不得不感叹。这时，海浪千军万马般地从四面八方呼啸而来，激扬浮尘，吞云吐雾，又毫不犹豫地冲向堤岸，跃起数丈高的身躯，巨响接踵而至，旋即都没入海中。这声音里偾张着壮怀激烈的力量，透彻心骨。

　　住在海边的人，涛声听多了，脚步也舒缓了许多，俨然生活就应该那般从容。不信吗？你去码头转一转，凑一凑热闹。

　　当小舢板靠岸后，渔人的脚步声被装鱼的篮子压得更结实了，一路走来的问候充满海的笑意。大照船、拖底船归来时，渔人那被浪潮声喂得洪亮饱满的喉咙一开了腔，一筐筐鱼在起落的节奏中，自船舱的冻库中被抬出，劳作的人、围观的人、购买的人拥簇一团。于是，起重的报数声、运输车进出的交汇声、买卖的商讨声，重重叠叠，全都不慌不忙地折进时光里，让你真切地觉察出生活的琐碎和踏实。

　　雨声、涛声和那些被海唤醒的声音，在我看来都是水的乐章。我毫不避讳对它们的喜欢，可也开始有点害怕了。在很多个夜晚的冥想里，更或许在梦中，在平日的闲谈里，总有水的影像在倒流，时而清晰，时而模糊。

　　它们流向村中的那口方井，流进田边的小圳沟、山坡下的小溪，流入水坝下的水渠，以及那一汪水库里，在少年故乡的时光里徘徊，却什么也听不见。

木棉花开

一个夏日的午后，在外"探险"的儿子兴冲冲地跑进家门，喊着："爸爸，快来，让你看一个宝贝！"只见他两手合拢，小心翼翼地护着什么。

我笑道："你就是我的宝贝呀！还有什么宝贝比你更神奇啊？"儿子缓缓地打开双手，一团毛茸茸的白色小球映入眼帘。好像有一点风，那小球酥酥地摇了一下，那些绒毛随之外扬又缓缓地靠在一起。

我正打量着，儿子连珠炮似的说："这是木棉树上掉下来的。爸你看，中间还包着一颗黑色的籽。我剥开过，好像是木棉的种子。"关于木棉树，我向来是不熟悉的，对于它的种子更是不得而知。可瞧着这可爱的宝贝，心中不觉生趣，便陪他玩闹了起来。

我们住在妻子的单位宿舍。宿舍楼下的绿化区里种着一株木棉树，记得去年夏天我曾见过相似的小棉球，如今一晃又是一年了。记忆中今年的木棉球比去年的多，宿舍旁的草地上、灌木丛里、路边的杂草间、墙角旮旯、空中，都有它们优雅的身姿。一旁的妻子见我和儿子煞有其事地探究着，开腔说："在教学楼后面也有几株木棉，最近上课时经常看见一大片一大片的木棉球飘下来，像在下雪，学生们看到了，都尖叫了起来。"

我的眼前仿佛浮现出一个"六月飘雪"画面：那些棉球纷纷洒落，像一群群纯真的孩子，让校园的空气灵动了起来；它们散落各处，白色清爽，也装扮出一个别致的炎夏。

我在心中暗念着，木棉，木棉！一个疑问闪过脑海，难道这是木棉树名字的由来？偶得妙穷思，想及此，我不禁哑然一笑。

我分明记得三四月间的木棉花。许多花在春风中醒来，嫩绿的叶子甘心陪衬，拥簇着它们。于是，人们的眼中晃荡着春天的笑颜。

而木棉花却是不落窠臼的。当木棉树的叶子落尽时，空凉的枝头蜷缩成灯芯，在春风撩拨下，点亮华章。你一定不知从何时起，一股从容的力量正在叶腋上潜滋暗长。几日之间，一盏盏橙红的灯已如盛唐的美人，迎风而立，丰满而馋眼。

这叶落而花开的呈现，是杨万里的"却是南中春色别，满城都是木棉花"的对应，是刘克庄的"几树半天红似染，居人云是木棉花"的旅人见闻，是屈大均的"十丈珊瑚是木棉，花开红比朝霞鲜"的赞叹，抑或是此时之我还未能解开的心语？

我在网上找了几张微拍的木棉花照，自外向内端详，五片长圆形的花瓣向外张开，直到尾端处翻卷出几分妖娆。雄蕊们戴着黑帽，挺直了腰杆，或绅士般保持距离地立着，或轻轻地倚靠在雌蕊身下。而那雌蕊一副高贵的姿态，独立其间有些许高出，海星状的柱头不缓不急似的向后弯曲，羞赧地搭住周围的雄蕊。这俨然众星拱月的花蕊，或许是得益于双性花的美妙构造吧。

花落叶初长，一两个月的自然之功变换了雌蕊的模样，一颗颗长圆的蒴果垂挂在枝头。风起时，你抬头望它们，灰黑色的容颜正在绿叶间荡漾。也许你会偶遇蒴果开裂的场景，你不一定晓得纵裂的方式，但那外壳欲张还合地抱着棉絮的样子，就足以让人引颈探看。

还有开裂时"嘭"的声响，应该是被风听见了，它们一阵一阵袭来，敲开了蒴果的心门。世界一如既往地敞开胸膛，倒累的棉絮舒展沉睡的身子，漫天飞扬。之后，它们有的落在潮湿的土地上，有的沉醉在雨水里，有的随风飘向远方……而在这一刻，一株木棉树的生命穿过我们已知的领域，焕发出荣光，指向永远。

我们常说生命可贵，大多因为它的美好、它的柔弱、它的短暂。我在想，生与死都是使生命永恒的形态。真正的生命不应该是以躯体的消亡来衡量，它囊括了每个生命体的一切，在载体的变相和思想精神的影响中超越时空。

行文至此，未解的心语似乎有了答案。在父亲逝去的五年里，他生前对我的善的教诲与温情的鼓励，还有许多美好的点滴，从未远去。今夜，我确实应该释怀了。

今夜，我要在心中种植一株木棉树。

绿皮火车从青春驶过

"呜呜呜——"

汽笛在深夜长鸣，乘务员从车厢中探出身来，熟稔地催着站台上的人上车。我连忙踩灭烟头，三步并两步走，钻进了那条绿色长龙里。

我又一次坐上了绿皮火车，还是那溜长长的绿色车厢，醒目的黄色腰带，耳朵状的进门把手。只不过车厢内有空调渗着冰凉，原本可以上下推开的车窗已固定了容颜，人们的衣着发出时代的光泽，混杂的空气几近消散。幸好还有那张悬空的圆角长方形小桌和上面的小铁盘，挨近它们坐着，时光仿佛回到了二十年前。

那是高考结束的暑假，出人意表的成绩，父母亲亮出的家境底牌，以及奶奶突发的脑萎缩症，一起向我压了下来。逃离是最强烈的念头，于是在填报完大专志愿，得了长辈们的应允后，我只身投奔在苏州做生意的表弟。

到了火车站，父亲买了站台票，护送我进站。说有行李，无非就是一个小包，装着几件衣服，拎起来没几斤重，而父亲执意提着它。等到我们拥上了车，他把行李放在架子上，又往里推了推，压了几下，确定不会掉下来了，叮嘱了我几句，就下车站在车窗边。我推开车窗，让他回去多注意安全。父亲缓缓地点了点头，张了下嘴又合上了。

呜咽的汽笛声撞进耳朵来，火车终于开了，那悦耳的声音招引我去远行。它先是向后顿了一下，而后哐当哐当地徐徐向前。

父亲向我挥手，随后被裹进站台上的人群中，跟着火车小跑了起来。我的心蓦地一坠，朝他使力地挥手。火车提速驶出站台，他的样子很快就淹没在模糊的人影中。时隔多年后，我给学生讲食指的《这是四点零八分的北京》时，那一幕突然涌了出来，不禁唏嘘感叹那时逃离，无非就是一种自私罢了。

这是我平生第一次坐火车，虽然在电视里也多次见过这些镜头，但总觉得连自己也新鲜了。

从不知火车的过道上也可如汽车那般挤满人，那些有主的、没主的座位都堆着人。若你去方便或走动片刻，回来时那位置上早有人填补上了。待你和颜悦色地对那人说：你好，这个座位是我的。那人好像也没什么见外似的站起来，懒懒地走到过道上去。

从厦门到苏州，须穿过两个黑夜。白日和上半夜的车厢是热闹温暖的。

结伴同行的人不知何时已凑成牌友，有的则在谈论着什么，脸上时不时飞出笑意。那些不相识的人，先是冷静一时，也不知谁先开腔搭话，一来二去，话题渐渐升温，或许有的就热情地交换起联络方式，并附上到哪里哪里记得找我哦。独行的乘客，或闭目养神，或眺望窗外，或翻看着什么，绝不会有如今低头刷屏的尴尬。

小孩子是最活跃的，哭、跑、钻、拉等方式来得最天真，也最能热场。遇上孩子缘好的，彼此间的交流就多了，好像孩子的维系是永远的通途，让彼此陌生的人们的交流自然而然地亲切了起来。

到了饭点时，推着狭窄餐车的乘务人员如约而至。"快餐，有需要的吗？"这播录机式的询问声一遍遍在车厢里回荡，然而鲜有人问津，估计大部分人是有备而来的。隐约有袋子被撕开的声音，泡面的受青睐程度很快就表现了出来。排队，加水，浸泡，进食。不一会儿，辣的、酸的、牛肉味、海鲜味、鸡肉味……都在这局促的车厢中搅拌着，混合的气味塞满你的鼻翼，提醒着你也该用餐了。

车在行进，钻过很多个隧道后，天自觉地黑了下来。坐了好几个小时，靠着、趴着，狭长逼仄的座位叫身体生疼。要是能躺着睡一觉该有多好，可惜卧铺票早已售罄，第一次出远门又不懂变通，只能将就着，隔段时间上来走几步舒活舒活筋骨。

车厢的下半夜慢慢地沉了下去，只听得见几个交错的鼾声。车厢与车厢的连接处，有几个人倚着那儿抽烟，那一吮一息的猩红色似浮似沉，一股股长烟气呼之而出，轻盈地飘绕着，好像他们的眼神跟着光亮了些许。

远行的亢奋慢慢消去，丢失东西的担心让我一宿未敢眠。曙光终于从隧道的另一头露出来，强撑着的眼皮得到了开释，铁轨两侧陌生的植物飞奔而过，泛着一点点微笑，跑向后方，我想那兴许是露珠的美梦吧。阳光从车窗折射进来，闭了眼，被晃动的旋律带着我安心地入睡。

也不知过了多久，车厢中传来陌生的叫卖声。我猛地坐直身来，揉揉惺忪的睡眼，一个抱着小框子、手握一串玉米的中年妇女正站在过道上。多年以后，当我重新踏上绿皮车厢时，再也没见过这样的情景了。

慢慢地洗漱，排队泡泡面，饭后悠闲地踱步，就这样井然有序地打发着时间。火车在穿行，家乡离我越来越远了，抛开那堆烦躁的事，好像没了牵挂，心中只念着越来越近的苏州。初次遇见的苏州会是怎样的呢？是真的如人们所说的"生要在苏杭"那么诗意吗？

向窗外望去，疾驰的风景正与我沉默地道别。流动的河静止成蓝凌带，一旁的房屋用乌黑的瓦片落定了乡间的宁静。那邮票样式的模样，嵌在葱茏的山腰上，或是立在金黄欲滴的稻田边，要是农家点上几许炊烟，斜阳残照，谁敢说那不是一幅乡间水彩画呢？也遇上西式建筑群，它们高然矗立，形态各异，这时你的脑海就会闪出一个斑斓的油画意境来。是谁说了，好的风景在路上呢？

颠倒的作息开始消耗精力，倦意阵阵来袭。想好好睡一觉，也管不了太多，学着别人在座位下方的地板上铺开旧报纸，钻进去，蜷缩着身子，曲肱而枕之。闽南话说："贼吃狗睡。"确实舒坦多了。

昼夜在车轮上交替，火车出鹰潭，穿景德镇，经安徽，下芜湖，过南京，转无锡，翌日早晨就抵达苏州。一出站口，苏州的柔风便将我拥入怀里，如此惬意，如此轻松。

几日闲逛后，家中来电，说有录取通知书，且新学校的报到期临近了。从哪里来，就回到哪里去，有时日子就如此简单地重复着这样的轨迹。离开和回归是从生活的原点上长出的两翼，带我们飞翔，让我们休憩，更使我们开始懂得有些东西值得一生惦记。

于是在一个夜晚，我匆匆地搭上回乡的绿皮火车。夜色追着火车在奔驰，平行的铁轨柔软地交叉、融合，又魔幻般地分开，我身后苏州的水、苏州的桥、苏州的梧桐、苏州的夜，都轻轻地远去了。

我忍不住回头一望，一列绿皮火车掠过，将那段青涩的年华碾碎成一个声音，滚滚地汇入另一片天际……

命之印象

父亲终于入了我的梦。

恍惚中，他双手向前猛地一拢，一个短促的声音凝固呼吸，只有后脑上那一簇突起的头发轻轻一颤，便没入了无边的黑暗。真的是这样吗？我曾多次想象他是如何离去，心也一次次随之沉坠。

日子在风里跑，父亲的模样像被风化了，终究越来越模糊。那些他生活过的痕迹，如同在习俗中被烧掉的遗物，化作青烟，在故乡盘桓，也自绝于我所栖身的城市。

为了生计，兄弟们远行外省，而我则把小家安在离故乡四十里的县城里，留着一个低平的石头房陪伴母亲。今年她已花甲，依旧过着"两班倒"的生活，一边种地，一边上班。我们多次劝她不要再工作，到县城里来住，母亲总是微笑着说："在村里住比较习惯、比较自由。"

其实，母亲总在搪塞我们。每次听她说起村人谁家新建房子时，满脸洋溢着羡慕；而每次提起小儿子超龄未婚时，转身后总有长吁短叹。连村里都有不少人知道，小儿子相亲多次因为房子的状况而告吹。随着邻里四周的新房子一栋栋立起，老家的石头房逐渐成了洼地，而母亲仍是低着头劳作，兀兀穷年。

母亲说，这是她的命。

母亲还说，父亲的离世，也是命中注定的。我连忙追问。大抵是说，父亲依据平日所学，推断那年必有一场大难，过得了可续命十年。不料竟应验了。

我对这个所谓的命大有疑惑。

记忆中，母亲除了种地之外，搬运工、煤工、小店主、厨工、建筑小工、清洁工、洗碗工、瓷砖生产流水线工等可以得钱的苦力活都做过。而父亲也在多个工种里辗转，流落经年，却时常被母亲埋怨。这真是他们的宿命吗？

年幼时，母亲为了教育我们，常给我们讲忆苦思甜的经历，严格教导我们要勤俭节约、善良做人。时过境迁，她对我和我的儿子日益慷慨了起来，隔三岔五打来电话嘘寒问暖，叮嘱我要多注意休息和注意给她的孙子防寒保暖，并反复交代我不要苛责他。遇上年节或回家等见到孙子时，她似乎很大方，买这买那满足孩子的玩意。而我只有在回老家时，才能从残羹冷炙中瞥见她独自度日的清冷生活。

而父亲也许真的也没有那种好命。

家人说，爷爷曾在晋江某镇的水利系统工作，后来提前退了休。在那个干部退休子女可以补员的年代，身为长子的父亲或因学历或年龄之故，无缘这个吃公粮的机遇。家中唯一符合条件的是三叔，而三叔却远在千里之外的部队里。

为了让三叔能够顺利"接班"，父亲是几乎每天书信一封寄往三叔所在的部队，费尽心思才为三叔谋上公职。三叔在工作一年之后，猝然离世，生活又把父亲打回了原形。

三叔的遗体被运回到村边的小山冈上。爷爷和奶奶白发人送黑发人，恸哭不已。父亲泪眼婆娑，那极力压制哭声的举动，在后脑上那簇翘着的头发上不停地颤抖。

　　那是我第一次看见父亲哭。失去亲人的眼泪，除了自觉地流下之外，其中的深切内涵，过于年少的我仍是无力深谙。

　　生活的影像是走马灯，一茬晃过一茬，死亡勾勒的点连成了一条醒目的线。爷爷在六十八岁那年脑出血后十几天就走了，奶奶老年痴呆后在病中也走了。在奶奶出殡的路上，父亲头上扎的白布，从十几年前披散着一个布头，束成了一个铿亮的箍，他后脑上那簇微隆的头发耷拉着，在乐队的演奏声中，缩小成那张日已见驼的背。

　　在行进的路上，父辈的村人在对谈中道出一句话：父母死完之后，就轮到我们死了。一阵寒意窜进我的脑门，死的必然在顺序逼近的一刻，仿佛已紧紧地套住了余生的所有。我的父亲，那时您是否也这样想过？

　　四年之期，像只是画一个句号的瞬息，您把临终交给了漫漶的黑夜，迅疾得不留只字片语。您一定不知，在您离去的五年里，光阴施施而行，往事蒙尘；您多年前在大门后墙上留下的"良德传家"的手迹，让我沉吟至今。

　　还有您的孙子，当我带他去坝基上散步时，他指着水库的一个方向，又一次兴奋地告诉我：那个晚风吹暖夕阳的黄昏，一条小船停泊在那里。我顺势望去，一群水鸟正翩飞，被惊起的水面漾开微澜。应该还有些鱼儿沉浸在水的中央，吞吐着我看不见的幽情。

　　愿这些都是我永恒的命。

我的母亲

每次提笔想写母亲，总是思乱如麻，若是牵扯一处，愁结即出。大抵那些思想经不得触碰，便会疼痛了起来。

暑假伊始，我和同事外出徒步，数天未与母亲联系。期间，母亲骑车侧摔，电动车压伤了脚，她自己寻医数日稍有好转，脚面上却还有一处难以消肿止疼。过了数日，我从外地回来，母亲来电告知，我宽慰了她几句，便去做自己的事。

一连几日赶工，了无母亲的音讯。想必后来她是忍不住了，才打电话给我的兄弟们和我。电话里，她的语气颇为怪异，特别是那一句"你工作忙，估计忘了老妈了"的话，让我陡然有了情绪。我一股脑儿地解释，有点气急败坏。想着母亲真生我的气，我只好请出我儿子来。

一接到孙子的电话，母亲的态度来了一个一百八十度大转弯，半白半土的普通话霎时讲得那么慈祥，轻声细语里，满是对儿子各种情况的询问和叮咛。我在一旁唆使他关心奶奶的身体，劝她多注意冷暖变化和饮食起居。儿子如是这般说着，母亲的声音有点激切，说着有空要来陪他玩之类的话。等到他们道完再见，我的心终于松了下来。

这些年来，母亲对她的孙子越发地疼爱，极尽所能地讨好、宠溺他。这让我有点不乐意了，其实母亲何尝不也是如此待我呢？多年来，邻里和兄弟们，没有一个不说她对我比较偏心。我想，她也许只记得我对她的好，忘却我那一堆忤逆之举了。

年少不更事，冲动是魔鬼。忘了是何故，有一次我与母亲激烈争执。盛气之下，我随手拿起自家经营的小店里的菜刀，把一个冬瓜砍得稀巴烂，而后掷刀而走，一个人跑到还未完工的新厝躲了起来。

最终是父亲把我找回了家，但我心中的愤懑犹在，便写了一封偏激的信，请一个乡人帮我转信给在外省的哥哥。我还记得信上固执地写着：除非太阳从西边升起，否则我不再与她讲话之类的字眼。

本以为信会被安全寄到，殊不知所托非人，只是一场同名同姓的乌龙事件。那信最终落到了父亲的手里。不知父亲是否和母亲提及其中的内容，只记得趁机唤了一声"老妈"之后，一切如常滋润了起来。

后来，我问过母亲，对我印象深刻的事有哪些？她先是一笑，眼神里随即透着年轻的光彩，流畅地打开话匣子。而，母亲一边忙着农活，一边奔波于不同工厂的样子，一并涌了出来。

那时家中有几分水田，母亲就常带我们兄弟去下田。大部分农村孩子对这种历练，多半是不感兴趣的，可又无法规避。母亲是极不愿看到我们懒惰的，于是插秧、收割水稻、晒稻谷、挑稻草这一类的劳动，都让我们轮番上阵，还说会吃苦的人比较吃志。

那是夏日的一个早晨，母亲在收割后的水田里铺好花生藤后，临急有事外出，走前她叮嘱我和家兄去踩田。踩田，就是将铺就的植物踩进田土里，为下一次水稻种植沃好天然肥料。一个上午，日头渐烈，我们兄弟俩在田里一字排开地踩着，忙得汗流浃背，直到把最后一簇花生藤踩没在田里，才拖着一身泥水回家。

时隔多年，我早已忘了这件小事，那天母亲归来时的情景更是记不起，只是看着她说这事时一脸的欣慰，我便相信了自己。

我与母亲的距离终究还是越来越远了。我参加工作后，回家的日子少了，它如同是一个驿站，容我经停。每次回家，我那摩托车的喘气声，或许是她渴望听到的。母亲迎了上来，笑容如花，一转头又扎进厨房，做起我爱吃的菜来。

临走前，母亲将大包小包的东西放在我车上。对于这样的搬运工作，时间长了，我心里有些烦躁，于是又狠狠对她说：老妈，你干脆把家里的东西都打包给我。母亲总是微笑着回应几句，立在原地，目送我离去。

"哀哀父母，生我劳瘁。"母亲啊，您那道远行的目光，穿过风雨沧桑，落在我的背上，给我疼痛，给我温暖。

番薯味

母亲挑着番薯泥回到门前的小埕上，在水缸旁沉下了担子，嘘了一口长气，说："真的是老了，有点挑不动了。"此时，我不知该接什么话。打从我记事起，母亲便与番薯结上牢不可破的缘。

每到番薯收成的季节，村人便开始忙碌了起来。秋日柔软，"童稚携壶浆"，和用锄头挑着装有编织袋的簸箕或篮子的大人们，奔田里头去了。望去，青绿的番薯叶一道道铺开，覆在隆起的田垄上，温暖了番薯成长的梦。

村人常种的番薯有红薯和我们自称为"澳门薯"这两类。每年农历四五月间，是种春薯的好时节。番薯是插杆来种的。而这秧杆的来源，大多是向他人求取，有的则从集市上购买。

多年耕种的村人熟知秧杆的脾气。于是让犁在田间来回推翻，稀松土质。锄头随手反复勾拉，田垄渐次揸开。之后，挖穴，栽秧杆，培土，浇水。浇水的次数随着时间的间隔越来越少，甚至任它自取雨露，由根向更深处探寻。期间也可略施些肥，可一旦过了量，藤叶疯长，块茎遭殃，产量于是就下降了。

在老家，村人基本沿用草木灰施肥的做法。望着那猎猎风火吞噬着杂草、秸秆，烧柴烤地瓜时的清香在空气中盘旋，远远地掀动你的鼻翼，仿佛生活偶尔因了这种感觉也能飘起来，添加了一丝敞亮。

劳作和时间交替，收获在累并快乐中延续。

沿着田间的沟槽上行走，顺势牵拉，像巨风在覆布中窜动的心思一样掀开垄上的番薯叶，叶连着藤上扬，泥土在黄褐色浑然呈现的一刻完成集结，那么凹凸有致。在田埂边的第一道垄上动土，锄头的白刃从垄的肋间进入，一提，番薯如同阳光下的胜利者，仰面朝天，自由地呼吸着新翻的泥土的气息。孩童双手握着地瓜锥，高高举起，猛地一扎，往后一扳，不知那锥头早已没入番薯囊中，折腾片刻，才得见番薯。

劳动了大半个上午，番薯静静地躺在泥土之上，厮磨着与泥土亲近的最后时光，等待着被盛装。原先从藤上扯开的断口吐着白色乳汁，手不经意碰到，顺势一揩，残留在掌心的泥土和黏液裹在一起，赫然现出一道棕色的痕迹，似乎提醒你来年还要记得来这里。

大部分番薯被分批收下，有的装在篮子里，有的躲进了编织袋中，还有些个头极小挂在番薯藤上或被弃置在田里。而被归拢一起的藤叶成了最后的守候者，望着摇晃的身影慢慢远去。可它们想到来年又会被踩进水田沤肥或燃烧成草木灰，忍不住惬意地笑了。

收回的番薯被分开处理，开始造出不同的生活影像。小块的用于蒸、煮、烤，这份食物翻动着我的童年。大块的或堆叠成小山，取用煮食与供人买卖；或在淘洗之后，去皮、切片或切块，风干日晒，等到百斤番薯萎缩成三十斤左右的干货后，便贮藏作食；或送作坊搅碎成泥，再制成番薯粉和清粉。

这大而小、小而细的变化质朴、细腻而又深沉。稍一提起，母亲制作番薯粉的场面猛地浮展开来。

番薯泥被包在白色的纱布中，加水，母亲拢住纱布的尾部，捋直拉紧，旋转几圈后，番薯泥被束成一个圆形，随后被放置在顶着带孔的陶质凹型盖的大水缸上。挤、压、搓、揉，如此反复，但见那白色的浆汁从纱布上渗出处，自陶孔滤下。等上片刻，待番薯的浆汁再汇入时，就会有沥沥之音自缸底传出，仿似虫鸣声，应和着秋日的收获。

经历了多次外力的作用，番薯泥瘦成了番薯渣。二三十年前，这些渣在煮熟之后用作猪食，而今也只好弃之不用了。而安睡了一两夜的浆汁已清醒，阳清为上，阴浊为下，自然分出上层的清水和缸底的粉泥。

撇去清水，挖出粉泥，在掌心均匀地搓成一片片，然后平铺在大竹筛上晾晒。待手抚拨，有酥酥沙沙的声响跳出时，便可拾掇起来。初步估算，百来斤番薯能做成十余斤的粉已是对农人的莫大犒赏了。

这番薯粉是绝好的食材，勾芡、作食都妙不可言。也不知道这么多年来，它在母亲手中变成多少样式，想来做番薯粉团和海蛎煎是她最得意的。不然在年节里，为什么总少不了一道略带焦黄的海蛎煎！每当我回家时，她总会嚷着要做我爱吃的番薯粉团呢。

时过境迁，先前农家自产的番薯粉或因其绿色的标签，逐渐进入了都市人的眼睛，价格也明显上升。母亲在番薯粉收成后，总会让我取几十斤与友人分享，而一边又兴奋地讲起谁家的番薯粉一斤卖出了十几元的高价。

自从参加工作后，对于母亲打工、种田等劳务我向来是不赞同的，而现实的困厄又常常让我烦躁得叱责她。看着她讲这些事时满脸的羡慕之情，心中不由得不落忍了。

这番薯伴我一路走来，散发着母亲的味道，如清风徐来，吹绿田田的番薯叶，拂开淡紫色的番薯花，在我的胃里涌着一股温暖，向周身蔓延。

小村小里

故乡是个有三百多口人的村子，小村小里，寻常阡陌，遇见一个人，几乎都是沾亲带故的。仿佛也正是这小小的分寸，才可抓出一堆琐事来，小情小感渗透记忆，滋润生活的笑颜。

大约是三十四年前的一个傍晚，村里突然炸开了锅。村人奔走相告，于是东家西家很快都知道了，村中唯一的小店仔里出现了一台黑白电视机。

这电视只有九英寸大小，一个灰黑色契合的塑料外壳，后脑勺长着两根可伸缩的蜗牛触角状的天线，屏幕右侧设有换台的转动开关，和调音量的小旋钮。对于这异物，村人们是十分喜欢的。

20世纪80年代伊始，农村的夜生活大都仍是聚坐闲谈。那日晚饭过后，不少村人自带小凳子前来沾光，有的则坐在支起的石板上翘首以盼。这家小店正巧是我表哥家的，我是近水楼台，自然占尽先机，早早霸占了观看的好地盘。

待到姨父将电视捧出，小心翼翼地搁置在木制的小架子上，大家的目光霎时齐刷瞄上，生怕错过了开场的好戏。心急吃不了热豆腐，这摆上架的电视，不是一开就可以观看，还需要独特的天线来配合。

这天线被我们称为老式天线，其独特之处在于是纯手工打造，一般由五六米高的竹枝杆和铝线构成。竹枝杆大头向下倚靠在墙边，大约在它的四分之一处用铁线拢住，最顶端则绑上折叠好的自制天线模型，便可以使用，特别是要收看唯一的频道——中央一套之外的台湾电视节目，则非它莫能。

电视开机后，姨丈找好频道，接着表哥缓缓转动竹枝杆配合搜索信号。此时，村人们一片安静，接着便会有一句句"再向左边一点"或"再向右边一点"的话顺势冲出，最后几乎都是在"好好好，就这样"的异口同声中重新落入安静。

有时遇上突然停电或是信号中断，人群中往往会传来一片"唉"的叹息声。而对于电视剧中的反面角色，则是恨得入骨，甚至在猜想剧情发展上，都是从速地给他们安排出不得善终的结局。

如此可爱的乡亲们，因了姨夫的黑白小电视，生活似乎也多彩了起来。时至今日，聆听他们的老故事，当年的那种因几近单一的选择所生发的感觉，依然从他们的眼神中透射出澄澈的光芒。

田螺的那些事儿

朋友托我找几个野生的田螺，我费了好些工夫才交差。现在老家的田园大多已荒废，二十几年前，在老家的小溪、稻田、小圳、水渠和水库里，田螺俯拾皆是。

驱车沿着回老家的路徐行，经过邻村洋宅，猛然记起那里还有一大片的田地，于是将车拐进村中，直奔田里。眼下正是水稻插秧的季节，不少秧苗已在田间有序铺开，偶有几块秧田刚放青，秧苗浅鬣寸许，虽高低疏密不一，却也别有意味。余下的多为旱地，也为其他农作物所占据，长出一茬茬的绿。这派闹盈盈的绿召唤初夏来临，让人舒心。

儿时记忆中，小圳是田螺喜爱的安身之所。我在一处田埂上停了下来，俯下身去，在小圳岸边摸起田螺。这时，一个声音窜了出来："你在那干吗？"我的身体不由自主地颤了一下，扭头一看，在不远处的田地里，一位村姑正蹲在长荷兰豆的藤架下整理着什么。大概是一米多高的藤架和满挂的绿，让人太习惯了。我原想即便是遇上一位农人，因了同样的出身，断然不会有今天的惊讶之态。或许这是多年蜗居小城而染上的疾吧。

我连忙应声道："我摸几个田螺。"只见她脸上泗开笑容，轻松地说："现在田螺比较少见，菜螺到处有。"说完又埋头去忙她的事。

"菜螺"？这是我们对福寿螺的贬称。在我老家，"菜"字若用在人上，是带有轻蔑之意。如说一个人又傻又憨，就叫"菜戆""菜猪"等。而"菜"字用在福寿螺的身上，估计是指其用处不大，在村人们看来福寿螺顶多用来喂养家禽。而在养殖业里，福寿螺是可以供人食用的。其实村人们这般看待它，和它破坏水稻的劣迹是分不开的。

至于田螺，村人们大多喜欢，在20世纪八九十年代，常见村人捞田螺作食，常见的做法有焖和爆炒两种。下锅前的准备工作是相同的。刚捕捞来的田螺须静置在清水中一两日，村人说这是田螺在"解土"。所谓"解土"，就是让田螺将吸食的泥沙等杂质吐出。接着便是清洗的工作，村人对于田螺的清洗没有食谱上那么精心，用手在田螺搓揉几番，沙沙的声响随之荡出。甩掉一盆盆的污水后，就剩最后一道工序——剪尾。记得那时，大人们用老虎钳的钳口在田螺的椎尾上信手一咬，就算完事了。

处置好的田螺的下场就是下油锅。田螺因其生长环境和饮食习惯的缘故，都有一股土腥味，所以用油适当翻炒是不可少的。焖田螺只需在翻炒后，加入酱油，煮沸，加少许葱蒜，调味后即可出锅。爆炒田螺用料较多，除葱蒜酱油外，还有生姜、白糖、辣椒、料酒、醋等。烈火、热油内外夹攻，种庄稼的手来回拨弄，如此一来，待到汁液渐收时，起锅装盘，一道酸甜带辣的爆炒田螺已摆在你的面前。两道田螺成就的菜虽非珍馐，却是农人就稀饭和下酒的美馔。农人一日的辛劳，偶尔用田螺来消遣，倒也是符合农家简单质朴的意境。

而说起吃田螺，有经验的食者会告诉你，在田螺的椎尾开口处先吸一口，然后再对着壳口猛吸几下，田螺肉基本都能跑出来。有的人前吸后吸仍是无法奏效，而口和手上又沾满田螺的汤汁，仿佛给嘴唇涂上了一层油亮的光泽，难免会惹人发笑。然而这笑声却非有感情色彩，倒是年轻小伙子们谈起吃田螺时，有些人会发出一阵坏笑，说的人一旦醒悟过来，发现吃田螺这嘴上的功夫被隐晦为男女亲密接触的暗语，于是表情似乎腼腆了许多。这种社会化渗透的语言，一旦进入乡间，既矜持又有趣。如田螺姑娘有勤劳善良美德的寓意，"田螺肉"成了柔软细嫩的黑糖碗糕的别称。

社会经济的发展把田螺从乡村送进了城市，田螺成了名正言顺的下酒菜。田螺的生长速度较之福寿螺缓慢，连产量也逊色不少，市价自然高于福寿螺。于是有的商家便使出"狸猫换太子"之计，以此充彼，全然不管消费者的健康。这种不良现象虽频见网络与报刊，但是仍然有人挡不住利的诱惑，民间那些"人为财死""杀头生意有人做，亏本生意无人做"的俗语再次得以印证。

何止这些？老家磁灶曾有"龙眼之乡"的美誉，20世纪90年代期间的瓷砖生意风起云涌，利也滚滚而来。结果龙眼树只开花不结果，最后枯死，也因此被人戏称为"雾都"。觉醒的力量是强大的，于是一场声势浩大的环境整治运动迅速展开。而今，瓷砖生产技术革新了，环境也改善了，乡镇规划建设如火如荼。可那些淙淙的小溪流停在记忆中晃着我的眼，丛生的厂房和杂草按住了汪汪的稻田，和许多东西一起失语，而我的耳畔响起了现代机械的轰鸣声、急促的脚步声，也响起了一个声音：这只是一个磁灶，只是一群熟悉的家乡农人吗？

"人们一思索，上帝就发笑。"这思索和发笑的内涵实在太丰富了。

后来在阿姨的帮助下，我终于捉得几十颗野生田螺。阿姨家在隔壁县的山里，童年时我就常去那走亲戚。淌过一条浅浅的小溪，清澈明亮的溪水没过我的脚踝，抚摸着河蚌、小虾、小鱼和水草。谈起那个场景时，阿姨顿生颇多感慨。

我将田螺装在矿泉水瓶里带到阿姨家，姨父泡茶招待我。过了一小会儿，瓶中的水澄清，田螺不知何时悄悄爬了上来，吸附在瓶壁上，吐出两条触须，左右微微摆动。这时姨父突然说："好像有几只不是田螺。"一旁的阿姨接过话茬："要打赌吗？肯定是田螺。"

我把田螺倒在塑料桶中，等着它们慢慢舒活。姨父和阿姨逐一辨认，生怕错过每一个细节。看着这个场景，一股暖流瞬间涌上了我的心口。多少年来，他们都是如此待我！曾几何时，那颗小小的田螺玩赏出多少少年的笑颜！

阿姨说，田螺肉小，壳硬，椎尾尖长，颜色偏褐色，因长期被青苔等附着，看上去更像是青色。而福寿螺体格较大，肉多且多为金黄色或黑色，外形矮胖，壳薄，尾短，多为黄褐色或深褐色，壳口大。这些分辨的技巧其实并不难，而我却从来都视而不见。

这几十颗野生的田螺得来颇费周章，应该有老家数十年前种下的因吧。仔细想来，福寿螺的生存能力不可小觑，田螺对水质等生长环境如此挑剔，显得"娇贵"，透着宁死不折腰的"倔强"。而这两种截然不同的性情，或许也造就了许多人不同的生命追求，求取着不同的生活，

一颗小小的田螺太神奇了。

老王的茶

老王的茶，越喝越让人觉得不好意思了。

那天下班经过老王的茶店，他那句"来喝茶啊"的话刚落下，我已不由自主地踱了进去。老王递来一杯茶，笑着问起我之前的肠胃病如何了，是怕寒还是怕热。

老实说，病了找医生治，至于肠胃是惧寒畏热从未用心体味。一杯茶下肚后，老王开腔说："这是野生苦茶，性较寒，你喝了感觉怎么样？"

"感觉有点幽幽的疼。"我应答着。

"那你的肠胃就是怕寒了，我们换另外一泡茶。"老王边说边走进作坊内，取来一小包茶，又说，"这是老茶，铁观音炭焙的，再试试！"

又是一杯下肚，腹中似有温热腾起，暖暖的。这老王啊，原来是泡茶探病。前阶段肠胃出了点问题，聚坐喝茶时无意间谈起，哪知道他弄来一枝花的秘方，并亲自下厨做了药膳给我。一想起那份温情，心顿生感激。

喜欢和老王一起喝茶，听他讲茶的故事。

在他的记忆中，1972年的那斤茶至今鲜活如初。那是个特殊的年代，色种茶匹配着特殊的生活。生产大队年产量近一百担的茶皆姓集体，统购统销。想买些茶叶还得费点劲，须经过村主任的批准。谈起当年买茶的事，老王的声音明显高亢了。当年，他便是那般费尽周折，才买到那一斤茶叶，而那两块五毛八的单价也永远烙在他的心中。

拿着这茶，像端着宝贝。瞅那包茶叶，极其普通的包装，一张薄薄的宣纸像包裹新生婴儿般，紧紧地贴着茶叶的身子。如中药包那样四四方方的形态，似乎教导人们得照它的样子，规规矩矩地过日子。

改革开放的春风吹过1983年的安溪。此时，老王自己种茶，做起了卖茶的生意。春秋两季，是产茶因袭的季节。茶园里，两叶一心摘茶青，待到茶篓子有两三斤茶青时，即要倒出。否则它们一旦逗闹起来，篓中酝酿的闷味就飘飘然了。而这一季茶农的辛苦耕耘，也平添了许多苦涩。

约莫下午四五点的时候，将茶青在筋篱上摊开。茶农握着篱沿有节奏地旋转，茶青旋转，被均衡的力量支开，旋转出一个个均匀的平面，省得晾晒时还须加以翻拌。柔和的日光落进来，茶青中一些水分慢慢风逸，留下筋篱中交融的吴侬软语，那别样的柔软让心不禁也温柔了。

晒青之后须追补凉青。这茶农随意忙碌就过完的一个小时里，茶青中的水分在凉爽处的空气中游走、升腾，也让一些元素更加饱满了起来。

接着便是摇青了，这道看品种、看天气而为的工序，其拿捏的技术有太多的讲究。老王如数家珍地吐纳珠玉，而我却听得一头雾水。果真是行内人看门道、行外人看热闹啊！

隐约记得年幼时见过摇青的场景。那时村中水库边的小山上种满茶树。每到秋季，总有村人在其旁的黑油毡屋顶房子中做茶。大人们将晾晒后的茶青倒入一个大大长长的竹笼中，合上两个搭扣，时而轻缓时而重疾地摇着笼子。

茶青随着笼子滚动，交织缠绕，腾起落下，仿佛展现着人于社会大圈子之下的自由、潇洒的状态。一小会儿间，停与摇的动作交替出现，反复数次。这样的场面联想起来，倒像母亲在哄摇篮中的婴孩入睡那样，一股温馨沁人心脾。

那时太过贪玩，趁大人们忙着其他事，曾偷偷模仿他们摇笼子。瞧看那竹笼，周身有间距地压着木条，两侧夹着木锅盖样的圆面，右侧有一把拖拉机启动钥匙样的手柄插入其中。我们摇着它，空空的竹笼快意地转动着，竹篾的缝隙间甩开了我们童年的欢笑，也摇出了岁月的声响。

老王还说，摇青的把握影响着水分在茶青中的分布和发酵，对制好铁观音至关重要。之后还要经过杀青、包揉定形、烘干等多道烦琐的工序，才得以成茶。这山间的精灵在尘世中锤炼，锁住"千锤万凿出深山"的意味，只为留得芳香在人间，那种小事物而大境界的敬意令人油然而生。

这些茶在初制后，大都因为生活的缘故，很快就走上了按部就班的买卖之路。在那个年头里，它们被标上每斤五至七元不等的价格，统一送到镇茶叶收购站，再转送安溪茶厂进行二次深加工，继而送往厦门外贸，才更活络地流动起来。在物资仍显贫乏的20世纪80年代，从安溪茶厂到厦门外贸再到实现外销，也许是出口量控制等因素，一批茶叶前后积压的时间约八年，年复一年地烘焙让新茶沉淀成陈茶，最后以每件四十四斤的分量包装于锡箔纸箱中，走俏海外。

自1986年起，茶农的日子日益灵活了。自产茶早已有了更直的路子，港商等直接下了订单后，茶农可以将茶直运到深圳、厦门外贸处进行派发。而经过几年打磨的老王终于下定了决心，承包起永安茅坪茶厂，从茶农转为茶厂经营者。

这大体就是收购闽北一线的茶叶来进行二次加工，随后辗转至省外贸处经销。这样的日子也许波澜不惊，守住了，生活也会滋润起来。可日子注定会在苦后生出信心，造出拼搏的勇气，酿出甘甜的味道。

顺行的时光在1987年折射，偶然中的必然成就了安溪岐阳茶叶加工厂，让老王的自主经营者的位子坐得更踏实了。就在这一年，一辆东风牌货车，一百左右担的熟茶，简易的编织布连缀的帆布，黑白更替的十四小时，一千多里的路程，一场连夜的大雨，完成了一场奇袭式的运输，不仅让这位年轻的茶农掘到称心的收入，挺进了感德茶农领先将茶叶直送深圳外贸销售的前列，更淬炼出一副铁骨钢心。

回忆是神奇的东西，再多的苦难在谈论中似乎都显得颇为轻松。其实，当货车行至广东陆丰时，因雨天路滑，还差一点就撞进海中，一去不复返。谈及此，老王的手下意识地在眼前摆动了几下，刚道出个"不堪回想"，又忙不迭地咽了下去，讲起后面的事来。

当这车茶抵达深圳外贸处时，七十多岁的评茶师王庆云在检查茶样后，问他："少年的，这茶是谁烘的？"在得到他的确切回答后，老先生又说了一句："你这少年家也会烘茶啊！"想不出老王当时是什么神情。王庆云老先生的一句话里却藏着美妙的文章："少年的，中午我请你，咱喝高粱。"讲到这个场景时，老王的眼神越发光亮了，估计那种心里的甜味也只能他独享了。

生活永远在路上，人们寻着道一步一步往前走。

1988年，茶叶开始出现小包装代替大包装的现象。为了打开生意，不少茶农主动出击，远走他乡进行推销。老王清晰地记得那年的情景。两个人在北京火车站下车后，一个两手提着行李箱，一个则肩扛茶样，见店面就推销，一路走到西单。不论其中的脚力如何，光是这份决绝的坚持吃苦之心，已然令时下的许多人汗颜。

路过许多，总有人愿意为你停留。当他们走到西单的一家门店时，一位经理接待了他们。这位经理主动握手示意，让老王有些无所适从，说着因手粗而不敢握手的言辞。一句幽默的赞赏话轻易就化解了尴尬："这有什么，这是茶农的本色啊！"那双布满厚厚老茧的手，承载着茶农们日积月累勤劳付出的艰辛，以及一颗追求美好生活的心，是生活镌刻在茶农手上的美丽记号。

回看生活，有时我们会发现，勤劳孕育出发展，勇于尝试则推动着创造。多年与茶打交道，让老王埋进茶的研究越来越深。1998年之时，老王已经开始制作市场上少有的蜜茶，隔年更是较早地把冻库引入茶叶的保鲜中。到了2000年安溪茶都开业，老王也在那开了一家茶叶经营店。一个因缘际会，意外地点亮了他关于茶的新灵光。

在茶都的商铺里，老王有一位做海鲜生意的晋江金井朋友。有一次老王到他的店中走访，被一台老旧的抽真空机触动了。海鲜之贵，其必有鲜。真空保鲜技术的运用，在很大程度上改善了因运输、储藏等带来的食物鲜度的流失。茶叶因隔放时间渐长，常出现走味的问题，老王想如果茶叶包装也依葫芦画瓢，会不会也有效果呢？

老王的干劲可真不小，想了就着手行动，向朋友要来那台抽真空机，折腾起茶来了。普通的透明塑料包装袋两头走风，老王就从那下功夫。一边压出线头，装完两斤的茶叶后，再用抽真空机抽空气、封口。如此一来，包装袋被压缩得更加结实，表面的茶米越发突出。于高处搁置三个月后，取出开袋，不料茶香依然。在茶叶真空包装鲜见的年代，老王居然如此大胆，却也不得不让人赞叹。

2000年，注定是不俗的一年。安溪茶人对茶不懈探索的力量在积蓄中爆发，安溪铁观音驿路芬芳，空调茶异军突起、声高于市。谈这个话题时，老王说时间得倒推到1986年。

1986年，还是个靠天做茶的年份。安溪铁观音暑茶不少因为气候的原因，产量虽多质量却不高，市场价值偏低。一位省农学院的教授偶然到永安茅坪茶厂参观考察，给安溪铁观音带来一次蜕变的机会。这位教授就是安溪籍的刘文英，他正在沙县屏南从事研究茶叶机械。在参观过程中，他对老王说："以后要把空调晒茶的技术带到安溪去。"所谓的空调晒茶，就是茶青在晒青后，进入空调房里享受凉青的待遇，这茶也因此得名。

一句朴实的语言中闪烁着超前的想象力，在进入现实之前经历阵痛是可想而知的。当老王回乡后把这个想法告知当茶师的叔公时，老茶师的一席话几乎就把他打蔫了："你们这些人整天想这些子虚乌有的东西，做茶要按自然气候来做。"

时间晃过十几载，在一次闲谈中，老王的堂兄把这技术告诉了姨父王连兴，一下子就提起了王连兴的兴趣。姨父王连兴是个茶商，自己开茶园，估计是从这条信息中嗅到了春天的气息。后来经过反复研究、尝试，最后成功做出了空调茶，与当时被誉为空调茶发明人的同乡王奕荣几乎是同一个时期。这空调茶色泽光亮，更青绿，口感鲜，在市场上广受欢迎。形势一发而不可收，岐阳村家家户户纷纷购置大部头的空调，掀起了空调制茶的热潮。至今，空调制茶已遍地开花。

而这位与茶共度三十几春秋的老茶人，满头早已染上岁月的白霜，却在茶路上不停地求索，从传统铁观音的追求到岐阳蜜茶的制作，再到炭焙茶的醉心，如今又开始研制养生茶。"吾生也有也涯"，其境何弥望啊！

谁料想，这一片山峦上薄薄的茶叶，仰俯于天地，却从安溪茶人踏实的生活中炮制出独特的馨香，熏陶世界。千百年来，从自然的生长到精心的培育，从双手的传承到心灵的守护，从山间的俯首到海上的远行，总有一股精神源源不断地涌来，穿过人群，紧锁着发现，紧跟着探索，在创新中蜕变，让心中的期冀踏在路上，越走越宽。

喝老王的茶，听老王讲故事，有味，精气神也越足了。

一座老屋和一个人的长想

我做了一个梦。怪手气喘如牛，它一伸一弯一勾，瓦片纷纷落下，木梁、石柱倾倒，夯土墙轰然倒地，粉尘四起，声响嘈杂。

惊醒。叹气。忍不住想。

这仿五间张的老屋安静地睡着了，它依旧铺开石质的面阔，立起红砖的塌寿，横着木梁枋，以青灰色的瓦片勾连，在半是石条半是夯土砌的墙和石柱子上覆盖，连同那没有头匾、楹联和雕饰的檐边，搭成一份过往的岁月，无人问津。

我许久没有回老屋了，大约在十年前，它陪奶奶走完最后一程，就被废弃了。从此，家中几乎再无人踏足，偶有做敬事才匆匆去一回。

前段时间送走了姑丈后，因习俗之故，跟着母亲去老屋烧香。在门口埕上，母亲从窗上取下备好的稻草来焚烧。跨过那小火堆，推开乌黑的大门，一个生涩的吱吱声缓重地拉开。老屋的沉默从眼前的天井上空一跃，前落、榉头、大厅、边房次第摊开。往事悠悠，仿佛都在老屋的霉味中发酵着。

母亲在大厅正中的桌子上摆上供品，焚香，祷告，插香，翻折金纸，一气呵成。我若无其事地看着，正面墙上一个长方形的挂痕猛地立体了起来。

确切地说，那是悬挂爷爷工作退休凭证的一个地方，也是我家时至今日值得说道的荣誉。曾有一回，家兄指着那，颇有见地地说："这张奖状要收起来，以后会很有意义的，不然放久了，可能会丢。"

果真一语成谶，它不知何时竟不翼而飞了，留下一道二十几年的压痕依偎尘埃。粗略想来，我大体记得它的样子。老式的奖状样板，左右上角各斜印着四面线条柔美的红旗；中间拥有一颗大红五角星，小楷字工整地写着：李文当同志，光荣退休；落款时间是1981年1月。具体是否有公章就不得而知。

它究竟去哪呢？我曾翻遍两侧的边房，寻未果，倒是从三叔住的房间里搜出一个木箱子来，从中掏出光皮笔记本、战士选读的毛选、小人书，还有高中物理书等，并饶有兴趣地玩味一番。而今老屋人去楼空了，只有眼前这烧金纸的火还跳着几寸人间烟火。

这时，母亲叫我去门口放鞭炮，我大步走到门外，迅速甩开点燃的鞭炮后，就走了进来。屋外鞭炮声还在热烈作响，不禁比照起老屋的冷清。于是我便沿着天井的回廊走了一圈，将八个房间逐一推开，它们无不尘埃满布，凌乱不堪。早就听老人说，没人住的房子少了人气，很容易圮坏，老屋便是如此。大门两侧的塌寿，因为前些天连续的暴雨侵蚀，左侧的夯土被渗漏的雨水冲刷掉过半，已是倾颓之状。母亲说右侧的之前也是如此，只是很早前她和父亲又买来尺二砖填上。甫一看，它们确实尽然不同。

不同的又何止如此啊？在那些不愿顾及的日子里，老屋昔日的物件也在悄然消失着。

印象中，大厅的左侧矗着一个圆柱形的大木桶。我说那是谷仓，母亲却说是大谷桶。

大谷桶很伟岸，两个一米出头的小孩踮脚尖踩着肩，勉强可以够得着它的沿。它那粗壮的腰，须我们四五个小孩手手相连才合拢上。而它的腰间又是那么有艺术感，缠绕着竹篾编织的波浪腰带。如果一个人攀爬时，这腰带会是极好的结扣，那时为了玩捉迷藏，我就常扒着它爬进谷桶里。

每到水稻收割时节，当晒干的稻谷收敛了金色的光芒后，我们用麻袋把它们一一倒进去大谷桶里，再用一个平面锅盖状的大盖子覆住，等待下一个播种季节的来临。到那时，我们从其中勺出谷子，在水中浸泡数天，看那被喂饱的稻谷吐出白色的小牙时，便让它们到田里撒欢，进行育秧。

我问母亲，记不记得这里的大谷桶。母亲说，在她和父亲独立生活后，爷爷就把它分给他们，后来也不知何时它就散开了，如今也不知所踪。这份收藏着我们家之于水稻劳动的东西，像母亲眼前刚烧完的金纸，经不起一阵风，便灰飞烟灭了。

"来去咯。"母亲的叫唤声把我的思绪拉了回来。我们顺着大厅的红地砖，下了天井的石台阶，她将木大门轻轻掩上。站在塌寿前的那一刻，门口埕上蔓生的杂草迎风轻摇，一下子让我慌乱了起来。

许多年前，门口埕上一切是那么欣然。我还记得，左侧墙脚下的大石条上，我们几个孩子打打闹闹地挤在一起，共沐暖阳。在最左上方的那个低矮的石房子里，两头猪咀嚼着泔水和糠的饭食正欢。在右侧奶奶的厨房里，我搬矮凳来作垫，偷偷探取她藏在吊篮中的炯肉来解馋。还有埕边最前沿的地方，倒扣着一个大石臼，支着一张大石桌，家兄每每放学后就在此伏案……

时光深沉，生活改变了许多容颜。亲爱的老屋，新翻的楼房伫立在四周，将你压成了一个破落的点。你那从未曾示意过的坚定，如同一条河流，在我的心里汩汩流淌。

焉得谖草

我的体内里有个盒子，收藏着一份份心甘情愿又无可奈何的疼，它们在许多个夜晚将我唤醒。

读小学时，曾因交学费的玩笑事，向母亲许过长大赚钱来孝敬她之类的诺。这个承诺，直到我去深沪参加工作的第一年，才勉强算是开始兑现，给她买了一件枣红色的外套。

母亲喜欢极了，那个年节穿着它到处烧香，逢熟人便说道一番。正月刚过，母亲就将外套收进柜子里，鲜少再穿。我这也才从她口中得知，她很喜欢红色。对此，我深不知所其然。或许不单是她平日的穿着，连同她过去的数十年也早染上了素色的疾，不必如灰黑色的暗淡那么会引人遐想。

时光从老家和深沪的百里距离中穿过，悄无声息就过了八年。母亲衣柜里的冬衣渐渐多了，她却像摆弄展柜一样，把它们整整齐齐地挂着，偶尔穿出一件来，仿佛点缀着生活的新意。

两年后，我因工作驿动举家搬入市区，住进单位的宿舍。对于一个最远去过泉州而初到晋江市区的农村妇女而言，城市的白天，迷失在高楼大厦和纵横交错的道路之间；城市的夜晚，流光溢彩，车轮奔驰，人流如织，热闹非凡。

母亲就这样穿梭着，从农村的田地到城市的钢筋水泥，乡下邻里的闲谈湮没在记忆中，随着城市的夜不断地被拉长。她有时跟着我们去逛超市，走商场；有时在宿舍陪孙子玩，或跟着他东走西窜；有时也独自在周边散步，看看别人跳广场舞……

日子在母亲的城市生活里流淌，转入了儿子要上幼儿园的时段，母亲却提出要回老家去。我们屡次劝慰，她岿然不动，似乎倔强得不可理喻。我们终于还应了她的念想，送她回去，孤身守着那个老房子，守着那些半生相伴的田。

从市区到老家约有十九公里，回家的路况很好，路程很短，要见个面很容易。哪曾想，这个驱车不足半个小时的距离，却在工作和生活的夹缝里，成了我们母子之间的一道无形屏障。

父亲走了好些年，母亲在老家独居，她的儿子们除我之外都远走他乡谋生，电话成了彼此联系的最便捷的方式。于是母亲在卸下工作的夜里频频来电，嘘寒问暖。而我之于她的主动问候拮据可见，偶尔回趟家也是来去匆匆。三姑姑许是听到了什么风声，有一次公然诘问我：你有没有每两天打一次电话给你妈，关心她吗？我那因尴尬而急躁回应的结巴，始终是一种虚弱的底气。

手抱孩儿时，方知父母心。也许每一颗父母心对自己的孩子永远是那么柔软，他们习惯了隐藏或伪装，用面对你时的微笑压抑落寞，用硬撑着的站立安慰你放心远航。

风吞下了岁月的回声，如同母亲仍在一个人的时空里，安静地压卷着生活的年轮，却又在偶然的触碰中令人惊觉。

近两年来，村中与母亲年龄相仿的女长辈间兴起了微信热。我顺势要给她置办一把智能手机，母亲硬是不应允，一口气说出很贵且不懂使用等一堆理由。自幼起，我们便见多了母亲的精明，自然懂得她的想法。年节时，她总能变出一些好吃又便宜的东西来填我们的嘴；时至今日，我常要趁回家之机，偷偷倒掉那些不知已食用几日的咸菜、萝卜干，再嬉皮笑脸地接受她一番思想洗礼。

少年若天性，习惯成自然。事已至此，只好尽量由着她。不料有一天，母亲来电话商量要买一把新手机，说是也想学学微信。打铁需趁热，当天我便把手机给她送去。看着新手机，母亲像孩子有了新玩具一般兴奋，立马又吐出那句听得让耳朵足以长茧的话来：很贵吧？我信口编了一段话搪塞她，她那紧皱的眉头才又舒展开来。

自从学会了微信，母亲隔三岔五就发来语音，有时还要求与我们视频聊天。回到老家时，她会给我们播放她在微信群里翻唱的老歌。想着母亲年已过花甲，对这新玩意竟有那么大的兴趣，我心中不免一阵窃喜。然而稍静下来，特别是回味她的歌声时，心禁不住地堕了下去。

这本当含饴弄孙的年纪里，她白日在工作里打转，回家后还须独自起锅做饭进食。一旦生个小病，也是自己骑着电动车寻医问药，直到病情缓解才冷清相告。在母亲那些冷暖自知的生活里，我刹那间失去了扪心自问的勇气。

世事易老，年与时驰。我在爬行中寻觅，焉得谖草？言树屋前，伴母无忧。

小事缠身

晨起洗漱时，感觉头发颇为难受，便动了洗头的念想。左手戴着一串小叶紫檀的佛珠，似乎有些不便。取下眼镜后，将珠串撸了下来。还未听见啪的声响，珠子就散开了，嘀嘀嗒嗒地敲在浴室的瓷砖地板上。眼前的世界一片朦胧，隐约看得见一些小黑点在滚动，须臾安于各处。

一个念头掠过：好好的佛珠为什么会一大早就断了呢？手在头皮上扒拉着，关于玉器等随身物品出现异常而有不祥之暗示的情境，倏地现于脑海中。心中不禁暗忖：难道真的是不好的预兆？

忐忑，还是忐忑。

迅速冲洗好头发，端来一个瓷碗，蹲下身子，在地板上搜寻它们的踪迹，而后将其一一捡入碗中。这些珠子相互依靠着，像点簇在碗中，衬出碗底那一大片的白。而珠子越发鲜明，那娇小暗紫的模样显得那么可爱。终日戴着它们，却未曾细细端详过，想来这串佛珠之于我的意义，大概也止于购买来后的从众玩乐罢了。

只是真巧，掉落下来的有二十颗。为什么刚刚好是二十颗？这个二十的数字有什么特殊的含义吗？……这些臆想一片片浮来。该上班还是得去上班，一切仿佛都变得小心翼翼了起来。开车时，我甚至在想，是不是在提醒我应该保持车速每小时二十公里呢？

这种牵强附会的思考一经推敲就可笑，可心里的疙瘩犹在。若向人问询，怕有的或付之一笑，自己的傻就原形毕露了；而有的或若有其事地告诉你一堆玄虚，那更忍不住会胡思乱想。

最后决定顶着一半的侥幸私下去探寻——上网搜索。输入"佛珠突然断"的字眼，四十五万多个结果悠然以待。这其中主要有"挡灾避祸和绳子磨损"之说。前者言辞凿凿，并以现身说法为证；后者坦言是自然之象，正常面对，无须徒生烦恼。细细翻看，倒有多则佛门中人的话语深合我意。此说诸行无常，佛珠断开没有什么预示、寓意，不要迷信，重新串起来继续使用就是了，要知福、惜福方才能造福！

一个疑问已去，心尚有余悸。打破砂锅问到底，二十究竟有什么别义？从《说文解字》找到《康熙字典》，从象征找到谐音，从古典诗词找到现代语句，除有数字的概念外，还跳出了电影、游戏的名字，"爱你"的情话暗语，及古代男子弱冠、女子桃李年华的年纪。

疑虑全消，豁然轻松。回想自己如此折腾，终归是杞人忧天。生活万象，偶然间开了一个小口子，料想如我之人却疑念丛生，肆意牵连，仿若作决堤之状，任奔流而下，裹挟生意。

佛珠断了，捡拾起来擦拭干净，重新穿好绳子，让生活继续。

疼

  老实说，从小到大，谁没在学校里写过几篇关于老师的作文呢。只是当时太年少，对老师们的感情还是懵懵懂懂、模模糊糊的。后来我也成了一名老师，对这个角色的体会自然也认真了许多。再后来，我竟成了一名业余的写作爱好者，然而每次遇到有关老师题材的写作却如鲠在喉。这个绕不开的话题，在我离开母校尚志中学的二十几年里，慢慢地延伸，慢慢地沉淀，终究成了一种切肤的疼。

  在一件小事里追溯记忆的源头，班主任吴明霞老师的样子蓦地浮现在眼前。

  忘了是读初几的时候，一场牙疾猝然造访。都说"牙疼不是病，疼起来要命"，我算是尝了它的苦头，腮帮小肿倒不碍事，只是上下牙齿稍一磕碰，锥心之痛便袭来。即便不去磕碰，右后智齿抽搐般的疼不停地往里钻，让人讶异这一个小小的龋洞的杀伤力。万般无奈，只能请假闲待在宿舍。

  而今，我是不愿再追问是什么原因才会遭了此罪。只是依稀记得那时一个夸张的做法：我用绳子将自己缚在床上。宿舍是如此的安静，似乎只听得见龋洞里的细菌肆无忌惮地演绎着同学们平日的嬉笑吵闹声。我该做点什么，好不让这事揪住我的思绪呢？嘶，疼！汗珠不自觉地滑落了下来。

  就这样反反复复地熬着，终于等来了第二节课下课的铃声。此时，窗外开始热闹了起来，同学们冲出教室的哗啦声、老师们的喊叫声、集队的哨声、广播操声夹杂袭来，一浪盖过一浪，约莫过了二十几分钟才消停。于是，我又被拉回了一个人的语境，如同一尾涸泽之鱼，期盼水的到来。

  咯吱一声，宿舍的门被打开了。一个身影晃了过来，那熟悉的声音随之而起："牙还很疼吗？要不要去看看医生？"我实在记不清班主任吴老师当时的着装了，但她那紧皱的眉头和金色圆框的眼镜早就烙进我的脑海里。

  "吴老师，其实从昨晚就开始疼了，今天不知怎么的，特别疼。"见我嗫嚅的样子，她拉着我就往外走。记忆中，吴老师没有摩托车，也未曾见过她骑自行车，而我丝毫没有印象我们是如何到了前埔佳山那条街上的牙科诊所的。

  就这样，牙医按部就班地给我检查、清洗、消毒，在两个龋洞里填塞了浸泡过药水的棉絮后，牙疼终于止住了。我从未揣度过在我张着大口配合牙医治疗的时间里，吴老师的心境究竟是如何，但当我从治疗床上轻松下地时，她那平和安然的微笑一下子跃入我的眼帘，仿佛她那金色眼镜的光晕时亮了起来。

  回到学校后刚过了午饭时间，同学们一早送进食堂的蒸饭几乎都在他们腹中蠕动了。而我，一想起硬米粒硌牙的情景，原先的疼好像蠢蠢欲动。哪曾想，吴老师径直将我带到了她的宿舍，自己就进厨房忙活了。

  这里我也来过几次，十几平方米大的地，窗明几净，内外分明。可不知怎的，那天坐在椅子上等候时，内心却有一股情绪在翻滚。

一声"吃饭了"打断了我的念想，我一个恍惚，一碗面线已出现在面前。面线热气腾腾，吴老师笑意盈盈。我坚信当时我一定没有落泪，只是那些一股脑儿蹿上喉咙的滋味被面线一口口地压入腹中，俨然一片汪洋，恣意涌动。

二十多年过去了，关于初中的记忆越发模糊了。可总有一些东西在潜滋暗长，叫你现在一触碰便弹了出来。忘不了那因贪食普度宴，而唯一一次被班主任的胶条诘责的警醒；忘不了那因一分之差与心仪高中校失之交臂后，而毫无负担地流连于课堂的快意；忘不了最后一段空闲的时光里，我在晚自修课上自告奋勇地给同学们讲解试题时的酣然……

或许有一天，这一切都将老去、凋零，甚至被忘却。然而，这一味疼的感觉，却不知何时已以各种姿态，在身体里缓缓地流淌着。

一湖水，一朵云

一湖水，白杨环绕，倒影倾注，鱼在深处憩息。

一朵云，苍穹庇护，蓝白相知，鸟在风中飞翔。

一片叶子落下，涟漪微漾，湖面泛光。山间肃穆，百草依旧，一个酣然的鸣声让鱼醒了过来。

世间有时就是这样，一种姿态里，上和下没有界限，内和外紧紧相连。

一切都在时光里发酵。风的呢喃遁巡，一层层灰色蒙在天上，挤出厚重的墨色，哗的一声，雨急促地落下，打花湖面，撩拨着枝叶，安抚着空气。

鱼上泳，探出水面，瞥视另一个世界。鸟收起羽翼，如浮尘坠地，都在一个安身的方寸里，谛听自己。

一场雨来临，惊动两处身影，都是明眸善睐，都在剔透晶莹的视线中，仰俯一片天地，交汇出一个凝视距离。这一刻的端详，仿佛真的前生来过，如此熟悉。又似有一颗雨落下，转瞬间便吞噬了所有的声响，心空白地静谧着。

等和风吹酥了山间，细雨矜持得沉默后，湖面开始发光。这时，鸟抖抖羽毛，双爪轻轻压了一下树枝，振翅向远处飞去。一道弧线将一个目光迅速拉向天幕，越发悠远，越发辽阔，渐渐变得模糊。下沉，湖水濯那双至死不闭合的眼，鱼在想：那些看不见的放在心里，变成柔软与渴望，也许就会更加明亮。

隐和现交替流淌时间，像鸟扑着身影飞过季节的交换。秋月钻入云间，寒冬的苍凉划过，春光泅开湖面，美得欣然。只有那山谷的笑意还那么腼腆，羞涩得似乎只有听见花开的声音，才敢灿烂。

以同样的姿势攀升，湖水和时光眩晕，杨树的枝头有了艺术的点染。在湖边，一串串葇荑花序会心地垂向湖面，饱满的子房边披满绝细绝细的长白绒毛。风一吹，天空下白茫茫的舞蹈在飞旋。

鸟从春意里飞来，鱼在春水中游玩，杨树花的眼睛最先探悉了温暖。鸟扑落在枝头上，花儿荡漾，轻飘飘地贴在湖上。鱼徐徐上扬，依然离天那么远，却分明望得见恣意的花瓣和鸟的模样。

也许，在仰视的目光里，鸟如风逍遥，天地纵横间更显卓然不凡；而在俯瞰的视线里，鱼似云蹁跹，一泓青碧里独出悠然。可谁曾想过，以花致意，那或上或下的演绎不过是自己的心事？

日头正上，春情渲染应莫殇。阳光滑翔过叶间，遁入湖中，浮游物油油而扬，拂过鱼的眼，又像往空中弥漫。在这个若隐若现笼罩的维度里，生活显得那么斑斓。

湖水缱绻，鸟的翅膀打开苍穹的方圆，凝视的世界缩小成一点，丛生的思绪拉出最悠长的线，随风轻扬，也在命里辗转。

谁都无法洞穿世事，打破平静的日子来得如此简单。一场风从春天开始酝酿，席卷起海面的风浪，向夏日汹汹奔来。它越过山巅，冲入山谷，摧枯拉朽般地盘旋。

　　不期而遇是最好的解释。风的追求来得如此热烈，猝不及防地摊开一个拥抱，蓦地将鸟扫落在地上。啾号扯开空气的缝隙，几片分离的羽毛或上或下地飘摇。它不知为什么，与生俱来的飞成了煎熬，原先自由抵达的地方变得如此之遥。

　　风在邀约，雨疾驰而下。它拼命地散开，以浇灌之势反复覆盖。鸟慌乱地跳着，爪子跳过被雨涤荡的青草，跳过被水柔软了的泥土，跳过花瓣零落的蕊，瑟瑟缩缩地躲在一个树干下。它的眼睛里分不清是雨水还是眼泪，仰望的天在树梢的高度上一片模糊。

　　……

　　似水流年。

　　一朵云下，还有鸟在飞。

　　一湖水里，还有鱼在游。

　　在风、雨、阳光的镜像里，距离似近又远，如同许多东西归于隐藏，却不可遏止地留在了生命里面。

这里就是梧林

这个夏季的一场风来得如此及时，不然我就错过了梧林。如何向你述说她的世界，在那情感激动洋溢的时刻。我想，有她的诗意，有她的故事，我们便能安静。

她就住在不远处

从晋江市区出发，往石狮方向行驶二十余里，右拐进入东西三路，再行三里有余，便可见一块黑褐色的大石头，它上用隶书体写着"梧林古民居"五个鎏金字。车一晃而过，闽南古民居的形态似乎一下子浮现在脑海中。我想，她应该是一个红砖古厝成群的地方，有"出砖入石"，有燕尾脊，有天井，也有庭院深深，更有闽南寻常人家的生活况味。

沿着新铺就的水泥路直行，左拐，便见梧林的隘门。沿着隘门头顺路而行，那狭长的路仿佛要带着我走进一段历史。我努力地从已搜寻来的资料里去对照她，希望能找到一些印证。

有关资料显示，2003年11月前，梧林村隶属于罗山镇；2003年11月后新塘街道建制，划入其辖区；2004年12月梧林村由村改为社区，正式更名为"梧林社区"。《晋江县志》（清代周学曾等纂修版）的卷之二十一《铺递志》记载，城南三十里处属二十五都，在宋代为安仁乡的聚仁里，清代辖有十四乡，梧林村为其一。

梧林社区面积不足三平方公里，居民单姓蔡，是济阳蔡氏丰田家族一脉，户籍人口一千八百多人，外来人口二百余人，设有四个区。其地势西北高、东南低，向西北靠石鼓山。

单是这暗合东南沿海地带的名分和颇有似水东流的地势，就很值得说道。

如何见得梧林是西北高、东南低呢？在社区的地图上未必能清晰地见得这些标记，而从村民对地名的称呼里却可见一二。从梧林社区标志牌进入，须经过一座桥，村民称之为"新桥头"。新桥之下便是梧垵溪（这河段也被唤作"梧林溪"），该溪全长约有六点四公里长，从进村不远处流过，将田地和民居自然切开，劳作与修养之地似乎泾渭分明。

自梧林溪向东南行，有一块地属于梧林，名为"过溪"。向北或西北，有过坑（又称"顶坑"）、过沟、深夫、过渠、石鼓头、铁彩山等。"过"字的艺术却是意味深长，之后所接的"溪""坑""沟""渠"等代表地点空间的词语，无一不是反映出其地势不够平坦，这也符合水往低处流的特点，可以造就东南低的局势。至于西北高就显而易见了，石鼓头（可能是资料中的石鼓山）和铁彩山都是小山丘，却为村中制高点，成西北高自然不足为奇。

而在两座小山右侧的地方叫"深夫"，自北向南分为顶、下两个深夫。梧林四周有上郭、湖格、荆山等村落环绕，成盆地之状。如此看来，梧林的地势形貌，配合深夫的形态和自身坐落的格局，宛若一只东南而望的凤凰，在历史的风雨和阳光下安之若素，几乎可称得上是一个世外桃源。若依古时堪舆术而论，梧林得青山倚仗，衔碧水滋润，算得上是地理位置奇美，风水俱佳。

我在设想，如果梧林成了旅游地，这个解说应该是不可少的。游人一旦进入其中，如果迷了路，便可依这倾斜的走势而行，不慌不忙地找到出去的路。这样的地方怎么会不引人向往呢？

她名字的来头不简单

梧林因何而得名，名字有什么含义，又有多长的村史呢，还有多少东西值得我们去探究呢？

要谈梧林的名字由来得先从其开基祖说起。济阳蔡氏丰田家族家谱网的《丰田蔡氏始祖隐斋公》篇中有载："六儿子旺生移居梧林。"其"家族名人"版块上记录："蔡旺生：字六秀，号乐轩，均用公六子，由山兜移居梧林。公豪侠好义，果决有为，忧人之忧，乐人之乐，乡邦称隆望焉。更为肯堂以光前，请产以裕后，苗裔可乐居焉。诗所谓'无竞维人，四方其训之。'又曰：'贻厥孙谋，以燕翼子。'"由此观之，蔡旺生为梧林社区蔡姓居民的开基祖，是一个重德行之人。虽其生卒年不详，但从《丰田蔡氏始祖隐斋公》篇可知梧林蔡氏家族始于明朝，推算至今至少有六百多年的历史。

六百多年的时光，打磨出一个古老的村庄，孕育了一段段村庄的文化，潜入村名得来的故事中，散落在小街旧巷、屋舍墙瓦，更流淌在梧林人的血液里。

关于梧林的名字来历的说法应该有不少，若须分类，主要有附意和附音两种。附意，顾名思义，主要取其意境、寄意等；而附音则以读音相近、谐音等为主。

梧林社区古时称"狮透埕"。单这个古称就让人遐想联翩。

梧林蔡氏家族出自石狮山兜丰田蔡氏，地临石狮，而"透"字在闽南话中有"直通"之意，"狮透"二字可初步理清其地理位置。"埕"字有"中国福建和广东沿海一带饲养蛏类的田"的意思，在闽南话中"指房子正门前的私人或公共空地"。这两个义项，一个与丰田蔡氏家族始祖蔡均用后期从事的工作巧合，一个则暗示了其家族繁衍的兴盛。

"狮透埕"这个古称似乎与蔡均用有着千丝万缕的关系，自然也牵扯着梧林。丰田蔡氏家族始祖蔡均用，"由莲塘入赘山兜田内（今属石狮市祥芝镇），以'丰田'为灯号，自立门户"。山兜村离泉州城约四十里，在丰山北面山脚下，加之莲塘蔡氏是自兴化（莆田）迁徙而来，或许蔡均用心系本源、不忘肇兴，便各取一字而成"丰田"。恰巧这"丰田"二字又可引申为"田地丰饶"，着实符合古今人士对土地的寄托与渴望。

蔡均用肇基山兜，先后应民籍和军籍，之后又应盐籍请产古浮海荡，承受"一户应三籍"的重压，由农耕向海洋发展，海陆两线同行。这种思维和运作方式为后期六个儿子的移居生活打下了坚实的基础，也对他们日后生存发展的选择产生了重要影响。他的第六子蔡旺生后来移居梧林，此举也演绎了一段关于梧林得名的故事。

据传当年蔡旺生暂居狮透埕养鸭，本想将鸭群赶往别处喂养，无奈群鸭不走。于是，他将储存在暂居地的五篮稻谷取出喂鸭，并在此定居。因在闽南语中"梧林"和"五篮"的读音一致，久而传之，"五篮"就成了"梧林"。如此说来，梧林是附音而来的。

又有一说，梧林的古地名为"蜈蚣节东"，所在之地树林丰茂，"蜈"讹传成"梧"，兼顾树林的因素，得名"梧林"。此说法既附音又附意。

另有一说是纯粹的附意。蔡旺生从山兜村移居梧桐林边建居，简而化之，故称"梧林"。以"梧桐林"为纪念，是颇有深意的。唐代诗人崔曙在诗作《山下晚晴》中有两个佳句："故林归宿处，一叶下梧桐。"其中"故林"喻为故乡或家园，"归宿处"则是居家住宿的地方，"一叶下梧桐"让人触景，继而生发幽思故乡的情绪。这种乡愁故地的说法，好像暗合了行文中"丰田"二字的由来，或许可称得上一脉相传。

然而不管是哪种由来，都时来已久，难以稽考，那就停留在这些声色动人的故事里，带上陶醉的感觉，继续感受梧林的村庄文化魅力。

这里的人热血又亲切

一直以来，梧林人多地少，人均村域面积不足两平方米。关于这一点，当你从宽大的梧林社区大路经过后，行走在她逼仄的街道和小巷中，便会有切身的体会。请允许我们姑且将她视为弹丸之地。

俗语说："麻雀虽小，五脏俱全。"梧林社区虽小，却也不容小觑。六百多年的历史涵养，六百多年的风雨洗礼，在时间偶尔裂开的瞬间，总有惊人之喜。晋江自唐开元六年（718年）置县以来，英才辈出，有"海滨邹鲁"的美誉，中华人民共和国成立后是著名的侨乡。这两颗明珠璀璨的光芒里，也有一份是属于梧林的。

在古代中国的宗族里，一个家族有一个家族的规矩，济阳衍派丰田蔡氏家族传衍六百余年，"在梧林已蕃衍至二十四代人"。他们的辈分按照三十一个字的字行排序：均、秀、淑、肇、钦、元、雅、一、所、兴、可、期、奕、世、光、祖、德、咸、怀、忠、良、扶、朝、廷、簪、缨、百、代、称、燕、翼。这个字辈表若按照七绝格式由后至前断句，颇像一首有"光耀宗祖、报效国家、立志成才"蕴意的诗。也许梧林的先祖就是这样想的吧。

梧林就像一朵蒲公英，风的传播让种子四处落地生根。

从梧林村民的口中和查阅的资料可知，六百多年前的梧林已翻开了海外遗民的历史，开基祖六秀公第二子铭礼移居海山（今台湾）是开创之举，而后梧林蔡氏多有移居海外，在菲律宾的华侨就有一万一千余人，在香港的有六百多人，在台湾乃至海外也有零星散落。

累加计算的话，丰田梧林蔡氏家族也算得上枝繁叶茂、人丁兴旺。在这段兴盛的家族传衍进程中，我们也许应该记住一些为此锦上添花的人。好在延续千年的家族意识造就了谱牒，给一个姓氏更为一个村子的光辉填补空缺。

在《丰田蔡氏族谱》中，清朝时期梧林人的恩科、功名、封赏等荣光浮泛，另一个梧林随之而出。

"蔡以褚（1643—1688年），字可候，号定远，梧林人。清康熙癸亥年（清康熙二十二年，1683年）随水师提督施琅征台有功，授镇国将军副总戎，官名伯印。"这寥寥数字藏着功绩、名位。但稍计算，他享年才四十有五。在寻访中，有人说蔡以褚是梧林蔡氏三房柱的人，被"抄家灭族"，有人说他是"吞金而死"等，还有人说三房柱的人一夜之间在梧林消失了，可能在事发时连夜回迁石狮古浮，也有的则漂洋过海逃生。我极力想用这些零散的片段去拼凑出一个功名地位显赫的蔡以褚，可惜在诸多的资料中找不到明确的痕迹。村人告诉我，蔡以褚死后数年被追封为定远大将军，这是否属实，我不得而知。然而村民口中的将军墓犹在，它缄默地守住了一段历史，守住了一个人浮沉的一生。

将军墓现在梧林社区西区的顶深夫，它被筑在小斜坡的上方，坐向与梧林相同，占地约四五十平方米，有一方约长八十三厘米（裸露地表的部分）、宽约五十六厘米的竖式小型墓碑，花岗岩质地，碑头呈拱形又两角上翘（阴宅状）。墓碑中榜刻有"皇清蔡公乐丘"，碑左边有"考镇国将军定远"等字样，两行字眼均为阴刻，字数上符合中国传统黄道的"合生老"之吉。从墓碑朝向望去，往下是一大片倾斜的山地，杂草丛生，隐约可见几片开垦的田地，如果不细看，此时此地满眼都是碧绿。我分明是喜欢这勾人的碧绿，却恍若又堕入一种悲凉里去。野有蔓草，如何的风光，到最后都是一堆黄土，只能交给时间来淹没。

在将军墓左侧是一座规格相对小的清代合葬坟墓。墓碑中榜着笔较为奇特，上写"清皇恩宠锡"等字。在封建时代的封赏之中，"锡"通"赐"，看来这也是一位身受清代皇恩的梧林人。除此之外，在梧林的历史上，蔡奕力、蔡奕直、蔡期庙等三人也有此殊荣记在丰田家族族谱。蔡期庙（1709—1782年），字期伟，号德惠，皇恩宠锡黄绢内顶戴荣身。蔡奕力（1678—1753年），字奕勇，号纯朴，皇恩宠锡黄绢内顶戴荣身。蔡奕直（1685—1753年），字奕道，号纯质，是蔡奕力的弟弟，皇恩宠锡冠带荣身。生活有时就是这么巧合，蔡奕力兄弟二人同受皇恩，同年西归。

封建时代的梧林人还有一个人不能不提——蔡光座。蔡光座（1670—1737年），名台，字期帝，号峰山，是蔡以褚之子。清康熙丙寅（清康熙二十五年，1686年）进凤山县学第十七名，清康熙庚寅科（清康熙四十九年，1710年）岁进士（贡生）第一名。《晋江县志》（道光版）卷之三十一关于他的记载有句话："长汀训导。"光座是他的官名，他曾诰赠修职郎。清雍正十一年（1733年），为丰田家族修谱撰写谱序。

较之古代晋江进士济济的盛况，梧林的封建官员体量是微小的。然而历史的眼光一旦从过去穿透而来，指向现实的土地，那些值得称道的依然会吸引我们的眼球。梧林人把他们的特质一直传承下去，将血脉与祖国的土地紧紧联系在一起。从清末到民国时期，出现了蔡德鑨、蔡咸晒等实业家；在抗战时期涌现出蔡咸炮等旅居菲律宾的抗日义士，在村中出现了"宁可穷自己，也要支援抗日"的善良淳朴的村人。

行走在梧林，和风徐徐，你行色匆匆或信步闲庭，便会招徕和善亲切的目光，好像你们熟识已久，一种回家的感觉油然而生。我想不管在哪个季节，梧林人的脸上总是会洋溢着不慌不忙的神色，让你以为不小心闯入了一个桃花源，那般安详。

这里的建筑很有"范"

来梧林的游人，很多是为了看她的建筑群。这里的建筑很古老也很现代，不论哪一种款都很有"范"。

有村干部向我介绍，梧林的古建筑群占地约两百余亩，共九十九座，其中二十六座被纳入泉州华侨历史建筑群，有五十二座可修葺，其余的已荒废。这些数据已然触目惊心。几日寻访下来，但见那完璧难成片，残缺半边天，更有荒废消容颜的景象，心中怎能不起波澜？好在，一切都在动了，自上而下、齐心协力地保护古民居的行动已展开。

这两百多亩近百栋的古民居，要从哪一栋先下笔呢？也许是视觉太饱满，感情过于强烈，奇异、赞叹、沉醉等感觉包围着，让人一时之间竟然理不出头绪来。这难道会仅仅是我的感触吗？

游览梧林的古民居建筑群，设若没有村民或导游的讲解和引导，你也许会眩晕的。闽南官式大厝、西方洋式高楼满布，有时它们是那么泾渭分明地立着，有时又交相毗连一拥而来，似乎它们在梧林的各处随时恭候你的到来。这种沉落历史的冷静，怎么又飘出一种像梧林人待客之道的热情呢？

梧林社区分为东、西、南、中四个区，唯独没有北区。据说是当时在划片时，初步将靠近上郭的地方划为北区，但因北区人口只有三五户过于稀少，就并入西区，西区便成了梧林最大的片区。而在这四区之中，建筑群主要东、西、中等三区，以中区的为众。

当你在梧林的古民居行走时，如果不是门牌的告示，你几乎是分不清在什么地方。如果不是建筑物上的资料简介，你估计也很难懂得区分同类型建筑物之间的差异，也许只觉得古大厝古典唯美，洋楼高大新奇，很快就会陷入它们因构造用心和局部精致的观赏之中，听点故事，走走看看，拍几张心仪的照片，就忍不住地赏心悦目了起来。

对于想研究和学习建筑学特别是建筑美学的人而言，来梧林就来对地方了。在梧林，闽南官式大厝（也有连片大厝）、意大利哥特式、古罗马式、西班牙式、中西合璧等多元建筑风格的房子包容并存。作为一个普通的游客，你也不必纠结于哪种建筑风格，在这个日新月异的信息时代，你总能在其中找到与你为旅游做功课相印证的东西。

请你走到蔡德养宅、蔡德鑨宅、蔡德卫宅、三栋厝等闽南官式大厝去，仰望弯曲的屋顶正脊和高翘飞扬的燕翼，游走在随台基高低起落的曲廊里，观赏墙垛、门框、门洞、匾额、栏杆、阶沿、明沟、柱础、铺地等处的石雕，品味梁架、斗拱、柱头、顶棚、垂花及门、窗、隔扇的木雕，凝视院墙上檐下有图案、山水、人物画面的泥塑灰雕，端详主入口门罩、大门两侧主墙等寓意吉祥的砖雕，哪怕伸手拂过一堵壁画，你便仿佛会看见一座座闽南官式大厝建造时，大木作、小木作、瓦作、砖石作、油漆作、彩画、堆剪作等工匠进进出出、热闹非凡的景象，更会明白古代闽南人是如何把家族的历史、对后代的训诫和期许等，精雕细琢成一种源远流长的闽南文化，传承未来。

梧林古民居的古典令人回味，既给人惊艳，也惹人沉思。也许在你左拐右弯时，就遇上了那几堵古老的墙。很多人就此一晃而过，六百多年的历史从你眼前一掠而去。

历史从来不会仅给你精美的一面，残缺的存在成为对照，成为追溯的力量。村人说，这几堵墙可能是梧林开基祖留下的，有专家在考究后推测它始于明朝。我不懂这其中的奥秘，却极力想去触摸。

朝北的一堵外山墙，单一的大圆弧如马鞍的形状，闽南建筑上叫"金行山墙"。它不高，顶端距离地面约有三米，上窄下宽，依次摊开六个平行面，嵌有一扇小花窗。清水砖和清水砖几近等距地正面隔开，留下的方形空隙，让火红的瓦片和砖头展现出弧形、圆形、斜线形、水平线形等丰富的形态，引你抚摸那剥落的风尘，引你捕捉那方寸之间的美术意趣，又带你从山墙的中部领略"福""岁""寿"等砖瓦拼出的文字魅力。

山墙的下部是石砌的。乍看之下，大大小小、形态各异的石头突兀铺开。与山墙中部衔接的地方，那些石头俨然被风雨浸透成赭色，巧妙地过渡出底下的褐色。也许，这古厝的建造者是谙时光的，他相信有这么一天，那些滴过先人的血汗的砖瓦石，会用烈火煅烧的闽南红，涵养一份纪念，供后人追怀。

在梧林，如果你愿意，在闽南官式大厝的精彩里，你还应该去踏寻蔡德养宅（也称"百门厝"）这传有九十九门大厝的痕迹（另一说有一百〇八个），去聆听三栋厝的蔡咸晒、蔡咸乾、蔡咸揣三兄弟的海外创业史和回乡建厝史，更值得去亲近那两株见证生命顽强不息的传奇的"鸟粪榕"。

"鸟粪榕"是村人对它们的戏称，两颗经由鸟儿偶然携带来的种子，偏偏把家安在了蔡德镰和蔡德卫这两兄弟相邻的大厝上，并以各自坚韧的成长，撑开一片独特的天空，像在延续一段时空不灭的兄弟情谊。

蔡德镰宅的榕树长在右侧崎头的房顶，距今有多少年，我不清楚。据资料介绍，三十多年前，它迅猛地生长，把生长处的屋顶压塌，并占据固有的阵地，沿着梁、柱、墙面等不停地延伸，"垂穿地面，树冠覆盖整个大厝门庭"。

考察时，因诸多因素未能进入宅中细细观察。站在大门右侧仰视，那高大的树干分枝横斜逸出，盛夏阳光从绿叶间漏下，送来片片的温和。慢慢探看，正面两堵墙、入口门罩和右侧墙体上的砖石上，榕树的根如此决然，有的干脆窜出根来蔓延，有的则从墙里面把墙砖往外推，其中右侧的墙面被推出近十厘米。它不断"向下伸出四围的手臂，好像要把地上万物都一齐向高空举起"（诗人蔡其矫《榕树》的诗句）。这力量多么可怕、多么震撼！

从蔡德镰宅和蔡德卫宅之间的小巷进入，跨过边门的门槛，我见到了另一株"鸟粪榕"。它是如此霸道，倾斜着身子向前，碗口粗的根须纵横交错，四处攀爬，几乎盘踞了半个顶落，留下边房、后轩、后房的几个柱石和几条石板安分地卧着。据说这榕树也是寄居在屋顶，后来长至屋顶无法承受，就塌陷了下来。这掉落的生命非但没有消逝，反而更加自由地生长了起来。我在心里暗暗念着"落地生根"，也对这株植物油然地敬畏，它把生命随遇而安和奋发敢为的状态，活生生地摆在了我们的眼前。

来梧林，这两株"鸟粪榕"是不容错过的。来梧林，"番仔楼"也一定会让你大饱眼福。好像不经意之间，你便走进了纷呈的异域风情里，感知到西式的建筑艺术在此重生。

德镰楼建于1932年，是梧林20世纪50年代的地标性建筑物。外部以钢筋混凝土夯墙，内部采用闽南大厝空间机理，加上饰有吉祥图案的拱券及拱券连接的廊柱、罗马式与火炎形的山花、水泥宝瓶栏杆等点缀，堪称中西合璧的楼房。

可德镰楼最有故事的地方不是这些。为了建造它，主人请英国设计师进行整体设计，从上海租界派遣一百多名混凝土建筑工人分组日夜连班夯墙注筑而成。建房所搭建的上下进出的架子长达百米，楼内还有先进于当时的自动自来水设备和抽水马桶设备等。

光建造门口那约两百平方米的石埕的细节听起来就令人吃惊。该石埕耗时三年乃成。据说当时流传一句话：泉州南门外有两个半石埕，这个石埕算半个。这个所谓的石埕标准之高可见一斑。村民有人说，那石埕主要用来晒芝麻，对铺埕的石头表面要求非常高，为打造出符合标准的石头表面，采用石磨石的技术，即将两块石头堆叠，石头两边各站一个人拉绳索，有两人一左一右反向推动石头，配合牵拉摩擦作业，还有两人给这两块石头浇水。为磨出两块表面平整的石头，居然要耗费六份人工之力。铺设好的石埕进入验收阶段，宣纸就派上用场。验收者将宣纸垂直对准石板和石板的间隙插下去，若有部分宣纸没入其中，那便视为不合格，须重新返工，反之则合格。而从村人道听途说的不允许穿木屐的人从其上通过、踩踏的禁忌来看，主人对于这石埕也是爱惜备至。由此可见对于这房子的其他处建造、装饰的精致与用心，实在不忍想象。

后来抗日战争爆发，蔡德鑨家族也投身于抵御外寇的斗争，将拟用于楼房后期装修的钱用在了抗日救亡运动上。虽然房子整体没有建设装修好，但其慷慨大义也成为一股正能量，成为一段抗日的历史佳话。

在梧林，这种心系家国、支援抗日的义举蔚然成风。还有不少华侨建筑适逢抗战时期，梧林华侨们主动地停下建设和装修房子，把资金捐给国家。

旧学堂也是如此。这座被称为西班牙哥特式的建筑，打破中式建筑中轴对称的常规，左右空间各异。从1938年建造用于侨批馆的初衷，到捐资支持抗日，直至中华人民共和国成立初期走兴办学堂、发展教育之路，时刻都散发着爱国爱乡的情思。为大家津津乐道的还有三楼右侧那一方不规则的游泳池。夏日炎炎，那一汪亮晶晶的池水和独特的构造，带来满楼清凉。

流连在这批西式洋楼里，雄浑庄重、形式多样的古罗马式的朝东楼，高大挺拔的枪楼……有如一栋栋装满声音的楼房，不倦地向我诉说着昔日热血、富裕、动人的故事。

这里的风景真好看

梧林虽小，却也精致，那些神奇的景观值得去探寻。

走入梧林，往社区居委会正前方行走二三百米，可见一个大窟窿。大窟窿呈圆形，半径十余米，深度约有六七米，下有一窝幽碧的池水，通过西边的石梯可以走到下面。村民称它为鱼塘，有的说是风水塘。

在村全景航拍图里看它，它那深凹的形态，犹如一口活泉，昼夜不舍地滋养着梧林的一切生灵。它又像一只时刻睁着的天眼，洞穿尘世的是是非非，冷眼旁观过往的生活，风雨不惊地守候着梧林这片家园。

这池塘是用来养鱼的吗？如果你如此简单地理解它，难免不够准确。这个普通的窟窿的得来和一个村的生产生活，乃至早期村民的喜好竟然密切相关。

长期以来，梧林地少人多，沟、渠、住宅地之外，村民在其他较为平整的土地上种植旱、水两类作物，同时也向山间、林间进军。有村人说，这鱼塘在民国时期是一条小水沟，周边为草埔仔和种芋头的田地。大旱之时，村人用戽斗等农具取水灌溉作物，久而久之，渐成一个小坑。为长期方便灌溉用水，或许也兼做他用，村中有一群人合力开掘出这口池塘，并在路面上引了一条通往梧林溪的沟渠。

那沟渠的奇妙之处主要在于涵道门的设计。涵道门是沟渠与池塘连接处的开关。遇到下小雨时，关闭涵道门蓄水，以备旱灾穷困之用；遇暴雨或池塘水涨满时，则打开涵道门，让水排进梧林溪，发挥了制约平衡的作用。这些技艺的灵活运用，不仅反映了当时梧林人生产生活的经验，更散发着他们面对天地的朴素的智慧之光。

回过头去看，这一群开掘鱼塘的人是谁呢？村人说，他们叫"廿四猛"，意思是说二十四个勇猛的人。人数可以相信，至于"勇猛"还是得有个说法。当时新塘属罗山管辖，流传一句话："沙塘吃，后洋穿，上郭赚钱不舍得用，梧林赚钱买短枪。"据现在梧林老一辈人的解释，民国时期的梧林人年至十八岁，几乎都会想着花钱买驳壳枪。而"廿四猛"就是其中的典型代表。他们在外威风凛凛，四乡八里的人都惧怕他们，但他们从不行凶作恶，甚至在"让子弹飞"比气势和封建械斗的时代，梧林却没有发生过一起因打枪而死人的事。

"廿四猛"中有一个被村民传得神乎其神的人——神枪手蔡怡苗。据说他曾骑摩托车到后洋塘，在车行进中两手放开车把手，表演双枪打鸳鸯的好戏，其精准度引得众人高呼。还有人说，蔡怡苗曾在石鼓头点香练枪法，子弹专打香头。而此等威风的人在囊中羞涩时，便会耍枪打手抛的铜钱和反复扳响枪栓的暗示动作，也是别有趣味的。

不管如何，梧林因了这口池塘，在农田种植上等得了便利；也因了"廿四猛"的传说，多出了历史的味道。如果你细细去梧林拾掇，估计会令人惊奇的。

有水有山，山水相映才更能成为迷人的风景。

在梧林的最高处有一座小山丘，名为"石鼓头"。山上有两块石头上下相叠，但大小不知。风吹来时，石头就会发出铿硁的声音，村人便唤它"铿硁石"。据说用小石头敲击它，也可以达到同样的效果，那一铿一硁的声音清脆干净，让人自生趣味。

可惜的是在1963年间，因村人建房需用石头，在开采铿硁石下面的石窟时，一并将它收购了。而今它不知被安放在房子的哪个旮旯，如同那个不可考的来历，被时光独自记忆。

石鼓头的附近也有一座小山丘，叫"铁彩山"，或因读音之故，村人亲切地叫它"铁仔山"。铁仔山与石鼓头相当高，多有树木，地势与村子的相同，是西北高东南低。单有这些普通的东西，铁仔山自然不值得多谈。正所谓平中见奇，铁仔山也有一奇，而且是带着仙气的奇。

仙气从何而来？仙气有仙人的遗迹传说为证。在铁仔山上，有两块粗石头相依，其中一块留有一个约四十厘米长的大脚印，大家叫它"仙脚迹"。

想去寻找仙脚迹的实处，淌过杂草的小路，穿过荆棘掩盖的小斜坡，蚂蚁也来凑热闹，钻进裤管来咬，最后只好悻悻而退。幸好下来遇到了村民，就向他们询问，不料他们中竟有人和这脚印有过亲密接触。那个人说，小时候他经常在这山上割草、玩耍，他和几个小伙伴爬上去合过脚印。他边说边比画，两手拉开约四十厘米宽，右脚模仿当年合脚印的姿势，朝东南方倾斜。在他的印象中，仙脚迹是褚褐色的，山上没有另一个脚印，也没有听老一辈讲过关于仙脚迹的神话。同行的几个人戏说，另一只脚是往青阳或清源山方向去了。很巧的是，清源山上还真留有一个传说是吕洞宾跺脚留下的又大又深的脚印。

这是巧合也好，自然景观也罢。在梧林这一方土地上，风景如斯，行人稀疏，边走边想，心里不自觉就舒坦了起来。

这里有"一味"小吃有够赞

晋江是富有味道的地方，其人文韵味历久弥香。在晋江地域，各色小吃遍布各个镇街，飘散在许多街巷的食物的气息，充满了诱惑力。梧林的双塔牌南昌葱头糖应该说是其一。

葱头糖，光从字面上去揣测，应该含有葱头和糖。后来有幸采访了梧林双塔牌南昌葱头糖的传人蔡良颜，得知它的原料是麦芽糖、白糖和葱头。蔡师傅说，南昌葱头糖至今已有八十多年了，双塔是意会泉州东西塔，而名号是用他父亲的名字。

光是原料的搭配比例就是一种生活。当两者的市价孰高时，所下的分量就少些，其余的则由对方弥补。这寻常百姓家的产品制作，既懂得平衡，又保有原始的方法，一个点滴也都闪动着拿捏生活的智慧之光。

其实在此之前，我是不知葱头糖的，更别谈它的制作工艺了。

制作古早味的葱头糖比较费事，须经历熬制、冷却、拉拔等工序。首先将纯麦芽糖和白糖放入铁锅中炼制约莫一个小时，期间得及时地自锅边向锅心搅拌，以免粘锅、烧焦。锅中的原料在膛里柴火的撩拨下，展现出一段神奇的变化过程。常态下，水是先冒泡后沸腾的，而葱头糖却是相反。等到这一锅东西的颜色渐转为棕色时，就熟了。之后，起锅，将它搁置在铁盆中冷却。冷却的时间一般是夏长冬短，冬天冷却的葱头糖质地偏软，夏天则偏硬些。这些处理都是为下一道工序和做出好的口感做准备。

而葱头呢？它早在一旁的另一个油锅中被炸成了金黄色，被捞出沥干，在完成被撒到炼制品身上的使命后，成团的葱头糖算完成了。

接着就是拉拔的工作。你看师傅漫不经心地将从葱头糖甩到墙上的竹钉上，双手左右同时一拉，原先成团的葱头糖就变得苗条修长。如果左右两边不一样长，就先从哪边下手。拉拔葱头糖的过程就此开始。然后师傅按照写"8"字的样式，上上下下，交叉缠绕，如此重复，直至葱头糖由棕色变成乳白色，葱头糖的制作才真正大功告成。

拉拔的过程看似不难，其实力道的运用有季节的玄机。一般来说，冬天气温较低，葱头糖容易发硬，拉拔的力度自然要大些，耗时也较长，而夏天则反之。看来要吃上一口小小的葱头糖居然需要如此大费周章，这平凡之物陡然显得可贵了。

在六十岁左右的梧林人记忆中，刚做好的葱头糖被悬挂在竹钉上，再由南昌老师傅挑着穿街过巷叫卖或在钟楼下摆摊。老师傅的行当也很简单：一条扁担，一对装葱头糖的方形木箱。你可千万别小看了方方木箱，它内藏机关。一只小木箱被隔成两边，左边较大，放着葱头糖；右边一般有三个格子，分别用来放蒜蓉、花生末和钱。遇到顾客时，老师傅在葱头糖的尾巴上一拉，用剪刀一剪，顺手拿起竹签缠绕，五分钱的葱头糖就成了。而出得了一角钱的，葱头糖是升级版的。师傅剪下葱头糖之后，会根据客人的喜好添加佐料，然后细心地包装起来。如此一来，几种食材混合的葱头糖味道极佳。你设想，葱头油的香，麦芽的粘润，花生末的颗粒感，或是蒜泥的刺激，交杂混合，既科学又健康，真是令人回味无穷。

天底下哪有全是美事，小口食的竞争也是一场没有硝烟的战争。蔡良颜师傅就给我讲述了一个趣味十足的小插曲。南昌老师傅曾在钟楼下摆摊，隔壁摊位在卖花生，摊主叫墨鲤。说是为了招揽生意，卖花生的吆喝着："五分一捧，卡俗沙母管。"老师傅随即高声对道："我五分一团，卡俗墨鲤。"这句闽南话的大意是，一团葱头糖比卖花生的喊价还更便宜。

这种闽南话的对仗，听不懂方言的，对于话中之意也许会一头雾水，但光从字数相同、讲究押韵的运用和针锋对麦芒的语气里，就能感受到唇枪舌剑的气场。而听得懂的，一想那种惯用对比来自压身价的手法，也够笑上一阵子。

葱头糖的口感和它的趣事一样有味道。也许有人生怕它太黏太热了，其实地道的双塔牌南昌葱头糖是不粘牙、温和的。除此之外，或许因为它口味独特，慢慢地在市场上走俏，个体零售逐渐被批发取代，日最高销量达百斤。

后来，蔡良颜师傅也加入了这行，并对南昌葱头糖进行了适当改良，制作出半咸半甜的品种，佐料增加了芫荽。据他介绍，这种葱头糖的保质期大约是半年，而纯味的葱头糖可放置的时间非常惊人，他曾吃过自己存放了二十几年的葱头糖，味道竟然不变。三十多年前，双塔牌梧林南昌葱头糖声名在外，蔡师傅为扩大市场，加大了批发量，后却因批发商相互倾轧，这种传统的手工食品最终停产。我在琢磨这其中的原因，诚然，市场的竞争是当时最主要的，而现因其费时所带来的工钱高也应该算上一笔。

放下的要再拿起，需要勇气，也需要机遇。期待着梧林葱头糖有重出江湖的一日。

她带着盈盈的笑，轻轻地走来。

时光辗转。六百多年的历史沉淀，梧林人让勤劳善良质朴的品格一脉相传，而今他们热血正激扬，正规划打造农林生态观光园，改造坑啊崛景观。他们已聘请了规划晋江五店市传统街区的同一个专家设计团队——清华大学同衡规划设计院，前来设计古村落保护发展规划，要着力将梧林打造出"核心保护区、建设控制区、环境协调区"三个区域，同时多措施保护与整治梧林，以"挽救梧林古村落的传统风貌"。

梧林，我终归要离开，我开始变得小心翼翼了，生怕哪一个脚步惊扰了一地的安静。经过梧林的旧隘门（生产队时期的大门）时，几行刻在方斗石上的模糊的字引起了我的注意："梧林湖格西大队合造一百米，梧林八个生产队及侨居合造五百六十米。"这是一份关于梧林"济民渠"的记录，也是梧林人合力创造和守护乡村的明证。

梧林人连这份细小的记录都留住了，他们也许更会把民风民俗传承下去，更会用心去守卫那个温馨家园，让梧林的文化之光熠熠生辉。

而梧林之于我们，只有那些切身的体验，才更能变成我们生命的一部分。"栽下梧桐树，引得凤凰来。"想及此，我的眼前好像浮现出一张张亲切的脸，正对着梧林德兜楼廊柱上"梧凤朝阳鸣盛世，林莺出谷语春风"的楹联，笑吟吟。

文学使人温暖

冯骥才说："我活在过往的时光里，早已死去的记忆一个个复活过来，它带来昨日的气息与情感。"在拜读《星光》创刊四十周年的来稿时，那些年、那些人、那些记忆从时光深处涌来，萦绕着感恩，温暖如春。这些生命前行的触碰，让脑子里那些关于她的影像，慢慢地流动了起来。

确切地说，真正喜欢上涂写文字不是因为《星光》。2002年，我因工作分配到了深沪。那里有天风海涛，有诗朋画友，有款款人情，不少醉人的事物至今引人怀想。初踏社会的空白，与深沪的诗情画意撞了个满怀，求学时的文学爱好自然而然赓续了下去。

应该是到了2006年的初夏，刘志峰在金井的青年文学笔会上叫出我的名字后，我才从同好的口中得知《星光》。这本县级市的文学刊物记录着晋江，活跃着一批晋江文学的脊梁。他们如同群星，在文学的天空下熠熠发光，更撒下光斑为追求者导航。

我是受益者，"满载一船星辉，在星辉斑斓里放歌"。从2007年第一篇作品《选择一种方式，活着》的刊发，到2016年结集出版的散文集《平静地收获》的推介，一路都有星光临照。

这期间有两个值得一说的小插曲。

自从在《星光》上发表文章后，编辑部每季度都给我寄来刊物。那熟悉的信封，熟悉的油墨香，总能引动我的小情绪。那一次《星光》如约而至，我迫不及待地想撕开信封，信封上赫然写着的"女士"尊称让我哑然失笑。想来也有道理的，除去操作失误的因素，也许是名字生出的幽默啊！

另一个插曲是我毕生不敢忘却的。犹记得某日，我带着新出的《星光》回老家。父亲信手一翻，看到目录中"晋江散文十家"的栏目时，嘴角微微上扬，随后手指在上面点了几下，说："文学的路很长，不能骄傲。有些人能成为大作家，看了很多书，坚持了很长时间的努力。"

这是我和父亲在写作话题上的第一次交集。斯人已去，其景历历，言犹在耳。正是《星光》的维系，温存了一个人对父亲的缅怀与记忆。

"记忆是相聚的一种形式"，我们在《星光》创刊四十周年的记忆里相会，也在自己的过往里认识自己。

毫不避讳地说，那因倦怠而自感黯淡的昔日生活里，因为有《星光》的眷顾，年轻气盛的我曾产生跳脱现状的想象，数年中辗转于多个新岗位。虽然那些念想终归被现实消尽，然而当过去以昨天为句号时，生活的不圆满又给了我些许新的感悟。生活漫漫，在夜色深沉的岁月里，旧的记忆偶尔来纠缠；星光炫炫，新的希望就会被照亮。

后来因缘际会，得到《星光》编辑部刘志峰老师、文化馆郑丽玲馆长等的赏识和提携，我有幸参与到《星光》等文学刊物（或作品集）的编辑工作和文学活动中。这些学习和锻炼的经历，在无意间为我打开了指向新生活的另一扇窗。

我不知道未来的路是否会与新的指向一样。回望有《星光》相伴的十年，从漫游的文学爱好者到写作的学习者，再到晋江"星光人"的一员，我终于懂得：文学使人温暖。

时光未央

打电话给母亲，问她我幼时是先会说话还是走路。她笑了一声，激动地说：恣儿啊，那么久的事记不大清楚了，好像是先会叫。

母亲的印象，让我觉得很不对劲。在闽南的说法里，先学会走路，是暗示这人日后会东奔西走，甚至劳碌漂泊；而先会说话，则是坐定钓鱼台，喜欢指挥他人做事。反观现状，似乎截然不同。

时光未央，驰骋着冲淡痕迹，也磕碰得如有烙印。然而不管如何，我仍愿意向着来时的路努力地追寻。

有些没有记忆的事，只能借着周遭的言说来临摹。

周岁时，孩子得抓周。母亲把我放在一个大笸箩里，里面放着称、鸡蛋、笔、算盘、钱等东西。它们是我的玩具吗？不是的，它们任我抓取，从大人的思维中预测着我的将来。母亲说，我一把就抓住了笔，在场的亲朋纷纷说道：这孩子以后会读书啊！我自是不知其意，只是有个长辈告诉我他当年的判断是多么的准。

会读书，一切似乎开始顺理成章。我九岁才上小学，这是父亲根据我生辰八字测算后决定的。这个他认为适宜的时间，好像在我入学报名时就得到印证。那时，有位老师问我一加二等于多少，回答正确是毫无悬念的。也不知是否他心血来潮，接着问道：那一减二呢？我脱口而出负一。那老师摸着我的头，乐呵呵地笑着。回家后，我得意扬扬地把这事告诉了父母。

五年的小学生活是一条欢动的河流。在这期间，家中的一面墙壁是我的专属区，几乎贴满各种奖状。老师委我以班长的重任，且时常表扬我，父母见状也不担心我的学习，我就这样在别人的羡慕中顺风顺水地走到了毕业前夕。当时毕业生有提前参加优质初中选拔的机会，班主任毫不犹豫地推荐包括我在内的两名同学赴考。结果，我以一分之差名落孙山，与期望的初中失之交臂。谁曾想，在如鱼得水地度过初中三年后，我的升学又重蹈覆辙。

高中的列车在暑假的劳动中呼啸而来，我甚至还来不及帮母亲收拾完最后一捆晒干的稻秸，就背着行囊出发了。父亲带着我在村口搭车，几经辗转，把我送进了市区的学校。从市区到村子有五十多里地，这段路程是我真正意义上离开故乡磁灶的距离。

市区算是城市了吧，我这来自农村的孩子些许有点孤僻，常独来独往，也很快就习惯了两三周才折返家门一次的节奏，高中以降的老师、同学慢慢地躲到我记忆的边缘，极少与人谈起。即便是有人打招呼回到小学、初中的母校去，或是绘声绘色谈论其在母校的光景，我心如磐石，任言语之风东南西北。

当同学们如数家珍地谈起故乡时，我的言语常止步于"磁灶"的地名。那时看来，高耸的烟囱、飘飞的乌烟、浮游的烟子，不长果实的龙眼树，以及灰黑色的天空，像一片片沉重的阴霾压了下来，甚至连那一茬一茬金黄的稻田，以及挥汗如雨的劳作，仿佛都会因被知晓而为他人戏谑和讪笑。即便后来我在泉州师专就读，同窗初见面介绍来处时，从嘴里先蹦出某某县（市），其后连缀的乡镇名称，像约定俗成地被弱化了。我分明记得，那关于"来自晋江"的回答，让同学与"有钱""发达"的地方联系在一起。乃至以后，有时与人初会谈话里，晋江几乎总能成为打开话匣子的引子。可我的磁灶呢？像她出产的瓷砖，被贴在墙上，被铺在地上，只有掠过的目光和各色的脚步曾不经意地滑过吗？

泉州市区是更大的城，在我的心中扩张，那些关于故乡的惦念似乎也尴尬得可以冷落了。

我曾安稳地用着父母亲每月定时存入的生活费，曾在刺桐北路的水晶加工厂埋头苦干，曾在偌大的、安静的图书馆里嗅着书的油墨香，曾在校园的文学阵地上激扬文字，也曾在校园的足球场上大汗淋漓地奔跑，甚至也曾舒适地与同学逛街、踏青、通宵达旦狂欢……

毕业前夕，我们自嘲着：大一《故事新编》，大二《呐喊》，大三《彷徨》。流水三年，故乡不经意地溶解在这些日子里，碎成零星光斑，如水纹或明或幽地浮泛。

毕业后，我回乡待业。到了8月中旬，翘首以盼的工作分配消息迟迟未来，母亲慌乱了，寝食难安，吩咐父亲四处打听，托人给我找接收的学校。我也试着打了几个中学的电话询问。真是歪打正着，深沪一所中学的领导让我前往看看。

深沪临海，在晋江地图上看，居东南端，与西北方位的磁灶拉开一条对角线，在现实中蜿蜒近百里。一切顺其自然地落定，我去听从海的召唤，终于可以名正言顺地离开故乡，不用再听母亲的唠叨了。

在深沪的七年，应该是我最有激情最惬意的年华，我早认她是第二故乡。所以一讲到她，木麻黄、渔船、大海、沙滩、老街、小吃、庵宫、乡俗，还有一些熟识的人就会从记忆的海面向我驶来。然而，我终究还是不敢写她，为了2009年8月间一个跟班学习的理由，我竟抛下带了两年的班级，匆匆逃往市区。至今，那种逃兵的滋味如芒在背。

逃离故乡，逃离深沪，在逃离之路上我似乎都走得冠冕堂皇。时间是公正的审判，折回寂静的深夜叩问灵魂。从深沪到磁灶那跨两市经七个镇的辗转路途，从市区到深沪的往返奔波，是我与故乡的距离吗？村人说，这是番客回乡探亲呐，来了又走。我的磁灶，我的深沪啊，你们成了驿站，给予我憩息地，给予我力量，让我的目光自私而虚荣地投向远方。

去报到前，有人勉励我争取留在新单位，有的则宽慰说回来时至少镀了金。而当村人问起父亲我的工作时，他满脸春风，微驼的背仿若一下子挺直了。虽然这与古人说的"扬名声，显父母"不是一回事，但我心里也顿感舒坦，很快就原谅自己。

对于一个从农村来的人来说，从市区的短暂邂逅里去收获长久的拥抱，大多是异想天开的。异想天开也好，一切皆有可能也罢，因了这份念想，我确实告诉过自己，好好努力，好好把握机遇。

半年是跟班学习的期限，生活飘忽着逝去。在临近归期的日子里，心却不安分了起来。我幻想着有人可以助我一臂之力，也主动拜访在市区工作的远房亲戚探问对策。最直白的结果让人清醒：时间到就走人。有人问我，为什么不想办法留下来。其实，谁都有别人看不见的一面，只是说与不说而已。那段时光的点滴无须再去拾掇，简单地记住有那么一群人，如此甚好。

简单真是好，那段经历稍一细思，自己也觉得有些不自然，好像正应了闽南那句老话：不在棉被里睡，跑去蚝壳里翻跟头。较之于深沪的工作，那半年的强度应是如此。只是人活着活着，就慢慢习惯打掉牙齿，吞进自己的肚子里。要是能心存美好，也许人会更踏实些。再一推敲，也许大多数人更喜欢仰望星空，在生活的围城里顾影自怜地张望罢了。

回校后，我被安置在一个处室，做些调课兼打杂的事务。身在深沪，心却脱轨。想来真的汗颜，进了一趟城便以为自己是城里人，说话若有底气，待人处世竟也飘飘然。

往事如风，风起而尘埃扶摇；生活似雨，雨落而尘埃落定。尘归尘，感谢风的到来，更应致敬雨的洗礼。

开学的三个月还没有过完，我就被借调到教育部门，头顶新的光环。命运两次的眷顾，把即将熄灭的渴望再次点燃。在这参加工作的第八个年头里，一种跳出教学一线的念头来势汹汹，我显然有些迫不及待了。

进入一个新的工作领域，唯有好好学习，天天向上。那时儿子尚在襁褓之中，妻子虽仍在产假中，也是孤木难支，于是母亲撇下有工作在身的父亲，来深沪做陪护。

生活在奔波中加速，一如我的小摩托车被小轿车取代。单位在2011年7月赶上了人事调整，如我一般的借调人员面临了新的选择。一条是报考单位的干部遴选，一条是打道回府。而我是更幸运的，有一个新单位向我抛来调动的橄榄枝。不得不承认，那年的我太年轻，虽然父亲说尊重我的决定，但我担心无法同时解决两地分居问题，又狭隘地以为择新枝而栖左右颇为不是。最后，我全面放弃，一门心思要回学校去顾我的小家。

到了年底回老家过年，遇见的、来访的村人都对我嘘寒问暖，似同沾喜气般地关切着我的工作。我假装镇定自若地应答着他们，内心早已左支右绌。而这个大年节注定是与往时不同的，父亲不可遏止地忙碌着，做年节习俗的事，去工厂值班，又接连操持了我兄长和表弟的两场婚事，好像他在赶着做完什么事似的。

从正月初二出门，五天后我才准备返回。初七一大早，兄长打电话来，呜咽道：老爸没了。在那一刻，我知道我的世界已经完全不一样了；对于父亲，我永远再也无法弥补我的错误了。从此以后，有许多路我必须自己走，许多困难我必须自己扛，许多话我也必须默默吞下。

生活如同火车，轨道一切换，一切都跟着变。说不清是父亲生前农村观念下出人头地的寄望，还是母亲对我有好前程的期盼，但一定有一份笼罩着的迷茫和关怀，引我踏上新的工作岗位。我相信那是个全新的开始，也清楚困难将盛临，但仍奢想他们心中的许多东西我能尽力去实现。

两年又六个多月，希望两次扑到你面前，当你一伸手，它又倏地闪开，起起落落，不甚快乐，痛苦紧紧纠缠。然而我终是必须心存感激的，愿意终身去铭刻这段时光。

从甫进入新单位后，我便自我设限，许自己三年的努力时间。我的青春是麻木的，麻木得顾着自己的阴晴冷暖。我的青春也是敏感而脆弱的，经不起风吹起的波澜，一丁点的痛就忍不住大声呼喊，漠视阳光下泡沫的辉光。在连续两次调动受挫之下，我心生倦意，筹划着在2014年暑假前返回原来的工作岗位。这时妻子已调入市区，母亲也早随我入城，我思量着一个不必再奔波的去处，早早向领导说明去意。那时确实是身长心没长，硬生生把他们对我的爱惜当作肆意的令箭，不为其多番挽留所动，毅然决然离去。君子有成人之美，最后我倒是得了诸多助力，如愿来到市区周边的一所中学，工作至今。

屈指一算，从业十几年，特别是在那漂泊的一千八百多个日子里，上天待我不薄，五次眷顾了我，孰知我仍结出今日这样的果来，想必那是固执且狭隘的性格种下的因吧。

读过"知人者智，知己者明"的警讯，却也难逃斯芬斯克之谜。然而有一点我还是比较清醒的，我是个后知后觉、晚熟且又耐不住性子的人，不然为什么我花了十几年的努力，才长出四肢呢。

那两只手，一只拿粉笔，一只写文章；那两条腿，一条叫思想，一条叫规矩。虽然那两腿一点儿也不够结实，两手更是时常失衡，但我总算是四肢健全了。

自我安慰的欣喜未过，困惑就来了。我很好奇，到底哪一肢最晚长出？把它们拆分了，一一拷问。

读完三年师范，遇上工作分配，顺利拿起了讲台上的粉笔。许是因缘际会，才撞上文学。

时光重回1999年。那一年，我高考失利，又逢专业调剂，进入了师专中文系。好像是新生入学不久后，学长们来班级分享大学的生活，我第一次了解到学习生活原来可以那么丰富多彩，可以拥有社团的归属。我一边聆听，一边翻阅着一本刚发下来的刊物《清源》上的文章。文字撩心情，清泉濯思心。这猝不及防的遇见，让我便有了第一份向往。

之后，我拿着几首分行的文字去投稿，记不清是哪位学姐给了我泼一盆冷水，她果断地说："你不适合写诗，可以去试试散文。"这是一个魔咒吗？从此，我居然确信了自己与写诗歌无缘的判定。

阅读经常被说成写文章的第一道门槛，也适合填塞空白的大脑。先是诸子百家，而后康德、叔本华、尼采、休谟、萨特、卢梭、黑格尔、赫拉克利特、柏拉图、亚里士多德，一个个在身边停驻片刻又走开。

再后来，我读《废都》，读《平凡的世界》，读《圣经》《可兰经》，读《子夜》，读《呐喊》，读《围城》，读《面朝大海，春暖花开》，读《黑眼睛》……一堆纸字浮光掠影而过，几乎都和散文不沾边。

思想从它们中飘窃和嫁接了过来，写文章的开始有点模样。大概从2000年起至毕业前，学校的《膳食简报》、中文系的《清源》、桐江文学社的《桐江潮》、班刊《四荒》、实习班简报《越位》，还有《泉州青年报》，都曾有我扬着几分爽快的笑意和狂狷的铅印文字。

2002年8月我在深沪入职后，我似乎与文学失联了。茫茫过了四年，才有作品初登上《晋江青年文学》。接着又磨蹭了两年，第一次和《星光》接上了头，开始断断续续地写着青春泛滥的文章。

赞许的力量是强大的，也会让人膨胀。设若没有文学，兴许我还在海边的学校里当孩子王。当2012年初春再次折回市区时，我真的动了把文学当敲门砖的念头，对于写文章的喜爱更自觉了。

我是幸运的，新的岗位在一个文化部门里头，从开始到结束，这里的朋友、同事以他们的阅历和工作为我打开了一扇通向晋江文化的大门。

于深厚之中而更见浅薄，于绵长之间而深知短促，我第一次发现自己离晋江那么遥远。晋江，我脚下的这片土地，浸润着一千多年的文化积淀，滋养了爱她的人们。

我甘心俯首帖耳而行，在她的丰厚蕴藏和日新月异中一点一点地压缩自己，也松开那双曾臆想可拿着砖的手，护住几乎要熄灭的文学梦。

从《星光》的接纳，到《晋江经济报》《泉州晚报》的发文，再到作品散见于《福建文学》《散文百家》《福建乡土》《世界日报》，期间我加入了省作家协会，出版了个人散文集《平静地收获》，参与了数十本晋江书籍的编校工作，也忝居若干文学社团的高位。

这看似平坦的文学路，却让我越走越感惶恐。有段时间，我觉得写作的脚步钻进死胡同，望着三面的高墙，只能在原地打转。等这感觉不小心和那些四处寄居时日的回忆纠缠在一起时，"识字误平生"的喟叹便又来作祟了。

心绪反复折腾，思想颠簸不已，悄悄长出腿的形状来。没学会走路，思想就想飞。思想好玩，多姿多彩，我用它为自己贴满标签：天真满怀、个性张扬、我行我素、放荡不羁，虽磕磕碰碰、跌跌撞撞，却精力充沛。自己正想得美时，过来人给你来一棍子：那些只属于成长的青春，青涩，是不成熟的表现；理想很丰满，现实很骨感。

想想也对，一条腿怎么走路？跳着走。光靠跳，太费劲，耗体力，劳心神，许多零件也容易磨损。那就好好地长出另一条腿。

学学八面玲珑，多说好话，见了马屁就使劲地拍？见了冷屁股也要腆着笑容贴上去，争取给它贴出一些热度来？做事不光要中规中矩，也要有唯唯诺诺？这些好像是一门学问，得再好好地学习。

子曰：过犹不及。你问自己：真的我究竟在哪里？这个问题真的很扯淡，爷爷不都是从孙子当起的吗？那文人不是得有骨气吗？就这半桶水的样子，也配称文人？好吧，那就从踏实做人、认真做事开始。

时光未央，我们不可阻挡地出生，不可遏止地死去，在这条人生线段里爬行，在消逝中去创造，在肉体嬗变中去丰腴精神，什么样的路都有个过程。

莫乱了流光，但见岁长。一棵树不管结了什么果，都不该忘了曾经有过花开的美丽。我很坚信，在未来的无数次启程和远行中，不管走多远，故乡永远是我的回头路。我很确定，如果没有这些经历，我那远去的渺小的

梦，早已经不住世事的周旋。我很庆幸，在三十几个年头的随波逐流中，我第一次如此真实地面对了自己。

若有物语

一

大地呼吸,雨水便醉生梦死。

我不应该假设一生有无承载,那生就的皮囊与情愫,本来已在时间的追求之外。

二

一棵树隐藏一个季节,许多花朵迎着阳光来告别。

我在纠结,路过的芳菲还没有全凋谢,时光同行成了过客。秋天即将来临。

会有鸟儿越过村口榕树的高枝,啄食长满眼睛的夜。扑哧一声,仿佛荡起了昔日村边小河潺潺的欢歌。

田间已多年长不出稻谷,来映照秋天的颜色,母亲的劳作依然没有停歇。而我,像一艘木船,用经年习惯的离别,把自己交给那片深远的蔚蓝色……

三

白昼放纵了盛夏,一切的呼吸饱尝炽热的光芒。

花的泪珠从滚烫直至被晒干,空气的影子失去最后的方向。

点燃夜的火,在光明失语的地方。黑暗如同深渊,在命运围拢的时刻,没有什么可以同我一起被埋葬。

那便继续生长,一棵树和一朵花的夏天。

四

你咆哮,仿佛地动山摇,雨簌簌落下一地的煎熬。为你倾倒,为你折腰,如果这是际遇的呼号,如果这是命运的浮桥。

有件事你也许不知道,你离去后的那个夜晚,月色妖娆,秋虫在窗外鸣叫。

五

风云凝视,大地失去这一刻的声音。

我们在尘缘里浮荡,所有的谦卑长成花朵,盛开仰望的姿态。也许,来来往往的脚步在停下来的时候,就此得到救赎。

六

月不来照临,连风也惜惜。云朦胧,大地结成一个沉沉的梦境。

屋外的韭兰扎进白日的余温，安静地开着粉色的小花。室内一角的绿萝仿佛又长了好几寸，叶片油绿发亮，高低错落地透着莫名的光。窗边的一截木桩，捧着生活的爱意，却从不问，是否会有一抹新绿低头，轻声喃语。

无由的夜，你尽管离去，就像生活一次又一次藏起秘密。

七

一只蚂蚁在秋天里。

我常常遇见落叶在树下虔诚地死去，像空气枯萎时那般安静。今天，我要爬到一片叶子上去，去看看发绿的叶脉，如何转换生命的玄机。

树皮上结满光斑的痕迹，纹路里住着生死的交集。秋天念出秘语，叶子就在枝头舞蹈，它们的影子习惯长在风里。

还未抵达，我也拥有了过客的命。

微笑被目光穿透

一

所有的窗都被目光打开,像风看见了雨的飘落,记忆缠绕成生活。

一朵花盛开时的美丽,让我们错过了所有的暗示。其实,花的死亡从春天已开始。

二

生与死,或许都应该没有真实的理由。

集结微笑,在春天离开我的时候。所有错过的目光,在一个人的花园中,悄然盛开过。不忍采撷末梢嫣然的梦境,那里曾有一阵风温柔地停留,告诉我天涯漂泊。

三

与世界对语,回归生命的母体,萌娃在海边嬉水。

我将微笑抛向天空,自上而下地致意,红黄白绿呈现,一丝花的暖意打开了春光的秘密。

是远是近,是动是静,指尖传递出迷人的呼吸。

"仰不愧于天,俯不怍于人",一生漂泊的心愿意在你的笑里复归。

只有时光适合流浪

一

梦醒的人在土地上种出忧伤，光的诗行和风的歌唱隐没。今天，我要去远方。
高度攀升，弦窗外的云，翩飞如浪，海的模样犹在身畔。
抵达时间切开的地段，在一段陌生的距离里，开始流浪。

二

在一段旅行里，啜饮流光。
雨吟唱土地升腾的力量，风的渴望浮在云端，花的微笑开满阳光。
列车驶向远方，也许驿路有芬芳。一生从开始到消亡，沧海一粟的过往，总在流浪。
离别来临的时刻，请不要独悲伤。

三

千里之外，我听见花开的声响，芬芳如同歌唱。
生活如此真实和遥远，枝叶在生长，花瓣悠然绽放，世界却晃了我的眼。
风微漾，在低头静思中凝结过往。一种味道贴在鼻尖，若即若离，像不可触碰的月光。
不同的抵达，一些渴望落在来的路上，一些念想止于心坎的某个地方。
时光啊，你匆匆地行走，能否也驻足端详？我不知用了多个日夜来掏空心房，让它住满思念，想让未来不会再也看不见。

四

路上的风景没有尽头。
白云荡开阳光，马蹄飞去，深蓝的海映在苍穹。目光自由地呼吸，所有的过往摊开双臂，长出一片新的生机。
这也许就是理由，如同一棵草把自己交给另一棵草去生活，在交集里开出了花朵。

五

我遇见骆驼，在沙漠里浮沉。
叱喝声干烈地响起，短鞭扬落下触摸的疼。两只前掌后翻，双膝跪地，后脚随之弯曲，俯伏如奴，听不见几千年来一个低落的叹息。
獠牙嚼动，腮帮起伏。低头轻抚它温顺的体毛，谁的目光被穿过鼻孔的小木棒刺痛了，从其上牵出的绳子，深深地勒进前方的一座驼峰，在同伴的束缚里体会自己看不见的伤痕。

串起一列队伍，宿命式地不停往返。淹没的喘息碎成无数细小的颗粒，挽留住夕阳的余晖，浸染大地，连绵的黄沙沉沦成孤独，让时间不敢老去。

我是悲情浪荡的旅行者，读过花开的喜悦，却在一朵蒲公英的花亭上，向往分飞的际遇。

六

终于知道了你的考亭，沉睡在山上。

我仿佛懂得，在数百年前的麻阳溪畔，那双澄澈的眼眸，是如此望着昼夜不舍的流水，含英咀华，独编经纬。

我仿佛看到，在远处高擎的山峰之上，一束平静的光芒，是如何洞穿升腾的云雾，任襟带飘然，喃语似启，气荡胸间。

我是后来者，放开仰望的目光。一座门坊用覆盖的华贵和传扬的荣光，掩护身后遍地的荒凉，我的脚步逡巡，一点也不勇敢。

光与暗

一

灯火点亮黑暗，我忘记了一地月光。

风吹来，声音的模样在摇晃，微光浮生在无人的小巷，像咒语臆想了一段心事，无法思量。

我想着明天，也许会有一片绿叶写出阳光。

二

阳光逆流。

终归是一片青苔的寂寞，才爬出一株草的夏天。

花不能告诉春天：它的消逝，成全了一个世界，安静得令人向往。

三

天空的眼睛，亮得深沉，也暗得冷峻。

夜灯往来的光，飘向天边，醉成一片绯红的酒晕，浮荡出一个幽冥的语境。

莫非这是梦，黑色枯槁时，有从生向死的命，也有向死而生的追寻？

风静止在一个高度。云呢喃，天空的宿命拥抱季节。

于是，光和暗交换，生与死的绚烂和枯寂，铺满大地。

无须抬头或沉思，热烈的温度听从召唤退去，也是一种诗意的方式。

四

夜晚从不说话，她蕴蓄所有的私语，留给晴朗的白天，开出翻腾的云朵。

故事也许就此停止。我们循着不同的路在走，藏下秘密，让心底的歌结成莫名的表情。

沉默，交给世界一道咒语，或者一声叹息。

五

做梦的时候，有花墙下的叹息声传来，失明突然来临。

倏地，黑色重叠，虹膜坠于死光。脊背的凉意一下子刺穿，冷却指尖的念想。

四季变换节奏，暗夜开始漫长，在看不见的白昼里，逆行的光在热血中潜航。

六

一方古厝，寻常闽南人家，有天有地。

过去、现在和将来共同描摹生活。一层一层剥开，进出坐立，悠闲而有情趣。天光或自上而下地流泻，如水澄澈发亮。或仰望，抖抖一身浮世风尘，如一株挺立的树，絮语天伦。

七

今夜又想起了你。

咀嚼火的温度，为了窒息这一刻的光明。在黑暗遮蔽的帷幄里，接合已决的尘缘。

一次次追忆，开释了漂泊的云，开释了肆意的风，却始终开释不了有你的日子。那生的未来究竟要如何才能安放消逝后的冷寂？

没有人告诉过我，白天和黑夜早已把你的影子，从我的生活里彻底抹去。

向晋江

草 庵

时光怎肯交错？尘归尘，土归土，一座山的苍翠被西风浸透。对话八百多年前的沉默，石壁上端坐一朵彩云，黯淡中憬悟光明的追求。

草积何曾除，庵门岂有掩？抚摸一阵山风的温度，有书声悠远，有古柏擎天，也有众生的因果里泅渡着的生死悲欢。

我止步不前，这唯一的保全留给世人以俯仰的目光，只需一个瞬息便会将我看穿，把生活抚成平面。

磁灶古窑址

用质朴的胎底，还原时光。一阕卧龙的姿态，从山脚迎向山头，迎向风口。烈火的温柔，千百度的炽热，为你成圆成方，成为船舱中的典藏。

从这里出发，我们曾领略过千山，那天我们开始眺望那片深蓝，张开了"涨海声中万国商"的巨帆，乘风破浪。平安地靠岸，有人赞许，有人呐喊，异国的声音让我们闪闪放光。而当海潮拥抱着桅杆，我们沉在四面扑来的力量里，静默时光。

一件瓷器最初的向往，是你的火和你的光将它点燃，而今它镌刻出你苍老的模样。

安海龙山寺

龙山寺的树，点亮夜的华章，坐化隋朝的晚年。

千年风雨流淌，在晋江的流水中，从安平八百年抬头的瞬间起航。远行的人乘着海浪，心中念念不忘故园，如树根般地蔓延，牢牢抓住一抔乡土，随着香火四方传递庇佑与温暖。

陈埭丁氏祠堂

说是元代行商入泉，说是明初后裔避居一方。留了先祖尾音为姓，又在汉文化中熠熠生辉，"人文蔚起，代有簪缨"。

也有把异域作新乡，在历史里回望，在血液里思想，血缘聚落，终归是离不开一个晋江。

金井福全村

元龙山的巨石依然在瞭望，六百多年云卷云舒的光影入梦，须臾从容地交付历史，风烟俱净。

一半是城外的大海，温柔地向城阙涌来，又激烈地向远处铺展，张开波光粼粼的巨盾，每一寸甲片齐绽威严，永远守卫一方土地的安宁。

一半是城内的闽南古厝，葫芦城，丁字街，百家姓，万人烟，神奇地孕育。从这里走出了良相、名将、宿儒、巨贾、神童，于史有载。

听，夕阳呓语在尘世的晚风中传来，它的微笑拂过出砖入石的岁月，浮跃心怀。归来的人，行走的客，每一个脚步都让人遐想。

掌中木偶

玩转乾坤，玲珑的模样。嬉笑怒骂，动静全在指尖。

你看它千人千面，我看你一如当年。你来我往，交织的艺术从昨天走到今天，从晋江走向彼岸，如同根脉在蔓延，抵达谈笑风生、十指紧扣的明天。

东石数宫灯

花灯今日最灿烂，我们的笑颜回到了故乡。

数一数，点一点，一年又有了多少新添。梦在守约中绽放，我们的身影沾满先人的慧光，在靠近的一刻，血脉的力量如潮偾张。奔涌出一片海，连着共同的东石湾。

水密隔舱福船制造技艺

起工、安龙骨、安梁、立柁、画眼、下水，每一次的雕琢都有祭祀虔诚的信念。

出航，照耀着妈祖的光芒，载满期望，寓意吉祥。这种技艺来自一个叫"深沪"的地方，它的魅力有泱泱大唐的风范，缔造出"东方第一大港"的荣光，也随着郑和浩浩荡荡的航队威震远方。

安平有座五里桥

一

目光坐落成石板，来来往往的脚步里，有驶出和归航的船。做一个八百年的长梦，潮声涌进历史的舷窗，你缄默无言，静看帆影蹁跹。过去沉入流年，现在为未来导航。等你听着心的呼唤，来从容地靠岸。

二

五里烟波沉吟，一片海湾伸展出一道脊梁，一头在晋江，一头连着南安。想要跃入你的视线，秋水望穿不如引灯高冠，在东西两端会心守望。

五百年的时间讶异了智慧和眼光，我用近三十年的安静握住一片废墟的哀伤，在瘦瘦的三里街里，打量红砖和燕尾脊交织的故乡。

一颗心即使孤单，也不能轻易地选择遗忘。寂寞消长，鸥鹭的翅膀扑开了有你的夜晚，有种声音点亮灯火，照见欢呼的笑颜。而当曙光晕染海平面的每一天来临时，我都告诉自己，你的江湖我从不敢忘。

三

流水泱泱，船的生命系在风浪上，高低左右的际遇，在一束光的呼喊中归航，有时却转向沉默的黑暗。

似乎有谁听见了那最后的悲号。佛心慈悲，陌路簇拥，人心攒动。一袭千载的风尘，就此开场。

大佰屿的石头安心地生长千百万年，铁钎深入，十余厘米的凿孔迸出梦的火花。浮光指引船低下身段，靠近，安放。

石板宽，石板长，一阕卧龙凌波遏浪，苍郁翻卷小山冈。那微风拂开月光，斑驳的脚步慢慢呷尽了潮声，望得见的是过往的身影翩翩而远。

落去恍惚的繁华，这里的时光消瘦成一条琴弦。

四

光影巡睃风的舞蹈，目光仿佛飘入追随的地方，天空热烈地燃烧，飞鸣离开了水面，芦苇轻摇着桥栏，一座石桥的微笑拂开微澜。

八百多年风蚀雨打，颔首低眉地沉默，全心谛听每一个叩问。自宋及今的脚步如流水落落，漫过石板，显了行人的身段，痕迹却再也无处寻觅。

是禅心，还是佛意？当时域离散时，空间交错，幽明升起，所有的安静与热烈皈依初心。

金井的那些海和湾

石圳海

每一次亲近你,我仿佛遇见了另一个自己。

一朵花开在潮汐里,一段旋律在风车上响起,一种距离守望着浮标和礁石,一个怀抱张开在你朝她奔去时。

这蔚蓝的情思啊,多少次前进与后退,多少次激扬和平静,像在昭示天与地的宿志:一切归于生命。

月亮湾

月亮住进围头的沙滩,月亮湾从此不敢忘,明月里不只有思乡,更有长长的情缘。硝烟被海风吹散,围头新娘笑靥如花,金门的阿郎啊,我们今生结缘,两岸的情、两岸的风未曾改变。

金沙湾

潮水行歌,脚步与私语漫过金色的沙滩,沙粒的间隙里挤满冷暖的时光。这个身影缱绻的地方,白天和黑夜都在等待每一朵浪花上岸。

为了一个远方,风交出所有的色彩与形状,在云端变幻天空的想象。有时也辗转成一场急雨,在玻璃窗上挂出一串串热烈的诗行。

抚平年轮,让生死的涨落默然,这一道水纹似的人生,为了一次隐藏,已自觉地迎向那片幽蓝的光。

围头湾

晨露挹尽风寒,天边仰起一道光。风帆落下金色的交响,鸥影在梦中飞翔,一个平面由近及远。

纵横牵连,明暗滋长,盈眶的芒指向同一个方向,坦露暗夜起伏的胸膛,气息犹然。生性随波逐流地晃荡,腥咸的味道没有一丝羁绊。

蓝色的百褶裙摇曳着白色的花饰和镶边,看时光安然端详。揉碎多少心事,结不出一个凝眸的网眼。一道曲线匍匐,一片沙滩的脊梁从此变得柔软,衣襟綷縩,脚步蜿蜒。

如此安好。笑语陪作辙痕的渲染,我应该是一条船,向着幸福的彼岸去停泊,也向着生活的远方和深处,微笑潜航。

金井海边

  那里有光,叠沙踏浪。

  深渊临照,呼吸在那片蔚蓝的天。每一寸吐纳,开始生命的坦诚,以同一种姿势热烈相拥,有如花儿绽放出生活的绚烂。

  彩色的风,从不畏惧时光的深浅。一切似乎无须言语或示意,默契交汇也尽显自然。

  听,风车转动时,海洋上传来心动的声响。你一望,船只远航时,礁石的白天黑夜里,满溢爱抚的目光。哪怕你只是轻轻一想,白云翩飞时,许多梦想浮出黑暗的水面,不停地徜徉。

  赤橙黄绿青蓝紫,回归白色的原始,其实都一样。

当我在深沪湾

一

夕照。滩涂。

新娘的梦是风吹开的夕阳,红蓝相知,点染出嫁时的傍晚。

四周寂静,我仿佛听见一声轻轻的呼唤。我的额头微微颤动,起落成千百万条曲线,绕过成群伫立的木桩,刻画出你蹒跚的模样。

是不是我们前世结过造次的缘,今生才不敢相忘?是不是我们的情薄如霜,才用这种远隔的姿态来相守相望?

稍等一等吧,月亮就快来了。那时,风的语言就会交给月光,让层林尽染,如同思念布满你不在的每一个夜晚。

二

万年落荒而逃的遗落,终是那牡蛎礁的沉默。

浅深聚散地生,于万取一枚的苛求中,重返一颗八十年向死的心。

闭合双掌,万年安静地祈祷,结一颗洁净尘寰的丹心,洞见一片树林蔚蓝成风。

也许,只有沉潜才能体会海的温情,只有涨落才能遇见真正的光明,才会有惊鸿一瞥后暗许的芳心。

有山名曰紫帽

祥　云

哪一种视角铺开了梦？或上或下浮沉，或明或暗牵引，融化色彩的声音，大海一片欢腾。

于是，有古船升起幽冥的前身，坐望苍穹，对译投来的眼神。

于是，炽热的光坠落，一颗桀骜不驯的心在高空停泊。

不是我不渴望接近的温情啊！我爬上一个稀薄的高度，采撷两簇云，兀自指向你的中心，和我们的所有。

凌霄塔

多少次转身，你依然矗立在那百余丈的峰顶，临风沐雨，阅览世事浮沉。

洪波涌起，你的目光如炬，送着行船远去，迎来安详的归期。风吹响漫山的青绿，像过客们用飘逸的诗复活了率性的心迹；而你叠起层层持重，修一份清静，天地皆归。

而紫气从何而来？这咫尺的问候，洞见了千百年来的沧海桑田，是否也了却了过眼的兴衰成败？

塔下桥上

江上塔

江水映射巨石的光华，善知的意念造化浮屠的吉祥。四百多年的桨声灯影消瘦，一座塔的时光卓立于江畔，摇曳宫花，目语桅杆。

迂回。上岸。或莞尔而笑，或徜徉，或流连忘返，一座城的声色宛在眼前，一如当年名扬四方。

思量无端自来。它折过浪的羽翼，捕捉过风云的情绪，更或许也曾听见了仰慕者足下藏着的心事。世相起灭，浮尘纷飞，且归去，在静默中厮守，也安放了自己。

御赐桥

日光下澈，因了美好，念起一段七百多年前的流光。

看来望去，无非就是一座石桥，粗粝的石板仰躺在村间的溪面上，行路人的脚力纾困了几道弯，将此岸到彼岸的时间缩短，却仿佛只听得见溪水在桥下潺潺地笑。

传说是一个下辇步行的背影陶醉了一座村庄和一座桥。而当闽南语的称呼遇上这座桥时，谐音却道出了其中的朴实与玄妙，一个王朝消亡的悲歌，在顷刻间，烟消云散。

风漫过石桥，不停地刻画着乡村的年轮。终日劳作的人夜晚亮起鼾声，呓语缠绕。先前的打鱼人从此经过，站立的习惯变成了弯腰。而我想用一个修饰语来表达，首先想到的是劬劳。

故乡的风泛起微澜

一

朝南安一面落地窗，种上绿萝、韭兰和仙人掌。摆置一口老家的大瓷碗，不装土壤，也不装稻谷，放一簇铜钱草，用水慢慢养。

一亿五千公里的寂静和沉默，从过去到现在，为一片绿的方向生长，隐藏思量，引风泛起波澜。

我住着城市的楼房，一份秋凉遗落下光斑，故乡的模样若隐若现。老屋死去了多年，石榴树横躺在门前，土埂边井里的水也早已枯干。是不是就在那个背影离去的傍晚，一切开始苟且，她也开始长眠？

二

趁着长夜还未吐出露珠的叮咛，黎明之前，我必须远行。像一只候鸟漫游风雨，在飞行的轨迹里，摹绘生存的命运。

故乡啊，你收割了温存的风景，让逝去的人从此不再进入我的梦境。究竟还要走多长的路，才允许我从容地踏上有你的笑靥的归程？

三

迷失在浓酽的酒里，放声微笑的风，夜决堤。一群光隐匿，黑色的眼睛闪烁着记忆。我的影子随着呼吸，独行。

那里曾有一个地方，厮守祖辈们的生老病死，小溪水弯向青禾的日子，锄头、镰刀和汗水通彻季节的秘密，连一片菜叶也爬出虫子的爱意。

我不应该离去，抉择是战栗的幽谷。

天空盘桓云朵来告别时，踏开的脚步恍若注定会落下沉郁的叹息。荒草湮没的故事，已被开启。

两点之间
——《距离》读后

在现实和梦想之间／你是红叶焚烧的山峦／是黄昏中交集的悲欢；／你是树影，是晚风／是归来路上的黑暗。

在现实和梦想之间／你是信守约言的鸿雁／是路上不预期的遇见；／你是欢笑，是光亮／是烟花怒放的夜晚。

在现实和梦想之间／你是晶莹皎洁的雕像／是幸福照临的深沉睡眠；／你是芬芳，是花朵／是慷慨无私的大自然。

在现实和梦想之间／你是来去无踪的怨嗔／是阴雨天气的苦苦思念；／你是冷月，是远星／是神秘莫测的深渊。

——蔡其矫《距离》，1981年

多次读过蔡其矫先生的《距离》，也誊抄过它，浏览过一些关于它的评论。不少人依着它的创作背景、诗人的个人经历等，将其归类为爱情诗。设若撇开这些深入探寻之后的缝合观念，较为独立地剥开它来窥探，窃以为，对于现在的思考仍是大有裨益的。

这首诗共二十行，分四节，正文（不含标点符号）有一百六十八字。明眼一看，在诗行的平均分配和同一韵脚的使用下，其整饬美不言而喻。当然整齐与否，并非要作为衡量一首诗高低的尺度。只是读来时那种朗朗上口的感觉，让人觉得诗人心中的块垒呼之欲出。

我问自己，诗人是在刻意营造着什么吗？他想极力传导着什么？这看似四平八稳的结构，是否是一种疆界的设定，是否会因此而局限了他的表达指向呢？

又读了几遍《距离》，脑中跳出两个问题："你"是谁？"我"在哪里？寻遍全诗，八个"你"直逼上眼，而"我"却成了幕后的声音源。单从对象而言，客体凸现，主体隐形，它们之间的关系设计又暗含着什么呢？

这一堆问题，在我脑子里反复地转，成了一种距离。距离？是的，《距离》。横跨于现实和梦想之间的距离。原来，全诗从开始创作，或许就在这种设定中了。诗人只是巧妙地做了一件事：开门，并且沉默地让你知道那是唯一的通道。

于是，我们便看见了，当所有的捕捉和呈现，全然被圈囿在虚的现实和梦想之间，却又必须眼睁睁地活着承受着。我想，这种以题目的落定，以"在现实和梦想之间"的反复表述，在聚焦和离散之间制造出了一种复杂的情感。

将这种感情传给导读者，作者无疑是用心的。世上从来没有感同身受的东西，有的只是近似。或许正因如此，诗人必须找到那些更能将感情饱满而强烈地倾泻出的方式。于是，反复、比拟、呼告、排比等修辞手法的运用着实发挥了明显的作用。

诗每一节的开头都是"在现实和梦想之间"的反复，四个句子的重复在冷静的背后，其情感呈撕裂状、流动状，隐约可见矛盾与挣扎的交织状，或许也充满着低沉的哀苦和渴望，所有的落足点都回到了现实和梦想之间那难以跨越或无法跨越的距离中来，始终保持着与题目内涵的深刻照应与对视。

而当每一诗节中"你是……"的不停呼告，和"树影""晚风""光亮""芬芳""花朵""冷月""远星"等的比拟结合时，"你"的不在场以物的另一种状态出现，诗人所抒发的感情也显得更为直接，客体异化的在场感所增加的感染力，在很大程度上便可引起读者强烈的感情共鸣。

当我们通过反复、呼告、比拟等修辞来体味情感的盈满感时，四个诗节所连成的排比的加入，让形式服务于内容的负荷似乎一下子达到了某个阈值。应该说，这几种手法由始至终的运用，不是一种重量的叠加，而是彼此交融一体后，与诗人情感表达的需要形成了最终的契合。

好奇一点，诗人如此作为究竟是出于什么样的情感需要？

在第一节诗里，"红叶焚烧的山峦"，隆起的感情是如此热烈，随后一下子落入"黄昏中交集的悲欢"，继而没入"归来路上的黑暗"，似已低沉。一节诗里，情感自高而低地坠落，有初时的雀跃，又隐含距离之下的落寞。

从第二节诗开始，延续到第三节，诗人的感情发生了变化。也许归来的"黑暗"，因为存在时空的"鲜活"。于是，思维和行动交集，便有了"信守约言的鸿雁"的期盼，以及"路上不预期的遇见"的激动。

交汇，流动，诗人心中的"你"形象立了起来，成了"晶莹皎洁的雕像"，那般纯洁地安慰着心灵，乃至"幸福照临"时，有了"深沉睡眠"的沉醉。

睡着的人，不知道有没有明天。然而当醒来时，在所有渴望拥有和努力追求的没有抵达或即将来临前，一切都是距离。那一个"烟花怒放的夜晚"和"慷慨无私的大自然"，停留在过去，烙印在记忆里，哪怕镌刻成诗行，终究是现实遥望的一个梦想。

最后来一次"在现实和梦想之间"的复叹，迷离中是"来去无踪的怨嗔"，纠缠里注满"阴雨天气的苦苦思念"。仿佛一切变得远了，如头顶的"冷月"，似未知的"远星"。像是在冷却，又像拾掇心绪，写下不知是否是关于现实和梦想定论的诗句："是神秘莫测的深渊。"

如果仅把它归属于第四节诗，那么我几乎可以将之视为暗的情感。如此看来，诗人的情感跌宕起伏，从第一节诗的明起暗收，到第二、三节诗的上升喷薄、包容广阔的明亮，最后归于暗淡。情感之于这首诗的线索作用不言而喻，所有明暗的感情，无可置疑地指向了：距离。

我尊重读该诗时的感受，认为"是神秘莫测的深渊"一句是对全诗的归结。我分明感觉到，当诗人抛出所有波浪式的情感后，并不是撒手不管。他或许就像上面说的打开了门，而此时又在诗行的尽处，如开门一般打开了什么，让所有的情绪有了归处，甚至带我们进入了一种更深层次的思考，即"在现实和梦想之间"，或许许多选择都是悲欣交集的，随之而来的际遇又是那么不具有确定性，依然要学会用距离的心态去生活，去拥抱属于它的明媚与温暖。

　　行文至此，我以为，诗人所构筑的这种框架式的波动诠释方式，是本诗的最大艺术特色，它所展现的是一个穷尽脚力虽无法突围却仍尽力行走的生存真实。

　　当我们重读这首诗时，彼此的相互关照作为本诗的一个凸点，给我们带出了多维度的感知。

　　在第一节诗里，诗人俨然是一位画家，从红色开始勾勒，金黄色、灰色、黑色片片浮来。这种色彩的视觉冲击，揉进了"晚风"的动态，从山峦的远处靠近身边静态的"树影""归来路上的黑暗"，透出心事浮沉。

　　随后，他先导入轻描淡写的叙事，让听觉、视觉和嗅觉逐一摊开，继而完成从点与面的自然切换。如第二节诗从"欢笑"联系到"光亮"，又拉升到"烟花怒放的夜晚"，不仅照应了第一节诗的色彩观览，同时形成一个笼罩的空中视野。而第三节，则由"芬芳"具象化为"花朵"，直至扩大成一个"慷慨无私的大自然"。

　　而最后一节诗更是值得品读。"怨嗔"的语言描写，"思念"的心理活动，它们是抽象的；而"冷月""远星""深渊"则为具象。最妙的是最后两行诗句，诗人站立着，他仰望，上是可对照"阴雨天气的苦苦思念"的"冷月"以及"远星"；他俯视，下则是"神秘莫测的深渊"，既可映对"来去无踪"的缥缈感，也可再现无穷尽的思念之情。

　　通观全诗，此时的"你"在反复中已成了想象的共同体，而那种天上到地下的空间性坠落，则让诗人孤立成一个接驳点，无限距离感的乍现，再次成就了点题和流露情感的使命。

　　再读《距离》，那距离横亘于现实和梦想之间，似近似远。

我永远不是单身
——《在西藏》读后

洪荒的冰风在蓝天的回旋中怒吼/一切既清晰，又朦胧/旷野和陋屋，展露与深藏/雪白与枯黄/大块色彩下蕴含热情/如焚的白昼，如炽的炎云/生命悲壮苍凉/因孤寂而更显沉重/命运迈入新夤缘/意识冲出肉体的束缚/无边浩瀚的美丽使我迷惘

再也没有什么广袤大地/能有这种想象的自由渺茫/漠漠雪野在云下飞转/如梦轻烟飘过不为人知的荒原/寺庙的金色高墙/印满牦牛脚迹的杂花草场/以豪华的寂寞，粗犷的寂寞/向苍穹论证大地的悲伤/灵魂孤独进入沧桑/有如命运那样不可抵抗

把意绪投寄无言的寂静/心灵进行另一次彻底裸露/身处大地边缘/感到混沌在扩大，飞升，飘逸/诉说人间无限的压抑/自由只能沿着已有的道路/荒漠不可接近/一切旅途都在梦中/那漫长的道路/只有如雪的沉默到处富余/似乎永世洪荒的独语/已伸入我的灵魂

无数的高峰撑起梦境/瀚海一亿金星中窥见女神/风餐露宿的旅程/一尺尺浸入暝色/积雪峰顶发光的忧思/高悬在命运的上空/通过使人憔悴的风尘/无人迹的荒芜/萌动大地的哀歌/用最强烈的无人知晓的寂静/颂扬宇宙万象/我永远不是单身

——蔡其矫《在西藏》，1987年3月

我们都被赋予仅有的一次生命，要在岁月的河流中漂泊，也要在际遇中不断远行。肉体终会靠岸，精神将抵达何方，这永远是一个秘密。

1957年，三十九岁的蔡其矫先生，用一个"太阳万岁！月亮万岁！/星辰万岁！少女万岁！/爱情和青春万岁"的高声，震惊世人。

1987年，六十九岁的他却在西藏，以脚步丈量大地，以诗歌的灵魂孜孜不倦地追寻着生命的真谛，写下了《在西藏》。

站在这首四节、四十八行的诗里，"一切既清晰，又朦胧"。不细说先具象后抽象的排列组合，不罗列大视角和特写镜头的切换，也不分说地域特色饱满的意象运用，更不谈遍布其中的对照和延伸，诗人那逐一开示的人生状态足以令人震撼。

在诗的第一节中，面对"无边浩瀚的美丽"，多种知觉纷至沓来，他的思绪猝然喷涌而出，却又深陷于强大、辽阔的在场感之中，于是他无法自拔地恍惚着，也只能迷惘。

诗的第二节自然地衔接到"广袤的大地"，诗人的目光所至，灵动和静止的物象清晰细致，在审视中，自感渺小的寂寞、孤独给予他"有如命运那样不可抵抗"的沧桑。他开始获得了一种明确的感知，逐渐清醒了过来。

鲁迅说："人生最痛苦的是梦醒了无路可走。"怯懦的人往往安于随波逐流，而清醒的人不愿如此苟活。诗人主动地将"意绪"投寄给"无言的寂静"，或许他在思考。思考的结果就是敞开心灵，他"要进行另一次彻底裸露"，升腾出自由，去迎接那不可预知的旅

途。于是交汇、迎合，在被动和主动之间，在痛苦的嬗变和勇敢的汲取中，他的灵魂有了新的滋养。

时间在酝酿。当暝色来临，当忧思"萌动大地的哀歌"时，一切都归于"最强烈的无人知晓的寂静"。那种万物融为一体的平等的生命认知，让诗人曾囿于自己的渺小感顷刻烟消云散，内心也转入平静。而他似乎洞悉了什么，一下子又冲破这种平静，激动地发出了"我永远不是单身"的呼喊。

一个真正的诗人，从来不应该只为激动欣喜的心绪而呐喊，也不应该是"为赋新词强说愁"地抒怀，他的情感与智慧里总有思考的力量在压缩和升华。

沿着诗行而行，迷惘、清醒、交织、冲破，诗人为我们呈现了起承转合的四种人生状态。应该说，每个人的一生都有起承转合。只是这个"合"，对有的人是永远的闭合，而有的则是蓄力待发前的汇合。而我却分明感到，蔡其矫先生已带着新生命的欢愉，从《在西藏》里又出发了。在他结束了一段独特的精神旅程时，新的征程已然开启；在他由渺小的自我关注上升到广阔的生命群体感知时，已然新生。

三十一年过去了，诗人已经走远。但他永远是晋江人的一员，他的探索精神将一直与我们同在，他的诗歌力量将始终指引我们前行。我相信，一定有人愿意和我一样，以他和他的诗歌为证，高喊那句："我永远不是单身！"

流动的深情，跋涉到秋天
—— 诗集《像爱生活一样去爱》读后

"诗言志"是流传千年的一种诗歌取向。《尧典》中对"志"的解读侧重于思想、抱负、志向等方面。仅就此而论，读诗人本身，就是在读一位诗人的作品。

刘志峰现在是我的兄弟加导师，因我个人性格的缘故，先前对他的了解却不够深。大约在十年前晋江金井的一个文学活动会场上，他在台上点我的名，鼓励我谈谈自己的写作。那是我第一次参加的市级文学活动，对于这样的机会，我怯生生的，只是应答了一句主要是来学习的话语，就在台下安静聆听。然而我也因此得见刘志峰的"庐山真面目"。

晋江的文学创作队伍规模在泉州的县级市中可能是名列前茅的。对于我这个素未谋面的人，刘志峰一个或许自己看似微不足道的行为，其实正给了我这个新人以莫大的鼓励。单是这一点上，我是充满感激的。而他那种从作品的角度出发的举动，其背后便是强大的公心，这更让我敬重和佩服。

随着交往的深入，后来得知那时他已经离开晋江到福州去。长期以来刘志峰身兼数职，除从事诗文创作外，他又做编辑出版的事，还在八闽多地尤其是晋江组织策划文学活动和文化交流活动。对于晋江，他更是钟爱有加："纵使我挺立的身姿/为风婆娑，为雨泪滴/你一声轻唤/我便立即回应/梳理出生活的剪影"（《生活的剪影》）。这份公心，常常流动，饱含着深情。

在晋江这个他的故乡的坐标里，他像一艘航行的船，"时常要与大海/这个辽阔的名字连在一起……/把心交与大海的方向"（《梦海缤纷》）。他的"心中有过一轮月亮/……/穿过林莽，涌向江海"（《乡土的歌唱》）。在一个下雨的上午，他想起了"我的家乡在乡下/也有一棵这样的榕树/在每一个下雨的上午/都能看到它抽出新芽"（《榕树的家》）。他借着雨水来想念故乡，念念不忘"还有梦中走过的那条小巷/还有坐等的那条小船"（《雨水不会忘记梦乡》）。不是只有远行漂泊的人才会思乡，只要他的心中住着故乡，哪一个会舍得忘却呢。

也许就是这种对故乡的深情和辗转的生活，让刘志峰的心中五味杂陈，甚至流露出一种孤独忧愁的气息。当生活的冷锋笼罩着他时，遥远的记忆"已沉默多时/而我/心中的波澜久久未能平息"（《遥远的记忆》）。一场际遇的风，不理会地涂着伤感的妆，"摇落花/摇落叶/摇得紫的凋零/绿的消退/而风，还摇"（《摇动的花叶》）。以至于，有时在他的世界里，"这海的色彩/辨不出是日出的辉煌/还是日落的苍凉……/现在，海上的一叶飞舟/正如我看不透是期待起航的踌躇/还是满含归来的疲倦"（《蓝色的海湾》）。甚至，他相信了"我和大海/曾经发生一次错误的恋情……/一场热烈终于到了极致/只留梦里梦外徘徊"（《波浪之恋》）。当时景的写照来平添伤感，"还有谁相伴左右/还会有谁结伴而行/只是秋风/在把一个天上人间的故事传说"（《月上中天》）。幸好还有一份遥远的期盼可以自我抚慰，"我秋别故乡/不知道什么时候回去/再与我的爱人/踩着斑驳相会"（《临秋即景》），这与李商隐"何当共剪西窗烛，却话巴山夜雨时"的情愫是何等相似啊！

纪伯伦说："孤独，是忧愁的伴侣，也是精神活动的密友。"在故乡和个人生活的遭遇将他围拢时，诗人很可能一时陷入了孤独，才堆积着淡淡的愁绪。这是一种苦痛，隐藏着沉沦的危险，也预示着心灵的嬗变。

给苦痛一个流淌的伤口，这也许便是诗人的抉择。于是，他发出了呐喊："屹立起来的那一瞬，就能丈量/刚强不是懦弱的距离/爱恨总会演绎无限生机"（《屹立》）。他执着地告白："在海的怀抱里/纵使万般咸涩涌上胸口/激流已是我生命的全部/喧腾地奔向彼岸的幸福"（《金色激流》）。而他对生活对人生的爱也不可遏制地被点燃。而这些只是开始。

诗人坦诚地交出自己，要做"秋天里望穿的潺潺一溪水"（《秋水》），不惧流尽最后一滴，也要告诉我们水的澄澈和绿意中的秘密。从某种程度上讲，一位真正的诗人接近哲学家，他们的开掘和思索都闪烁着理性之光，都渴望照亮人生和社会前行的脚步，启迪人类心灵的智慧。歌德说："你若喜欢自己的价值，你就得给世界创造价值。"很显然，从个人情感的拘泥走向普罗大众的人生思索，从生活表层捕捉到情理的锐化，刘志峰和他的诗歌已踏上新的创造的征程。

他冷静地吐露收获的真言："生活的四季/收获的季节不一定最美丽"（《秋天的诗意》）。他辩证地对待生活的磨难，告诉我们："一块礁石就可以阻断你的去路/一块礁石/也能让浪花生香"（《微澜生香》）。他把端庄的心态接入现实，让我们明白："而飞不起来的我/总是把你当成/我对生活的敬畏"（《飞翔》）。他心怀感恩地呼喊："风口浪尖/才会有的颤响和顿音/牵引我成为生活的水手"（《海上浪游》）。这所有的一切都归结为一种人生和生活的参悟："而一生/只是天地间的一种坐姿"（《一生只是一种坐姿》）。

升华在参悟到来的这一刻浮出，"我如果还爱你/就会像爱生活一样去爱/在每一次的旋转中挣扎/把平静留给大地/把壮阔交给自然"（《像爱生活一样去爱》）。在这本诗集里，诗人倾心于故乡、情感、生活、人生四个领域的表达，释放出如海浪般的爱的信念和力量，传递着如大地与自然那般的创造和包容精神。我以为，这正好诠释了诗人的诗歌存在的内核和价值。

除了在题材的选择和主题的构建之外，诗人的笔法运用也给笔者留下深刻的印象。他注定是一个诗人，在矛盾的集结和开释之间，在知觉和层次的转换之际，在梦境与现实连接之中，完成角色的演绎。

在本书的四十篇作品中，有金色阳光的日子对应隐藏生活的错误，响彻云霄又难容杂音，风平浪静却也不消停，浪潮的声响升起海水的温度，宽阔的天空接到风中矗立的标杆，枫叶纷飞的梦境接入生活的四季，爱过的恨能开出灿烂的山花和幸福美满的生活……不胜枚举。简而言之，诗人在诗作的结构上大多制造了矛盾、变化的语境，形成描述和咏叹交织的节奏，最后再将语境轻轻戳破，使情感和思想适时流淌，给人以隽永的品位。

刘志峰在诗中写道："能跋涉到秋天的人/绝不会写出一行行晦涩的诗。"对此，我深信不疑。

心安即是归处
——《榕树的家》读后

> 下雨的上午/我独坐在城市的办公室里/窗台外一棵榕树/雨水沿着它的枝叶落到我的脸颊
>
> 我的家乡在乡下/也有一棵这样的榕树/在每一个下雨的上午/都能看到它抽出新芽
>
> ——刘志峰《榕树的家》

一棵榕树,长在诗人刘志峰《像爱生活一样去爱》的诗集里,筑出一个家。

在诗中,诗人运用了音乐技法上的模仿复调语境,上下两节诗歌之间相互呼应,在"上午""我""雨水""榕树"四个共存的载体中达到形式上的贯通,使整首诗构成一个回环流动的语境,借此完成了光折射原理下的情感表达。

"雨水"是沉默暗语形象的延伸,在诗的上节产生了外在的触觉,而在下节则通过外部视觉的强调,突出了更深沉的内在效应。这种由外而内、由内而外的诠释,所展现的是一种力量,是一株植物生长的需求,更是一个生命个体或是生命群体在精神底里的记忆、呼唤和认同感。

眼前的榕树生长在城市,诗人却不由自主地勾连起乡下的榕树,不同环境的差异也许真切地触动了他内心深处。前者之树,正如诗人所写的"独坐",是一种依着的状态;后者之树,言词之下虽有形似但更见"生的欢喜"。或许我们可以臆测,这首诗是在诗人甫调新城,内心对家乡的一切仍充满无限不舍之时的作品。于是,诗人借着"雨水"这外在事物,来感触新生活的冷暖,也流露出淡淡的孤独。

可以慰藉的是文学的创作让他可以"思接千载,视通万里"。于是,时空跨越,榕树成了桥梁;于是,情感在嫁接中升华,榕树的物象性蜕变成典型的人格化。

再回味,诗人在所放逐的短短的八行诗句里,让内外相交,虚实相生,由此及彼地联想跨越,一棵更鲜明的榕树——诗人本身被合力托起,他所想倾诉的个人生活时感和乡情自然浮泛而出。

流动,生活的光
——《金色激流》读后

> 风浪总是此起彼伏/一次次为了美丽的诱惑/不惜让自己粉身碎骨/有金色阳光的日子/也会隐藏生活的错误/在海的怀抱/纵使万般咸涩涌上胸口/激流已是我生命的全部/喧腾着奔向彼岸的幸福
>
> ——刘志峰《金色激流》

这首《金色激流》出自刘志峰诗集《像爱生活一样去爱》。反复读这首只有九行的诗,"状态"二字是我最强烈的感受。

很明显,诗人是运用了视觉文化(或称"视觉性"),或缓或急,或大或小,或点或面的画面随感觉推移而出。他首先站在了一个旁观者的角度,向读者展示一种永不停息的风浪常态,也是生活的常态,即为追求而献出的必然,饱含悲壮的坚决和无奈。

在"金色阳光"和"隐藏生活的错误"的双重语境中,这两个类似二元对立的画面,则为下文"海的怀抱"做了隐晦的铺垫,如海之生活永远不只有一面。

而在"海"这一客体雄浑的气象之下,诗人似乎一时失去了自我位置的清晰定位。当"万般咸涩"在风浪中涌来,这个层面的立体出现,则让他的身体产生一种无以名状的自由与超越。于是,诗人也进入了跳出原有风浪摆布的新状态,生成一种力量和状态——激流。

读到"喧腾着奔向彼岸的幸福"一句,我突然也低落了起来。这个"彼岸的幸福"陷入虚化的境地,终究不是诗人明确的生活目标,以至于他必须用"喧腾"来支撑将开启的行动模式。这种潜在的暗示所诠释的或许仅是为了完成"激流"的角色,虽带着坚毅,却也透着迷惘。

从另外一个意义上看,这首诗也可以理解为哲理诗,向我们晓示生活的变幻和追求的代价,以及给予生活和生命的积极态度。若反复吟咏,让人的情感在起落中也可以到达一种超出常态的高度。

向生活
——《像爱生活一样去爱》读后

> 你是我爱情中不死的灵魂/在三千个起起伏伏中/我靠近你、再靠近你/在一千米、四百米、两千米的变幻中/血压突然升高/而爱情却经历了波谷和高潮
> 　　烟云迷雾下若隐若现的生活/它的色泽/不是生活的本真/也并不是爱情的寄托/反光或者倒影/红色、绿色或者蓝色/都要期待一场雨来洗涤/我如果还爱你/就会像爱生活一样去爱/在每一次的旋转中挣扎/把平静留给大地/把壮阔交给自然
> 　　　　　　　　　　　　——刘志峰《像爱生活一样去爱》

　　读题目时，我便有一个疑问，爱生活是怎么去爱？在读到全诗的最后的三行时，似有领会跳出：从旋转中赋予挣扎，从大地中汲取平静，从自然中面向壮阔。这是一个梯度式的过程，从激烈的自我抗争中，逐渐走向心灵和生活的平衡，而抵达人与自然交融的境界。

　　在第一节诗里，诗人设计了一个"框架"，借助一场变化的聚焦增加了爱情的丰富性，让我们看到了主体在面对爱情时所展现的心路历程，并为读者创造了一个"想象的共同体"——"你"。

　　第二节诗的开头，诗人开始为我们营造一个"生命世界"。他用其面对外在世界，尤其是自然的光影效应下的经验，赋予生活、赋予爱情清醒辨识的方式和意义，传递生命体验的认知，是主体在经历客体之后的一种意识的渴望延续。而当诗句出现"我如果还爱你"时，诗人的情感再次跳跃，从感性的归拢萃取转向理性的取舍。然而诗心无法彻底割舍现实的温度，他必须再一次呼喊才能厘清存在的疼痛，才能真正定义"你"的指向，才能完成生命追求的嬗变，走向大地，走向自然。

　　也许笔者较为挑剔，感觉"留给"和"交给"似留有遗憾，诗人始终没有完全解放自我心灵，也便未能臻至晋江籍诗人蔡其矫《在西藏》一诗中的"我永远不是单身"所表达的人与自然、与万物的平等境界，让灵魂获得最坦然最质朴的自由。

原野在火车的穿行中醒来
——《火车》读后

> 我的体内收藏一个辽阔的原野,一列火车/正从它的上面经过,而秋天正在深处/辛凉的暮色里,我跟随火车/辗转迁徙,在空旷的郊野种下一千棵山楂树/它们白色的树冠,火红的果,透出的仁爱/与安宁,我知道命运,像不尽的山陵,河流,平原/或者一条弯曲的河流,它们跟在火车后面低低地蠕动/远近的山头站着衣裳褴褛的树木,散淡的不真实的影子/跟着火车行走,一棵,两棵……它们站在灰茫茫的原野/我对那些树木说着,那是我的朋友或者亲人
>
> ——郑小琼《火车》

雨天,翻读《2016天天诗历》,读到郑小琼的《火车》时,心里头有些惦记浮起。

这一首富有生命质感的诗。它属于一名女性,属于一个群体。

乍看之下,诗人巧用移情,借助相互联系的意象,锻造了一个个人情感的诗园。反复吟咏,心头为之一颤。

全诗的节奏由叙事引导,通过奔跑、辗转迁徙、种植、行走等不同对象的动作,山楂树、山陵、河流、平原、山头的树木、影子等展现的各异姿态,以及"那是我的朋友或者亲人"的亲切的或压抑叹息的呢喃(声音),在双向参照物的转变和置换中,保留了"原野式"的坚守或追求的语体。

"原野""郊野"等词是渗入心间的词语,生命的静美和宏大随着火车的穿行,行于远方,没有终点。我郑重地打开字典,查找这两个词的义项。前者是平原旷野,后者是郊区旷野。而诗人制造了这两个空间,想以此打开什么呢?

或许我们可以这样来看,"辽阔的原野"是纯净的生命意识,"空旷的郊野"是新地域之外的自我守护的净地,"灰茫茫的原野"则是作品所处社会形态下的情境。

诗人对"辽阔的原野"的美好意念,通过独自艰辛种植了"一千棵山楂树"的郊野来缩小,继而扭曲投射到或朋友或亲人的"灰茫茫的原野"的空间中,是一种"时空压缩",贮藏着渴望,酝酿着爆发,也形成了对自我的凝视,即"我自己在看我自己"(拉康之语)。

然而诗人体内的原野是辽阔的,她的脚步、视野和胸怀注定不是狭隘的,她必须去成全一种大我。于是,她必须南下,成为一种南下角色代表去旅行,去寻求突围的路。这种旅行的"不能动"和"能动",让她首先以"在场"的身份出现,又以剥离的"缺席"来俯瞰,反移情式地去除了原有的"我"这一主体的中心化,最后以浓缩一个群体的"在场"重新登场。在各种对照、撕裂下,呈现生活所给予的基于文化、生命阶段的不对应落差下的弹性"第三空间",改变主客体的情感结构,尝试去建立起一个社会思维下的某种

群体的"公共领域"。

当我们重新返回有辽阔的原野、一千棵山楂树、命运造像以及山头树木的镜像里,大小语境的切换,从感性到理性再到感性,最后无声地带出诗人最终想表达却戛然而止的无声无言理性时,生命质感的捕捉和体味已然汩汩流来。

我始终相信诗人是遵循内心感知的引导而成作品的。生命的质感,有时如同雨后的花,终归必须经由一场雨水来盛开,在晶莹的水珠和娇嫩的花瓣相互依偎时呈现最原始的状态。而这也是我所需要的。

谈论什么

——《当我们谈论小说时,我们在谈论什么》读后

许多人说时光无声,那么有什么办法能让它发声呢?给它加个定语,谈论的时光。不管是一个人的独语,还是两个人的对话,甚至一群人的谈论,时光就鲜活、有趣多了。

有一天,许谋清拿着一本书的封面设计初稿问我:李锦秋,这上面的人你认识几个?我说,三四个。老许听了在一旁发笑,像欲言却止。

确实尴尬,那十一个国内外公认的顶级小说家的头像,我知之甚少。接着就认认真真地听老许一一指认,博尔赫斯、马尔克斯、海明威、托尔斯泰、芥川龙之介、科塔萨尔、松本清张、鲁迅、契诃夫、卡佛、卡夫卡。这些小说家理所当然是那本书中不可或缺的人物。这本书就是《当我们谈论小说时,我们在谈论什么》,也是洪辉煌先生和许谋清先生合著的第六本对话集。

乍看书名时,我感觉有点怪。心里纳闷:这书名怎么这么长?它确实是与众不同的,它替换了卡佛的小说《当我们谈论爱情时,我们在谈论什么》题目中的两个字,却给了我们一种很自然的说话气息,将你和我都纳入了一个共有的疆域。更为重要的是,如果说"当我们谈论小说时",是一种生活时间状态的设定,给予了我们一个宏大的语境的话,那么"我们在谈论什么",就是一种思维空间的开放,则开启了思考的旅程。

这是一个有意思的话题,于有限之中展开无限,正如许谋清先生在第一篇文章《致洪辉煌之一:你可以写两部长篇》中所讲道:"我们不要就小说论小说。"这话,画外音十足。

花了几个晚上,囫囵吞枣地看完这本书,感觉脑子被塞得满满的。全书十一万四千字,主要包括二十五对的"致""复"的文章。这其中有小说写作者的条件和作家的姿态,有小说与讲故事,有小说语言之潜台词,有小说的结构、选材、主题、题目、人物塑造,有小说的写作角度、细节创造、技法运用,等等。读着这一堆东西,有点目不暇接。想一想,觉得自己更肤浅了。

谈论小说?在晋江,他们的对话确实别开生面、用心良苦。单说老许,他是中国新体验小说的发起者之一,著有多部小说。退休后,他从北京回到老家晋江,曾针对晋江的小说创作,专门组织沙龙等活动。

几年前,晋江编辑一套"星光文丛",老许主编小说卷。记得那时,他把一堆小说稿发给我,让我看。其实我小说读得少,虽然那百余万字的小说作品良莠不齐,但老许的用意我还是多少能感受得到。作为一个晋江的文艺评论工作者,对晋江的小说创作,怎么可以不闻不问?读一读,至少可以认认人头,了解他们的写作内容。

看完稿件后,老许找我谈话。说了什么,记不大清楚了。我得依葫芦画瓢地想:当我们谈论晋江小说时,我们谈论什么?细品出深意,时至今日,老许那时是在谈一位小说家

对晋江文学创作的思考和期盼乃至出路，也是在对我谈一个文艺评论工作者的视野、胸怀和责任担当。

这本书的出版，对于老许和洪先生同样适用这些内容，也应该有所补充，那就是一位小说家的小说创作观，一位评论家的审美认知引导，以及他们共有的文学表达。

前不久，谢冕在"闽派批评与当代文学四十年"的圆桌论坛上说："这个时代应该要我们多说几句话，说出自己的想法。"改革开放四十周年，当代文学发生了许多变化，晋江的文学也在变化，两位作家通过他们对一些小说名篇的各自解读，一方面阐述了他们在阅读这些名篇时的看法，另一方面也表达了他们对小说创作、作家自我认知等方面的思考，为晋江文学写作者贡献出他们独特的文艺理论价值。

孙绍振在《读蔡其矫〈波浪〉》一文的开篇说："在大自然的万千气象面前，要写出好文章来，并不像一些写作书上说的那样，只要贴近生活、只要仔细观察就成了，关键是看你能不能从自然景象中，激发出自己深层的情致来。"窃以为，这话很有道理。面对浩如烟尘的小说海洋，如何从中撷拾出一些篇目来进行对话，并从中"激发出自己深层的情致来"，足见两位先生是用心至极的。

法国福柯在其认知体系理论中提到，到了现代，人们开始以"人的生活"作为核心，形成知识的判断标准与皈依，因此形成新的知识体系，即为认知体系之第三层——"再现体系"。

当我们踏踏实实地读完这本书时，便会惊人地发现，在这个文学启迪、教育等社会化功能被弱化，甚至不可阻挡地成为消费品的时代，两位作家从各自的生活去开掘，以其文学的视野和修为，在东西方小说的领域里为我们打开了小说创作的"第三空间"，更带来了一个写作者应该具有的能动的新世界观的自省。

不知谁说过，更好的作品是下一部。听闻这两位作家准备对话十本书，我充满期待，更心怀感恩。

冷芒或血芒

——《星天的清响》读后

  写这篇文章时，我很头痛。

  不熟悉蔡长兴的人会感觉他老是冷着脸，与他接触，就像一堆烈火遇上一盆冷水。我曾在他手下当过两年差，知道并不是那么一回事，他这人脸冷心热。他脸上的冷光是被挤出来的，一点也不冷酷；那心热是从注入开始的，有纠结也很善良。

  在逃离他的"魔掌"之后，随着交往的频繁，我因胆变肥了，经常批判他"想太多了"，说他擅长给自己织网，然后往里面钻。我也常笑他瘦不拉几的，他的这个形态完全符合"现实很骨感"的写照。巧合的是，这些内外的表征却映照了他的诗歌取向。在《星天的清响》这本诗集中，大多篇章以写实的笔法汇合交杂的情感，品读它时，总能强烈地感觉到生活的现实。

  写实不是一件那么容易的事情，因为诗歌的表达不仅仅停留在表层，须更深层地去表现去开掘。换言之，诗要有干货的价值和味道，写诗的人要有敢于写干货的精神，读诗的人才能更有收获。

  这本诗集共分为四辑，从每一个辑名里可以看出诗人的用心。"青涩的梅——故乡呓语""迁徙的鸟——致打工族""翻腾的浪——晋江印象"和"林中的箭——思想断章"这四个辑名的设置扣住"梅""鸟""浪""箭"四个意象，用不同的修饰语来展现它们的状态，从而进入不同的语境，在象征的背后导出其指向，颇有于像中蓄意、于情下生境的韵味，含蓄与直白共融，起到了交叠、互补的作用。

  诗人既是如此用心，那么其中的诗应是有看头的。

  唐代司空图的《诗品》有云："俯拾即是，不取诸邻；俱道适往，著手成春。"作品得之生活，从之情理，则有自然之妙。蔡长兴写故乡东石景象，写打工族生活，写晋江风物，写自己的思想痕迹，无一不是取材于周遭的生活，更足以谈的是他以自身经历在看，在听，在体会。这些或并列或递进交织或缠绕的表达，又有什么意味呢？

  之前看过著名翻译家、戏剧评论家童道明的一篇写卞之琳的文章《人在风景中》。其中有一个细节很有趣："卞先生去世前好几年就不出家门了。热心的年轻人张晓强倒不时去看望他，回来还告诉我们一个他的发现：'卞先生喜欢吃炸马铃薯片。''为什么？''他喜欢听马铃薯片咬碎时发出的响声。'我听了一怔，心想：卞先生真寂寞。"提这个故事和蔡长兴有什么关系呢？

  曾读过诗人的诗观："诗歌是内心的回响。"这本诗集的名字为《星天的清响》。卞先生喜欢听那种独特的"响声"，而诗人则聚焦"回响"和"清响"，寂寞也许都不可摆脱，只是内容不同罢了。此时，对声音的眷恋或关注无疑成了一个泄密者，把一个人的内心翻了出来。所谓"落落欲往，矫矫不群"的飘逸并非那般易得，经历一些苦头的折磨，或许才能真正抵达。

所谓"四十不惑",这个四十出头的年轻人是怎么了?"不惑"之象最终还是得由"惑"之所在来解答。

诗人出生在20世纪70年代的晋江东石镇,这是个靠海的镇。东石人面朝大海生养生息,明朝国姓爷在此屯兵操练,东石寨的"丹心"一直跳到现在。东石人走向大海,历史上出了个著名的海商林銮,林銮渡声名内外,却始终绕不过一个东石澳昔日的繁忙。东石人走入台湾,"闽台共数一宫灯",血脉相连永不断。那先人传衍的海的基因,一样在他身上流淌。以至于对于晋江的印象,他本能地用"翻腾的浪"来形容。在《飓风》《思乡》《深沪湾》《围头湾》《烽火台》《风车发电》《浪花》《海上丝绸之路》《大海的脸》等二十几首作品里,直接书写海或含蓄寄情于海。他实在太偏爱大海了,海浪、海风、海水、海面、海底、潮汐、波涛、波浪、浪花、巨浪、礁石、船帆、锚等字词接二连三出现,即便写的是土地,或是人物,或是事件,或是文化等,他都很习惯于用海的元素来联系,来表达,如"浪"字在全集中出现多达六十余次。作为一个正不断成长的诗人,在这些元素的使用上,也应该有意识地去规避,以免使创作落入雷同的尴尬,如果执迷不悟,创作也有可能就进入了一个难以突破的瓶颈。

而关于这些表达和联系的运用,无论仅是单纯地作为描摹的对象,还是具备象征主义特质的意象,这些海元素的排列组合,一次又一次地加深了诗人对海的印象,很自然地就会产生皮格马翁效应。我们甚至可以这样来理解,在诗人的感知里,海已不再是物质的海,海里有他投射出的崇拜、信任、坚守等目光、思考和感情。海洋也许已成为他对人生思索探求的一种不可或缺的解答。因了这种思维,海洋这个意象在诗人灵光闪现的"一刹那间里呈现理智和情感"(庞德语)。

在晋江提及近现代的海洋诗人,蔡其矫先生是一马当先的,他的航海诗《郑和下西洋》就令人震撼,《波浪》自诞生以来便为人所吟诵。蔡长兴就很喜欢《波浪》。我曾与他谈论这首诗,在他那激动兴奋的眼神里,波浪这个意象仿佛丰富得囊括了生活力量、生命情怀,并通达涉及人性等领域的哲学思考,蔡其矫先生就是波浪,就是大海。

这本诗集里的《浪花》就有深受《波浪》感染的印痕。诸如两者在主题上都有正能量,蔡其矫先生把波浪作为自由的象征,赋予它集"抗争"和"细语"一体的爱憎分明的性格;蔡长兴则把浪花作为希望和向前之力量的象征,有"柔情蜜意",也有"英勇无畏"的精神。《浪花》中的"航行的人""掀起漫天的巨臂""迷人""对水藻海带细心呵护""浪花啊"等,与《波浪》里的"航海者""掀起严峻的山峰""对水藻是细语""波浪啊"等的遣词用句很相似,结尾对赞颂对象的称呼均为第二人称"你"。此外两者的结尾都用题目来收束,《波浪》则多出了一个感叹词"啊"。罗列这些琐碎的东西,其实想说,蔡其矫先生的诗歌对蔡长兴的诗歌创作有明显影响,也可能在某种程度上促成了他的诗风的转变。他也许便在向往或追求的蔡其矫先生的诗歌境界和价值里,听到了身体里那有海的基因的血的回响,笃定了自己与那片海洋的情缘。从这些角度来看,蔡长兴的那些用海的元素吐出的诗篇,其意识层次和精神内核已有明显提升,值得点赞。

一位诗人的创作几乎都会经历不同的阶段，我以为其中的面对自我和面向外界的两个层次是较为重要的阶段。若说前者是大多数诗人创作的开始，那么后者则是其创作的延伸与提升。诗集第四辑的名字为"林中的箭——思想断章"，应该是别有用意的。"林中的箭"应是出自鲁迅在大病中为白莽遗诗《孩儿塔》所做的序言中："这是东方的微光，是林中的响箭，是冬末的萌芽，是进军的第一步，是对于前驱者的爱的大纛，也是对于摧残者的憎的丰碑。"鲁迅先生肯定了这响箭将产生的威力，给予了预示。

　　或许，这也是蔡长兴对自己诗作的期许，也是他对今后的诗作在力量、影响力等方面设定的要求。而这些期许和要求自然也会对诗人的感知提出更高的要求，除了要记录自身的生活，诗人要开掘昔日的记忆，更要聆听内心的声音，然后凭着这些具象进入自己的情感与思维，继而走出固有的情感和思维的领域，去寻求更大的外在关注，去过滤那些虚假的浮华和腐朽的价值，表达出内心的"最高真实"（波特莱尔语）。如若仅止步于固有的自我，无异于作茧自缚，那么追求一个新的突破所须付出的努力和带来的痛苦，也就得复加再三了。

　　在读这本诗集时，不知是因为归类编排的原因还是其他的，思绪总被缠绕，总感觉在培养着自动切换的习惯。诗人用"泪水汪汪的大眼睛"来谴责一个父亲强势约束的家庭教育（《忏悔书》），用尘埃、灰暗的枝丫、散佚的经卷、孤独的影子等来描摹一颗空心（《书架》），用"向着井底悠游的云"和"盛大的旷野"的反向突出来雕琢"一颗张皇失措的心"。诸如如此叙述和刻画的作品大约有十几首，它们投射出的是那种偏向自我的灰色的悲情。

　　悲情仍在，对人的特别关注也浮了上来。在他的诗中，农民、打工族的分量显得很足。从农作物入手，拿捏甘蔗、大豆、水稻、花生、麦子、丝瓜等，用比拟、比喻、反复等修辞手法种植，在牛的身上和土地、村庄上耕耘，关于农人谙于劳作的诗歌之花迎风而开。诗人用整整一辑的作品来告诉你打工族——泥土匠、木匠、花匠、水电工、摩的师傅、面馆小老板、菜贩、鱼贩子、建筑工、保安、铺砖工、盲人按摩师、聋哑理发师等，将之归结为"迁徙的鸟"，在异乡城市的白天和黑夜里，用本分的劳作守住生存的权利。

　　文学确实应该扎根于生活。诗人自幼生长在农村，未上小学时便开始下田劳动，诗中农人劳动的场景他大多经历过，有的甚至重复了数年，写起来时自然细腻可感。可当劳动的艰辛稍微在成长的趣味、玩性上加力时，"劳动艰辛，得离开田地"的念想轻易地诱惑了诗人。从进入师范学习起，六七十公里的路程俨然是他逃离田地的绝佳距离。后来诗人被分配到海边小镇工作，他终于彻底地离开了劳动过十几年的田地，开始感受着大海自由的气息。

　　他或许以为就此解脱了，可是他终究是错了。在青涩的年华里，单薄的思想抵挡不住生活纷至沓来的影像。被大海唤醒的海的基因、故乡土地的根和辗转而去的城市生活，又将在交错的变化中，从他身上豁开一个深刻的口子，给内心的痛以流淌的伤口。

　　当诗人自己回头看时，一个身影徘徊在那十几首关于成长的思想断章上，他就像一只洁白的蚕吐着痛苦的丝，将自己幽囚在自我的角落里。这样的作品便毫无保留地染上自我悲情的疾。

一扇关闭的门有从内和从外两种被打开的方式，一个蚕茧的命运也是如此，只是不同的过程可能产生不同的结局。在这个选择上，蔡长兴是敏锐的。当生活来敲门时，当外界的声音传进茧内时，他似乎有了"破茧成蝶"的梦想和勇气。于是，他转向故乡的土地，转向正生活着的城市，认认真真地回忆熟悉的人和事，细心地捕捉目光聚焦的人群，书写他们的故事。就某种程度而言，这些作品的悲情虽仍在，但指向已大不同从前的。这也是他的成长。

　　当个体与个体的表象被归属为同类时，一个群体便产生了，也从中衍生出一种概念，完成了从具体到抽象的蜕变，由感性认识上升为理性认识。在这本诗集里，农人善良、淳朴、勤劳、执着；打工族漂泊有乡愁，艰辛而又坚强地面对生活。这些东西既是特点又大多是美好的品质，饱含着人性的色泽，对此建立的表达其实已有了较为鲜明的理性意识，正在向康德所谓的"悟性"靠拢。

　　从这些意义上去归纳，诗人始终没有脱离灰色的悲情的，幸运的是他不至于沉溺在这种颜色中，还极力地寻找着生活的亮光和求取开释困境的方式，反思与探求的意识日益强烈地体现出来。他又敏感而悲悯地关注两种人，在人道主义的基础上构建人的生存、道德和本性的群像。从这两个方面看，这本诗集具备了朦胧诗的特质。

　　我们在阅读，也在寻找。蔡长兴或许是喜欢"卒章显志"，他先轻轻地推开诗句，慢慢地传出感情，悠悠地叙事，不少作品似乎显得那么冷静，却又如挺立的冷芒。而在诗的结尾，诗人用一句话来打开一个新的景象，撒开更多的想象，或者以撕裂、反向或关联的浓缩来收束缓缓流动的情感，一切似乎戛然，可随之而来的却是不可逃开的思考。这些表现在《甘蔗》《地瓜》《水稻》《麦香》等诗篇中都可以找到影子。我喜欢冷芒，有形有感知的承载。

　　还有一点是必须指出的，也许是诗人的特质让他过于眷恋比喻，明喻和暗喻的手法充斥也可能是覆盖整本诗集，这在一定程度上影响了诗歌语言凝练、简洁的特性，舒缓了诗歌的节拍，有时就出现了散文化的现象。从长远的发展看，这未必是好事，诗人要有这种警觉。

　　行文至此，还是想回到"林中的箭"上。我充满期待，也更相信，勇敢地突破和耐心地等待会积蓄力量，让诗人射出凝聚思索和表达的作品之箭，给予我们更大更高的精神境界的震撼和感染。

　　在行文即将结束之前，我忍不住想和大家分享的几行诗句：

　　"这片土地是一个悲悯的老者/抖落出仅剩的残渣/赠给善良的丑恶的自私的高尚的/一切生命。"(《贫瘠的土地》)

　　"父亲活得简单/一辈子只重复两个动作/抬头给天空敬礼/低头给土地鞠躬。"(《背影》)

　　"细嚼慢咽/每个人都在体味/鱼的爱恨/捕鱼者的惊心。"(《美食街深沪鱼丸》)

　　"不到粉身碎骨/怎肯交出心里秘密/在阳光热切相望中/'砰'的一声炸醒/那些虚假的繁华。"(《大豆》)

我们应该向诗人致敬，也许是他们相信真相和真理而执着地追求，用情怀和人性的光辉，为我们展现出相信生活、追求美好的风景。
　　感谢诗歌！
　　感谢诗人！

热与冷复合，蹿动的火
——《掌中汉字》读后

很感谢有这样一次阅读菲华作家作品的机会。

小四女士的《掌中汉字》，共收入其个人作品三十九件，外加序言一件，全书共有作品四十件。除三篇作品没有标注写作时间之外，其余三十六篇作品的时间从1985年至2000年，前后跨度达十五年。

一个真正的作家大抵是对精神追求胜过对物质的追求，由此生发开来，于他（她）而言，自己的一部作品出版就如同亲生孩子的诞生，有坚决的付出，更是用心备至的。先撇开那些对作品优劣的主观感受，我想有必要首先向作者致意。正是小四女士那十五年来对华语文学的坚持，才为如我有缘阅读她作品的人一样，感受到了异域的不同风光，感知到了文字背后的故事、情感以及力量。她自述的"从小沉迷文学，醉心写作"的精神，很值得我学习。

小四女士在书的折页中是这样介绍自己的："生于中国福建省，童年旅居香港……1961年定居菲律宾。"也许就是这样的生活轨迹、这样的人生阅历，为作者开启了一扇表达自己与世界联系的门。她以个人对生活的关注，采取述说身边事件、描绘生活场景、引用书信内容、交代行文缘由等形式，来书写家庭、爱情与婚姻，表达友谊与师爱，凝聚故土新国的愁绪。以个人情感的抒发来感应周遭与时代的变动，流露出她对人生意义的探求和人生情味的体验。在《生命的意义》一文中，她通过与同学吴文焕的聊天中，在对方的一句"一个人只为自己而活，那他的生命还有什么价值与意义"的话里，释怀了"菲华一般人"对"好青年"的理解，定位了将追求的生命价值。这类文章来自生活，有较为浓厚的生活气息，又发自作者的身心体会，充满真情实感。这便是这本集子给我的最初印象。

当我慢慢地在作者的文章中行走时，一种熟悉的韵味潜溢。《论语》《大学》《孟子》《诗经》《红楼梦》《水浒传》和唐宋诗词与散文、对联、历史典故等古典文化的影子常入眼帘。她写堵车偶遇身着中山装手抱琵琶的华人，作《琵琶行》；她在母校遇见尘逸，中年心事怅然，便以《无处话凄凉》为题；写邢李源和林青霞的婚事，引用《论语》中的"以貌取人，失之子羽"过渡。诸如此类的运用，不胜枚举。作者或直接引用，或巧妙变化，有做篇名的，有与行文巧妙结合的，白话文与文言文的语风共存。我将这理解为这本集子的第二个观感。

显而易见，这些与她对中华传统文化的学习息息相关，是一种积累，更是一种内化。如果往深层里去开掘，这便是她骨子里头血液里流淌着的中华文化基因，终生难以磨灭。而她有意无意地选择这种表达，虽然使得个别篇章的语言显得不够一体化、流畅度有所削弱，但其中似乎也隐藏她对故土的一种情结，折射出一缕旅居外域的愁。

这愁是离愁，还是乡愁呢？

鲁迅在《故乡》一文中描写了三个故乡：回忆中的故乡、现实中的故乡和理想中的故乡。在这本书里，小四女士也表达出了这三种故乡。最早回忆中的故乡在闽南的晋江，现实中的故乡在蕉风椰雨的菲律宾，而理想中的故乡似明确又模糊，向往之中有种疼痛和挥之不去的忧伤哀愁。她写《烛泪》，回答孩子菲律宾的总统是谁后，被严肃地追问中国的总统是谁时，被触动得泪眼婆娑，思绪万千。《菲律宾才是我的乡愁》《我的千岛我的家》《马尼拉湾的美丽与哀愁》等，直抒了她对现实故乡菲律宾的深情，并展开了对现状的思考。当然我们更可以在《掌中汉字》《琵琶行》《怒》《母亲的怀抱没有那么大》等篇章中，遇见她渴望跳出现实、沉湎美好的理想故乡的影子。

她在编织乡愁的经纬时，敏感地捕捉被各式饱满的感情渗透，乃至被包围。所有篇章中涉及乡愁的约占三分之一，其余的大部分是友情、爱情、亲情、师生情的描述，兼有小部分个人是对人性、品质的思索。简而言之，感情与品质的把握是作家极其关切的。小四女士的感性由此更可知，她用一颗敏感的心在面对故乡，面对生活，面对人生，叩问自己，抑或可能是在探寻心灵的出路。这便是我对这本散文集子的第三个观感。

在阅读一部文学作品时，我的内心是充满感激的，因为这是一位作家倾注心血的成果。去国离乡，异地辗转，生活波折。这些随着生命的变化而展开的一切，执着而又细腻地冲进了小四女士的人生，撞击着她所面对和向往的精神世界。爱默生说："每一种挫折或不利的突变，是带着同样或较大的有利的种子。"而这些种子在时间的浸泡下，膨胀，裂开，在感情的浇灌下，长出了小四女士文学道路上的一株芽。

我以为，无论是作为一位读者，还是一位作家，在阅读一部作品时，他的思维里不该只有一种褒扬的情感，更应该保有一种个体独立的思考能力和水平，并上升到一定层次就是对作品的综合认知与评判。在《掌中汉字》这本书里，小四女士的感情太强烈了，表达上似乎有种不立马吐出不为快的感觉。这便在很大程度上使得有些作品难免被情绪左右，以致失去更深层次的观照，发出的可能是失去冷静的质问，笼罩着灰色阴暗的云层。如作者写于1998年的《怒》，本文是小四女士在印尼1998年的排华事件之下写的，并以此延伸开写菲律宾华侨遭遇的"绑票年"，表达了对不法之举的愤怒，闪现着关怀"人"的美好光辉。而文中一些激动、无奈的文辞表达，则透出了对母国的失望、怀疑等情绪。1999年其创作的《母亲的怀抱没有那么大》《火树银花不夜天，哀鸿遍野无炊烟》《蚯蚓新传》等也有此浓浓的情感。

我们尊重人的表达权利，也应该努力去把握本源的思考。当一位华文作家将吐露个人情欲的文字化为文学作品时，我想无论是在内容上还是感情上，都应该站在中华文脉的基础上来发声。我们相信，窥一斑而见全豹的现象有时是符合事实的，但世界上一定有些秘密和真相的层次是我们毕生都无法企及的。人和生活被切割的单面，会不厌其烦地培育我们生命和生活的惯性，让我们习惯于用"我"的方式与思维，去界定一个"我"认为应该存在的结果。世界是多元的，哲学的因果关系值得认同，但所谓从"是"能否推出"应该"的休谟问题同样也值得被接纳。2000年到2016年，不仅是一段时光，而且也可能是一位作家不断突破自我、不断成长的漫长征程。我大胆设想，如果作家重温这些篇章，也许她会生发出更为理性、更为大体的思想和情感。

再从上面的强烈感情说来。当一位作家爱上铺排与倾泻的感情表达时，感情的冷锋和热源为我们所触摸。然而她必须有一种警惕，如果感情一味停留在畅快地自我抒发中，或是其喷涌寻不到足以适应的载体，那么就很容易陷入一种抽象甚至虚无缥缈的语境。当一件作品有勇气向社会公开，走入市场的衡量，乃至希望能在精神层面链接读者的思域时，这件作品也许更应该做一种摊开状、陈述状，而不是用自己过多的思考来代替读者的思想，或许可以埋下或点缀自己思情的光斑，以搭建或铺设一条让读者可以进入的道路，由读者自己去探索。在这一点上，余秋雨关于文学创作中的"未知结构"理论，或许值得去品读一番。

如果说我上述的感受和见解可以囊括小四女士在这本散文集子里的表达，那一定会贻笑大方。我想，我只是从一个读者的角度，努力地将内心的想法一股脑儿掏出，若有偏颇之语，恳请诸位方家斧正。

另外，小四女士著有一小说集《上帝之手》，鉴于笔者未能稍加详读，不敢予以置评。在此也因未竟任务，向她表示歉意。然而我又想，我应该和大家分享旅台著名作家司马中原为本书所做的序里的一句话："这是一部呈献给新世界的扛鼎之作，更是海外华文文学的奇葩。"有这种金声玉振之辞，也许就足够了。

最后，引用中国当代作家王小波的一句话。他曾说："人活在世界上，需要这样的经历：做成了一件事，又做成了一件事，逐渐地对自己要做的事有了把握。"十六年前，小四女士已有了"这样的经历"，那时的她也许早就"对自己要做的事有了把握"。十六年后，我们对她的创作应该是更充满期待的。

感谢文学，向作家们致敬！

另一个自我

——《空号》读后

  这些年,百隐兄断断续续写了一批短篇小说,而且也集中阅读了不少小说名家的作品,应该说其对小说作品的阅读和创作的热情,是深值得我学习的。此次这本小说的结集出版正好给我提供了一个机会。

  百隐兄把初稿送予我拜读,我囫囵吞枣地看了两遍,一时茫然无从下手。于是,我努力地回忆其中的内容,从涉猎的求学、爱情、买房、刑侦、婆媳、医疗、法制等题材的作品,可以看出百隐兄是一个有心捕捉生活素材的作者。曾听闻小说是生活的艺术,由此观之,这本集子确实对照了生活。且不论其题材,作者写现实生活的创作方向,则体现了他对生活的艺术加工。至于加工至哪种程度,那便是见功力之事,在此暂不展开。

  在这部小说里,强烈的"自我底色"给我以最深的感触。

  从《阿祥的摩托车》里的青年教师阿祥,到《肩上尘》的年轻夫妇;从《空号》里买水果的年轻教师和女孩,到《十六岁那年的一件小事》《308宿舍》《我只能远远地望着她》《你的偏见,我的肤浅》《一碗饭》《阿兰求学记》等的学生和年轻教师,到《停车场》的年轻女警苏晓琳;从《人生赢家》里的陈一诚,到《因缘错》里的潮州年轻人,可以鲜明地看出作者关注群体的集中性——青年人,而且教师的形象有近十次的出场,似乎也让我们看出教师这一身份在作者潜意识里的分量。回归现实生活,作者也是一位年轻教师。是否可以这样揣测,作者的写作视野,首先聚焦到了同龄人或同职业人的层面呢?他的笔下,展现的是自我或近我的生活际遇,由此写出他对社会、人生的思索呢?

  有一种群体,时常浮现在作者的笔下——父亲、母亲。这本集子里,有两件事令我最动容:母亲卖螃蟹,父亲到"我"就读的师范做工。细读作品,不难发现作者或详或略多次写到这些事。生活的辙痕太深刻,已成烙印,挥之不去。于是,贫穷辛劳的父母亲形象在半数左右的作品中反复出现,作者也许带着回味的酸楚,也许带着一个儿子对父母的真挚关怀和自我提醒,也许就因此成就了这些作品。

  《十六岁那年的一件小事》写的是父亲到"我"就读师范做工的事情,作品的味随着每一次"我"的表现,渗出饱满而压抑的情。它让我想到了林莉的散文《小巷深处》。摒除《小巷深处》开篇的满足自豪之感,其余的感情相似,都袒露了从自卑、虚荣到感动、悔悟的变化过程,最后直接地表达了对当事人的深厚感情。这是一段青涩的年华,是一面镜子,照见的不只是一个人的成长,而是许多人的嬗变。以小见大,以一个人的周折来见证一群人的独立,从而迸出情感的张力,这无疑是这篇小说的最大亮点。

  再者就是小说的语言。小说的语言在一定程度上构成作品的节奏,会间接影响读者的阅读层次。百隐兄的这本集子,我感觉总体上语言偏散文化,主要集中在过多使用形容词和比喻的手法,特别是情不自禁发散而出的言辞。诸如首篇作品《空号》,初见老人时,作者发出了"每个人都会有个目标,天气和时间都无法改变对这个目标的执着。或许老人就是如此"的感慨。在老人赠"我"儿子水果后,作者接着喟叹道:"是的,商品交易的原则是平等,买卖的天平是愿买愿卖,没有人有义务和责任必须向一个做着小生意的老人做不自愿的交易。即使这种行为叫爱心。"在老人过马路被面包车撞翻板车后,作者喃喃自语:"在我们还纠结于三六九等时,她高下立判的价值观,其实,是最高的一个境界。"

小说语言的散文化并非都是洪水、猛兽,运用得好便相得益彰的。读鲁迅的短篇小说《故乡》,小说叙述了"我"回故乡的所见所闻,其在环境描写和叙事上,很见散文语言的影子,加上其中有些作者生活的影像,于是有的人便将这篇小说误以为散文。"我"的存在感在叙事上增强了读者的带入感,但亦是一把双刃剑,有可能因此而出现创作者和"我"的交织难分的状态,使得语言陷入了过于自我的表达境地。

《故乡》中,作者在人物对话和形象刻画时,"我"则作为独立清醒的表述者,其笔下的人物则从语言上鲜活了起来。这便是所塑造的人物自我意识强大的显性特征。而正是这种人物自我意识的突破,进一步疏导了读者的想象力,以想象的多维度克服了生活的单维度,也使文本臻至可写性的层面。

我赞同一个观点,创作者更应该将笔力用在对人物、场面、事件等的凝视和深思之上,将议论融入全文的大框架中,以此增强作品的精神透视度和辐射强度。

虽然《空号》这本集子并不是一部很成熟的作品,但之于晋江文学,百隐对文学创作的尝试和努力,已然成为晋江文学大流的涓滴之水。我期待着百隐兄捧出更多的好作品!我相信,在晋江小说领域作家们不懈的共同努力下,晋江的小说能早日实现单品的突破。

路向何方
——《路上》读后

有一天，你做了一个梦，接下来现实中出现相似或雷同的桥段，这种生理现象叫作"既视感"（又称为"幻觉记忆"），实际上就是一种"似曾相识"的感觉。相华的小说《路上》就有这个影子。

《路上》的故事不复杂，主要讲述了主人公季札去奔外婆丧的事。读完全文，不难发现，这篇小说是按照传统意义上的线状结构来推进情节，基本上是一撸到底。先是写季札在狮子山前张寡妇车站下车，赶去乌桑村的夜路，接着路上出现巫云与之同行，再者写在乌桑村为外婆发丧，朱手道破巫云之死，然后写季札回城遇到鬼老头而受惊吓，最后是季札从惊吓醒来，接到朱手的电话，真得去奔外婆的丧。应该说，这个的故事不复杂，却讲得有意思，很流畅的叙事能给读者带来较容易的接受意识，让人有趣地顺着情节进入其中。

小说主要是在讲故事的吗？这个观点有失偏颇。换一个角度讲，一个有志于写小说的作者，至少得修炼出讲清故事、讲好故事的本领。在这一点上，相华做到了。

教科书上对小说的故事情节有四个安排：开端、发展、高潮、结局。四个环节的推进，节奏的把握很重要。有的小说作者带着强烈的发散思维和延伸意识，写到任何一处，便开始关联性地铺开事件和描写。窃以为，这种举动有时往往使得作品的内容太过于散乱，以至于本末不分。材料的取裁应当是取决于文本内核的需要，而不是写作者的思维泛滥和文笔肆意。

《路上》中，相华对于故事主辅的处理得当，节奏感把握得较为妥帖，从中可见其对这一小说技巧的运用已颇具功力。开篇张寡妇和司机老万的关系是一个噱头，在明暗高低之下，很能吸引一部分人的眼球，但相华用几十字一笔带过，故事的开端言简意赅、切中要害。之后插叙的季札和巫云的少男少女秘事也只是蜻蜓点水，拉出话茬后，迅速用一句"这都是猴年马月的事，陈谷子烂芝麻，没啥嚼头了"的话了结，干脆利落。小说的主要内容在夜路上巫云的陪伴、发丧的场面、梦遇鬼老头等上落笔，详陈其事，描写场景。相华对《路上》的节奏控制，使得作品的结构和情节的推进开合有度、主次相契、错落有致。

若再论《路上》的技法运用，当推梦境的设置。该小说用梦缔造少年少女情窦初开的美好和羞涩，用梦贴近不可思议的玄虚，又用梦道出传统葬歌的朴实寄意，最后却打破梦境，播种现实，取得回环映照的效果。

初看之下，当朱手道破巫云之死，梦境似乎已解开了。而作者的精心设计再次显现，从回城路上鬼老头的出现到"跌向悬崖"的惊醒，梦境才能算真正浮出。如果说上文的几个梦境是串联的，那么这种看似二层梦境的折叠，在对接现实的"既视感"中，大大增强了故事的可读性，也为我们打开了一种阅读小说的新思维——进与出的合理衔接和照应。

再者，《路上》的语言很干净。平日里与相华接触，即便是推杯置盏之时，他的言语不多，却不乏惊人之语。这或许也影响了他的语言风格。《路上》中的人物对话占文本的篇幅比例最大，环境描写次之。

季札与巫云与朱手与鬼老头的对话，几乎都是口语式的短句，如同发生在寻常的生活里，不拖泥带水，不顾左右而言他。另外一方面，《路上》的语言的干净还体现在恰当的优美上。如相华写狮子山前的黄昏，用四十个字，就将余晖之色之质，假以山风的婉柔勾勒出来。写大山沟里小河边的夜色，于三十余字中，可见满溢的月光和白亮的河滩既一体相融，又层次分明，动静相宜，形色兼收。写季札和巫云爬上狮子垭时的景象时，白描的大景中骤见掠过的夜鸟和受惊的野兽，点面结合，高低荡漾，视野之下穿透着声音的回响。而写不远处的乌桑时，阑珊的灯火，凄楚的丧鼓葬歌，远近映衬，互为渲染；视觉听觉随行，又似有风来的触觉，给人以丧事的应景之感。然而，后两者的用笔均不过二十余字。如果细读，你会发现，这样的笔触仍不少。

一部不足五千字的短篇小说，能流畅有味地讲好一个故事，似收放自如地拿捏节奏，巧妙地设置梦与境圆和结构，而且语言洗练，这些艺术价值都是很值得赞叹的。但我相信，作为一位热爱小说的写作者，倾听不同读者的观后心声，对于深化、提升其创作水平和丰富自我的认知内涵，是有所裨益的。在此，笔者也提出一些不同的见解。

其一，小说的主要人物形象不够鲜明、强烈。我们可以从奔丧的事上，看出季札和巫云的孝心；可以在从狮子山到乌桑村的荒径上，读出巫云活泼和忧郁复合的性格，以及季札潜在的腼腆；也可以在朱手的言语中，听出他直爽的个性。然而若要深究，三个人物的性格都较平面化，未能给读者留下深刻突出的性格特质。这或许是作者重故事性而产生的弱化效果。

其二，小说的主题呈游离状。随着小说创作手法的发展，小说主题的表现从传统的集中单一的指向，逐渐演化为多元化的趋势，多维度地打开了读者的思考。笔者曾尝试理解，《路上》这篇小说的主题是体现人对生存状态的追求和思索，还是对生与死的叩问，抑或是对过程和结果的探寻？笔者最终没有明确的答案，这应该是笔者的水平有限之过吧。

最后要说一个疑惑：在从狮子山到乌桑村的荒径上，当季札想靠近巫云时，巫云"闪到一蓬玫瑰后面"。在这之后，玫瑰又连续出现两次，以被揉碎被抛撒的姿态终结。这些"玫瑰"，是爱情的蕴意，还是作者刻意雕琢的物象，更或者仅是思维一闪而过的产物？我不得而知，荒径中乍现的玫瑰让我分明地感到突兀。

回过头来看，在晋江的小说创作队伍中，相华每年都能捧出几篇作品，而且质量几乎都是值得推敲的。《路上》这个名字取得好，相华的小说创作在《路上》；晋江的文学因有了相华和如相华般执着于文学的人，一直会走在前进的路上！

太阳的光辉照我心

——《赶太阳》读后

看到《赶太阳》的书名时，我想起了《山海经》中夸父逐日的神话。夸父与日逐走，未至，渴死，壮哉悲哉！故事所打开的是远古先民为追求生命与时光的永恒，而不息奋斗的意指。

在世界文化范畴内，中国、印度、埃及、希腊和南美的玛雅文化都是太阳崇拜文化的发源地。太阳以光明、温暖、时光等象征意涵，成为东西方传统映像里的高点。读完全书，你会发现《赶太阳》一书的取名，如出一辙，凝聚一股强大的精神力量，铸成一座伟岸的丰碑，引人追随。

在书的右下角有一个圆齿状的表示，内环浮着"红色少年小说系列"的字样，不言而喻，它是一本红色小说。而作者庐弓先生和杨笔先生正是来自红色土地——长汀的作家。经过战火洗礼的土地，这里的山水在时间的河床上沉淀，不断哺育着生息的人民，散发着红色的气息。

我们的写作几乎都是当下的写作，作品要兼顾历史性和共时性是一个很难的问题。然而不管如何，作为历史题材的创作，作家的历史意识是不可或缺的。艾略特在《传统与个人才能》中写道："历史的意识又含有一种领悟，不但要理解过去的过去性，而且还要理解过去的现存性……同时也就是这个意识使一个作家最敏锐地意识到自己在时间中的地位，自己和当代的关系。"

笔者大胆揣测，作者在创作这部小说时，之所以选择这样的小说背景和框架设计，他们应该是听到了脚下土地所发出的历史召唤。如果从新的深度和更高的维度去探究，也许这是作家真切地意识到了自己的时间位置，而由此生发出的一种对所处时代和文化传承的自觉担当。设若真是如此，在社会主义伟大建设的新时期，一个作家选择了历史的表述方式，选择了和时代站在一起，无疑是一种意识形态的回溯和追求，这也意味着其表达的内涵将是饱满而深厚的。

这是一部确以红军二万五千里长征路线为基本框架的红色小说，全书三十节，以我、罗矮子和小伟三人历经艰难追寻红军的情节发展为明线，以红军长征战略转移中的激烈战斗为暗线，双线交织，沉浮交替，为我们展现了中国共产党带领人民为争取中国革命胜利而艰苦卓绝奋斗的血染风采，谱写出热烈的红色文化。这也许就是这部小说最绚烂的主题。

"红军不怕远征难，万水千山只等闲。"在国民党第五次反"围剿"失败后，党带领红军开始了漫漫征程。在这样的背景下，作者笔下三个乳臭未干的孩子出场了。一个虽是儿童团团长，却多次为了那一寸身高和扩红人员争执的罗矮子；一个是被逼婚的童养媳"我"；还有一个是家中独苗的小伟。三个人虽然各有实际的情况，但都向往着红军的生活。

一个人的到来——康大哥，更加坚定了他们追随红军的信念。于是，在一个明月高悬的夜晚，三个少年在初现睿智的调虎离山之计下，毅然决然结伴走上了追赶红军的道路。一年多的时间里，他们出钟屋村，入汀州，转瑞金，下于都，过乐昌，走湘西，进贵州，经宝兴，上毛儿盖，入甘南，穿莫牙古镇，终到吴起镇。这是一条红军在松毛岭战役之后活脱脱的长征壮举之路。

　　一路上，他们既随天性般地领略山光水色，又坚毅地饱尝艰险。爬过十二里天梯，渡过赤水河和大渡河，翻越夹金山，过草地，遭受疾病之困，身不由己地留在土司大院，数次落入虎口又机智逃脱，掉入岩洞受伤，最后还遭遇沙漠之狼的掠夺，最终圆满地完成了传递情报的任务。应该说，前行的道路坎坷多难，赶的势头却从不退缩。而那颗追随红军的初心岿然不动，坚定的理想信念成就了这段波澜壮阔的生命历程。

　　法国哲学家福柯说，通过话语，我们可以组构社会存在，使文化有其再复制的可能性。当我们俯瞰全文时，在二万五千里长征这一悲壮的诗篇里，浮现的是一个个红军战士动人心魄的灵魂和雕像。而他们的事迹既委身淡化为一个宏大的背景，又凸显了三位少年坚韧不拔的追随行动和品格，同时两者于鲜明的对比中交相印证，一览无遗地袒露了坚忍不拔、自强不息、勇往直前之长征精神的内核，从而使红色革命文化越发厚重了起来。我想，这正是作者之于《赶太阳》的主题最直接最深刻的诠释。

　　从主题出发，沿着文化的河流行走，看它如何采撷美丽的浪花。"长征是一次唤醒民众的伟大远征。"在《赶太阳》这部小说里，从钟屋村的老钟叔到罗矮子亲自送行的伙伴，从罗成荣离家投入革命到老罗送八子参军，从三个执着追随红军的少年到身陷土司大院而勇于牺牲的马大哥，从谨慎热心的于大夫到毛儿盖的坎哈大叔，从深明大义的莫桑老爷到忠诚勇敢的莫杰，这些辗转在战火中的人们，从红色五角星的光辉中，照见了人生的方向和生活的信仰，以觉醒的力量，和无数劳苦大众一起，坚定地跟着中国共产党的领导，汇入了中国革命的洪流，勇敢地站在了红军战士的身后，筑起一道道坚不可摧的后防线。

　　莫道涓滴是小功，成海飞浪亦卷风。八十多年前的长征虽已载入史册，而新时期的征程已然开启，人之一生的长征正在路上。读一读这部小说，我们会一起收获成长路上长征精神的光芒照耀下的温暖。

　　简而言之，庐弓先生和杨笔先生两位作家，通过这部小说，对长征精神的意义进行了温故知新，并在新时期的意识形态的层面上对红色革命文化的内涵再加以沉淀，契合了深度阐释学的理论操作，从而使作品的魅力得以更真实地发散出来，单是这个方面就值得赞叹。

　　自18世纪文化批评被确立以来，小说就以具体、写实的语言与再现方式，对内在价值、虚拟人物及其共同背景的理解等现代文化现象的向度，提出了种种形塑组构与重新解读的可能性。

　　当我们拂开内核，从人物塑造和叙述手法运用进一步去解构《赶太阳》，我们或许不难发现，这是一部采用传统的线性结构来打造的小说。作者巧妙地运用了框架叙述，即设定文本框架，通过串联式的故事的叙述来引导时间的展开，小说情节的设计流畅。

而正是这种框架叙述手法的运用，借助"我"、罗矮子和小伟等不同对象在追随红军路上所遇到的事情上的不同表现，不仅将如何破解困境的焦点集中在"我"的视觉引导上，也进一步延伸到了与周遭人物的行为上，取得一个立体交叉描述事件的效果，在很大程度上增强了故事的趣味性和叙事的丰富性。这也是这部作品触动我的原因之一。

　　"一千个读者，就有一千个哈姆雷特。"未知是笔者见识浅薄还是阅读疏忽，对文中的一些地方滋生了些许不同的看法。诸如，在整部小说连缀式的情节叙述上，似乎显得用力较为平均，以致叙事节奏略显舒缓，未能出现若干有较大幅度的震撼场面或足以强烈吸睛的焦点，这便多少弱化了情节的冲击力。再者，或是基于红色少年小说的审美意识与形态的先导性，小说人物近于完美，有符号化的倾向；此外，也乏见以较为鲜明的人物内心冲突，来深入体现人物自我意识强大的笔触。

　　自古作品千秋论，笔者赘言絮絮，实乃倾吐之快，权供作者参考。作者初心已可赞，我们有理由相信和期待，他们将会为读者们捧出更美的华章！

我思故我在

一

　　苏联作家高尔基说："我在提笔写之前，总要给自己提出三个问题：我想写什么，如何写，以及为什么写。"作为一名文艺创作者，主动去关注创作视野、技能和动机等，应该是大有裨益的。

　　社会学当中，有一个词叫"能动性"。在哲学范畴内，能动性附有广大人类群体的道德意识和责任感。在文艺领域里，创作者往往因能动性，而首先成就"自我"的价值，从而有了走向更广阔天地的可能性。

　　窃以为，高尔基的自我叩问，是坚持的文艺创作者，特别是有志于文艺评论工作的人，所必须面对的成长之路。当这些叩问遇见了自己，看到了别人，与更广阔的对象同体大悲时，我们相信，文艺评论工作进入了一个更真实的境地，也将获得更有意义的认知。

二

　　"写作的目的不应该只是为了发表。当然更不是为了稿费或虚名。它实际上是一个人认识真理之后的独自。"读这句话时，如有一记耳光狠狠地扇了过来，一股力量落在脸上发烫，掉在心湖里撞出波浪。

　　随着科技的发展，我们不得不承认，在时下写作的万象里，一批文学作品戴着"双赢"的光环，走上了被商业化的道路，此中的一些评奖活动就是典型。它们被某些商业捆绑着运作，借助新媒体较广泛的覆盖面、高效的传播速度，成功地植入了大众网络投票的环节。于是，广而告之，成群结伙地展开暗含人力资源的拉锯战。

　　设若只是人力资源的角斗倒也是能归拢一群人，不一定会亵渎团结一词的美名。然而，我们不得不去思索，一位真正的作家，将以什么样的姿态去面对成长所带来的瓶颈效应呢，皮格马利翁效应、光环效应、从众效应下的文学生态将会如何发展？长此以往，人们的认知水平、审美情趣和社会思维的发展，又将进入一种什么样的新境地？

　　当我们的文学习惯了或正努力着和商业依偎取暖时，一位作家的写作初衷，应该再被提起。文学的责任更应该被大声说出，并被牢牢记住。

三

　　《托尔斯泰论集》中有一句话："一个没有明确而固定的新世界观的作家，尤其是那种认为甚至不需有世界观的作家，是不能创造出艺术作品来的。"

　　关于世界观，百度百科如是说："世界观是指处在什么样的位置、用什么样的时间段的眼光去看待与分析事物，它是人对事物的判断的反应。它是人们对世界的基本看法和观点。"

我们的文学创作,在某种意义上看,是一个人世界观的折射,它在很大程度上反映这个人之于生活等诸多领域的开掘和摹写,是一种虚与实相互交织的映像。

托尔斯泰的这段话,不仅指出了构建世界观的重要性,同时对世界观与创作进程的协调性进行了提醒。那就是一个写作者在成为一位真正的作家的同时,其实至少应该具备筋骨相对明晰的思想体系,而且甚至不应该仅停留在固化的世界观里,更是要保持与时俱进地追求世界观体系的升级和充实的能力,以一种更鲜活的状态、更大的思维格局来进行文艺创作,从而实现创作的突围。

"世界观具有实践性,人的世界观是不断更新、不断完善、不断优化的。"有些作家在经历一段旺盛期的创作后,突感遭遇一个难以突破的瓶颈,或许那是到了真正需要为世界观增补营养的时刻了。

一片素坯砖

20世纪90年代初，故乡的小山坡上一两年之间开办了数十个瓷砖厂。父亲东拼西凑，与人合资兴办了一个瓷砖厂，取名"合兴"，并在厂子里担任管理一职。从此，童年的我们玩耍嬉戏的地方也从田野、村落延伸到了厂区。

印象中的合兴瓷砖厂占地约有三四千平方米，建有一个烧砖的窑，因其形似鸡笼，故被称为"鸡笼窑"。与鸡笼窑相配套的是安放在厂子外围的铁皮大烟囱，那烟囱估计有数十米高，站在烟囱下仰望，确实让人生畏，我总担心万一它倒下来后果不堪设想。我见识过这些烟囱的变化，直到后来它们被砖砌的取代了，都未曾发生过一次倾斜、坍倒的情形。

除了鸡笼窑和大烟囱，压砖机、晒土场、球磨区、碎土房、盒钵堆、木箱区、生熟砖区、煤炭区等是缺一不可的。这些东西在不同的区域流水运作，才能生产出一片瓷砖。而这片瓷砖充其量只能是半成品，我们称之为"素坯砖"。

素坯砖与市面上可使用的釉面砖是大有区别的。确切地说，素坯砖虽然经过多道工序的加工，还不能直接使用，必须经过喷釉，在辊道窑中煅烧才能成为成品。

小山坡上的瓷砖厂几乎都是素坯砖厂。尽管如此，在儿童的眼睛里，一个新兴事物的诞生意味着更多的玩乐之趣。

做素坯砖的主要原料是鹅卵石和黏土。这些鹅卵石被运来之后，工人们将它们装入形似太空舱的圆柱体里（我们称它为"球磨"），倒入黏土等配料后，注水，在一定的时间之内不停地转动，直至在它前面的池子中流出浓稠度适宜的石浆。工人们跳入池中，用细密的袋子将其装捆好，叠放一堆滤水，这才算完成球磨区的工作。

在这里最好玩的莫过于看球磨转动和听鹅卵石翻转时发出的声响。鹅卵石在球磨中不停地转动，碰撞，落下，而后发出一大片哗啦啦的声音。细听，这些声音极像暴雨骤降在瓦片上的敲击声，又像浪潮涌来的拍击声，一阵接着一阵。当球磨奋力转动时，皮带也被带着转动，调皮的小孩会伸手去触摸皮带，体验轻微短促的摩擦感，然后咯咯大笑。皮带高速转动时却是非常危险的，一不小心手就可能被搅了进去，撕开皮肉，鲜血淋漓。我弟弟就曾因此而在手上留下一个十几厘米的伤疤。于是大人们警觉了，我们与球磨区的距离逐渐被隔远。

对于儿童而言，偌大的厂子处处是玩耍的好地方。等工人将水分流失得差不多的石浆袋子搬到晒土场，一袋袋打开铺放时，我们的游戏又开始了。晒土场大都用红砖铺成，约有七八百平方米大，几个顽皮的孩子在上面犹如几个小黑点。这些小黑点，一把抓起湿润的土块，转身用力向前甩，眼看将被砸中，狡黠一闪，那土块又和别的土块搭在了一起，至于砸不砸中目标都无所谓，这种方式的运用已然是我们最大的收获。

如果在晒土场玩得不够疯，我们会跑进碎土房。碎土房是将晒干了的土块粉碎加工的场所。它的与众不同之处在于中间是隔开看得见却不相通的，进出得从两个不同的门。靠近晒土场的部分用来放置土块，紧挨压砖机的部分是取用土粉的。在这里，大家无非就是扬洒土粉，结局往往是"杀敌三千，自损八百"，鼻孔、眉毛、头发、耳郭等到处沾满粉尘，如同戏剧角色的化妆一样，拍粉定妆后才肯出来。

而砖区、盒钵堆、木箱区和鸡笼窑基本是以整体出现，在这些区域里我们最常玩的是追逐和捉迷藏。很多时候我们是反反复复地绕圈，气喘吁吁也不敢稍有懈怠，生怕一不小心就被抓住。有时追的人会动脑筋逆向跑，一个拐角便看见了对方，被追的人只好迅速掉头跑开了。

现在看来，这种追逐似乎是索然无味的，然而童心异于成人之心的某一可贵之处却是显而易见，在当时我们的单纯心思里，少的是一些世俗的功利之举，更多的是见诸本心的洒脱与天真。是时间在改变着我们吗，还是我们的心被什么诱掖了，自主地做着改变呢？抑或与之都无关，冥冥之中有一种力量掌控一切，而我们从来都只是被驱赶着，由生向死地奔跑，如同一块素坯砖在各种流程里完成了一生。

至于捉迷藏，最隐秘的地方是在鸡笼窑顶上，而这个绝佳的隐蔽之处只能在鸡笼窑停火的时候才用得上。那时，玩伴两手交叠贴住眼睛，靠在柱子上喊数，大部分人都就近躲避，一两个狡猾的孩子会攀住束缚在鸡笼窑身上的铁缆绳往上爬，到了鸡笼窑顶上，然后伏身贴着。这样一来，鸡笼窑顶便成了光的直线传播原理下的视觉盲区里，加之玩伴身高之限和寻找之焦急，错过捕捉的机会常有发生。于是，玩伴寻了半天也一无所获，等待躲藏的人告知去处时，他恍然大悟，却心里好像在想：那地方我明明有看了一下啊，怎么会没发现呢？不过那去处一旦被揭晓，躲的人下次只好另寻他处了。

然而不管如何，在瓷砖厂捉迷藏的时光里，办公桌下、宿舍、火膛下方的煤渣池、碎土房、鸡笼窑顶等都拐进了我们童年的记忆里，像鸡笼窑火膛里跳跃的火舌，闪动着一片光芒。

我们有时也会偷玩劈砖的游戏。不过砖是很特别的，是生的。所谓生的就是没有经过煅烧的。你瞧，工人们先将土粉平铺在压砖机模具的正下方，右手握住压砖机的手柄，大力向下一压，一提，一块生砖就成型了。当然并不是每次都能制作出完整的生砖，有时因为力度和土粉的均匀程度等因素，有的生砖边角残缺，有的松散不全。于是工人们将生砖扫入一旁的废品桶中，准备回收再次利用。而我们便会去偷拿不合格的生砖，轻轻地叠起一堆来，学着村中偶见的走江湖的表演技艺，来一个单手劈砖的把戏。那生砖湿润易破，只需轻轻一敲，便七零八落了。

我们的游戏从没有停止，从生砖到熟砖的演变过程，单是看也可成为一种乐趣。比如，看工人把装好生砖的盒钵背进窑里，按照地火线整齐地码成数米高的柱体；看工人把烧好的砖，慢慢地搬出去堆放；看烧煤工把煤渣运送出厂外丢弃，村中妇人与小孩已在等候捡拾煤余（煤未烧尽的东西，可以卖）……

而对于这些观望，我们主要捕捉的是细节，仿佛它们能带我们进入其中，从而在精神上体验一番。其中的烧煤和砖的检验工作让人印象更深刻。

千万不能忽略了烧煤工作的重要性，这对砖的成败起着至关重要的作用。因此烧煤工的工资是高于其他普工的,连老板也要对他们礼让三分,有时还免不了答应他们一些额外的要求。每个鸡笼窑的入口处都托放着一个温度表,烧煤工像是厨师,靠掏火和加煤的频率来掌控温度。那时我曾跟在一个烧煤工后面看他劳动。只见他用一把两米多长的弯头的掏火棍先把火膛拨开,火膛中火舌热情地舞蹈,舞出一股热气扑了出来,随后他将掏火棍伸了进去,勾、拉、摆、敲等一系列动作完成后,顺势铲起一些煤送进火膛,刷的一下又将火膛关上了。他们就这样绕着鸡笼窑转一圈,重复劳作,最后才悠悠地坐到旁边抽起烟来。

估计是为了方便砖的检验,检验区一般就设在鸡笼窑出口处的几米外。检验工人是清一色女人,大多是村中的妇人。她们右手往盒钵里一伸,信手一提就拿起了十余片瓷砖来,左手稍稍放低,右手错开一个高度,然后像洗牌一样让瓷砖一片片滑落下来,分毫不差地落在左手上。这个场景颇有泡茶时的悬壶高冲的架势,粗俗的砖和优雅的技艺就这样随意地结合在了一起。

若她们中途发现有次品砖,就立即挑拣出来。至于这挑拣是讲究技巧的,她们一看平直、完整等外形,其二主要依靠耳朵灵敏的听觉。据说烧得过火的瓷砖声音过急促,烧得不够的声音略显混沌,烧得正好的声音悦耳清脆。这些视觉听觉的功力确实令人咂舌。

所有检验好的素坯砖最后被装在木箱里,等着运货车来拉去喷釉的厂家。运送的事自然是与我们无关的,然而木箱的制作却给我们带来了可观的收入。在那个经济不甚发达的年代,对于一个孩子而言,几十块乃至过百的钱俨然具备了挥霍的资本。

在我的记忆中,母亲从未停止过劳动,除了田地的劳作之外,她也尽力谋划其他的收入。那时,母亲与邻居阿姨在厂房旁开办了一个木箱厂。因受母亲劳动习惯的影响,也多少带有一些强迫的意思,还在读小学的我就在木箱厂"兼职"了。

那时素坯砖分为正方形和长方形两种,但木箱的制作却统一为长方形。制作木箱的原料有钉子、木条,工具是一把锤子。两种长方形的木箱的区别在于木条的粗细、多少和钉子的长短,以及体量。完成一个装正方形素坯砖的木箱,须耗费十七根细木条和四十八颗短钉;而装长方形素坯砖的,木条更为粗厚些,钉子更长些,体量更大些,但少了三根木条和八颗钉子。

节假日里,我和木箱厂的工人一样,左手拇指食指间捏着几颗钉子,右手拿着锤子,仿造成型木箱的样式,敲敲打打。虽是初学,一个月下来也赚得一二十块。所谓熟能生巧,几年下来,这份额外的收入也跟着水涨船高了,暑期的最高收入竟然可日进五六元。领工资时,手里攥着这百余块大洋,心中也便生出许多盘算。可母亲总能用帮忙积攒或计算花销的本事,让这笔巨款从我手中缩水成十余元。那时,我的心中多少有些愤懑。而今想来,母亲没日没夜地辛劳,煞费苦心地帮我节省下那些钱,正是把一种劳动和节俭的习惯传递给了我,我应该感谢母亲。

每个人一旦触碰起回忆,什么样的状况都时过境迁了,最终流淌的或许仅剩下一份不忍远去的情感。这份情感若有独特之处,那便是表达中的意象。对于童年,对于故乡的岁月,一片素坯砖曾如此疯狂地长出了一个世界,让我怀想。

记住一个名字，记住一座城

五店市

　　红砖方石层层叠砌，光阴的记忆从老师傅娴熟的手艺中，在熟悉的印象和精准的标注上，溯回，重生。

　　燕尾脊迎空跃起，身姿优雅，极力把一个个含情的微笑抛到你身边。搁置的饮马槽与石马默契对立，于时光寂寞处会心相悦。这流逝的光阴里谁的脚步曾在此停留，把那旅行的缰绳交给了哪个店家？翻不动的陈迹里可有飘响起谁的歌？

　　脚轻轻踏在石板上，像寻觅初会似的，每一步都有一份腼腆、一份期待。贴着管弦丝竹交汇的悦耳之音而行，从家庙或祠堂的香火缭绕中，望见尘世里那慎终追远的庄重和肃穆。

　　前行，挡不住心的跃动，那目光已然越过了低矮的围墙，一片豁然开朗。

　　穿过一个小石门，庭院深深，芳草茵茵，石径悠长，正应和了这座朝北古大厝的格调，散发出一派浓郁深厚的闽南风，让你情不自禁地悠然起来。即便你不走进去瞧瞧那能工巧匠的技艺，身临其境地感受传统闽南人家的生活气息，探望木阁楼的神秘，你也很难不生发出在此住上一阵子的轻松念想吧。

　　从涴然别墅正对的路口左转，沿着青梅山斜坡而上，树丛依山栽种，木栈道引你登上青梅山。环顾四周，城市建设的文明正将你团团围住，可你一点也不必惊慌，那最悠闲的土地已在你脚下了，你怎能自私地拒绝它们的羡慕围观呢？

　　钻过相交的篁竹林，还未惊动一片落叶时，你已身在山门之外。那沿路的谈笑风生尽在身后，似乎连来时的初衷都已忘却了，只是这绕圈的脚步又开始蠢蠢欲动了。

安平桥

　　划桨，把五里的水波缓缓摇进南宋的暮色流光。

　　一道潇洒的海湾迷醉了羞赧的晚霞，将白塔和海潮庵的距离织成一张金色的网，围出一片静谧平和的港湾。

　　一叶木舟，撩开朦胧的烟波，自西向东前行，仿佛一位情窦初开的江南少女正盈盈而来，对你投以惊鸿的一瞥。

　　那水畔的倒影迷乱了心怀，碎成点点金光，在涟漪上微微荡漾，惊动了休憩的水鸟，为你演绎一个最缠绵最饱满的场面。

　　就在你恍惚的一瞬间，现实已走到你的眼前。

　　船形的石桥墩，连亘的大石板，安逸的憩亭，突兀的石塔，以及潺湲的流水，都自觉地揉进了你的视野，让你在石材的刚硬与流水的柔性里，慢慢感应人事消长，收获那份把握生命的坦然。

草 庵

你是唯一的完璧，仅一次寻访，我的心已迷恋上海上丝绸之路的遥远遐想。

千载春秋过往，在万石梅峰的不老神话中，你依旧是那片最醉人的芬芳，点染了碧野苍山，安详地坐看尘世的风雨变幻。

庵前龙泉书院里古名士的风采早已烟消云散，而那些被吟诵的经典却从两株古桧树奇崛的虬枝上，生长出一个个新绿的春天。弘一法师三顾草庵的踪影残留在重修碑记和墨宝之中，循着斑斑刻痕，透视出禅心与人性的本相。而那青红白的岩石雕琢出信仰，以耳濡目染之功，将朝觐的力量注入血脉，代代相传。

行者在路上，纵然阅尽万水千山，在缱绻的追想里，你的模样和我的向往一如当前。

深沪湾

在璧山古道驻足。

海风携去悠悠的传说，用嫣红的笔法，把"璧山"的内敛沉厚镌刻在松柏山的苍岩褐石之上。路过的行人、归家的村人，或有抬头一瞥，便头也不回地一晃而过。唯有那可爱的旅行者，却执意站在它的眼前，端详它的容颜，捕捉光影，用凝视和思考来向它致敬。

从此远望，一道海岸线蜿蜒向北。海风涌动碧波的情思，以洁白连缀的浪花拥戴一湾温情，无休止地扑向那片联袂成群的木麻黄林，如同一个诗人用澎湃的诗篇在歌吟他热爱的土地与生活。

汇聚最远的光芒，在蓝天碧海之间读你——施琅雕塑。

伫立的英姿心海宽广，微风轻泛而起的水纹中，你的视界最明亮。同一片蓝天下，一衣带水的守望，昼夜不舍地流向血脉相承的对岸。而你脚下柔情的金沙捕捉住了你的目光，溯源千万年，紧紧相连。

西资岩

迎上门前的石阶，一步压下前世的迷津，一步踏上今生的虔诚，最后一步迈向祈愿的未来。

三步之远，那"绍隆佛种"的金匾正凌空于顶，雕刻"福享"二字的龙凤石鼓近在咫尺，以饱经千年风雨沧桑后的安宁，为你敞开尘寰静默的门扉。

千年的夙缘，千年的情愫，在你阅读正门上那"西佛千年来福地，资生万物洒慈心"的冠头楹联时，又重入心怀。引着你，凝眸那对称雅致而气韵跃然的壁画、窗棂，却又发不出一句的赞叹来。

抬脚，跨过门槛，那份尘世的庸俗气仿似已被摒诸门外，素淡的思绪随脚步轻盈而来。漫走回廊，或穿过天井，都为了来到三尊大石佛的面前。

焚香，闭目，将寄托的力量举过头顶，任烟丝飞扬，在清逸的檀香里笃守静心的安详。

十指轻轻闭合，跪拜，喃喃自语，越过时光的尺度，将期冀暗自揣在深浅不一的掌纹中，等待一份约定兑现时刻的到来。

转身离开，留下一个纯粹的祈求，与卓望山上的草木枯荣。

白沙古战场

苍华蔓生。三百多年前的光阴，从记忆里追溯，抵不过一个瞬间的闪息。抛开成败，抹去输赢，日月升沉之下，只听得见一阵阵潮声。

干戈载戢。微风南来，不一日便风干了夺目的血痕，收藏下一片草木枯荣的光影。江山大地，万里纵横，道不尽的都是起起落落的风尘。

今人与古人啊，我们把抉择的思索放在同一个情景里逡巡，生死过往，又有谁人能敌？看一看巨浪在那儿翻腾，脚下连绵的白沙，从过去到现在，从未发出一声呻吟。

心字石

青松翠柏，小径古道，怪石嶙峋，交织出一派紫帽山的风光。在山下仰望，紫帽岩岩，一颗心禁不住前行的脚步。拾级而上，辗转迂回，始登于凌霄塔上。放眼望去，雾气氤氲，或许便置身于紫冠之下，飘飘然。

据说，看风景的情趣全在心。可峭壁与红土之上、杂草野芳里，明明是一副石头心肠的模样，却偏偏镌刻着平常、放下等意会平衡的脚注，想叫人超凡脱俗，追寻一个齐集百心后羽化登仙的传说。

偌大的尘世，把持不住的往往是那一颗红心。可这心为什么而红，又为什么而蠢蠢欲动呢？修道的人不是只会苦吟苦行，从于自然的表达也是一种修行。而看见的人，如果执着地去搜寻，静下之时，或许会幡然醒悟：第一百颗心其实就在己身。

东石寨

我在暮色微雨中来看你。

一刻决绝的悲愤，儒巾、青衫化作了青烟，历史的舞台上站立起了一个英雄的形象。

东石寨内，一片丹心被铭刻在青石之上；震震军威，剑指外夷盘踞的台湾。拂过数百年的沧桑，浩然之气飘扬于海上，在两岸的时空里，如涛声日夜回响。

也许，适合用一种凭吊的情愫来朝对眼前的大海。在冥想的世界里，那浩荡的烟波翻卷的就是俨俨阵列的万丈豪情。然而，我必须驻足，必须静默，因为在这个历史深沉的地方，面对一种不可抗拒的力量，目光必须仰望。

画马石

路过的故事，淹没于跌宕的尘风中，始终无法企及初衷的表述。路过的风景，在数画横竖勾勒的艺术里灵动而出，锻造成一个漂泊的人一副桀骜不驯的铮骨，从晋江走向远方，映照神奇。

如何才能读懂玉髻峰上的画马石？是诘曲的会意，是自我放逐的隐喻，抑或是随从天地自然的昭示呢？

风从漫山的树林中吹来，演奏着生活的曲子，沦落在空气中仿佛被压成了一个人的独语，间或夹杂着跋山涉水的足音。聆听之外，我似乎看见了那个沿山而行的身影，衣襟浮动，刹那荡涤了一世的浮尘。

古檗山庄

檗谷之名与幽谷无关，山庄之地阒于人烟，有一群灵魂在此长眠。

时光穿过山门，肆意了脚步，迷醉了目光，让昔日与今朝对流，遍地流淌。青草纤纤，木棉傲然擎天，半月风荷一池芬芳，行草楷篆隶大有文章，好一派群芳烂漫的风光！

斯人已去，罗列的名人大腕都归于尘埃，唏嘘长叹已尽付流光。一种别致的情趣，一种尊荣的远见，驶过沧桑，给了这方土地一个卓尔不凡的遗留，让来往的踪影不由得生发出一个个赞叹，也让所有的陈迹在白日醒来，又在暗夜里寂然安放。

我去过五店市

　　晋江罗裳山的石壁上画着一匹马，其骨清瘦，风格简朴，相传为"讨饭骨头皇帝口"的唐代诗人罗隐所用，因而颇有佳名。晋江五店市的东南入口处也有一匹马，其体态丰健，神情淡然。这究竟是谁家的马？无从考证。它的塑像静立于五店市的山门之右，紧挨着由明代张瑞图的书法集字而成的"五店市"，在一个个交替的镜像里显得光怪陆离。

　　这意象的马，在流转的光阴里，走走停停了数百年，留下了无数来来回回的脚印，在主人营生路途中停靠或抵达家门的时刻，被惯性地拴在饮马槽旁，一次次仰俯，抖落了几个世纪的风尘。

　　有人转身，前行百米就到了"文革井"。关于这口被贴上时代标签的石井，不少人推断它的年代已久远，现在的命名也许只是印证了某个时期的光景。而关于它的由来，似乎由始至终都无法描述成一个确切的故事缩影，真相缄默如盖住的井口，沉湎在未曾探究的井底。

　　在古代中国人情愫难离的井世界里，意境的构造、根源的追怀、桑梓的寄寓，乃至蕴涵的延伸几乎都是率性而自然的。王少伯一句"金井梧桐秋叶黄"，以井入题，揉色一体，道不尽秋之萧瑟凄凉；文徵明的那句"君家在皋桥，喧阗井市区"，此处之井已是街市一片，人气非凡，喧闹之外的天地已在心间。我更喜爱的是韦应物的"田家已耕作，井屋起晨烟"，乡野之风扑面而来，村落的恬淡在初起的晨烟里，围拢而来。

　　这样的境况对于"文革井"而言，早已难以稽考。然而，我们的心却仍愿去臆想。祖辈们曾在此汲水而食，故乡的水借着饮食而注入他们的血脉中，激扬起了他们生存的血性，于是他们背井离乡，漂洋过海，经风历雨，爱拼敢赢。父辈们喝着那石井的水长大成年，他们不辞辛劳，起早摸黑，抓住机遇，为我们树起了面对生活的榜样。而今，时代在发展，那股根源的力量仍在我们的血液里澎湃，我们迎上风口浪尖，既为承载，更为创造未来，抵达心中的那个梦想。

　　走过"文革井"，身后的微风抚摸着衣襟，在我的心中泛起执着的涟漪。我仍然相信，老井的水在地底下缓缓游行，它不区分庄严与高贵，不选择平凡与卑微，默默地滋养着脚下的土地。

　　脚步在铺展有序的石板路上左转右拐，闽南红砖古厝的独特风韵包住了天空。我是愚蠢的行者，无法在五店市的红砖古厝里筑出色彩缤纷的梦，无法从"出砖入石"的墙里听出墙外传奇的晋江世界路。然而我的心里却暗揣着一个看似无足轻重的名字——更布口。

　　它就在涴然别墅入门一旁，奇妙的一进一出，让我们的眼光在那知名华侨的传奇里聚焦，感叹一株百万不售的米兰（又称"七里香"）那种故土难离的忠诚情怀。

　　或许，我们的视线从来都不拒绝一个有名人出没的地方，而且乐意在光环的时间里做文章，却似乎不情愿去探问一段早已被现实冲刷得不见踪迹的卑贱时光。

我曾望文生义地揣度过更布口的来历，单纯地认为它是一个岔路口。后经多次问询，却得来迥异的答案：更布口或曾为打更人的住地。

　　站在更布口，那没有箭头指向的路标，让我不知该望向何方。这里的昨天不见了，今天似乎又走得匆匆忙忙，一不留神，一切仿佛又消磨尽了，平淡而又琐碎。在这无声的消逝里，幸好有"更"的记忆可以追想。

　　毋庸置疑，"更"的计时运用体现了古人的睿智和精明，左右着人们的生活作息。我们不妨设想，五店市打更人的存在从某种意义上印证了这个市井曾有的密集和热闹。

　　那时旅人过往，在五店市的店铺中歇脚坐坐，扫扫一身的尘土，洗洗一路的舟车劳顿。若是住下，月夜岑寂时分，那更声在抑扬顿挫的闽南话语中如期而至，传递着分明的节奏，更敲动了多少颗尚未安睡的心。天涯明月共此时，身在异地故乡情，五店市的更声里到底住着多少亲切的梦啊。

　　"咚——咚！咚！咚！咚！"

　　一慢四快的五更声起，明清时代的五店市慢慢苏醒了，住在这里的人开始以各种习惯迎接新一天的到来。那女人们有的对镜梳发、比挂饰品；有的忙着买菜备饭，很快又顺手做起了其他家务事；店家们开始拾掇店中事务，不管是添置货物，还是洒扫整理，都奔着好生意的期求而去。店客们倦意消去，抖擞抖擞精神，准备天亮之后的新行程……各形各色的脚步纷至沓来，扯开了拂晓的朦胧，拥出一派往日的喧嚣。而此时，打更人的心应该是安静的，他安稳地躺下，在困意中继续颠倒常人一日的黑白。

　　而今，五店市的打更人已不复存在了，它的风情渐入佳境，南来北往的游客一批批慕名而来。在这商业利益四处蔓延的时代，它的传统它的矜持，是否能如那些仍存留的砖雕木刻一样，代代相传，引人驻足敬仰与赞叹？

五店市即是故乡

在五店市的时光里,你永远成不了第一位或最后一位的客人。

在石板纵横连缀而成的老路上漫步,清风徐来,带着一份独立尘世的超然。在风姿各妙的屋舍厅堂回廊里自由穿行,精雕巧刻的技艺把你引入微观的世界,你讶异,却分明地领略到那份勾人记忆的情韵。

你若随意驻足环顾,有悠扬的管弦古曲声飘过耳际时,在蕴含游子归乡之意的燕尾脊的天空下,那个久经诀别的久经逝去的故乡,恍若隔世,又如在眼前。

再次感染你的气息

　　当车停在五店市的东南入口处时，孩子们便嚷嚷了起来。这多次光顾的地方，对他们而言，仿佛永远新鲜，永远充满吸引力。

　　慢悠悠地穿过一面断墙，从侧门走进了天官第，习惯地接过一杯万应茶，便循着回廊的脚步逛了一圈，继而自大门轻脱而出，一切关于天官第的传说和庄严的气质全然被抛诸身后。

　　今夜天官第有些不同，门前的灯不知何故未点亮，四周现代建筑物里的光挤了进来，静静地滑落在青草石质的石鼓、石阶上，泛出一份历史的清寒，让人的目光和脚步不自觉地生发出一份冰凉。

　　坐在它对面的仍是那张熟悉的脸庞，仍是那娴熟的技艺和随之微动的山羊胡子，似乎只有那舒缓有致的节奏才适合这份传统的糖画艺术。

　　孩子们跑了过去，混入驻足观看的人群中，和他身后的一堵红砖墙一道将他包围起来，大有围棋上一"罩"定乾坤之势。可他还是那般淡定，手轻盈摆动，就在你们谈论之间，一张动物样式的糖画就呈现在眼前。

　　有的孩子好奇地转动那动物画的小圆盘，叫喊着。糖画师傅淡淡一笑，指着手中的蝴蝶成品问道："小朋友，蝴蝶有没有眼睛啊？"待他们还没反应过来时，他又补上一句，蝴蝶没有眼睛，是靠头上的两根触须来感应的。

　　是吗？我带着疑惑继续前行，踏着石板路上的碎光来到了乌大门。不一样的是，今夜它为你敞开门户。在里面，你可以感受到苏州园林图画式的布景技艺，墙角、门前都有花草的影子，好像你一提脚便步入了一个细腻的江南庭院。待你打量橱柜，唐老鸭、鹅等卡通造型又让你觉得现代的气息贴近了你。

　　孩子们稍加玩味后，又跑到了一墙之隔的朝北大厝。目光越过低矮的红砖围墙时，两盏吉祥的红灯笼便映入眼帘。这座房子虽落成不及百年，白日晴天时，你若悉心端详那瓦檐墙缝、木质栋梁、房廊，兴许你是读不出它们的年龄，只愿在一段历史中徜徉。而今夜，在这一方老厝里，石雕、砖雕、灰雕、木雕、线雕和其他构件的诱惑力似乎多的是朦胧的意境，无须细细品味便有了闽南独特的气韵。

　　顺路而下，穿过老晋江美食街，从雁塔折回。孩子们兴奋极了，闹着不回去，极不情愿地走回了天官第的糖画摊前。糖画师傅正用最后的一点糖浆画着蝴蝶。孩子们吵着想买一支，可惜他们身体微恙不能如其所愿。

　　糖画师傅也许听出了端倪，接过话茬说："这个东西比较热，咳嗽了还是不能吃的，前天有个客人的小孩子咳得厉害要买，我不卖给他，还被误会了。"我心中掠过一个反驳的理由，但终究没有说出口，心中反而泛起一丝暖流。

　　此时，天官第传来一阵咯吱咯吱的响声。循声看去，一个女孩正双手推送着木门。糖画师傅好像激动了起来，一下子拉开话题，接连讲述这声音是如何熟悉好听，他是何方人士，他故乡的房子与五店市是如何的相似。

也许，一座房子里总住着一些记忆，纵然千百万里漂泊，总让有些人一生不想忘记。五店市，今夜我又走进了你。当我的手掌抚过你凹凸有致的围墙时，仿佛抓住了一把过往的时光。

随晋江之水流向白天与黑夜

  向晋江之源而行。车在山路上盘旋，漫山的青绿在直线和转弯处呈现着自然，仿似抹去了人生的一道道痕迹，让你觉得与生俱来便是那其中的一部分，愿意去聆听到来的每一阵轻扬的风声，去仰望任何一朵从头顶飘过的白云。

  当城市的夜流水般地从我们的脚下淌过，璀璨的灯火惊艳了视界，惊落了一地的繁华。那些或许是关于房子，或是关于某些人某些事的碎片，沉在暗黑的旮旯里，隐隐约约地摇动着，给一个人在某个低头接受生活的时刻以坚强。

爱像大海

时入子夜，一个人站在松柏山上人家的阳台上。

偶有微风吹来，沾着海的气息，与皮肤亲昵，黏糊糊的。山上的虫鸣声抚慰着夜色，就像海从三面将这个渔镇轻轻拥揽着，安然而自在。

向左望去是大海，在灰暗的天光下一片朦胧，让你只能在那些浮动的船灯里想象她的苍茫、她的澎湃。

向右看，视线越不过山的高度，远处奔袭而来的光映照出松柏山山脊的轮廓，间或相陈的草木从静寂处勾出一道温柔的曲线，让你仿佛可以从中聆听到海的私语。

突然有一种念头，像海一样去生活。

有人站在岸边，看出激流的生活，看出礁石的坚守，于是他执着地求索，不向命运低头。有人行舟于海上，头顶浩渺的穹隆，眼望深邃辽阔的大海，于是让自己游走于高贵与卑微两端，却又寻找着最终的平衡。有人则化念入海，以涓滴大成之态，求取相融相生、相离相灭的有无之象，酿造一种生命的哲思。

然而我的选择是怯懦的，我曾多次暗自揣度：每次潮汐里是否装过起落的动念？抑或海从未思想过，万般变化仅是因为本来便是如此而已呢？

大海啊，在面对你的时刻，该如何与你对语？

我不知道能否用"情愫"或"情结"的字眼来厘清你我之间的所有，正如我不懂如何开口说出什么是生活。

在不同的情境下，记忆和身体都像切开的口子，以流动的相同姿态，一点一滴地沉陷在你的世界里。于是，我想用横亘的时空去读那暗黑的礁石，千百万年等待的时光仿佛一瞬间便到来了。

我望着无数碎片散开、落下的情景，借此臆想，你把生命的力量蕴蓄成一个个浪潮，肆意翻卷，尽情激荡，以无数次的撞击，向命运发起了最毅然决然的挑战与抗争，用对生活的追求诠释出对生命的忠诚与热爱。而这一切至今仍是我无法企及的，无法虔诚地追随的。

当生活的泥浆一次次将我搅动时，思绪又把我引向了你，想象你就在身边。

打开窗，望着那片荡漾心神的水域，让自己一直都在你的视界里，时刻有一份亲人的关切从未离去。沐着风，听着海风从耳畔掠过的声响，就像那双踏在沙滩上的脚，沾满的全是你的气息，在任何一个漂泊的日子，有一个最真实的样子可以回忆。

时光从呼吸之间消逝，以激动与平静的姿势，拖出或清晰或模糊的痕迹。生活的浪涌起又落了下去，有的随海鱼游向远方，在四季里孕育开始和死亡；有的则如礁石静静地站在那里，经风历雨，承受着一份与生俱来的使命。

或许正是如此，我更相信了轮回与宿命，相信自己曾经就是一尾鱼，在你起伏变幻的波涛里游动，摇曳着生命自由的气息，以被讨海的汉子带上岸或衰老终竭的方式，与你永远分离。

就这样记着一片海

在外漂泊的晋江人看到了五店市，自然就联想起故乡晋江，知道五店市是有根的所在，至少那燕尾脊或翘起的屋角张着飞翔的姿态，像是许谋清笔下写的"祖宗深藏在红砖厝里的翅"。从这个故乡情怀里去延续，晋江的海可以看作是藏着晋江人性情的魂，告诉我们晋江的文化里海洋文化是不可翻过的一个篇章。

谈起晋江的海，要顺带提下那一百多公里的海岸线，按顺时针环绕记述，连起了陈埭、西滨、龙湖、深沪、金井、英林、东石、安海等八个镇，形成了三面临海的地势。如此看来，晋江的海也是蔚为壮观的，是值得说说的。

我平生最早去过的海恰巧不是晋江的海，而是鼓浪屿的海。记得那时学校组织春游，自己第一次在现实中感知到大海如此辽阔，海水如此幽蓝，海浪如此绝美。

而后的很长一段时间里，大海的记忆逐渐被学习占据。直到高中同学带我去他老家英林沪厝垵，我才又一次亲近大海，那也是我第一次走进故乡晋江的一片海。

夏夜，在沙滩上散步。海风从远处向你扑来，像少女情窦初开的心怀，温柔而又羞涩，让人有种想紧紧搂住的冲动。海浪一串串从彼岸打来，哗啦啦作响，整个夏夜的宁静仿佛被满装了，让你觉得你就是沙滩里的一枚贝壳，一次次被覆盖，又一次次被掀开。海潮涌上岸，打湿了调皮的双脚，细沙的温热和海水的冰凉在脚上交织、蔓延，那种亲切的味道是多么轻松自在。

晚上躺在屋顶睡觉，腥咸的海风如影随形，隐约中带着海潮的声音来催眠。而你躺在竹床上，一张眼，繁星像在悠远的地方召唤着，似乎要掉进你的梦里，与你共眠。

如今，那个夏夜的记忆已然走远，然而工作和孩子把我和海拴得更紧了。

在我印象中，打从儿子会自己走路起，他便与沙子结缘。学校操场沙坑里的沙子不知道被他翻来覆去折腾了多少遍，他和玩伴们又不知在沙坑里造出了多少幼年的梦来。而当我第一次把他带到海边时，面对那绵延的沙滩，他的世界里藏下了一个关联的大海。

后来，因工作离开了深沪，他多次吵着要去海边。驱车四十几分钟才能抵达深沪湾，沙滩上他踏浪、挖坑、拾贝壳、挖花蛤、寻找小螃蟹，如此不厌其烦。我不知道一个人能爱一片海多久，也许在儿子的思维里，大海意味着快乐地玩，与胸怀无关，与成长也毫不沾边。然而我在心里暗想，他能如此单纯地向往着大海，在这一段生命的美好时光里，我应该用心陪伴。

我也曾自己多次去看海。这些年，除了深沪湾，科任的海、石圳的海、围头湾的海、白沙的海、黄金海岸的海，以及溜江的海我都曾光顾过。

深沪湾应该是儿子认为最惬意的海，每至此总是乐而不返，而于我而言却非如此。我的挑剔让我只喜欢在天气柔和与恶劣的时候去看她。

微风中，站在松柏山上俯瞰。那缩小的海悠悠缓缓地摆动，山下澳头的小舢板随波轻摇,像沉醉在慢时光里,一个人静得没有一丝的慌张,似乎这个世界的过往都再也与你无关。

台风过境,在百公望海更是一种快意。那浪一层一层堆叠,汇聚起一种力量,从一个高度卷来,然后狠狠地撞在礁石上,撞在海堤上,扬起生活的姿态,随后铺展开一大片流动的雪白。在你还来不及思索时,她们又席卷重来了。

从未认真想过为何我会从这两个极端来体味深沪的海,甚至极力想将自己放逐于大海。也许我的心是寂寞的,早已习惯了她的宣泄和抚慰。

言及此,我最想提溜江和石圳的海。从地理位置上看,溜江的海在石圳的海和围头湾的海之间。

石圳的海有晋江最大的风车,在那里海风转动了人类的智慧,也成就了一道独特的风景。细沙、白浪、黑礁、远船、灯塔、浮标等海边常见的景致是不足为奇的,站在海边,单单是那数丈高的身躯、数丈长的摆臂便能叫你兴奋,仿佛它一转动,都能把海的心思都卷入其中,你的脚步也因此轻盈了起来。

沿着海岸线向右行,不出两里,便到了溜江的海。溜江的海有两处标志性的地方:一处是一幢纯白色的建筑物,有人戏称它为白宫;另一处就是最临海的海鲜饭店,据说这里的海鲜十分新鲜,价格也因此昂贵不少。

说起溜江的海,她异于上述的海的地方大抵有两处。当你面对她时,你身后有一道四五米宽的海水从桥下涌入村中。待退潮时,你能踩着浅浅的水道,从桥下望见她拐入村中的一截身躯,而那些从你脚底缓缓回流的海水和细沙已告诉了你她的方向就在眼前。

而另一处是你必须去玩味的。用双脚去感受潮水,她的冰凉在夏天是一种馈赠,而她的清澈却是大自然的恩赐。在溜江的海边里,偶尔也能看到些许浮游物,但不管你用心与否,你都能随意地从水下看见你双脚的青筋和趾头,被拉动的细沙,甚至是一枚正翻滚着的贝壳的模样。

这样的场景在晋江的海边是难得见到的。潮汐涌动,工业的利益浮上了岸,工业的废弃却被灌入了海中。大海在展现自然无限的魅力之时,也被迫承受着生命欲望的轻重。

悠悠地走在溜江的海水里,一个浪又压了过来,不必去理会她将以什么样的姿态来展开一段新的历程,就想这样安静地记着这片海,正如当初你向她敞开胸怀时一样。

深沪·海·心

不知是何方神圣轻轻挥动手臂，划过的弧线变成了一片富有灵性的水域，温柔地抱住这方土地，于是在东南某个角隅，有了这么一个一面靠山、三面环海的渔镇——深沪。

如果有人要将深沪做个比喻，最恰当的莫过于：它宛如一艘在历史的风烟中漂泊的古船。

在这船上，你可以赏心地做一个考察者，在闽南多元的风俗民情中穿梭，追寻古人的遗风；你可以称心地当一代美食家，品尝本地多样的特色小吃，在口舌急不暇择中得到满足；你亦可以当一名积极的文化鉴赏者，在书香墨宝和袅袅南音等艺术文化中，品读自我的心灵。

似乎一切来得那么和谐，那么美。一方水土，养一方人。

在深沪，我想许多人和我一样，最喜悦的莫过于望见归家的船。

"你在海上焦急地张望家模糊的轮廓，我在岸上深情地凝视船前行的远方。"

看那折磨眼睛的渔灯，盏盏在船桅杆头恣意地狂笑。

渔民们娴熟而快意地将捕捞的鱼一篮一篮地抬出，整齐地搁置在地上，早有鱼商等候了，并且迅速地拉开了交战。一旁等待运货的拖拉机显得有些困乏了，看着不停进进出出的渔民，亮起了崭亮的大灯。过完秤后，拖拉机啪啦啪啦笨拙地开去。

这个场景是我很喜欢观看的，心头总有股暖流在萦绕。

五年前的初秋，我很喜欢一个人去看海。软软的秋风还拖着盛夏的余温，扑在脸上还有一种害羞时的温热。坐在礁石上，抬头的天空有种夏夜乡村的宁静。耳畔的涛声让我回忆起故乡的夏虫们，它们用不同的节奏和旋律制造了一场盛大的音乐会，而那时深沪的海潮却胜过柔和的催眠曲，给那时初到异地的我一种被熏陶的美妙，似乎许多烦恼愁绪都被退潮带到对岸，带到鱼儿们的腹中去了。

有一次，我躺着听潮居然睡着了，上涨的潮儿狡黠地扑向我的脚，梦中的我在冰冷和恐慌中缓过神来。而今想起，那场景却是那么亲切，我可以更安然入睡了。

在听海的日子里，心安静极了。

"远来的潮，是母亲的手，跨越千山万水，只想给我一些温柔。"

那样的夜，不必一个人闲坐着，去码头看看，千帆停泊的巨画在你眼前摊开，犹如一个宏大的开幕。没有耀眼的渔灯，月亮的清辉在船与船之间的水面上泛着光，缓缓地流向心里。那时，我总是很习惯地抽起烟，一个个烟圈摇摇晃晃地飘向夜空，俨然是我片刻的愁绪。

有些人说我是多愁善感的，这个词汇尽管是中性的，然而却无法掩饰一种或哀伤的高雅。而我一直觉得自己只是一个感性的孩子，在星空下，在大海上，在涛声中，寻求自己的宁静和孤独的美，甚至是颓废。

颓废谁说它不也是一种美，只不过有些畸形而已。

因此，有一次，我偷偷爬上一艘渔船，坐在船头，伴着被海潮漾动的船的起伏，我和直刺天空的桅杆一起在诡异地笑，手中的香烟似乎也在快乐地燃烧。

那个夜晚，我有一种莫大的快感。

于是很多时候，就这样，一个人，在深沪的烟雨灯影之下，在海边，听海，听心的声音。

故乡

渐进故乡，村口的公路上汽车急驰而去，掠过的声音在飞扬的尘土中不厌其烦地撞击着耳膜。

村子对面的天工陶瓷城里，灯火一片，像一群火龙，在迷离中，洋溢着一派秋日不同的气息，俨然国庆节和中秋节的喜悦都在此云集。

多日未曾回故乡，此时的村庄如记忆中夏夜的村子，几点星光也可看见棱角分明的老屋，又好像一个酣睡的婴儿，东犬西吠的听觉显得特别响亮。

驱车经过通向村中的那条唯一的水泥道，乡村的田野被横穿的建设文明分割得参差不齐。但是，没有夏虫的低鸣，秋夜的稻田的流水依然潺潺而逝，和摩托车的轰鸣声应和着，给这岑寂的故乡的夜画出几个跳动的音符。

缓缓拂过夜的风，让十月的稻苗轻轻而舞，摇出一派江南女子的风情，摆出一副搔首弄姿的样子，在稻穗上露出淡淡腼腆的微笑。在风中，一股清凉中透着秋天丰收熟稔的味道，掀动着我的鼻翼，我的心不禁也轻松了起来。

在这样的夜空下，不知是经历了多少风雨洗礼的神宫显得越发神秘，就连那几个因性别差异而用石头堆砌的高低不一的厕所也在冰冷之中显出几分的浪漫。

车子很快到了家门前，眼前的景象却已不同往日了。粗糙的水泥小路两旁绑上了两条由太阳花簇成的花带。大门前不知什么时候被父亲整出了一个"L"型的小花园，几十盆花草整齐地摆放在石板上，这样的点缀似乎给我们这简陋的石头房子涂染了一层新的生气。

晚上，母亲开始忙碌起上班的事了，留在门口的是母亲远去的背影和自行车沙沙的声响。我目送母亲离去，又像孩童时那样，坐在家门前的井口上。在那一刻，我回味着她临走时说的那些关于今年水稻将会丰收的喜悦的话，以及讲这些话时眼睛里荡漾的甜美的笑。

我已记不清有多久没有问候故乡的秋夜。故乡的秋夜，一向没有今日的不明朗，漫天的乌云犹如一只无边摊开的巨手遮住了天幕，只有透过它的指缝才可望见月亮漏出的一些光。微弱的光照在你的脸上，仿佛多出了一种惨白。

其实故乡是多种味道的。

春天之时，没有满山的野花盛开，然而我们热衷于田野上的奔跑、嬉戏。在童年许多欢畅的记忆里，我装下了瓜田、菜园、毛毛虫、书包里的红萝卜、偷挖的用牛粪熏烤的地瓜。很多年前的夏夜，我经常和村里的几个年龄相仿的小孩一起前去村边的水渠中游泳，笨拙胆怯的模样依稀攀附在水渠的侧壁上；那手中的蛐蛐仍然吁吁地鸣叫，田野上的老牛还是极其悠闲地享用着肥嫩的绿草，而屋顶上的星星仍可望见它们的美妙和奇幻。秋天的黄昏，坐在水库的堤坝上，领略夕阳的余晖染红大片的水域时的柔美，看水鸟不停地游动，随着点点跃动的金黄，想象童年的五彩斑斓。

我们总在成长。田地中，我们的脚印已不见痕迹了，烤熟的地瓜香味已不知被风吹到哪里了，书包在岁月的流逝中被遗弃了。虫儿的嘶鸣已是昨日的快意洒脱，不见了老黄牛，却有一个人独自在堤坝上仰望天空。凫水的鸟、好动的鱼，搅碎了一个个童年的美梦。晚霞的背影，在风中也日益模糊了，那最后的光也成了一抹思索的眼神。

时间越来越晚了，几分清冷冷却着呼吸，我动了动身子，回到了里屋。

透过窗子斜望，月亮继续在云中穿行，错落的乡村屋顶上由石板连接而成的那一条条的线，编织着一个个不同形状大小不一的天空……

徽行碎念

或是楔子

七月，第一次在飞机上俯瞰家乡。聚散从容的云自由组合，邀一个简单的灵魂参加一段未约的游荡。然而心始终铭记：不管何时短暂的离开都将回归这片土地，直到永恒。

七月，安徽炽热的阳光曾照耀在他的脸上，温暖了一个纯净的选择，于是他义无反顾地扑向童稚般无邪的微笑。山水景致，天地情怀，终尽归风轻云淡的过往，而他那对初生婴孩的热爱，越发弥坚。

七月，流火的生命迹象仍未苏醒。轻敲那睡梦的门扉，只有一片没有应答的静寂。于是他伏耳倾听，蔓草荒烟的尘世中，关于生命真诚的欢歌从精神家园里，如乡村的炊烟袅袅响起，歌声悦耳醉人。

七月，一个人曾迷失在都市的丛林。头顶的阳光带着他走上朝觐的路……

如斯九华

（1）凤凰古松

七月安徽九华行，凤凰松下游客影。

斯人爱向尘梦去，空留金凤与山青。

在一本小册上见过你，秀美玲珑的叶片轻灵地铺开，仿似浮萍优雅地憩于湖面；微风倾动，你柔婉地摇曳，露出了少女般腼腆恬美的笑容。枝干朝着各自的方向延伸，撑起或高或低的天空，层次分明，任由顽皮的游风在其间欣然穿梭。那树干立在土地上，沉默安然，保持着一个虔诚守候的姿态。

设若你置身于香火鼎盛的寺庙，或人头攒动的街市，兴许你便不会有这般超凡脱俗。偏偏你静默在古庵群落，那微微庵火、青灯木鱼，还有沙弥尼恬淡的容颜，与你有种与生俱来的契合。假以神话，你断然不会羽化成仙，千百年前你扎根于此，似乎是为了来圆一段人们所不知道的情缘。

人的生命无法如你千年，能与你相通的便是尘缘中那长短不一的起承转灭。而你以自然生长的性灵舒展，穿越千年的风雨，将一份不变的情愫，随一次偶然的出行，注满我的心怀。那似曾相识的感觉让我在想：是否千百年前，你是一个青春萌动的少女，而我是一个从你身畔经过的小沙弥，一次邂逅的回眸，尘心驿动，旋即又天各一方。抑或我只是一颗被风吹来的尘埃或小沙砾，曾卑微地伏在你的脚下，悄悄地仰望着你坚定的千年。

你以凤凰命名，有萍实的祥瑞，又有生活的美丽。当成千上万的游客用相机拍摄下与你的交集时，又一个千百年之后，是否还有人仍记得九华山上的那个你？我多么希望自己不只是你眼中的一个无名的过客，而是能在四季更替的轮回里，永远成为你枝头上绽放出的一片叶子，露出浅浅的生机。

（2）一把心锁
山光游人情，石径风景奇。
寒锁系铁链，安知思能及。

　　基于平生的孤陋寡闻，我从未见识过眼前规模如此庞大的锁与链的结合。在你眼前，曲曲折折的石栏杆被粗实的铁链套住，那铁链不知何时已被岁月的风雨吹洗得锈迹斑斑，上面挂满各式各样的锁，几乎每把锁上都系着一条红丝带。那红丝带惯性地垂下，像锁的尾翼；在锁的银白色与铜色、石栏杆的灰色与浅绿色相映下，那红色像是一股股迸发的强劲力量，携着游客们关于家庭、爱情、工作的祈愿，飞向我所不知道的远方。

　　无意中摸到一个"某某一家都是好人，希望好人好报"的铜锁，眼睛为之一亮，一种欣慰浮上心头。可眼下这种特殊的方式又让我有些茫然：偌大的尘世，你我的身心在尘烟漫漫的世道上各自流转，又有多少人愿意驻足为一个人诚心地祈福呢？然而我更愿意揣想，那些怀着善念的人，至少心中是能感受到生活的光亮的。

　　犹记得午后同游在天台后面的过道上的情景。他不经意间将手搭在一堆铜锁上，恰巧那群突兀而起的铜锁造出了龙头的形态，尚未抵达的我拍下了这照片。镜头中，铜锁在阳光的照射下，泛出点点的光芒；一个年轻人，一只手按住了跃起的龙头，延绵的龙身安然地定住了最后的姿势。

　　奇巧的画面总会引起有心意会的人多出一分关注。是将其想成两股力量对决后关于钳制与胜利的写照？还是一个时光飞逝中来不及拾掇的桥段？更或只是一种人们倾注内心情感的意象呢？

　　而山上那些铁链与铜锁的故事呢？除了编织出祈愿兑现的缥缈外，我想更能显示出游客的美好寄托与商家的经济意识的吻合意境，一切是那么自然，那么顺理成章，又有谁会去寻觅那被抛到山谷中的钥匙呢？我甚至产生过坏的念想，如果有一天哪对曾经热恋的男女分手了，如果当时祈愿的人而今生怨结恨了，那时的锁，又会有哪种意味呢？看来，抛开那些情真意切的执着，我得狠狠地嘲笑自己的迂了。

（3）挑山工与天台
天台胜景传有神，伏首持行心坚定。
旅路行人汗淋淋，挑夫荷担身不停。
清风绿树炎夏情，暗送清凉抚安宁。
山巅自是风景处，愿付多情与夫行。

　　睡意未醒，导游已如约而至，准备带我等共赴天台。兴许是被"九华胜景在天台"的梦幻优美蛊惑了，心中竟漾动着少有的兴奋。乘车在蜿蜒盘旋的山道中穿行，司机师傅娴熟的车技始终无法抵挡两侧林木原始魅力的诱惑，我们一个个像摇篮中的婴儿在左摇右晃的熟悉旋律中，逐渐地安静了下来。有的闭目养神，有的侧目张望，有的默然不语。也许有人是晕车了，但我更相信有人被陶醉了，你不自觉地便被他身上那股浑然之气感染了。

车在离天台近半程的地方停了下来，有一段路程转交给双脚去跋涉了。这种必经的切身体验让人回想起百岁宫旁俯视的一个场景：一位身着道袍的中年妇女，背着一个黄色的香袋，三步一叩，诚恳而坚定地前行。据说在很多佛教圣地，有此种真诚的举动者不乏其人。然而尘世浩渺如烟，多少身外的俗物蒙蔽了我们最初的心智，又有多少人如斯坚守初始的净土呢？我扪心自问，惭愧难掩于表，且继续在山光水间消遣最后的情志吧。

上天台之路，绿林夹道，石阶接连斜上，其侧铁链条条含情相牵，游人成批或闲散地自意玩赏，时有清风悠悠送来鸣鸟婉转的清音，行途中乐此不疲的淋漓大汗尽付偶尔的谈笑风生了。朋友，可千万别错过捕捉漫不经心的际遇哦。

天台就是天台，有古来登仙台一脉相传之道，只有通过那"非人间"的"中天世界"，在那地藏洞最后浸染，方可登极大化飞升之境。或因迟缓，未能赶上同游的脚步，我在通往天台的最后一个关卡前，暂时停驻。一个身着白T恤蓝短裤的挑山工坐在地藏洞大门前的台阶上，他的身子向前微倾，两脚成倒八字形敞开，专注地拨点着红绿的钞票。他右嘴角微微上扬，似乎是在和那造型略翘的鞋尖相对应。让人无法直视到的双眸俨然保留了地藏洞净化之气，尽管钞票频被拨动，定睛之态依然，两道月牙似的睑裂散发着迷离的暧昧。身后的木杵和扁担被两条灰色绿色的绳子紧密捆绑在一起，贴靠在地藏洞门前的狮身上。那石狮仪态威猛慑人，张开的狮口中那犀利的牙齿，让人不寒而栗。

撇开其中或有的风水玄机，这摆设确实深合此境。此处地藏洞又称"中天世界"，这佛门中所谓人死后天地之间的驿站，便是灵魂归属的最后一张过滤网。依常理而论，若非让肉身经历层层分辨洗净，又怎能任其轻入"中天世界"的终极平台呢？其设计之缜密也似乎有其合理的所在。想及此，那挑山工目不转睛点钞的形态又于脑海中翻腾出一些念想。灵魂高屋和现实土地的楚河汉界，是否也与时俱进，在俗尘尽然的喧嚣纷扰之中，定性了世人如蚁附膻的升沉标准呢？面对这样的思索，我是迷惘的，不然那心为何总是躁动不已？幸有沿途中挑山工们负重而发的"嗨哟"号子和山鸟鸣啾的自然之音，宛若绝美的天籁，稍定我心性。

收心，恭身而过地藏洞，疾行数十步，便至天台。镏金的"天台"二字仰视可见，视野下群山匍匐，绿野连绵，一派旷然之景；及此高端，铅华自去，诚心加以修养，自有其深层境界，也难怪名川大山几尽有高道逸仙的圣迹影传。于此，九华山应门之上"九华圣境"的蕴意更切实可触了。

同游相邀合影，光影之像又岂可比此境来得幽深广阔？不如尽踏天台，四处放情。于是，几人循着天台旁侧的山脊而行，时而取景立定静观，自得其志；时而妄笑山风中，随心所向，好不快哉！

我们游意正酣时，导游来电急催，让我等务必于十二点前赶至缆道站台。有同游依旅游地图提议，自天台对面狮子峰而下，多览山光，经未见之景，几人欣然前往。下天台之路，同游尽皆谨小慎微，生怕"一失足成千古恨"，此前闲游的舒适轻松也不翼而飞了。

上狮子峰之路，石块粗劣陈设，杂草交错，羊肠小道隐约可见。逢一石径，五六米的身段却约有九十度的坡形，我们凭着人类本能的四肢攀爬，最终登上一个小平台。平台之点，正对天台全景，难怪同游们纷纷举镜。同游中的一位老者对取景多了一份艺术灵感，指点我们给天台空荡的天空添补一簇杉树飘逸的绿色。一幅天台高远静伫穹隆、杉树枝叶扶疏交相依存、白描细写手法得体相卫的风景画，徐然而成。啊！只是多了那么一个点缀，天台的风韵便另有一番风情了。思忖那个点缀，不正也是一种别致的人生吗？许多人穷其一生，在不断的细小舍弃之中，总想构筑一个大方位的生活全景，以所谓大局长远意识冷落那些可能是精彩的生命之光，为何不尝试去珍重那些不可再的灵慧呢？

远望天台，殿堂静穆，其畔绿意油然附于群峰，群峰耸立而争相其址，天台之巍然，溢于言表。可我一点也不想品读它巍巍的高度，它的肃穆更谙我心怀。天台虽广大高明，却依然致力于精微，安定一个平凡适宜的位置，这种谦卑的写照，难道不值得一个人毕生去追求吗？

终因时间仓促和山路生疏，我们原途而返，九华山之行便尽于此。回想一路行来，总有一个印象浮动：要抵达山顶最美丽风景，总须经历一段漫长的行进之路。但细想这漫漫长路是意味深长的，若没有这其中的求索和洗涤，又怎能以匹配自然的清净身心登临那胜景呢？去天台之路的晃曳大概也是冥冥之中的安排。想必，人生之路也是如此吧。

唐模时光

唐模寂寂石静定，画里时光恋红尘。
浮影暗转动思情，流水悠悠风不行。

穿过唐模的大门，可见一株沧桑的槐荫老树，满枝的红丝带与绿叶杂然相许，好像老树自觉那一头司空见惯的绿意盛情不足，又精心地装扮了一番，扎满了喜庆的红丝带，借着轻风细抚，笑容可掬地等待我们的到来。古树被木制护栏圈护着，树干下部中空，仿佛一只装满历史风雨的乾坤袋，让人总想去探个究竟。可导游在古树下高声介绍《天仙配》中老树为七仙女和董永开口做媒的取景，俨然没这拍摄的机缘，槐荫老树便会浪得虚名；那个婉约动人的浪漫神话已然在商业文化中被轻描淡写。细看那老树上的红丝带，挂着一个个愿望，像是槐荫树结满的盛果，将枝头微微压低。不知何年何月何人，在此悄悄许下愿望，祈求那段或与男女爱恋不可言喻的庇佑呢。

沿着槐荫树身后的小溪逆流而上，可见沙堤亭。沙堤亭给我留下印象的便是那八个高翘的亭角，据说无论从哪个方位观望，那八个角总是清晰可见，可想当年建造的工匠是如何煞费苦心才打造了这一方景观。身旁的同游用心地在不同角度记录着游历后的品味，我不禁哑然失笑。在千年变幻的尘世里，又有多少人与事能如那亭角，留给世人棱角分明的坦诚呢？

　　沙堤亭往北，有一座古牌坊，其上"同胞翰林坊"五个字赫然浮现。牌坊上的梅花、祥云、动物之类的精美石雕惟妙惟肖，与那段艰辛饱读的岁月以及美好的寄意，传以精湛的徽派石雕技艺，酝酿出一股古朴而沉重的历史韵味，弥漫数百年。

　　从古牌坊一路前行，一头便扎进了檀干园。进门时，顺手拍了它的简介。景区用了二十八个字简略地道出它的时间和地位，其余的一切似乎如园子右侧消失的楹联一般，蜷缩在历史望不见的眉间，待导游兴趣酣然地谈起和游人随自意品赏时，才隐约露出腼腆的微笑，一如园中那洁白栀子花的香气，淡雅而深长。

　　我想，设计者的匠心独具不仅是灵感的艺术展示，更是心神糅合的由人舒张。慢过小亭，静心望湖，轻上石桥，浮观细柳，感觉好像没有一样是在现代的节奏中生活。之后导游用一把生锈的钥匙，费力地打开一个紧锁的木门，拉近了我们与古代名家书法艺术风采悠远的距离。可惜，另一把生锈的钥匙无法开启最后一道门锁，透过陈列古代书法名家拓本屋子的窗隙，灰暗的光线依然映出尘埃栖息于艺术品的眷恋轮廓。虽没有真正亲近名家艺术大作，然而身后许以诚用孝心打造的碧湖绿波、亭台廊桥，也能给你带来一些释怀的安慰。其实无论什么时刻，我们多少次转身，都还不是一直对人性中最真实流露的情感痴迷不悟，进而爱屋及乌呢？

　　从安徽回来近两个月了，其间的俗事尘染不由得让人屈于忘怀，而唐模的阳光、避雨长廊以及那店家复杂的神情，伴着潺潺的流水声，缓缓地在水街的光阴中低吟，也飘进了我所缅怀的青春里，携我追寻未来的岁月。

　　曾想找一个阳光和煦的日子来写水街，简单地以为在那类似的意境更易倾诉思绪，不料在近日南玛都来访的夜里，大雨四处浇注，竟轻易地冲裂开了心神的闸槛，许多思虑渗出裂缝，一点一滴地落下，潜回唐模的悠悠时光，在水街不腐的流水中，会心自由地流淌。

　　几只灰白色的水鸭安闲地立在小河的拦道筑石上，时而自如地啄啄身上的羽毛，时而伸颈浅汲河水，时而探头入水，之后抖擞抖擞羽毛上的水珠，一切都仿佛是在享受领地独有的尊贵待遇。河水轻轻地爬过它们浅橙色的掌，顺着拦道的落差，快意地喷出白色的水花，像是悬挂于此的迷你瀑布。不信？你举镜聚焦瞧瞧！水鸭的前方，浮着一团团草绿色的水草，是否它们曾与水鸭对语，相邀而戏？是否它们仅是平淡地生长，自享水域的有我风光？我甚至想，康河的柔波中是否也生长着一样的水草，不然它们为何都飘溢着那种甘心的微妙？

　　一只水鸭不知何时下水了，水面微微泛起涟漪，水、天及其他倒影平静的凝聚被分还现实，我的视线也被拉回河道两侧。寂寂的青石随处可见，圆方石雕为墩，短小石块旁置，长条石板成路成堤。那被有序叠砌的河堤，静卧为规划的弧形，勾勒出流水秉性的柔情；而水不斥形物，依样而动，舒缓自然，上善若水之境油然生于心间。唯或可诠释的，它们以自有的姿态共同厮守这一方天地，其坚贞足以令人感奋，又引人感时。

　　不知不觉已是午后一点多了，在一阵阵饥饿的咕咕叫声中，赏心悦目的景致与同游打点的肉包子暂时妥协。找了一处长廊停坐，如狼似虎地吞下几个包子，同时慰劳压抑一上午的烟瘾。长廊正对着一家小商铺,小商铺中站立着一位老妇人,见我们过来,热情地招问我们购买东西,那堆在脸上的笑容宛若夏风中的芙蓉,盈盈而动,送来清凉和亲和。长廊上坐着两位老人,同样灰黑色衣服的轻便打扮,同样爬满时光痕迹的古铜色脸庞,其中一位瞧了我们片刻,又转头凝视身畔的河水;另一位老人头发胡子苍白如雪,一边仔细地打量我们,一边吧嗒地抽着烟枪,那烟枪崭亮如新,挂在上面的烟袋随着老人每次的吮吸来回微微摆动。我顺手递了一根烟给他,交谈的话匣子一下子被打开了,一份熟悉感瞬间从远而至。

老人起初询问我们的来处,未曾想对于游客习以为常的他,竟有贺知章笔下"笑问客从何处来"的儿童风趣,而对于泉州晋江的概念止步于福建的归属。然而他关于地域小大生熟的模糊回答,让人对渺小的自我感觉增添了几分清醒,古希腊晚期那位喜剧家在追怀早期七个智者言谈中关于社会人群自我膨胀的幽默调侃,如在耳际。让人有时候不得不感慨生活这座大山,只要你愿意开采,哪怕是微不足道的小事,总会有用心的收获。

唐模的些微风景和人事被收录在我们粗浅的交谈中,其中对于房子的问题,老人居然别有念想,一旁的老妇人也极力搭讪,两人共同推出"只许修缮,不许变卖"的微词。自思,多少时刻,定有人如我羡慕蜗居于此的人们,那黑瓦白墙的世界明了清净,古风犹淳,往来翛然,如此人间佳境,夫复何求啊!可世界创造了不二的你,即便有身处的同境,仍不必纠结庄子和惠施的思辨,在灵魂的最深处,无人可克解;况且在假设存在的时间的账本上,估计也难以精确地找到属于我辈常人的科目。而关于唐模的生活,每个人都拥有向往的权利,可心底又暗暗地祈祷着它落入围城现实俗套的那一天不会到来。

人在鲜活存在的阴霾中,总会臆想出慰藉心灵的微光。正如在很多人的眼中,唐模是沉淀在时光河流中的鹅卵石,属于一段历史的光影。可试想,世人用尽心思地创造了时针、分针与秒针来呈现和佐证时间的存在与流逝,时间是否真的存在?恐怕连墓碑上关于生卒年和墓志铭的撰述,也仅是世人一厢情愿用来标记人生长短与世事浮沉的一个量的概念符号吧。透过这最后的他为符号,我们是否能撕开那包裹权欲自私功利的追逐,而鲜亮惊愕地发现和亲近人与世界种种真实美好的人性所建立的精神关系呢?那时人之于唐模的记录,大部分是否也只能沦为从众行为下多手镜像的造次罢了呢?

狭长的唐模是最清楚的。它大概是更偏爱用水声来诉说;一路走来,风的沉默,让人连对悬挂于头顶的红灯笼也端详不出一丝暗示。恰是这种貌似缺憾的单一,更包容着一种至诚的纯粹。而正是这种至诚的纯粹,让一些旅客和聚居于唐模的人,在一个个失去记忆的城市里,在一个精神贵族四处被驱逐的年代里,找到了心灵生存的真正的家。

宏　村

宏村南湖水,湖水画桥人。
人景相绊约,风情也深深。

看那细柳依湖婀娜灵立，微风轻点，秋波巧送，随那妙龄少女轻盈漫上画桥，情思怎能不自涌？而风亦多情，轻轻掀动少女的裙摆，裙子的碎花和湖水的波纹上下跳动，似乎在谱奏着情意绵绵的曲韵。一群画院的学生，摆开画架，凝神聚气，任由手中的笔，点画轮廓，勾勒印象。

湖水静待如睡，群山、绿树和屋舍如我陶醉，许是被湖上那张开的弓箭射中，芳心如水萌动，方寸不失地跌入他舒张已久的胸怀；而我们沿着矢发的直线，一步一步地走入俗境中那份相濡以沫的幸福。然而我开始害怕了起来，生怕那不能自已的妄念和聒噪的吒语，惊扰了宏村一尘不染的恬静，随之又会黯然陨落在幽幽的遗憾之中。

过了画桥，身外远望的境况被脚下的现实拉近，一种跨越的突兀感让人恍惚。屋舍门前的摊点上摆设着一些小商品，竹制的小水桶、自刻的迷你风景竹雕、颜色各异的鹅卵石等细样，吸引着求鲜的眼球。毋庸置疑，许多旅游景点不由自主地成了市场经济时代鲜亮的商标，单纯的旅游已然被卷入了某些商业运作的程序中，多了一分世俗的触摸，少了一分精神的滋养；多了一些喧闹的纷扰，少了一分灵魂的独守。可天地之间，红尘人又有谁能与得失真正泾渭分明呢？

导游一边走，一边熟稔地介绍宏村流水进出随路的巧妙，看来即便没有方向感的人也可安之若素地在村中行走，因此你一点也察觉不出游客的任何不安；你随处可见写生人的身影，他们像是你眼中的风景；那时同游们远近肆意地拍摄，而他们与画中景仿佛已凝固了此生的距离。什么样的画动人，众说纷纭，然而没有灵魂参与的描绘，充其量也只是一段风景蹩脚的诠注，勾不起一个安存真心性的人审美的会意感触。

我也拍下了一张宏村小巷中写生人的照片。画面中的她，头顶白色与卡其色相间的太阳帽，身着一款花式长裙，静坐于一块铺设在石路的长石条上。那显身的花裙勾画出少女青春的曲线，映衬出墙体连续排列的弧度，秀曼细润之感顿生心间。一眼望去，马头墙层层交叠、笔挺，灰瓦浑连，简朴明了之中又透着庄重的气息。中国水墨画的淡雅浓厚，或可于此窥一斑而见全豹；我甚至臆断，相对于黑白交杂难分的生活而言，南来北往的游客是最怀恋这分明的本色，他们在生命的某个时刻，或许和我一样向往生命最初最真切的清朗。

黑白编织的梦境还在远处招手，无形的目光好像洞穿了一切尘封，在等待与一个异乡游客久别重逢的相拥，而我的心却莫名地痛了起来。在一排排粗糙且被刻意堆砌的青石房地基前，墙角倔强生长着的蕨类植物，流水中的小鱼儿，显然都被时光轻易越过，独留下了风华剥落的无尽沉默。我不得不承认，在漫不经心的流俗岁月里，我已失去了绝美的青春年华，如今前程未央。

流水引我们到了月塘，早有游客绕塘观赏。那塘面如镜，水平明亮，镜中镜外一样的风光，写不尽的是顾影自怜的模样。塘沿青石铺展，又齐心同向，温柔而又异常珍重地圈围着，仿若没有这用心的维系，月塘便会怅然若失。呵，原来物我相看，情是一样。我想，月塘定是更爱静谧，春晨、夏雨、秋暮与冬夜之时，少了游人纷沓而至的俗扰，便可与投怀送抱的周遭畅然调侃，恣情昵语，安享那份尘嚣净绝的悠然。未曾想，这其中的滋味却深合了此行游玩的休闲意想，在此停步，不想往前。

似乎每个导游皆有带人游完要点景致，方可卸下责任的情结。导游送我们进出多处名家门堂，最后一股脑儿将我们带到村口两株各有五百多年历史的古树前。

导游鼓动我们用合抱来丈量古树的丰满，无人付诸实践。而我选择了凝望，我想只有这恭默的方式，最适合那五百多年的历史沧桑。尽管风霜在它裂开的树皮上刻满无数印痕，它的脊梁却越发伟岸挺拔，撑开的树冠收藏了满地的荫翳，在夏日炎炎中为我们送来一身清爽。

古语有云：前人种树，后人乘凉。其实人生似种树，只不过树种的选择、培育方式的采用、的鹄的寄意不同罢了。

不管出于什么样的初衷，宏村的处女游在几个小时内匆匆结束了。而同游老者意犹未尽，偕同我重览旧迹，我好像又一次沉沦在宏村的梦里……

黄山，黄山

暇神景致黄山容，峭壁坦途有影踪。
云海奇松映怪石，一程山路一思重。

九华山南行近二百公里，至汤口镇，其身已在黄山景区南麓。时夜幕苍茫，山色蒙蒙，饥肠辘辘与旅途困倦作祟，唯尽付食宿而去。一夜深睡，醒时朝日喷辉，群山赫赫，绿树葱翠可爱，令人游兴勃发。

从宾馆出来，未几便至慈光阁，早有游客涌聚于此。远观，其后两山泰然耸立，其上花岗岩之白与山树的俊美参差交融，尽显造化的奇妙；两山之隙成一峡谷，此中云雾缥缈，似有仙气登临，游人心意亦飘然；环视四周，慈光阁坐落于苍山碧树之怀，有古来藏风聚气之佳意，蓄毓远披盛名自可意会。而由此始，黄山之路虽幽幽，其闲情亦可自然。

从此处上黄山有步行和乘索道两种方式，我们毫不犹豫地选择了便捷的索道。两旁的风景随缆车在索道上徐行，俯瞰山谷，窈然自在，空旷幽深，成片的山树巨石微渺若涓涓细流，不停地朝身后流去；一座难得一见的寺庙，似乎被遗忘了许久，只留下醒目深邃的黄黑二色供人远望。

闲谈不足十分钟，我们便到了黄山所谓的精华景区。来观黄山，黄山是深谙待客之道的。满山尽散迎客之宾，化而为松，有于峭壁侧身示意的，有于半山恭立笑待的，有于过道列队欢迎的，而致以最庄重礼节的非迎客松一景莫属。听闻，黄山十松景，此物折桂冠，而钦慕之意自引人对其特别关注。

停步于书有"岱宗逊色"的龟形巨石前，便可全观迎客松。但见那石龟翘首引颈，直视迎客松，其坚决令人不由得赞叹。而佳木未知何年成，侧倚巨岩，一身浩然。其冠顶松叶自西而东高低延伸，长短排序，似一鹤首静然而栖。而树的中干处生一树枝，短且粗实，其几十厘米外又上下各开一枝，上枝者跃然而起，枝末绿意油然，翼然凌于其下之山石，似欲与冠顶树枝试比高，而又自显淡定；下枝者呈转身而下之状，引绿枝出于两山石之间，亦得清爽悠然。全观迎客松，左侧几净，右侧树枝全然而倾，真有张臂笑迎的诚然。游客虽疲劳至此，但清风引伴，松叶蓁蓁，其诚可感，心自怡然。

　　一别迎客松，前行数百阶梯，至一处观景台。一些游客对准对面群山，用心地记录着。扶着观景台的围栏往下望，断壁千仞，其下山姿各异，风骚尽显；落眼一处，其妖娆隽秀特立，让人如独立水之湄而望秋水伊人，心驰神往而难自恃；群而视之，群山连绵起伏若衣袂相连尤壮美，兼容并包之气迎面扑来，醍醐灌顶的意境似隐而至，俗尘繁杂仿落落而下于身后，虽孑然一身却意气潜发。

　　"大家看，这就是著名的玉屏卧佛。"导游的介绍已然打断我的神思。随其所指而望，远处重峦叠嶂，精巧有趣，卧佛之态栩栩如生，其额头、睫毛、鼻翼、嘴唇之形似真而现。然而思考后我又暗笑，"卧"字贵在温和优雅，深合佛意内蕴，却不合景，取名者有差强人意之嫌；若用"仰"字，虽清淡却也平实，归根结底，相由心生而已。

　　沿石路而行，得遇犀牛角、行者静坐、石鱼等风化石，若你有心观赏，山间怪石层出不穷，令人目不暇接；久而视之，审美也疲劳，形思恍入山谷云雾飘忽之境；还不如自观一二，自嚼神韵来得更有妙趣。

　　行至一岔道，导游抛给我们新的选择。一是往前便可直通往龟蛇二石处，由此而下，过鳌鱼峰、上光明顶、经始信峰，便可轻松到达夜宿之地；二是循岔道右上，扶斗折蛇行狭道而行，辗转百千踮足方可过的石阶，历惊魂动魄之心况，终可上莲花峰；继而从莲花峰左侧而下，会于龟蛇二石处。

　　同游中人有年近花甲老者和恐高症者，导游建议他们从简而行。我们几个兴致高涨的，早已拾级而上了。初行之时，动若健兔，似有会当凌绝顶的壮志；未行二百步，气喘吁吁，汗流浃背，且扶梯稍做停驻；下视幽谷，云雾渺茫，谷下之物难以端详，而寒气直上，热情渐冷，心已惊悸不安，滋生折返之意。而游人接连而来，唯有俯首缓缓向上。

　　此时身后传来一声呼喊，回视，同游老者和恐高症者已循迹而来。真是有志者不在年高，初生牛犊不怕虎啊！途中老者行数步辄停息，而笑容浮脸，其志犹然；恐高症者如婴孩学步，以四肢爬行，休憩时双手仍紧抓旁边的石头，目不敢侧视。但想想他们的举动，不禁敬意丛生。生活中，面对困难畏首畏尾，甚至退缩的不乏其人；反观自身，困境当前，多少次我总在尝试的门前徘徊，且又首先萌生逃避的念头呢。

　　屡经战栗，始登上莲花峰顶。站在一千八百六十四点八米的高顶，仰视，天空澄碧如洗，偶有浮云将天空的辽阔驮向更悠远处；凭栏俯视，尘物如粟渺小，随自交融、蔓延而显大地的苍茫无际；值此时境，心倍感欣幸。随后，一个矮小的身子倚贴在莲花峰顶的石碑上，捣腾出一个光影技术的留念。

　　从峰顶另一侧的小路而下，行经一堆盘踞的巨石，石上书有"突兀撑青穹"的黄色大字，其字有山名的雍容典雅，又有山峰本色的苍劲穆然，而此景正有与游历后的畅然心境相吻合之妙，想必这是冥冥之中的安排，莲花峰之行或可以此为分水岭了，至于其中的感慨便可止于此处了。

不久，我们便在龟蛇二石处与导游会合，朝着她遥指的鳌鱼峰挺进。未知转走几个石梯，方至鳌鱼峰下。鳌鱼峰没有莲花峰的奇险，倒是鳌鱼背上的龟形小石别有生趣，也使山的格调清秀了起来。我们在峰顶随意走走停停，便向光明顶而去了。

途中幸遇数只小松鼠。只见它们在松间频繁跳跃，松枝随之摇晃，灰褐色的松枝与它们的毛色浑然一体，让你尽力想捕捉它们敏捷的身影，都难免无所适从，只好随它们自去。

想及已览的黄山景致，除了游人、浮云还有一些让你看得出鲜活生命的动物之外，大多是安静的。静可沉思，动能生感，动静所在，各得其妙；而妙之所在，或在人心。这般光景与生活又有何异呢？很多时候，当我们凝视生活之湖时，巨石或杂物滚落下来，泛起层层涟漪，而我们的生活轮廓似乎被这不速之客打散了；然而时间神秘地沉淀，湖面归于平静又让我们照到了自己的身影，甚至可静听到内心最真实的声音，让人淡然面对动静艺术引领的虚实人生。

未曾多加思索，人已在光明顶。许是有了莲花峰的比较，对于光明顶之景便多有平淡的感觉。向光明顶右侧行二三百米，可得一处极佳观景台。此处平台不同于"玉屏卧佛"的观景台，须沿巨石跌宕之形而取路，战战兢兢而行进，至于石栏杆处便可自赏景观。

石栏杆下，山岩多剥裂，如笋簇集，各立一处，又似有组织排列站立之状，宛若仙人点化布阵而成。山之美，不若莲花峰巨硕壮美，而清隽之意犹然，有江南窈窕淑女和翩翩才子传扬的气质，令人如在品清雅精致之典藏，耐人寻味。

同游老者见状，多有感叹，忙着取景留影。恰有阳光巡照而来，举镜斟酌未定时，光影倏忽流动而过，群山已入昏暗之中，不由得扼腕喟叹："如果把阴暗和光亮并存时的景象照下，会是很不错的一幅作品。"老者就这样来回走动，不断寻找最佳视角。半个小时之后，他终拍摄得一组"阴阳割昏晓"的照片。之后，他又与我们分享他的佳作，满意之态毕现。然而对我而言，风景照片再美，都不如他今日之举来得更令人钦佩。

一位老者，用心于一物，专心致志，不遗余力。设若如我之人，少有耐心致求的态度，充其量只会自叹时不由我与景不成人之美罢了。况且今日，远方故乡职场已物是人非，此时的他已转身成了一个平常老人，权位等已同所历风景而过。但是我无论如何也觉察不到他一丝的怅然，更多的是平日相处时和蔼包容之外的豁达印象。

人言人生似登山，我深信此语。一开始，许多人为了登临最高处，疲于赶路，而几乎忽略了过往的风景；登顶后，眺望远景，收录全局，自感欣慰；而若回想来路所历，又似已忘记。其实，人生不复，处处自有风景在，何须跻身在绝顶？登再高的山顶，也终须走下山路。全局的风景再醉人，没有点与之相得益彰也徒然。有时，没有细节的时光更是一种空白。无奈的是，很多时候我们习惯以别人风景的美为标准，全然忘却了我们也是一处有高度有动之处的风景。

记得导游告知今晚我们夜宿北海宾馆。此时离宾馆还有多少路程无人加以追问，或许同游们是怀着珍惜沿途的际遇的心态吧。而我更是贪心地想阅尽黄山，一路上总喜欢走在最后面。

午后两点多，骄阳直射，些微阳光穿过叶隙，安静地落在我们正行走的林间石道上，仿佛用知情的温度轻吻着石道；而石道全然投入最初的使命中，如初延伸，送一个个行人安全抵达想去的地方。我喜欢石道从开始承受起便坚守责任的忠诚，而我也坚信世间万物的灵性，它们以适合自己的方式，借以偶然的暗示，表达最朴实最真切的感情。途中那棕噪鹛的出现或许就有此意。

同游们走过后，三只棕噪鹛跃下树枝，像是路霸一般，飞落在我眼前的石道上。一只棕噪鹛须臾便轻灵地跳到左侧路边的枯叶丛中，正用黄色的喙和浅蓝灰色的爪子熟练地翻拉着，时而又跳到另一堆枯叶上，枯叶则似与它配合已久，发出沙沙声响。中间的棕噪鹛伸平了身子，闲适而动，似在搜寻着什么，头身的橄榄色和尾翼的棕褐色将它的羽毛拉成直线，与它双爪形象而成"丁"字，俨若在生动地展示着中国文字的艺术。另一只棕噪鹛则立于石道右侧边际，身向石旁侧杂草，回首静看，喙的深黄与草的浓绿更是将它眼周的深蓝鲜明突出，其形神胜似监工，正专注地关注着同伴的一举一动。我连忙拍下了这个精彩的镜头，为旅途收下另一份别致的乐趣。

傍晚时分，在晃过飞来石和仙人晒靴等奇石景后，我们在北海宾馆歇足。据导游介绍，从北海宾馆大门正对的斜坡直上，可游清凉台，赏猴子观海，更有游人几乎必看的"黄山日出"胜景。见晚餐时间未到，我便与两位同游迎路而上，想先睹为快。或因旅途劳顿，只是随意晃过清凉台，便直往猴子观海观景台。

攀过巨石堆，抚栏而上，便至猴子观海观景台。观景台约莫五米长、一米宽，若三人并行多有不便。我在最临近峭壁的观景台前方落脚。极目远眺，天色灰蒙，一巨岩隆穹，其苍褐色隐约可见。巨岩微偏右处得一巧石，其形似猴，其态若思。前方有云浮泛，弥望如海，浩渺而不可见其边。巨岩、石猴、云海，由你浮想联翩，自有猴子观海的意境。若辅以那坚贞的爱情传说，其形其态令人心生爱怜。

于我而言，更爱其思。其思由安，安则可见心静与定。在俗世丛林中的我们，仍有多少人游离在心性见明的门外，多少人迷失在精神信仰沦丧的庸常生活中，找不到一个生命可以真正安放的所在，继而趋之若鹜地追逐他人的喜好呢？

翌日早晨近五点，我也凑了黄山观日出的热闹。不做赘述，安徽之行且以此告终。

风景余想

一路总忙碌着捕捉风景，收藏景致的方式各有所异，其味却也可品尝。

听闻有游客喜欢用速写来记录欣赏的风景，初听这异于常人的留影方式有些诧异，细细想来，此中或许更有味道。对准景观聚焦，迅速按下快门，一切总有小心翼翼的影子。而速写的记录明显多了一种悠闲，我想可能景一入眼，便在观赏者的心中烙下模样，即使最初的景观有所变动，强烈吸引的刻板记忆自然会被唤醒，引领画笔跟着思路走，一切惬意成画。

关于风景的追逐，我属于前者，但我更爱后者。大抵，对一个景物的拍摄，更多的是一种人生若只初相见之美好感觉，对于景致还未深入品味时，快门一刹那咔嚓，那景致就被定格在相机中了，之后的游览又落入走走停停的光影捕捉了。而速写，冠之以速名，或为神交接入现实的快意领略之速,其悠闲比画,远近雕琢,粗细品读,自然多了种情趣,多了份思考,对于有心人可能也多了一份沉淀的收获,料想一路行来,满载而归,岂不快哉。于某日,重温起那些游山历水的影像来,想必拍照会比速写来得恍惚些,速写的那种亲切的气息,自然扑面而来。

　　景物之选取多半是大众流俗的印象,静态与动态又各有心境。我喜欢捕捉一些属于瞬间动态的事物,可很多时候我却只是一名静态事物的刻录者。以静视静,以静制动,都是中国的哲学,只是不同人爱好的区分罢了。那些动态的事物,或给人以灵感,点燃思想的火花,往往是一种迅速的连锁反应;而静态者,或给人以心平气和,你能较舒适地把握它们,以此满足某种审美的初步构建,继而再用一份心神与之打磨,或能慢慢调和出自己想要的精神元素。一旦错过,便如灵光一现,稍纵即逝。

　　关于留影,怡情之处,曼妙之感,且留于众说,那或许亦可成为人生的一乐吧!

　　而山水景致之异于游人,或在心志。心志所向,便自有其然。然而不管哪段风景的印象,始终是源于旅途与人生相似的秉性。

　　我们或许都曾计划进行一次旅行,或有精心准备,或是随遇而安。几年前出行,选择什么样的目的地,我是简单得由车站逢时的列车班次决定的。轻松的行囊,自由的身躯,随车所向。

　　关于景点的选择,我向来不喜欢人群拥闹的地方,那些不为人潮涌动的清幽寺庙,以及那些人迹罕见的所在,每每触我心神。我甚至觉得,来世上一遭,便有种与世分隔、自求清远的天然。于是,在面对很多人喜爱的赞扬和声誉面前,我总想选择沉默。然而,在这个世上,人不仅是靠双腿才可以行走的,在巨大的时潮和迥异的价值观中,我们总被挟裹着,被推向一个又一个心灵陌生且必须饱受煎熬的地方。有时候,时间久了,连呐喊的激情也消失殆尽。以至于我们习惯了现在的我,而不知道最初的我遗失在世界的哪个角落。

　　然而那些灵魂坚毅的人,那些向着精神的高峰攀登的人,孜孜不倦地朝着心灵的净土前行。北岛说:"高尚是高尚者的墓志铭。"且不论高尚者之高尚,单做一个良知永存的平凡人,我仍愿意毕生用沉默来镌刻这一方墓志铭,如同无语的大地承载万物,给予它们自然自由地生长。

武夷印象

夜，沉醉在自己的姿色之中。

火车一声长鸣，那不合时宜的声音丝毫没有打破这种美，倒像是一颗宁静天幕中划过的流星，留给夜空一道很深很有味道的记忆痕迹，随之而来的是车轮与铁轨有节奏的亲密声……

火车在动，武夷的山在夜色的笼罩下，开始缓缓地向身后隐去，一切依然显得那么安详，似乎没有什么可以打破原有的淳美。

可是，心不禁哀怨了起来，武夷的山，我多想为你放慢生命的脚步。

来时的路，车几乎都在高速路上飞驰，出泉州，过莆仙，穿福州，下三明，经建阳，入南平，奔武夷，窗外的美景接踵而至，但都抵挡不住我对你的向往。甚至在去之前，我都不去查阅任何与你有关的资料，只想站在你的眼前，躺在你的怀中，温存你那份独有的柔情。

武夷山，我来了！

远远就望见了你的身影，不是雄壮，不是威严，你那一个个突兀的身姿显得厚实可信，传递着引人的神韵；虽无栉比鳞次的现代建筑美感，然而蓝天、白云似乎都为你而生，为你而增色；那远近的层次在天地之间逐渐摊开了你俊秀的面纱，宛如清秀俊美的少女。

然而我想，对于你，无法一览无遗地领略，那似乎只是一种亵渎，唯有慢慢地品味才能酝酿出绝美的享受。

虎啸岩·好汉坡

天微热，虎啸岩。

这是我们游览的第一站，虎啸岩没有老虎，也非形似。但还未开始登山，臭汗已经迫不及待地浸湿了衣服。

眼前的这弯好汉坡，挂在虎啸岩上，让你只能选择仰望的姿态。

目光沿着不知如何雕琢而成的台阶游离，一股威严的气势压了下来，陡峭的感觉似乎想让人窒息；宽不到一米的上山小道倚着山势，旁侧牵强地围建着水泥浇筑的扶手，显然这些扶手一面经历风雨的洗礼，一面不可抗拒地与不可计数的游客们亲密接触，那一个个小小的窟窿，那一道道模糊的条纹，仿佛承载了无数历史的惊悚。

同事们有的只身快速攀爬，在快意之中驾驭了对山的敬畏；有的则是手脚并用，忘了攀爬了多久，边走边停，但是只选择向前看，据说其无法估量回头看的震撼与恐惧；然而有的同事还是趣味不减，一听有人喟叹道：虎啸岩没有老虎，怎么叫虎啸岩呢？此时，他居然高声嚎叫，或许只有那样的嚎叫才真的和这名字的意境匹配。这样的情趣仿佛惹得山林都和我们一同欢笑。

终至山顶，大家忙着拍照。在聚焦镜的透视中，山与人浓缩，一张张自然的恬美与脸上的惬意融合的相片定格。你看，那近山正与你会意地招手，远山在向你深情地张望，甚至更远的方向都收录在虎啸岩的峰顶视觉之中。

一线天·天游峰

　　游武夷山，你应该不会错过一线天，因为导游们会带你体验夹缝生存，感受举步维艰、进退两难的境况，甚至还会叮嘱你：尽量别抬头往上看，不然"蝠分"会降临。

　　原来，当你好奇地抬头仰望头顶那仅有的一道光线时，蜗居在一线天内的白蝙蝠，或是左右飞舞，或是侧卧嘶叫，会在无意中用自己的礼物来馈赠游客的用心观赏。如果你停驻回望，往上，往下，你会发现，头顶是天然的一线天，地上不也是一道趣味非凡的一线天吗？我想，白蝙蝠们从来都不知道，自己成就了这么一个旅游生趣。

　　一线天似乎已是很多旅游景点的一道招牌菜，大同小异的样式，雷同的妙趣，好像很难再蛊惑细胞冲动了。而在这一点，天游峰的一线天就绝不会有这样的遗憾。

　　你一定不知，它是以什么样的方式诞生于世的，它又在那伫立了多少年，仿佛总在静默地守望。

　　门票上的天游峰，只看得见它身上的一连弯曲的扶手，确切地说你只找到了一个立足的地方。你看，周围的山脉云雾缭绕，各种风景如同人生的每次际遇，积极地向它靠拢，寻找着生命的切入点。

　　景区的游车把我们带到了它的入口，踏入入口之后，我们找不到熟悉的风景，只能在小路的引领下不断向前，不断向上。

　　当在山脚下时，一个褐色的切面突现在我们眼前，我们无法想象出是什么鬼斧神工雕琢出了这样的庞然大物。循势上望，笔直山崖边上赫然挺立着一个亭子，无法数清是几角的亭子。如果把眼前的天游峰看作是一位伟岸的美男子，那亭子便是他头顶的发巾，透着一种古典优雅的风度。

　　真正爬山的路，从这一刻开始。回想昨天好汉坡上领队六岁女儿的勇敢之举，今天的天游峰之行或许不会再那么窘迫的吧。不知是谁喊了一句：你们看！顺着声音望去，对面那蜿蜒盘旋的山道上，人与人都连成了一道移动的风景，张扬着那山慑人的气势。

　　走了一程又一程，还是必须拾级而上，终于登上了门票上的景点，一种豁然开朗的感觉油然而生，身心仿佛得到了极大的释放，舒坦极了。

　　我小心翼翼地贴着扶手留了一个纪念，那身后的落差还是让人不禁生畏，可你的眼球还是得享受。以这个地方为朝会，前面的山脉形态各异，一览无遗，犹如朝臣，虔诚地向天游峰朝拜，或许只有天游峰才拥有这种帝王般的待遇。看来，它的守望，是一种帝王的胸怀，是一种坐拥江山的美景。

　　俯视。山崖之下，一裙碧水，像是一条玉带嵌在崖下的山下，在金光闪闪的阳光下熠熠生辉，那水上游人漂游，缓缓而动，漾动着的是款款深情，散发着山含蓄之中的盎然生机。

　　前进，因为没有到达目标。

　　我们的队伍在接近山顶的一个岔路口抉择。身边没有了蹭听导游讲解的机会，我们选择了向另一个方向进发。事实上，我们走错路了。人生有时候也是这样，只不过人生不能回头走，而旅游可以。

于是我们沿着刚才走过的那段路折回，领队的小女儿走了一小段路之后，突然害怕了起来，硬是趴在领队的背上重新回到了岔路口。我们的队伍最终在一个寺庙落脚。

我们从天游峰的另一端下山，山路也变得可爱了起来，路宽敞平和了许多，原先的紧张被吹来的徐徐凉风悄悄带走了，取而代之的是"第一山""武夷第一峰""音胜天台"等摩崖石刻的文学书法艺术的观赏。其中有一个让人无法抹去的印记，那便是导游们谈笑风生时极力介绍的最佳拍照处——"汉奸汪精卫"的石刻。

我们琢磨不透这个平凡的石刻历史意义之外的拍摄价值，导游诡异地让一个人站在那几个字前面，我们恍然大悟，不约而同地笑了起来。如果你真的去留影，无论你是怎样标致英俊的脸蛋，你的身份将多了一个"汉奸"的标志性说明。

……

上山，下山，有太多的美景。然而我也不再回望，再怎么回望，都不能留住那些别致的神美，我注定是一个流水生活的人，无法停留。

九曲溪·竹筏

一山一水总是情。

那九曲溪，一个个曲曲折折的弯转，就是一种种无法割舍的情愫的挽留。

然而，没有永远的上岸，记忆已经同溪水漂远，唯能浅浅地望见的是背影，而且影像越加模糊，越加朦胧，仿佛回归到梦境一般。

趣味相投的同事们，幽默诙谐的艄公，随水起伏的竹筏，碧绿如玉的溪水，快意自由的鱼儿，酣畅淋漓的暴雨，还有一直夹溪相迎的风景，都缩成了梦中的一个个符号，让人回味。

犹记得，我们还来不及细细品味深藏于九曲溪的韵味，那一场积蓄已久的爆发，把那头顶乌云炸开了花，雨淅淅沥沥地洒落下。那时，九曲溪的一切生灵成了被荡涤的对象，似乎经历了这场洗礼都可以获得重生。

这场雨来得让人诧异，也来得妙趣横生。

艄公们依旧谈笑风生，娴熟地于深浅不一处让船游转。转弯处一个年轻人拿着相机，熟练地按下快门，"咔嚓"声被我们甩在了身后，艄公们前行寻觅着平时的停靠处。

各只竹筏上的游客纷纷用手头的工具避雨，上岸前对购买帽子还略有微词的同事，显然对刚才的抉择坦然了许多，找到了帽子的价值所在。同事的女儿手中的小小油纸伞成了雨中一道独特的风景，她娇小的身躯上穿着肥大的救生衣，头顶是一把具有苏杭色彩的油纸伞，让人多少感触到一种与此山此水相映衬的诗情画意。

回望身后的竹筏，上面的游客似乎淡定自然，仿佛把自己融入这九曲溪的风景之中，对于他们，这雨俨然是邀约同行的游伴，没有惊讶，反倒有些新奇。

其实，漂游之事，我们很多人有过体验，倒是在雨中漂游未必有过。而今日武夷之行的暴雨，为何不且看作是武夷的馈赠，让如我一般恣情的游客品尝一种新情境的况味呢?

人生的很多感悟并不都是来自有准备的经历，甚至更多是衍生于那些猝不及防的遭遇，换了一个角度，心态超然，得到的自然就会多一些。

竹筏在一处鹅卵石随意铺陈的地方停下。艄公却仍然在尽责，刚才的喜悦还没有完全消化完，他又指着一处有崩塌痕迹的硕大石头讲解开来："不是不报，时辰未到；时辰一到，下巴炸掉。这块石头据说是当时某部演习时……"

一路上有这个艄公相伴，爽朗的笑声不绝于耳。雨在我们小憩之后，停止了宣泄，但头顶的乌云又重新汇聚，我们继续上路。

一路上忙着抓拍，忙着欣赏风景，都没有注意漂过了几曲了，这时艄公喊了一句："你们看，上面有悬棺。"竹筏还在飘荡，我极力睁大眼睛，尽管眼镜的度数已经不小了，但也只能仰望到目光远处峭壁上的一道道撕开的裂缝。心中浮起一些感慨，古往今来，那里面神奇的秘密，曾经引领过多少人去探索啊！

目光，从上到下，从远到近。此时，同事的女儿的举动倒是引得我关注。只见她把刚才喂养溪鱼的字母饼干慢慢放进嘴里，享受般地嚼了起来。方才她还在为溪鱼的求食大声叫喊，此刻她却投入了另一种快乐。

同事不解她在吃什么东西，连忙询问。那小女孩全然无知而满脸欢悦地回答是在吃刚才的鱼食饼干。同行中一时爆出连续不断的笑声，溪水淙淙仿佛也加入了我们的行列。

很快，竹筏游进了第九曲，头顶的雨却不可遏止地倾泻下来，视野中几乎找不到一处清晰的印记。

大家的御雨工具全都派上用场，然而几乎都像刚从溪水中被捞起来的一样。不同船只上的游客，也没有了先前的潇洒和坦然，在雨中都仿佛成了被浇灌的树木。其中一位艄公递给我一顶竹帽子，我不假思索地戴了上来。回神看着他们穿着准备好的雨衣，既感激他们的善良，又不得不佩服他们的未雨绸缪。

雨珠还在溪上跳跃，把整个溪面折腾得四处热闹，不禁惹人遐想与怀疑，是不是水共同的灵性让它们这么喜悦相受呢？

这样的场景让我想起了清源山的喜雨轩。就在那一方小小的阁楼之上，凝视眼前如镜的天湖，那骤雨前仆后继地敲击着湖面，让人不得不触发出清雅和喜悦的赞叹，这样的场面是多么的相似啊！

竹筏在雨中穿梭，很快地就抵达了终点。竹筏有序地停靠，人们迅速上岸，雨却识趣地小了。

刚走出没几步，一个拿着相片的年轻人瞧了我们一下，好像重新捕获到了猎物一样，高兴地说："就是你们了，来看一看你们的相片，要不要洗几张带回去？"

我们还没有来得及思考关于肖像权的问题，就被带到了一栏相片前。

相片中的我们灿烂如花，惬意从容。于是，我们心甘情愿地掏了钱。

回来的路上，仔细地端详相片，豪迈的天游峰揽青山绿水入怀，竹筏悠悠，大作家刘白羽的诗句"武夷占尽人间美，愿承长风我再来"更是给了武夷山一个深邃得体的点睛。

武夷山，我们终归是要选择离开，不能留下眷恋的浪漫，然而我依然愿在你的印象中不断迂回，从现实折回你的梦境……

且与水处听江桥

经过了多久的事才能被称为往事？四天五夜够吗？显然我的底气是孱弱的，我匆匆而来，又匆匆而去。除了过客，我还可以用什么身份来记述那异乡的印象呢？

记忆在动静之间回眸，从山水和历史的折痕中，轻轻拖出一个个轮廓，让人想伸手去触摸。

起点晋江，终点南平北站。一头是晋江，另一头是闽江。

对于故乡晋江我还能道出点子丑寅卯，而对于闽江我却是不了解的。当班车出南平北站后贴着山体行驶时，一湾水道撞入我眼帘来。对于一个住在海边的人而言，这缓慢流动的水域便觉得没有多大的新奇，倒是那赤黄的水与海水有了天然的比较，但眼神也只是轻浮地一扫而过。

下榻酒店后已是晚上七点多，几位初识的朋友结伴外出。一场疾驰的雨簌簌而下，将我们困在了离住处不远的一个大排档里。雨水像被铁皮屋白天吸收的热度烫到，急促地跳跃，一大片的声响覆顶压了下来。眼前的视界一片迷茫，偶尔闪过几辆奔跑的摩托车。而同行的女伴们纷纷拿起相机拍照，似乎这场雨是初秋山城那几片调皮的云造出的热闹气氛，专门来为我们接风洗尘。

有时来一场雨，放在应景之地也是别有况味的。东坡先生笔下的"一蓑烟雨任平生"，"归去，也无风雨也无晴"，是自然洒脱的；毛泽东《浪淘沙·北戴河》里"大雨落幽燕，白浪滔天，秦皇岛外打鱼船"，气势雄浑壮阔，尽显其博大胸襟和气度；而戴叔伦在《宿灵岩寺》中写道，"雨急山溪涨，云迷岭树低"，雨后山间即景浮荡而出，别有生趣。

同样是急雨，落在山溪里，涨了；落在建溪里，是如此的波澜不惊，须臾之间便随流水东去了。从住处七楼俯瞰建溪，听不见一丝波浪声，连她身畔的路灯都舍不得打扰她的安宁。也许就是这样的姿态，才会任年华流逝，与西溪安然交汇，拥出一条有母亲情怀的闽江，滋养一方的生灵。

闽江发延平，她流溢出生命的光彩，亦让土地分离。"智慧的人类伫立在水边：于是产生了桥。"延平区有多少座桥是我所不知道的，真正亲近过的只有九峰索桥和剑州大桥。但总感觉延平的桥是不可替代的，甚至值得品读与敬畏的。

夜幕初临，与几位朋友乘车到剑州大桥。下车时，桥上已满是人了。有散步的，有遛狗的，有倚栏望江景的，有吆喝叫卖的，也有静坐休闲的，形形色色。站在剑州大桥上取景留念，身后一派现代建筑物流光溢彩，仿佛惊艳了江水，被我们定格在瞬间的影像里。

我们自桥北向南走，俨然沉浸在它的时光里。你不必去分辨人们自发的姿态或心境，高贵与卑微、愉悦与忧伤、自由与束缚、轻松与沉重，抑或其他你想表达的意味，在你驻足或踱出第一个脚步时，都为它默默地承担着。我在心里反复念着"剑州"的名字，一种穿越古时南剑州的感觉蓦然而生。也许历史就是这样一片一片地剥离，最后留下一个纪念，予繁衍至今的血脉怀想。

从剑州大桥南桥头右转向西,穿过烟气十足的几个烧烤摊,就到了九峰索桥。该桥因何而得名,估计和身后的九峰山是有渊源的吧。未踏上九峰索桥前,同行的一个女伴笑着说:"这桥会摇晃的哟!"在桥上初行,它的平稳似乎与一般的桥无异。当你走到桥中央时,那女伴原地跳跃数回,好像突发了有感地震,桥身果真微微漾动。想俯身往桥下一看,目光却被一道拉开的缆索勾走了,它垂下许多吊杆,轻易地就吊住了桥面,如同一把巨大的竖琴凌波飞渡,等待着那些脚步来拨动琴弦,好与潺潺的闽江流水日夜私语。

这时,同行的朋友指着对面的剑州大桥说:"那索塔向南倾,是不是会意'南平'两字?"另有一人说:"可能有那个意思。你再看索塔的形状,像一个字母'A',会不会也有'平安南平'的另一个意思在里面?"我们相觑而笑。在延平漫步的这个夜晚,我们怎么会萌生这些念想呢?

一辆面包车把我们拉回了住处。在那些繁华和美艳沉落的时刻,细细地回味更是种享受。我在窗边点上一根烟,把烟气吐到窗外,关于窗外远处那段不知名的铁轨的思绪却又扑了过来。

初见那段铁轨是在入住的当晚。我原以为自己错过了火车的行程,或是它在夜深人静的时候会潜来。接连几天,不论是黑夜还是白天,我竟搜寻不到一丝火车驶过的痕迹,倒是铁轨上多出了一些不紧不慢的人影。我和舍友揣测多日,最终相信了它已被废弃的宿命。即便如此,我还是会想象它穿过隧道后的光景,或在单位,或在村落,或在家庭,乃至一个集市流转。我还曾想在回去之前,加入那人群,晃晃悠悠地走过一段时光。可惜一切都未能成行,我与他们始终无法擦肩而过,与它始终保持着最初相望的距离。

这究竟是一种什么距离,让人惬意却又不能安然于心?然而在这仍可望见的时空和未谙的际遇里,我还是极情愿念它的好。它将繁盛的昔日交给流水,安静地卧在建溪上,以无数过往的承载延续未卜的将来。

或许我们应该回到历史里去观望,让思量找到停靠的地方。当我们沿着"衣冠南渡,八姓入闽"的足迹去追寻时,这段被誉为"中原地区人民第一次大规模南迁"筚路蓝缕的风尘里,闽北(今南平地区)永远被镌刻在历史的里程碑上。

正视沧桑,更当赞叹流光,感谢它让一些东西一脉相传。

茫荡山的宝珠

应该是记忆淡薄了，我几乎记不清去茫荡山的路，印象中，车几经下坡上坡，最后拐上一个三百余度的弯，徐行数分钟才到了宝珠村。

对于这样一个有着名贵且颇具现代气息名字的村子，我自以为它或许会融合不少现代元素，但一路的车程似乎预示着我的揣测已偏离轨道。况且自古以来，中国大多盘踞高山的村子的名称是大有来历，或与名人的典故息息相关，或与传说等密不可分。

车到村子时已是下午，一下车，人好像扑进一片绿的海洋，四周尽是郁郁葱葱的树林。放开眼去，大片摊开的绿，小片漾动的绿，都让视觉神经轻松活跃了起来。村子的海拔好像蛮高的，偶有寒气从身后袭来。我应了这个借口，便抽起了烟来，似乎那一点热气能舒缓初遇的感觉。

这时导游介绍起了宝珠村。据说宝珠村是一个千年古村落，为南平人文名村，是茫荡山上的一处绝佳风景，享有"文出宝珠、武出樟湖"的美誉。盛名之下，心生一份敬慕之情也是理所当然的。

跟着出游的大部队从一排民厝旁的小路斜下。小路约有五六十厘米宽，两侧青草丛生。大家小心翼翼地走着，可稍停下脚步定睛一看，那些青草俨然是受过教化，很自觉地为农作物腾出一块块田地，和谐之气四处流溢，令人赞叹这些植物如此有灵性。

前方不远处的山体旁探出一片树林，树林右侧雾气氤氲，仿佛若有光。从后望去，黄褐色的土路上，同游们五颜六色的衣衫显得更加靓丽了，仿佛有一抹鲜亮的城市之光，正缓缓地注入这个村落，让现代与传统开始对语。

人群刚拐过小树丛的弯处，一幅宁静的画卷已在那等候了。一层层的绿被梯田迭出一排排的新意，高低错落，跌宕生趣。最惬意的要属那一派云雾了，它们渺渺茫茫，轻轻荡开，多么像少女随风舒展的洁白衣袖。你一伸手想触摸，它们仿佛又离你去，留出一份距离让你凝视。

这腾起的烟气永远是不会寂寞的，它们优雅地飘洒在芳野苍翠之间，又与那数米高静立的白墙顾影相对。这动静聚散的艺术有造化与人工的心领神会，好像只需一经眼神的聚焦，便会飘逸起来。那黑灰色的屋檐和瓦片应该是怕它们凌空而去，厚重而又温柔地压着，于是就围成一方房屋，平和地守着日夜流逝和人世冷暖。

设若只有这些房子和田野，即使是甘于平淡的心也会因日子久了而偶尔生出一丝乏味。显然宝珠村的建造者们是富有情趣的，他们因地制宜地在房子旁拉起一条长长的廊道，又在廊道旁匠心独具地布置一些小玩意儿。这样一来，原本的房子、田野、流水、草木和新增的景致就连成一串，山水灵动、田园悠闲的天然格局脱俗而出，仿佛每一个进入其中的人总能寻得暗合自我的情趣。

三峰廊桥是我们在宝珠村遇见的第一座廊桥。它有三十余米长，除通道为砖石构造外，其余均为木质。从廊桥入口处向内看，人字形的顶棚、横梁、立柱和护栏等所共同展现的形态如同一个小篆的"亭"字。许是它经年累月地站着，经风历雨地立着，外观上渐渐长出了或灰黑或青苔绿的颜色，泛着村庄原野的馨香，似可与白墙黛瓦相映衬，又可自然地融入这方天地的秀色。

走在廊道中，仰望，桥梁上的墨书渐次排列，清晰可见，字迹清新隽永。也许在微风渐起时，它们会散发出翰香墨韵，正好对照了"文出宝珠"的馨德。坐在廊桥的长凳上，倚着护栏四处张望。廊桥的外侧有一泓湖水，湖面微光静沉，其岸势斗折蛇行，悠悠地弯向山腰，犹如玉带盘身，难怪人们为它取名为"玉带湖"。

此时浓雾未歇，湖水随着目光伸进了雾气之中，半是腼腆，半是朦胧。近处的水面上一对小舟用船头宁静相偎，仿似一场初恋正在燃起，那么令人羡慕，那么醉人。一旁的美人蕉轻灵地踮起脚尖，羞涩地捧出嫣红的花朵，点缀着这片诗意静谧的人间仙境，也为这个千年古村落抹上了一缕浪漫的霞光。

同游的人在廊桥内外纷纷取景照相，一来一去就用了半个多小时，直到导游来招呼我们时，大家才又回到小路上。

大约走了四五分钟的路，我们便到了数百米外的一处竹林。林中竹子多为毛竹，其枝细长柔媚，其叶纤细如丝，合在一起宛若羽毛悬在竹茎上。若有清风拂动，定是一番微意欣然的好景象。竹子的茎大多拔地直上，呈冲天之势，间或有作倾斜之状，然而横竖相许，也是融融泄泄。林中设有一方四角亭，四面竹树环合，清凉寂然。偶有一两鸟鸣声掠过，其余的便是同游们闲谈和行走时踩踏枯枝叶的声响。

站在竹林的外缘上，恰好正临玉带湖。这安静的湖水啊，是沉落凡尘的碧玉，镶嵌在这千年的历史肌体上，流动着生活的光，也浓缩了这里所有的人情世故，静默不语。从此远望，雾霭中的三峰廊桥犹如一条苍龙，其态煌煌，莫非它也贪恋这山石草木，才安之若素地蛰伏于其间？

行路的人不该过多地停留。我们折回三峰廊桥，从它的甬道而过，走向另一处风光。一条小道斜斜而上，我们路过一汪荷池，夏季的荷花粉红正艳。路过越王亭，路过几株老树，路过赏桂轩，路过别驾第……蜿蜒的村路带着我们游玩，好不畅快！

一处窗花吸引了我的注意。它的图形有点像蜘蛛，又与篝火相似。我比画着寻找它的书写规则，一位同游则在我身旁思忖着。此时，一位老人家从大门踱了出来，一脸笑意，露出半口黄牙。见我们如此关注，便说："知道那是什么字吗？"

"是龟的繁体字吗？"我对答道。

"不是！是鼎！"看他一脸自信的样子，好像泄露了天机一般。我顺手递上香烟，他补了一句，"听以前的老人说，已经有很长的时间了。"

确实如此。宝珠村深藏在高山，处处风景也许谙于隐匿光芒，那一条条蜿蜒的小路被时光精心打磨成丝线，串起整个村子，宛若一串宝珠链子。这里散落着太多历史的东西，即便不去一一拾掇，随意寻访几处，厚重的历史画面便会肆意地摊开，来往的过客们不经意间带走的一颗尘埃也许岁已有千载。

之后，我们在庄严的接龙亭上稍做停留，触摸过一棵拥有数百年沧桑的晴雨树，从一片山谷旁的小路上折回。沿途依然是历历风景，可那个窗花的画面一直在我脑海中萦绕。

　　我想，那意会生动的装饰物饱食人间的烟火，又雕琢出生命最初的渴求。我又感觉它像一场晓喻的等待，借着问的疑惑与答的坦然作巧妙的安排，让所有的行迹染上村野山风的色彩，引渡生命归入自在。

雨访涌泉寺

  5月18日，榕城的清晨小雨飞洒。满街的行人几乎被拥入那盛情绽放的伞花之下，清新的空气在人们的身后随意流窜，似乎想带走昨夜的疲倦和遗憾。

  这样的情境，那么淡雅、别致、有趣，如同隽秀清美的小楷，想填满了这座城市的所有框格。而车轮对鼓山的憧憬，也都被一点一滴地引动。早餐后，我们在雨的引领下，与心灵一同上路，开始勾画着那关于鼓山的一场梦。

  很快地，车已沿着曲折的山路盘旋而上，心中的目标近了，心也更贴切地激动了起来。

  山路是沥青路，在雨的滋润下，显出陶醉的样子，越发油亮，那蜿蜒的黑色似乎成了一股坚定前行的力量。左转，右拐，我们在车上颠簸，或许也只有这种形式可以表达我们快意的心情了。

  山路的旁侧是一个山谷，眼下只望得见一派白茫茫，树林之间，也完全找不到原有的错落之美。细细欣赏，那重叠交融的水雾，俨然让山多了一种梦幻神秘的感觉，究竟是哪路的仙女在那羞涩站立，让人不由自主地酝酿出一种迫切想撩开这细纱巾的冲动。

  我们的声音随着山的高度的上升而越发嘹亮。由于昨夜少眠，我只能用半睡半醒的状态来与大家应和，这显然比司机师傅娴熟驾驶时所张显的清醒逊色了许多。

  模糊之中，只听得一句："我们到了。"我猛地醒来，走下车，只见车下的人都在忙着拿伞，撑伞了。我随意取了一支，雨不大，便随同仁们慢慢走向了风景区。

  鼓山和我，已不再是最初的际遇了，然而此行却有种陌生而温馨的感觉在涌动。还来不及细思，我们都被放在了一个选择的路口，向右，引导的人说是"唱歌"的好去处，向前，便是入口处。

  几分钟之后，我们都在入口处集结。就在售票处这个点上，金钱与精神文明在交换中互利融合，似乎连雨也有同感，和我们的步调颇显一致。

  今日福州的雨，下得断断续续，然而粗细有致，比起记忆中海边深沪的雨，来得更识趣。深沪的雨是那么分明，或是暴急狂躁，或是阴森连绵，无论是多情、纵情、矫情，还是煽情的，总感觉在两个极端游走，少了一份理智，少了一些冷静。

  将入石门，雨骤然落下，像是点燃的一串最热烈的鞭炮，给予我们一个最热情的欢迎。那雨又如同艺术的精灵，在欢快跃动，将整片山林的灵气和生机，尽情渲染。

  站在石门往回看，进山的石路在转角成了一个令人探寻的过去。我想，我们都曾驻足于彼此而凝望于神思。而这种回望如同一段人生的阅历。

  紧随同仁，循路而上，石门之内，好一方世界。石径、弧桥、方池、荷塘、石雕都在古香古色的情境中凸显。

  曲折的石径安静地延伸，前进，转弯，它们是通向幽深的禅房吗？会有"禅房花木深"的意境吗？

在石径的指引下，我们从一棵大树下穿过，大树下有一个荷塘。那荷塘，虽然是消瘦许多，但是不桀的绿萍依然幽浮着，不离不弃地与那零星却异样引人瞩目的白莲相伴，即使雨水多情地挑逗，它也依旧自在安闲。

荷塘的前方有一座弧桥。那弧桥之美，在于其优雅的身姿俯首，以其身之谦卑成就了他人之方便，俨然是一道与山寺暗相会意的景致。

走过弧桥，便看了一个更大的池塘。方池之中，碧波承载着生命的自由和尊重，满池的彩鱼怡然自乐。水池中央立着一尊静默美妙的观音，给人的感觉永远是那么得体、那么优雅，而优雅中一直透露着那股世人赞叹的慈悲，任由鱼儿在她的莲座下顽皮地嬉戏，张扬着一种生的欢喜。碧波、游鱼、静莲观音，在雨的洗礼下，完全就是一幅相映成趣的国画，有种唯美的味道。

往方池左转，拾级而上，便来到来涌泉寺的山门。康熙御笔颁赐的镏金"涌泉寺"的题字，自然成了我们首先观望的焦点。没有慑人的威严，更多是一种圆融饱满的视觉享受。牌匾之前，"知恩报恩"与之相互呼应，"涌泉相报"的感触自然生发而来。

在山门的两侧，两座千佛陶塔分峙，千年的神韵阅尽千年的风霜，在那沧桑的容颜之下想必也一定有着千年的情愫吧。可惜我仅匆匆一瞥，便视而不见了，如果今生再无重游鼓山，兴许该留下深深的遗憾咯。

同仁们在涌泉寺山门前集体合影留念后，我们便朝着机遇难逢的千年铁树奔去了。

穿过一道挂有"方丈"字眼的小门，手脚缓慢的我被催促着向前，一位年轻的小伙子随即将门关上，我们被留在一个成长了千年的空间中。

于是，四处观赏，三株硕大的铁树，扇状的树叶紧密靠拢，张扬着一股绿的蓬勃，树头上顶着几多金黄的花朵，像是一个时间浇铸的光环，只是没有耀眼的光芒和荣耀之外的自豪神情，倒是几份庄重和深沉在这个庭院中弥漫。那叉开的枝干，继续繁衍，定格了一个成长的姿势，屹立千年。或许这千年来，它正是一直如此低调悠然地蕴蓄着，也许将来也会如此吧，这与一段浑厚内敛的人生是多么相似啊！

千年铁树称奇观，圣箭堂中书法绝。堂内墙上镌刻了许多名人关于涌泉寺的诗词书法艺术，张瑞图、郭沫若……

我们就这样悉心地欣赏了涌泉寺中这朵奇葩，余下大部分游览的路在停停走走中变换，只留与记忆和相机厮守。

"早知灯是火，饭熟已多时。"同行中吴先生反复颂吟着这句话。我凑热闹靠过去，立即被这通俗而深邃的偈语镇住了。这样的浅淡喟叹，这样的通达心境，或许只有这样的古寺，才能孕育出这样的彻悟与精致的智慧。

随后跟着同行一起观赏了惊奇的千僧锅、佛牙舍利、高僧血书、摩崖石刻等景点，可那句话却一直在心中翻动。

中午十一点多，我们在一片谈笑风生中下山了。车沿着来时的山路循势而下，身后静穆的涌泉寺，那深沉的千年铁树，那圣洁的佛牙舍利，那古褐苍苍的千年陶塔，那灵性飞扬的摩崖石刻，那一切寺中触动的思绪和过往的脚步，都悄然掩映在苍翠的石鼓山上。

又见诗山

诗山，我又来了！在八月的蓝天下，我从深沪的海边掬一手掌的水，放在心里，欣悦地向你而来。在你的青山绿水中，深深地呼吸。在你温情款款的诗情画意中，我如同一个婴孩，将心慢慢地贴近你母性的怀里……

诗山的山，像和济南的山是孪生小兄弟，四面连绵环合的山，犹如一双有力的手臂，轻轻地将诗山揽入怀中，像一个慈祥的母亲那样温柔地呵护着自己的孩子。所以如果你看诗山，一定要记得找个高点，感受一些弥漫在其中亲切感。但是请不要高声地谈论，因为你会打扰那里的宁静。

不信，你看！在林老师的家门口，有一片稻田，月光的几点青辉掉落在田里，变成田里流动的光点；遗落在山里，变成了闪闪发光的萤火虫，黑黑的夜晚，它们载着光，自由地徜徉。这样的夏夜，在空地上，你不小心抬头，便可望见鬼眼睛一样深蓝的天空，几只狡黠的眼睛正在天幕中调皮地眨着眼，俨然和田里、山里活泼的光在嬉戏着。

而你的耳朵也绝不会寂寞，潺潺的山泉自上而下地飘扬着悦耳的音乐，草丛中、水稻田里，到处可以听见虫鸣蛙叫声，那时你便有机会感受辛弃疾的《西江月》的名句"听取蛙声一片"和"七八个星天外"意境中的恬静。

我钟情于夜空的深邃，而与我结缘的还有凤山寺和西碧岩的风情。

凤山寺我知之甚少，印象深刻之处莫过于上山的路和鼎盛的香火。骑上自行车，从路口进去，行走不远，便过一小桥，之后便是一段又陡又弯的路了，别人说上山容易下山难，在此你必须改为："下山容易上山难。"下山时，车便会自动滑行，刚才所走之路，基本上可以不用费劲，只要掌控好方向盘便可轻松驾驭了。

而关于香火之鼎盛，据说每年都会有成批的香客慕名而来。其中还有不少的外省香客前来烧香膜拜，门票的票值于是就跟着上升了，但是这仍然无法挡住信徒们长途跋涉地表现自己深切的虔诚。

历来我喜欢寺庙，不是因其香火萦绕，更多的是其中幽静、祥和的气氛。平时去泉州，我总习惯去承天寺走走，在月台内外的我简直判若两人。因而说到这样的好去处，自然不可少了诗山的西碧岩了。

第一次去西碧岩是在傍晚，黄昏的晕黄柔和为山林与西碧岩的庙宇增添不少情趣。林老师骑着摩托车送我上山，我们循山势而上，左转右弯，绕了十几分钟的山路才到山门。停好车后看去，在我们斜上方的是几间传统的庙宇，但是此时你可以臆想：一座寺庙就像一个筑在树上的鸟巢，那百米高的落差，让我们对眼前的普通庙宇顿时生出敬畏、高处不胜寒等一些类似雄伟的感觉，自觉地望洋兴叹起来了。

拾级而上，在历尽了上百个阶梯之后，在你眼前摊开的是中国传统的寺庙建筑，它有着南方建筑的匀称风格。石阶、香炉、金亭、楹联、神像——盘落。转过身向前望去，眼前的景象像张开的双臂一般。暮色苍茫，此时此处远望，眼中的景色像是一派深沪的海景，广阔而优美。如果你仔细聆听，不知是哪种鸟儿正在枝头欢歌。让人不由得想起诗人诗中描摹的"蝉鸣林更噪"的佳境。

而在西碧岩上最具有神话色彩的当属一块乌黑的石头。其实它是在新中国成立初期才出现的。

据说有个晚上，天空突然电闪雷鸣，有一巨石从天而降，没有砸坏房屋，没有造成人员伤亡，它只是选择一个固定的姿势，静静地卧在那里。人们对此纷纷给出了各种猜疑，但是依今天的样子看来，无疑是"神石"的观点捕获了人们的心。我想它禅坐不动，或许是和我一样张着眼，如痴如醉地领略着诗山如诗如画的风景。

雄伟、宁静、神奇，这就是我印象中的西碧岩。

这时候如果你思量起诗山的名字，你会和我一样赞叹，给诗山取名之人的高超能力。一个"诗"字，即将景之美高度地表现了出来，一个"山"则写出其地理之势，一"诗"一"山"，意而成"诗山"。

美景让我们赏心悦目，而有的东西更是触动了内心处的最柔软。

林老师统计过，自大学期间实习过后，我来过诗山五次，时间的跨度正好是五年。然而每次来此地，我很像林老师说的，饱尝了山之精华。其实又岂止这些呢？

每次下车，林老师早就在等候了。要去林老师家，我想我得开始忙起来了。

林老师家有五口人，师公、师奶奶、林老师夫妇以及他们七周岁的女儿。一进门，师母赶紧忙着泡茶、招呼我吃东西。师公比较少接触，但是当我相隔两年，再次出现在他家时，作为退休老教师的他，居然能够准确地称呼我李老师。当时我的脑海中有三个想法：一是佩服他那种谦谦有礼的品德修养，二来是为他福师大1954级历史系本科文凭所震动，三是敬重他那不变的把握历史的精神。而师奶奶总是满脸春光地谈笑着，有时使用普通话，间或闽南话，老人那种慈祥和善的感觉直接撞进了我的脑中。

这时林老师的女儿会蹦蹦跳跳地跑过来，"叔叔！叔叔！"很有礼貌地叫了起来，若是你想和她交谈几句，看来你得先准备一番。听师母说，有一次师奶奶叮嘱她穿好鞋子和袜子，谁知道她"语不惊人死不休"！"奶奶，你说穿鞋子和袜子，鞋子穿了，袜子怎么穿进去啊？"此次前去，我也和她说了几句话，怎知她居然对语言的敏感度很强，脱口而出的是一些成语，还有一些类似社会老道的"拿出证据啊"之类的说辞。上述的点点让你不得不感叹林老师女儿的礼貌、聪明、灵巧、活泼。

我和林老师攀谈起来了，他很盛情地邀请我留下，并吩咐师母给我准备休息的房间。而我总是厚脸皮地住了下来，享受着诗山的风景和美好的待遇。

从这几次看来，林老师对于我的到来总是很花心思的。我总喜欢去学校走走，看看学生，现在我的学生毕业了，留在本校高中读书的很少了。但这并不乏味，林老师已经悉心安排了行程。有时我们去采风，有时去找相识的老师聚坐，有时去逛街，有时去游山玩水。这一次，林老师特地带我去了永春和诗山交界的北溪农村生态旅游区。

车程明显比去凤山寺和西碧岩远多了，山势亦可用"斗折蛇行"来形容了，但是美景亦不胜收。望悬泉飞瀑，从山头飞奔而下的水形成了淙淙的溪水。溪水洁净冰爽，爬上山顶一身燥热，两只脚浸泡在溪水中，一股凉意从脚底冒上，刹那间舒坦许多。

在这个风景区，你还可以观赏破旧老水车缓缓而动之态，临潭而渔，望望高山之上到处茂盛的树木。如果你细心些，你会发现，有些人正在半山腰采摘着什么。看！他们手里正拿着刚采的黄花菜呐。

当然最美的还是感受山中的宁静和安逸，有不少人自驾车来此游玩。有的住在农家的旅社里，赏风景，放松心情，还可以品尝农家的风味。在走之前，我和林老师打趣地说："看来，我得带个女孩子来这里度假，住上几天，不与外面的人联系，可能会就成就一段美好的姻缘。"

在诗山，我所认识的人，除了林老师一家和几个老师之外，最大的群体就是我以前实习班的学生了。而正是这群孩子，给予了我莫大的感动。时至今日，我能记住的学生的名字已寥寥无几，但是他们却几乎记住了我。

逢年过节，我总会接到他们的温馨祝福，有的学生远走他乡在外谋生，也总忘不了给我个长途的问候。还在就读的学生通过鸿雁传书传递佳音，纸短却情长。五年，足以使一个人忘记很多东西，但是于我而言，我却感到了短暂，仿佛刚才我们还在课堂之上，一起品读着老舍的《济南的冬天》。而现实中，一切却那么遥不可及。

前天下午，又见了几个学生，他们而今都长得比我粗壮高大，正经历着高三的人生转折。想着他们这样的时境，更坚定了我上来诗山的念头。我们欣喜地交谈着，我惊讶地发现，有的学生十八九岁的头脑中居然还保持了初一的思想，我开始擅长地长篇大论，开始不留情面地批评了起来，一切还是一如当初。

当日晚上十一点多，我收到了他们当中一个同学发来的短信，手机上显示着几行字：我想和你和林老师说声谢谢，遇到你们是我们的幸运。那时我在想，等他们的心长到拥有感恩、拥有责任、拥有信念时，林老师和我就可以很欣慰地笑着了。

在诗山这个地方，所能真切感触的，难道只是一些动人心魂的景色吗？难道那四个小时的车程、一百多公里的奔波只单纯是一种亲切的感受吗？难道不可以更远地想起一些可敬可爱的人吗？难道你可以说那连绵而成一个圈的山，抱住的不是一种情怀吗？

汽车又将我送回了深沪，又见诗山，心中热烈地感怀着，诗山景美、人美，情让人醉！

朋友，无论是你居北之山，还是我住南之海；无论是春冬还是夏秋，我们一起笃定那份深藏在心中的情愫吧！

闲言碎语

一

原以为未雨绸缪是种周全的生活，便渐渐习惯了不去思考那些终将冷却的喧嚣，不愿放手那些终会被时间掩于背后的繁华，不肯抹去那堆纠缠现实的会意风尘。

于是，在下雨的时候，总会自觉地打开那把早备好的伞，为自己撑起另一个世界，安心地隔绝那份雨花洒落的轻盈与自由。

活在约定俗成思想里的人，也许只有到了最后，才会找到自己真实的生活。

二

生活啊，也许总喜欢把自己的步伐交给别人的背影，然后在时间的迷局中驱逐自己离开，不愿如夏天初心使然。

三

从一场急来的夜雨走向生活。逝去的，全然不必痴傻地停留在拐角回望，在雨的倾诉里，那一切早已失语，被冲刷得不入眼际；未来的，也不必童稚般地期许，在世事明暗浮沉的逻辑里，总藏着所谓深邃难言的寄意，再多的奔跑，或许残留的仅是眺望目的地之下急促难咽的喘气。慢慢地走几步，感知一个现实中的自己。

四

在这场冬雨里作一次告别。

潇潇的雨声是风的追求，还是夜晚的吟哦，或是天空对大地的承诺，在这一刻滑落进那个只属于十年时光的漩涡。

逆向而行得以挣脱，放手被无情地淹没，不管哪种结局，对于一个漂泊独行的人而言，都不是最终的自由或解脱，正如平流总被冷暖左右。

或许向前走才是告别的所有。

五

祭与海的结合里有敬畏的虔诚与庄重。这种心境恰好适合静静谛听一场音乐的盛宴。

坐在戏剧中心的后排，舞台的光和座位区的暗没有隔阂，似乎它们早已习惯了用艺术交融的方式，来进入彼此的世界。

乐章时急时缓，随着拨、拉、拍、敲的节奏和动作变幻，而演奏者们的身体也自觉地摇晃了起来，仿佛这音乐是他们与生俱来的血液，以流动的姿态勾出一个个自由的灵魂，涌成一片片翻腾的浪潮，让我们赏心悦目地陶醉着，又自然而然地生出一份静穆来相对。

六

在一片海的生活里，辗转如云。从细沙、白浪、远舟，甚至不知名的背影中，忘却流光。

我相信世界上有一种风可以用毕生去追寻，它无所谓彼岸与此岸，也不论抵达与起程。

七

抬头迎向风，想象着拥有半生无羁绊的柔情。

云朵从天际堆叠，在一片稀薄的空气层里停留，茫茫然，像是天空展开了无垠的自由。大海的波涛在浮云的故事间起伏，摇曳着渔船一场的秋梦。

记忆的窗里，夕阳在小山的树梢上缓缓地低下头；余晖透不出一丝的温暖，在时光的静默处徘徊、沉落。

天地如此肃穆，偷偷揣一份怀想留给远方。

八

谁的生活曾停止过孤独，谁的心魂不曾流浪，谁不曾希望那次停靠可以成为永远。

可我仍是如此地相信，天地之间永恒的距离里，一定有份相守不弃的情意，彼此不需任何言语。

一片云飘过，它缱绻变幻，那是因为其中有风的追求与向往。

一枚贝壳或一块小石头静躺在沙滩上，为了一次次抚摸、覆盖与翻卷的亲近感，潮水经年累月地退涨，让思量拉成一道蜿蜒的海岸线。

大海，又一次站在你的面前，我仿佛又成了当年的那个少年，而那些想诉说的衷肠，一直在我的胸膛里，徘徊不前。

九

我隐约听到了一种呼唤，在白露之夜的黑暗里。分不清它是谁在喃喃自语，还是一种被幽禁时挣扎的动静，更或仅是一个生活离开前告别的声音。

窗外的车声一阵阵地靠近，旋即又被迅速拉远。这来来去去的影踪，是否能穿过梦，在阳光照临的时刻，抵达最后的安静？

十

风将夜晚吹远，我站在窗台边追忆时光，父亲的影子像立在灯下的树叶上，轻轻摇曳出一片温暖。

儿子说爷爷变成了天上的星星，再也不能载着他去看水库的小船。我告诉他，有一天爸爸也会这样，那时如果你想念，有星星的夜晚，你抬头就可以望见。

十一

风在云的羞涩里走了,泛黄的街灯把路拉远,树影的时光一片昏暗,正如我抬头仰望天空时的星星,一颗也看不见。

十二

乡村的子夜在狗的叫声中走远了。

我坐在老屋里听到窸窸窣窣的声响,这声响在空气里酝酿,透着年味儿,像在挥别一段时光。

点一支烟与记忆纠缠。深深吮吸,将烟碱吸入肺中;缓缓吐出,看烟气四散,让自己在不再可触及的影像里恍惚、沉淀。生活有时惊觉,有时陷入沉默,就像烟灰,无须触碰,早已悄然落地,被来来回回的脚步挟裹而去,难寻踪迹。

而生活若如烟,活着的人注视着烟头上的光亮,就像鸟儿望见了天空,知道那里属于飞翔。

十三

站在窗前聆听风的吟歌,秋凉从台风的气息中一阵阵扑来。眼前几株小叶榕沉在路灯的皎洁光芒中,绽放出饱满的绿意,摇晃着一段青葱岁月里飘浮的际遇。身畔那三五米的距离像一片汪洋的海,让人听不见任何一处树叶摇动的声响。而身后,寂静的长廊从心间一直延伸,在另一个窗口的世界里,透出一团微黄的灯光。

十四

秋夜的风一阵比一阵来得凶狠,直扑我寒碜的心门。风光的城市以高楼的姿态崛起,从四面八方包围乡村的田野、屋舍乃至空气。乡间小道随着沉重的背影转弯,像一段迟暮的年华在夕阳的挽歌里远去。我屏住呼吸,想伸手轻轻触摸那自以为是的影迹,一切似乎早已习惯了时空经久而来的麻木与忘却,杳无音讯。在恍惚和清醒之间,让人只听得见呼啸而过的风声。

十五

游荡的风在低处扬起尘埃,在楼房无法企及的高度惬意地追求云朵。城市的霓虹灯应接不暇地闪烁着繁华,规整的街灯从路头延伸到尽处,照不出一棵树的自由。在故乡的门户里,秋夜的灯火是否如故,藏得下心头那一抹温柔?

十六

月光归来,城市的灯火被点燃一片,像被过往的脚步扬起的尘埃,有种孤芳自赏的悲哀。没有风吹过的窗台装饰着一墙透明的玻璃,将你我分隔成不同的存在,各许未来。

十七

  远处固守的黑暗里，灯火不慌不忙地投来柔和的目光，贴着风的浪漫，矜持地拂过枝头，如同诗人腼腆的情怀早已装满的温润而细腻的诗篇。

  如何让人不感叹这秋夜的聪明？悄然之中，自然酣畅的生与静默无已的死都融化在叶片的风姿里，那么优雅，那么从容。

十八

  香烟与火的触碰，了结一段距离的宿命。我若真的热爱，便会如此。

  而不学秋夜的矜持，假以风雨潇潇，长空低吟，心语缄默，在每一刻压抑地诠释。

十九

  醉在秋夜的风色里，想着有一片云来做伴，以它诗意的朦胧，来微醺相对。

  耳畔掠过的声音，模糊又矜持。这个听不清的表达里，是否也藏着天空的低语？如果在梦里，可会被唤起？

  我无力洞晓这一遭人世的终局，也无心操持或将袭来的阳光与风雨。我愿低下头，像尘埃一样，封存在只有时光记得的角落里。

二十

  夜未央，我似乎已习惯了在一方小阳台上，打发独处的时光。

  夜树已眠，昏暗的色调隐去了它们白日的绿裳。路灯直立不语，像往常散发出黄晕的光，又在目力不及的地方消失不见。远处的建筑物沉在雾气腾起的夜色中，迷离恍惚了日光下的庞然明朗。天空垂下弧线，包围了一切尘事，天际一片苍茫。

  车声急促地撞进屋内来，搅落了一地安静的梦，又飞奔向未知的远方。我不知一场雨是否是前来应约，也分不清窗外的铁皮上不安分的声响所表达的是欢悦还是忧伤。这来与去的交接虽然短暂，却像平静的湖面投入石头，心神已不能自已地如波浮泛。

  焚一炷水沉香，在轻扬的烟气中独自啜茗，什么再也不去想，一阵低弱的虫鸣声却传到了耳畔……

二十一

  今夜，风如诗，只有这个夜晚我能陪你散步。

  从一条街走到另一条路，车灯、霓虹灯、路灯、楼灯彼此默契地照映，缠绕交织成一片片流光，摇曳着斑驳的风尘。

  一场迟来的冬风似乎被夜色撩动了深情，把一路的身影吹得更亲近。我们相偎着徐行，仿佛那年的初遇正来临。

二十二

很多时候人就喜欢这样，到别人生活着的地方，去聆听心的声音。

当城市的灯火和喧嚣淹没了你我的追求，在被生活掂量之后，站在自由的灵魂深处，也许我们会为了某不经意瞬间的念头，执着地从山这一头跋涉到山的那一头。

二十三

光明之于黑暗，正如远方之于道路的抉择，彼此融入而又本色自求，不必刻意去剥离每一份清醒而焦灼，也不必煞费苦心去臆造任何一个未央的结果而苦痛，有时从之流转或也可心安。

二十四

十月，叶子离去，一朵花向着风微笑。

目光越过云端，不管风在哪一种高度，天空的自由依然无须停泊。

二十五

有一天，我也终将离去。那时余晖垂落天地，蒿藜遍布山冈，秋风掠过的每一寸枯黄泛着生命最初的自然。

应该相信，路在远方。这个秋冬的萧萧清寒，抵不过将会来临的春暖，日子会迎着曙光，一直延伸到梦的地方。

二十六

如果沉默可以明晰泥沙俱下的纷扰，那么厮磨的过去与逡巡的现在，都应该被随遇而安地放置。

它们就像一片片落叶，不去寻觅光华的眷顾，也从不厌倦风的追逐，更不会拒绝泥土下黑暗的腐烂和掩埋。

它们也像一粒粒尘埃，甘于风中的漂泊，安于雨下的沉落，却从不追问下一次要面对的是街角屋檐，还是荒漠山巅。

因为也许有一天，一个明媚的未来会成为它们必须开口的理由。

二十七

从不想模仿你的阳光，从不想臆断你的坚强，万种千般的人生路上，也请你别告诉我如何去抵达远方。

行走的每一步，或许都是关于漂泊。那些未曾离开过的悲苦忧愁，也许就是我与生俱来的孱弱对光明与自由的追求。

二十八

所有的表达都在风里。

记忆纠缠着现实,在每一刻悄然消逝。我们竭力地诉说着所知的一切,而生活却在沉默的背后,诠释一切归于命运使然。

那些看见的与看不见的,永远都藏着秘密,从懵懂的时下起程,向晓悟的远方跋涉,留下一段不可丈量的距离。

而那些我们在意的与不在意的,逆着风飞翔,最终会消失不见,就像生命的历程必须由生向死一样。

二十九

我的梦里曾有一片山冈。

那里晚风已醉,悠悠轻扬,天地寂然,宛若在垂落的斜阳。

遍地的狗尾巴草迎风张开臂膀,以每一次微弱的呼吸和每一根纤细的茸毛,采撷着最后的阳光。

小雏菊们展开洁白小巧的花瓣,像一把把仰面的伞,用力鼓起半圆的总苞,仿佛下一刻它们便可成为一个个小太阳。

我疲倦地坐在山坡上,一声长长的叹息从喉腔涌出,热流在唇上瞬间掠过,像是夕阳的温暖被谁染上了忧伤。

三十

在这个秋天里,我仿佛已度过了半生。

与生俱来的不安分的感性总让我相信:缤纷而下的落叶里倾诉的是秋天的故事,起舞的每个姿势里都拨动着一段莫名的旋律,甚至这个城市的每一处黄晕的光里都装满了它的隐喻。

是谁曾说过金黄色是秋天的馈赠,让我轻易地相信了,它的世界里将有我的一生。

就在今夜,这片饱满的颜色,它投照予温暖丰腴的视野,勾勒出楼宇现代高大的轮廓,照亮了行人自由的身影,却又撕扯出稀疏的忧伤,用一切黯淡来告别今日的行程,驱赶着那些被路硌痛的车,在茫然的天空下四散而去。

没有一丝风朝窗台吹过来,手中的烟气一缕缕轻轻地飘开,又像在与我对语,我独守在暗夜的灯下,什么也听不清。

三十一

缓缓地流淌着,静静地停靠下,如果世界和我想的一样。

午后的阳光明亮而又安详,一扇半开半掩的窗恍惚了时光。

父亲蓦然站在我的身旁。多年不见的容颜未曾改变,那张微风般的笑靥一如先前,那些熟悉的话语又回来了，在耳畔不停地辗转。

触摸，戛然而止于一个空荡的呼唤。

窗外的阳光依然温暖，一株盆架子树自在地摊开叶片，像一双双手掌，撑开了天空，让云朵惬意地徜徉。

这一切多么相似啊，在许多年前有你的那个世界里，其实我也一样。

而立碎言

面对成功

没有人的人生轨迹是一样的。站在三十岁的圈地中，我该用什么来继续耕耘呢？

《论语·为政》中说到"三十而立"。而今，在"而立"几乎被简单地泛化为一个年龄的同位语的形式下，关于"立"的"立德、立言、立身"显然空洞逊色了许多。

两年前，有一位资深的老编辑若有把握地断定说："三十岁是人生的一个很重要的分水岭，成就与否关键看三十岁之前。"那时，我心中虽然有点急切，但基于心中笃定的"坚持就是胜利"的理念，我更相信那是危言耸听。

后来拜读了周国平先生的《短章碎语》中关于成功的定义——成功＝耐性＋性灵，对于老先生的定论，心中的感觉平和了许多。

再后来，三十将近，对于自己目前的人生苍白，我便开始哀怨了起来。然而却又作打油诗自励："三十徒冠而立名，一事未成废光阴。前景前尘两茫茫，无心无力志气泯。听闻磨炼多壮志，成就常因历艰辛。不畏苦劳迎难去，成功自有时日临。"

但终由于天资愚钝，又缺乏耐性，内心对于老编辑的话语突增了许多信任，心情更加紧张了起来。而人生的不可预知让人不能简单至于绝望，我居然抓住了一根可遇不可求的救命稻草——机遇。在而立的年龄里，人生成功的定律被修改为"成功＝耐性＋性灵＋机遇"。其中的不确定让我对人生多了一份憧憬，多了一份侥幸。

可是绕回原点看来，"立"已经被狭隘地限定为"成功"，关注更多的是结果，过程难见一斑。难道人生只有属于成功才更显得有意义吗？这种对于成就的迫切，在而立之年，又落入了狭小的思想井底。

子曰："射不主皮，为力不同科，古之道也。"依夫子之言，贵在"射"之内涵，不贵在"主皮"之力。或许人生在不同阶段会有不同的"力"，但这并非是最重要的，最重要的在于寻定"皮"之后，在发"力"全程中的投入和对意义的追求。

而立之年，可能更需要去逾越一个个已然的障碍，抵达心中可行的目标。纵然没有抵达，那也应该从中积极寻找存在的价值，诸如意义、快乐。

也学着等待

谁的一生都曾经历等待，只是每个时刻的等待都被赋予意义，即使等待戈多成了一种荒诞不经，但它仍然鲜活地存在于时间和世界的交织之中。当一种等待在某个时空，因某个人的认识而变得真切时，等待成就了自己的价值。

很小的时候，我们渴望长大，拥有长大的时空。在这个过程中，我们经历了漫长的等待。现实残酷地挑剔着我们的梦想，那时的我们甚至半点都无法理解长大的责任等意义，等待或许是一种最纯美的希望。

于是沿着梦想的小路，迂回，盘旋，转弯，在跌倒与爬起的瞬间，我们依然望着那个最闪亮的目的地。有一天，当我们经过丛林时，无意间瞥见那欢快流淌的小溪，驻足凝望，原来这样的停留也是一种美丽。停留的欣赏让梦想似乎也停留在远处。

时间让我们倦乏，梦想的呐喊再次激扬着青春的脚步。不知要经历多少路程，不知道还要耗费多少跋涉之力，梦想才能那么真实。恰巧是那么一天，阳光装满山谷，鸟儿的歌声婉转动人。原来梦想是美丽的，很多东西也是如此。在现实与梦想之间纠缠的，其实不是青春的热烈，不是一个人某种行为的执着，很多人不是跑不过时间，只是赢不了自己，一直囚困着自己的是一种情怀——浪漫主义。青春不再属于奢侈，不再属于艰辛，不再属于骄傲，最切合的莫过于青春属于行走中的等待。

时间、生活让青春的我们在过往中迎来的每一次蜕变，都是为了等待长大，等待成长中去打开囚禁自己思想的大门，去打破束缚自我的圈圈，从而更清醒地认识自己。

盘古开天的浅想

神话中，在混沌中孕育成熟的盘古，因其中的漆黑，便用自制的斧头劈开那浑圆的东西，阳清为上，阴浊而下，天地有分。

思古溯源，或许人生就是在这种力量中生长的。

我们总在成长，各种领域的扩张和渴望一样膨胀。会有那么一天，我们因为困顿，因为现状的局限，因为很多我们力不能逮的无奈，我们感受不到了黑暗的冷静与可爱，我们也想用某一种东西来打破僵局，创造属于我们的舒心天地。

可是，我们的工具呢？

尴尬与无可奈何都是我们所不想要的，那就去找寻一条路。于是，我们在过去的岁月中继续搜索。从过去到现在不断地穿越，不断地净化，不断地找寻足以支撑的东西。这时，人生成了一段文化，其真正的价值在于那岁月之河中的沉淀。

以此为基点，人生也开始给阳清与阴浊下了有初步轮廓的定义。但是，我们仍需继续上路。

在路上时，那阳清的东西，像是阳光，温暖和照耀着我们；像是理想，吸引着我们不时抬头看看天。然而那样的生活太诗意了，不能单纯地囊括了现实中必须生存的我们。在很多时刻，我们提醒着自己：做人要脚踏实地。

在现实与理想之间，在存在与梦幻之中，以这样的实在见证着生存，以那样的理想描绘着生活。

该留下些什么

而立来临，我却对着死思索。

死是每个人都无法避免的。那么，死能带来什么呢？撇开物质的消亡和亲朋好友的伤逝不谈，大概死亡带来的思考会占据大多数。

曾有一位作家建议人们用临死人的眼光来看待生活，这种独特的定位给读者们带来了多元的思考。无论是什么样的思考，人生的意义和形式几乎都被重新组合，好像是在进行资源的最佳优化。

当人们面临无可奈何的消逝时，真正臻入淡定之境的不多，想必各种复杂情绪是奔涌而至的，那其中或许有珍惜、把握、后悔之类的元素吧。且看看那些劫后余生的人们，或许我们可以去感受他们从死亡线上回归后的心境以及种种突变的行为。

从死的角度看人生，人生兴许会多一分理智，多一分纯善，多一分真正的精神资源。而正是这些东西引领着我进一步思考——"人一生，究竟该留下些什么呢?"

读读臧克家的《有的人》吧，"有的人活着，他已经死了；有的人死了，他还活着"。那铿锵嘹亮的声音萦绕不已。"活着"与"死了"对于生命而言，不再是实体的存亡，寻找的更是一种超越，一种生命意义的升华。

也许，人的一生该留下的是一些精神，一些能在"人"的心田上播种出生命力量的种子的精神，一些一直照亮在"人"前行道路上的光芒的精神，一些更有意义更积极的精神。

那些破思想的章节

四月的呓语

一个学生和我闲聊,从活着的意义扯到了死的必然。我拿孔先生的"不知生焉知死"搪塞了他。

回头细思:生死一线之间,生命让人拥有许多欢愉,然而死亡也绝非仅是对活着的应照和恫吓,生与死在很多时刻是泾渭分明的,却总会在某一瞬间交接。

不妨大胆揣测,生命若非突然被剥夺,人在死之前,应该是会回想一些人生片段,借此衍生出对生的留恋、对死的恐惧等多种态度。然而这些都会过去的,冷漠的消亡都会带走那些余光下的感慨,留予活着的人各执一词地七嘴八舌。

那么活着的意义何在呢?一段完整的人生路,是否得到了终点抵达之时或是深陷于困顿之中,才真正会有幡然醒悟的智慧呢,还是活着的最终仅是为了死时的安宁与坦然呢?

这些让我想起了梭罗。他二十八岁时,在老家康科德美丽恬静的瓦尔登湖畔建起了一座木屋,离群索居,靠着一把斧头的力量,自然地生活了两年,寂寞而深邃的《瓦尔登湖》文字成了他人生笃信的宣言。人类面对自然,比在挖掘欲望的面前,似乎更活得出生命的沉思和分量,似乎更懂得活着的根本指向。

难怪苏格拉底说:"我们的需要越少,我们越近似神。"以至于在他逛完雅典的市场后,发现原来他不需要的东西那么多。

我们基本都是平凡人,是不是与生俱来就得徘徊在伟人的巍峨崇高之下,甚至注定与之相距遥远呢?

我们活着,注定要与欲望纠结,它引导着我们前进,或是迷惑着我们行走。而引导或迷惑,都不是最终的归属,可怕的是有一天,我们发现自己已经面目全非,或是踪迹难寻了。

这种思维沉落在庄周梦蝶中。庄周自思量:究竟是他做梦变成蝴蝶,还是蝴蝶在梦中变成了他呢?当我是庄周时,庄周的灵魂便以真实、自然、坦荡而真诚地活着,这或许是更为重要的。

诸多欲望常常让我们分身乏术,而且并不是所有的欲望都值得去驾驭的。蝴蝶与"我"之如何转变的混淆分明已经不值得深入细究。蝴蝶是蝴蝶,庄周是庄周,各得其乐,各在其位,各谋其事,何必多出这些无谓跨越的欲望呢?

人生百态,生死各异,风尘历历的旅途上,会有新人不断地涌现,将生命的鲜活与死亡的沉寂倾情地演绎,再留下众说纷纭,于世人各自固守,如此不断。而我,此刻仅在当下呓语中享受。

与心的自然接壤

窗外的车声粗鲁地扫过，把空气打压得颤抖，有一种想将夜撕扯开一道口子的迫切；夜，静若幽深的大海，包容每一寸波浪般地把每一声张扬安然收藏。

公路通往宿舍区的小路被进进出出的重型卡车反复碾压，在雨水的软磨硬泡和夏日持续的炙烤下，龇牙咧嘴地展露；两侧的杂草随地形而生，临风沐雨，或相间，或夹杂，好像全然不理会眼前的景象，一副随遇而安的悠然之态。

同事的母亲兴许不忘多年的耕作习惯，在临近宿舍区的弯处，围堆了一小片土地，这片小天地如同一个绝佳的生养小天堂，许多种子的梦想被暮春的微风唤醒，绿芽破土而出，欣赏人间风景。瞧，那豌豆苗正倚着苗条的竹竿努力攀缘！我想此刻它们正在夜光下悄悄交谈。

也许不久，这小路的周围将有新的变化，水泥路代替了土路，杂草不再忘我而生，连那一小块别有韵味的土地也会被整理掉，现代便捷的文明将会占领那一方所谓无序的自然。但是，无论怎样时过境迁，总有些东西会随着一段段心路历程被时光永远铭刻，就像流星稍纵即逝地划过夜空，人们却以它的短暂记住了一个永恒。

黑暗，在夜下蔓延。宿舍楼顶的灯尽情地把灯光撒向夜空和大地，与夜无声地交汇着，和黑暗争夺一片领地。这样的夜，那光照不到的地方，让心神再次游走于浮躁和瞬间的空白，窒息的感觉一阵阵袭来。

在房间里稍稍走动，又怕些微的声响惊醒睡着的儿子，索性搬张凳子坐在墙角。墙角的富贵竹不知什么时候已长出新叶。还记得刚住进来时，妻子将它们随意养在矿泉水瓶中，日子一恍惚就过了三个多月。而今有的已经逐渐枯黄，仅在弯卷的顶部残留着些许的绿。而有的却是越发青绿，那张开的叶子相互依衬，叠簇而上，青葱而坚韧，透露着蓬勃的气息，仿佛是被某种力量牵引着生长，它们似乎读懂了人间的冷暖，想必它们对着晨光时是含着笑的，不然那绿怎么会让人忍俊不禁地舒坦起来呢？

我向来喜欢"拈花惹草"，总是在房间腾出空处，摆弄一些生机。君子兰、富贵竹、文竹、万年青……正是这些可爱的植物在很多时光中与我的灵魂相伴而行，共同沉浮。人生的路上也许都会有这种追求共同的寻觅吧。

或长或短的人生，总会有各样的历练翻转而来，有的被遗忘，有的被收藏，时间默默承受了一切的重量。细想，或许正是这样的沉默寡言让一切沉淀，有了更真实、更值得被尊重而且充盈的盘点。

曾有人说，人是大地上长出的庄稼。一株庄稼扎根于泥土，不在很多无谓中徜徉，不陷入繁杂而突兀的幻想，而是不断寻找和吸收各种给养，不断向着阳光用最原始的心生长。若人生如斯，是否还会在物欲横流中迷失方向，一路跟跟跄跄？

翻过这一页的迷惘，朝着原有的方向坦诚地前往，也许没有到不了的远方。

翻过那一页的忧伤

时已子夜，了无睡意。宿舍的长廊上唯有香烟与我为伴，烟篆在吞吐之间向着天空上升，极想带走什么似的。

朝廊道的左侧望去，几十米远的尽头，一盏吊灯，洁白、明亮，仿佛正与天花板的白色寻找共同的语言。右侧的黑暗与它相对而视，黑与白的分明，让人在凝视时，脑中不由得生出几分理智。

宿舍楼前长着许多树，不同的层次让它们有了不同的身姿。矮小的冬青紧挨着宿舍楼，与对面的棕榈树，共同装扮出一条大理石的小径。棕榈树的树身超过两层楼高，以致我只能依着仰望的姿势，注视着它们。它们的树叶垂落而下，可能是没有风的盛约，显出几分落寞，也让我似乎找到了一份熟悉的感觉。

棕榈树的后面有一排我所不知名的树，它们仰头直望着天，在夜的微光下，树叶透出一排油绿的暧昧。几朵白云轻盈地立在树梢，感觉不到风的气息，它们却轻巧而缓缓地飘移，逐渐淡出我的视线。

白云过后，北极星正微弱地闪动着。想必它正在遥远的夜空鸟瞰这片静默的树木，也仿似在和长廊上的我暗暗相对，借着那些微的光，表达对我的问候。可是我却不知如何与它应和，只好狠命地吮吸香烟，希望烟头的光点能让它瞧见，烟云能飘飞到它的旁侧，传递我那涌动于心间又即将消失的余温。

思绪被眼前几个游动的光点打断，上空旋即传来了飞机的轰鸣声。啊，晋江这座小城市，有一个让它停靠和起飞的地方，那满舱的乘客是否已经感受到了抵达的气息？

站在走廊上，我不知道还能想些什么，抑或是寻找着什么。飞机过后，只有那草丛中不知名虫儿的嘶鸣，以嘻嘻唰唰的节奏，一阵一阵地撞击着我的心神。

安逸的生活容易让人滋生出惰性，没有随遇而安的淡定，漂浮的状态特别会让人感到无所适从，脆弱也会不时来袭。有一段时间了，我总很容易患得患失，甚至找不到思绪停靠的地方，心中有种想奋力宣泄的念头。感觉一切又回到了记忆中的那个夜晚。

那夜，大雨突然倾泻而下，相拥落地的雨把办公室外的水泥地敲得啪啪作响。顺着雨声的方向望去，门口的那盏路灯竭力地投射光芒，然而那光亮依旧无法抵挡骤雨的宣泄，唯有以朦胧，继续勾画着一份独立的坚守，接受雨咆哮的洗礼。

这样的场景，这样的味道，让心情平和了些。或许像安妮宝贝说的一样："如果我们以相同的姿势阅读，我们就能互相安慰。"那雨，兴许是以我眷恋的姿势在阅读着大地，阅读着生活，也把阅读带进了我的心里。

我想，生活一定有风情万种的魅力，不然它为何总喜欢用不同的表达，来诠释共同的存在呢？

就在那个午后，有四只鸟儿在办公室窗外的树下觅食。它们一会儿以喙，一会儿以爪子，轻灵地翻动树下堆积的枯叶，发出唰唰的声响，而落叶仍以各种姿态安然休憩。那种似曾相识的感觉又回归在午后的平静中，仿佛让人寻到了生活安放的所在。

也许生活就是这样一幕幕地翻阅，一点一滴地沉淀，最终才酿造出醉人的芬芳。

青春的偈语

堆叠的云层仿佛集结着天空多日的愤懑，闪电的光亮穿过了乌云的封锁，伴着阵阵轰鸣，在不远的头顶一场暴雨倾力而下。站在单位的门前望着那似乎怒气难消的天空，突然感觉生活被这突如其来的雨打乱了。一旁的同事说，雨后的天空特别清新，没有尘埃。兴许他说的对，有许多浮游的尘埃，就在雨后落定了，等待着下一次的飞扬。

这或许正是人生的一种转折的方式，在安静中找到了另一次前进的力量。

少时于田间，曾不经意惊动菜虫的美梦。那被打扰的柔软身躯稍稍调整，便朝着另一个安睡的所在缓缓蠕动，尘世纷繁的诱惑在它眼前显得那么无助，仿佛所有变化都自绝于尘缘之外。

这一切的臆想或许只是我一厢情愿的蠢动，"子非鱼焉知鱼之乐"？我亦非虫，又何来感同身受的触动呢？思绪的牵引，并非都须建立在生活突兀的巨大决口之上，抑或是深层的开掘之中。在这点上，我难免有点迂了。

跨出而立的门槛回望，许多段际遇似乎都被生活用情感染指，或有激扬的肆意，或有沉默的寂然，或有欢愉的尽兴，或有悲伤的沉沦。倒是那些被遗漏了的微不足道的东西，更值得一个人去收藏，更值得深层地思量。

当清晰与模糊交织着人生，理性的、暧昧的、纠结的，甚至不可名状的，都一并迸发。就像从一座城市到另一座城市，速度注入了各种更新换代的交通工具，我们被拥入了各种际遇。一个人上了列车，知道终点，其过程中不可把握的万千变幻组合出了各种捕捉的心情。

从象牙塔封锁的独自享受走向社会面对的开放，我们的幻影在一个个围城的边缘努力攀爬自由，尝试着一次次的渴求与冷漠的撞击。

人的一生可长可短，青春的繁华容易让人留恋和回想。而青春究竟是什么？拘泥于生理年龄的制约而随发的节奏行为，难免有些矫情和空洞。或许，青春只是一种状态，它展现了一个现实唾手可得的冲动和理想的彷徨寻找。更或许，青春只是通往真正的人生的一种方式和力量，如同那墙角、枝头以及各个角落正在蠕动的虫子，由不得速度，不能承受一蹴而就的成长。

在一个障碍物前，有时看似停顿了，但其中仍保持着蠕动的力量，从瓶颈的边缘重新开启一个新的起点。正如种子埋在土里，经过时间的耐心培育，才会破土而出。你不能否认的是其中的生长，不能抗拒的是那一点点向上的坚强。

也许正是靠着那一步一步地蠕动，让未来的路走得更踏实、更顺畅，才让现实不断靠近梦想，逐渐支撑起真正的人生殿堂。

也许真正的人生不在青春，更在于历练丰富、人事沉淀，耐住了寂寞，压制住了不由自主的骄纵、张扬之后的厚积薄发。

未知安放

空虚和彷徨的时候，我常能感受到死亡的恫吓，总有一些死亡的信息，在不停地传递着关于生活的质问，描述着关于消亡的冰冷。于是，很多时候，我会不由自主地陷入苦闷：人生究竟应该什么时候、在哪里停靠呢？

已经多次在公路上遇见过死亡的影像，那一摊被拉长了的干涸的血迹，那一声痛彻心扉的呻吟，那一具匍匐着的残破躯体。路旁那粗简搭建的置放尸体的帐篷，被悲痛至极的哀哭声萦绕，五颜六色的花圈和缅怀的幡帏，以及那不知名的端正遗像，共同装扮出一种压抑而残酷的热闹，让生命的鲜活无处安放。生命的定论也最终在一些繁杂的仪式中，风光收场。

人生或许就是这样浮光掠影吧，彼此从对方的时空中穿越而过。一个逝去的生命可知冷暖，可能分辨喜怒哀乐，可会懂得人生揪心的情感？而时光的游离，却总在不经意间把人带到了模糊之中。

当我面对年轻生命的陨落时也曾臆想，他们是否有过流星划过天际的光芒？我也曾自问，如果我的生命也这般戛然而止，我是否会怀着复杂的心情抱憾而去，是否会带着诸多的情感，朝天上的路继续前往？

自古以来，中国就有许多高贵的灵魂，他们虽死犹生，被人民高高地捧在头上，流芳百世。而拙劣卑鄙的灵魂，不知是否真的被打入地狱，但至少他们也被时光永远地铭刻在历史的磐石之上，遗臭万年。

高尚和低劣的两端，我该如何去衡量？如我一般的平庸者，若是突然消亡，也仅是徒增了亲朋好友和一些有心人的悲伤，多出一些无谓的连累，这又有什么分量呢？

"一个人的生命应当这样度过：'当他回首往事，他不因虚度年华而悔恨，也不因碌碌无为而羞愧。这样在他临死的时候，就能够说，我已把整个生命和全部精力献给了最壮丽的事业——为人类解放而斗争。'"崇高有种让人自卑和羞愧的力量，保尔·柯察金的话让我汗颜不已。可撇开那优美的崇高，在虚度年华和碌碌无为之上，我又是把生命如何安放？

喜欢巴金老人的《家》的跋，虽然挖开回忆的坟墓，回忆是异常鲜明而且惨痛的，但那里有阅历满溢的冷静和勇敢。喜欢鲁迅先生的《野草》题词，愿意以死来见证活的存在，悲壮的故事里展现的是战斗之后的充实和坦然。喜欢周国平《碎句短章》中的《人生》，预先置身坟墓，从死亡的平静之中，来回顾一生，获得的是一种人生的诚实，那里有对生活的真诚和淡定。

面对它们时，我的快乐仿佛寻到了停泊的希冀，可现实又总让我在不寒而栗中，和接踵而来的茫然撞得满怀，一次又一次跌入冷峻的恐惧中。

剥开橘子皮不一定都能享受美味的橘肉，撩开害怕的面纱也不见得一定和死亡息息相关。也许真正的害怕只是一具患病的躯体经不得解剖之前的抵触，是一颗软弱的心看不见思索之后空洞的逃避，是一个庸碌的人生面临无法建树的荒凉时而滋生的羞愧。

那些文字，那些感觉

时间交织，千形万象地更迭，季节有时就成了一些恣情的元素，一些发酵的思想，或是人们寻求的一种人性的定位。

一

夕阳把最后一抹金黄留给了大地，秋天就那样悄悄来临了。

秋风渐起，叶子从树尖开始漾动，整个季节，有的漫天狂舞，天地之间，你我都成了最忠实的观众；而有的却那样悄无声息地落下，随风一左一右，最终惬意而安详地卧在树下，诗人的笔下吟唱着："落红不是无情物，化作春泥更护花。"

一样的意境，在落叶，在人与人之间，都融入了大地，以最后的力量培植着年轻生命的萌蘖。

二

不必刻意地雕琢时光，更不必会心地倾注情感，因为来时的路，没有一刻、没有一寸土地不是被感情拥围着。

深秋的飨宴在祈祷声中迅速拉开了序幕，不可遏止的回忆毫无保留地裸露着我怀旧的情结。

我的天空中嗅不到一丝喜悦的气息，前方的路还在不断延伸，似乎这几十年的人生之路，把我引入了一个陌生的世界，而我就如同千百万年前的风，无法停止住灵魂的流浪，四处飘荡。

去年的冬日，在刺桐花下，我找寻不到一片完整的叶子。残存的叶片，清晰的脉络，火红骄傲的刺桐花，依旧点燃了内心的向往："冬天来了，春天还会远吗？"

是啊，经历一个生命力量蕴蓄的寒冬，和煦的春风，柔情的春雨，终将滋养出一群绿的生灵，将生命的韧度展现在万物的蓬勃之中。翘首、等待、期盼……

温暖的阳光把人们的快乐带到了户外，人们的脸上绽开了春天最灿烂最美丽的鲜花。而我呢？万花丛中，哪一点装扮是属于我的？为什么我却好像还被禁锢在寒冰千尺、大雪飞扬的冬天呢？漫长的时光，成了一条只能望见远方却找不出尽头的路。

回想，不断回望，内心有些许莫名的忧伤与怅惘。

曾几何时，快意书写下"屋外刺桐闹。待天亮，偕同逍遥，报与东风仰天笑"，此等精气神恍若童年断线的风筝，被锁定在光阴的故事中了，抬头仰望的梦想，已然成了心中一个寂寞的印记。

是否还能找到那种童真的酣畅淋漓呢？是否能在青春的制图上，继续至情地描画那模糊的……

三

那个冬天的清晨，一只狗从我身畔迅速跑过。那背影仿佛朝着一种希冀，逐渐消失。

如果，我也像野兽一样活着呢？

饥饿时，我便外出觅食，在世俗人游离的目光中穿梭，不隐讳所谓的习礼和准则。遭遇别人呵斥或驱赶，我的兽性是躲避和反抗，绝对不会有卑躬屈膝的心灵背叛。哪一条路更宽敞，我便往那里赶。天大地大，哪里都是我的方向。不必如人，迷失于金钱权欲，堕落于声色，迷失于无数的欲望弹雨之中。

如果，我像野兽一样活着，我也坦然。

四

夜，如此冷静，冷静得让人无法不思索。

那一地的漆黑仿似勾人的眼神，总让人有几分迷失和兴奋，渴望能找寻到一点光亮的安慰。

可那光呢？你若不苦寻它时，它那般安然，不必如被寻获之后，挟裹着思维漾动！

五

于尘世，于时间的沧桑之中，你我都是一名行者，其使命便是前行。

途中的休憩，是为了走更长远的路，从而抵达内心坚定的目标。然而就是这目标的模糊，让休憩有时就成了永远的停留。

六

夜行的车疾驰而过，抛在空中的车声与眼前连续不断的雨声交汇，被风轻轻撩起，在闪电的火明灯亮中飘动着几分清逸、洒脱。

那雷声骤然隆起，缓慢之中却那么轻重分明，似乎压抑着对雨投向大地怀抱的愤懑。

这样的雨夜，适合一个人安静地思考与聆听。

平静地收获

我们热爱那一切给人积极的讶异和期待之后的美妙，它们不仅为我们的心灵提供了养料，更是丰富了这个世界的美丽。

春天用鲜花的色彩缤纷，装饰出生命的绚丽多姿，让生命形态展现出美的享受，而那雨后的土地更是播种下了秋天的向往和收获。待到秋风飒爽，累累的硕果用成熟谦卑的躯体，将耕耘的辛勤和醉人芬芳的婉约，悄悄地迎上枝头。

春华秋实之美，是因为心灵的感触与季节的馈赠共同交织出的生活新视野。在这个世界中，还有许多景象让我们释放快乐，即使是不经意间的一瞥，生命之坚强的绿芽都会从枯木中悄然生出。人生道路上，更有许多经历的和未经历的，都将以心灵的名义，继续我们的欢愉。

为此，我们或许应该坚定地敞开幸福喜悦的心扉，尽情自由地拥抱和享受这一切的收获。然而，年轻的我们不能。我想，我们也许应该用一种更适合的方式——平静地收获，来表达我们的快意。

平静地收获，因为我们年轻，还在路上。

我们所面对的人生，不是一幅已然摊开的画卷，尚没有清晰的轮廓，没有明朗的痕迹，更多的是许多未知的领域等着我们去开拓，许多变数等着我们去把握。况且再多美好的现在都将成为时间的收藏，都无法轻易地定局我们将前往的未来。胜利的舞蹈终归无法引领我们寻求一个更广阔的人生视角。平静地收获，用长远的视线展望，才能更好地继续前行！

平静地收获，这样的一种情怀将建构我们人生的格局。

海以纳百川的气度成就了浩瀚，天空以包容的胸怀造就了无限，年轻的我们不会仅因为青春的无敌，而就创造出生活的永恒。

"比天空更浩瀚的是人的心灵"，在思维日益成长的人生路上，如果我们沉溺在胜利眼光的狭隘和成就后享受喜悦的局限，那么精神的张力将会拘泥于短暂的时空，激情过后的下一刻，我们的灵魂魄力也许就会显得低矮、萎靡，甚至庸俗不堪。

让灵魂建造在点滴的汇聚之上，以不断积累和埋头持之以恒的平静低调，用更宽广的心胸去吸纳更多我们成长的元素。在包罗万象的世界中，学习"不以物喜，不以己悲"的超越；在空旷的境界中，寻获我们自己最大的容量，更好地自由成长。

平静地收获，至少我们可以做一个真正的自己。

生命的行囊中装下了许多的荣耀和成功。一路走来，我们不断收拾那些喜人的东西，不断获得让我们更无暇关注内心的真实，我们于是开始慢慢地抛下灵魂，做了一个丢失掉自己最可悲的人。没有一个自我精神世界的人，注定在这五光十色的尘世中，做一名灵魂永远漂泊的孤独者。

而在平静的心态下收获，我们便可更冷静地审视自己，在不同的变换中把握自我，完善自己，而不是于沾沾自喜中忘记了自己，将生命的鲜活仅留给健全的躯体。

如果说一个人的生命价值在于奉献，那么一个人的生活意义就是在于对自我忠实地探索，在与世界的碰撞中去美化人格。在这种程度上，平静地收获正是完成了对一个人最真切的升华。

无论你是属于哪种人，平静地收获吧！世界将丰富而生动地诠释直达你内心的美丽。

人生臆谈

哪个人曾经没有梦想，从一个开始就让自己淡然地生活于现实之中呢？哪个人在内心憧憬时没有靠近过伟大，从起点就自觉地把人生安置于平凡的角色上呢？哪个人没有曾经与执着为伴，在不断变化的形式中把持追求呢？

可是，不知什么时候，又是以什么为标准，人生成了一条不合逻辑、不完整的、不确切的、与生命同时停止的数轴。

在这数轴之上，有一种奇特的单位长度——人生的不同时间；有一个让人不解的现在原点，向左固定延长，过去成了负数，向右不确定地延伸，将来成了正数；正数与负数，在理想和现实之中，在记忆与未来之中，一次次叠加，甚至就在原点或其边缘地带混合、厮缠。可最终的得数是正数还是负数呢？

或许我们可以这样来揣测一个极其真实的可能：不论是谁都希望这个答案永远是正数。至少这样，这个人的人生不会因为经营不善而盈亏，让后来者不敢轻易给予轻薄，不会落得面目全非、一无是处，或是成事不足、败事有余的身后惨况，在找出一些足以盖过这个负数的津津乐道的好的存在之时，不仅聊以自慰，而且最少也得到一个辩证看待的平等待遇。

于是，正数与负数的比例成了最大的关键，而促成这种比例的最简单因素就是现在原点的切入。而原点又该何时在人生的数轴上切入呢？

生活的浑噩者，置身于繁杂琐碎的事物之中，有时近于拼命，有时过于空闲。在近乎极端的生存状态下喘息，精神的追求对于他们似乎像那些早已被束之高阁的陈年破旧，已然消失在无暇回顾的岁月之中。

于是他们时常迷倒在物欲的裙摆之下，充足的物质堆积常使他们空幻地看到的只有欲望中的自己，因而会无端滋养空虚，又抵挡不住寂寞的引诱，每一声的嘶喊传递着矛盾与尴尬，甚至有着力有不逮的无可奈何。如果清醒地看，原来一开始他们就放弃了身边的江河湖海，千里艰辛跋涉，在物质与金钱蔓延的沙漠中，他们所寻找的不过就是那一泓甘甜冰凉的清泉，这样的人生好像是一段倒叙而离题的故事，像极了一个垂垂老矣者的感慨回忆，有几多悲伤。

生活的平淡者，敲开了生活的门，人生剧情开始上演。这是一幕好像无法掀起观众掌声狂潮的剧，每一个人最终只成了烟波浩渺历史中沧海一粟般的过往，在人类社会进程的大海之上，他们都将被淹没，归于平凡，浓缩成一个被记得住或遗忘的简单符号，甚至就此下落不明。

很多人都只是客串了群众演员、导演、编剧，至于剪辑的工作留给那些有心人，无论共同生活的，还是简单邂逅的，甚至只是擦肩而过的记忆。那时，他们才成就了主次分明、详略得当的人生。偶然之间，时间也将他们的人生砸开个洞，让有些东西不可遏止地流淌，或许成为一个坟墓，或许成为一段刻骨铭心的回忆。

当死亡的祭祀还没风光上映，我们平淡地生活着，继续等待，等待着岁月一次又一次没有规律地开掘。如此重复，直至这个触摸的世界将我们永恒隔绝。

顺叙的人生没有太多激情的跌宕起伏，这个故事情节也许只能因被动地选择而吸引人了。

生活的智者，说是智者，还不如说他们在梦醒之后，找到了方向，懂得了追求。他们领会了生存与生活的定义，并且用各自或是合二为一的方式在描绘人生的画卷。这样的人，兼顾现实与梦想，同时调节它们之间的尺度。

在心灵的思索下，不管是迂回还是渐进，他们随遇而安，始终从容不迫，在各种变幻中一直保持着宠辱不惊的风范和随物化的坦然。

轻重缓急，粗细深浅，每一次落笔都着眼在人生的宏观上。从某种意义上说，生活的智者，在梦醒时分，已然寻找了生命的切入点，在心中已长远地建立了一个稳健的人生格局。

当生活开始了真正意义上的把握和规划时，原点完成了切入的使命，生命便正式进入了正数的定点和前行。

统而观之，浑噩者、平淡者、有智者，分别之处并非简单在于形式，其根本在于心的苏醒，在于心的规格，在于心的构建。

糊糊涂涂地想，零零散散地写，最终仍然是一片茫然，姑且把这些视为人生的一段臆想吧。

田园芜，归不归

一千六百多年前，一首《归去来兮辞》道出了一个辞官人士的人生感慨。满园荒芜虽是景，一草一木更是情。那契合心性的真诚追求，最终激起了一股不可阻挡的回归的力量。

一千六百多年后，那句"归去来兮！田园将芜，胡不归"，不停地撞击着一颗无所适从的年轻的心，躁动了一份不知何以安放的生活。

风尘已过千万身，显然已经抚摸不到历史那早已被风雨磨平的棱角，似乎只有在历史的泅渡中，在一次次无所顾忌的自我放逐中，在一个梦幻的意境中，才会有了一种模糊而兴奋的隔纬相见。

于是，任由时光牵引，像是被风吹散的蒲公英，让风指引最后的落脚点。

单位宿舍楼楼梯有一个拐角，这拐角接着一个铁廊道，连着一个被遗弃的园子，园子中多种树木交杂相生、随意而长。它们如同一段被遗忘的岁月，无须摒弃人为的因素，散发出自然的野性气息，给人纯真质朴的感觉。其实突然很想感谢那个不知名的人，不知他在什么时候，费了多少心思，用一条长长的铁链，把拐角的铁门缠绕紧锁。铁门内的碧光绿影仿佛都被隔绝在不可触摸的咫尺之外，但却得以如此舒坦地呈现在我这个过客眼前。

多次午后，我从拐角处路过，遇见了一只午睡的猫。记忆中的它有一身褐色与白色相间的毛，它极其惬意地躺在铁廊道上，闭着眼，十足悠闲地享受着时光，那安闲的样子让人羡慕不已。阳光直照射在它的身上，却仿佛很识趣地温柔了起来，在努力地营造着一个日光浴的舒适景象。而那猫的毛发像是受到水滋润的树苗一般，别有光泽。那些毫无顾忌地响起的脚步声偶尔也吸引猫的注意，只见它缓缓地张了下眼，微微地侧抬了头，便又不理会地继续享受它的自由时光了。

猫的午睡自有情趣，铁廊道上也别有风情。那铁廊道连接了宿舍和铁门之外的风光，也不知是经历了多长的时间，一些青藤倚着铁廊道的栏杆悄悄地攀爬过来，慢慢地爬上了铁门，揽住了铁门上那些锈迹斑斑的铁管，似乎在羞涩地表达着对铁门深切的爱慕。随着时间的推移，那青藤已然没有先前的矜持，尽其所能地占据了我望见铁门内风光的视线。再也不能一眼便望尽铁门内的风光了，可透过青藤叶片舒展下的缝隙，依然可以一点一点地窥见那片向往的自然。

听说人有围城的思想，居住在建筑如林的现代城市之中，便捷地使用着许多现代科技文明，却又滋生出那种可能被别人嘲笑的觊觎铁门内风光的念想。或许园中的青藤也是如此，人似青藤，青藤如人。但若要到了骨子里头，估计也只有扪心自问才是最真切的吧！

选择一种方式，活着

我丝毫不想记住冬天的风，心安静得几乎不能动弹。

坐在海堤上，石头的冰凉从臀部往上蔓延。海风时不时地扑面而来，粘在脸上，那种咸咸的味道，有点纠缠不清。

那天是十五，皎洁的月光在海的涛声中，大片大片地落下。远处的山头上，不知是谁点燃了喜悦，烟花一朵一朵前仆后继地在夜空中张开生命的姿势。

或许，那是种美。可心里一种黯然潜滋暗长，原来也有光照不亮的地方。几天前，我在厨房炒辣椒时，禁不住打了个喷嚏。隔壁的阿姨说，那是你妈妈在挂念你啊。我回应说那只是一种迷信的说法罢了。而阿姨却一直解释着说，有的感应是很灵验的。

其实我们都知道，一个人的心里可能都装着一个人。

阿姨说，在她老家的山上有一种头上长着三只角的类似山羊的动物，叫三角犄。只要它对着山的那一头嘶叫几声，山的对面明天就会有死人的事发生。尽管阿姨很传神很投入地说服着我，我还是怀疑这个故事的真实，但也被它深深吸引住了。

如果世界上有这种神奇的力量存在，我倒是想请它对我一鸣吧。在来去匆忙的尘世，我化作一阵无关痛痒的风，悄然而逝，想必那也是一种快乐。

快乐，是我们所想要的，然而却不是我们能随时真切把握的。

把握了一个点的心情，却无法抑制下一刻的黯然。

那种黯然是一种无名的毒，一点一点地渗入我们的心，那时心开始黑暗。黑暗得让我们感觉到面目全非。然而我们脸上还是在用笑诠释着世俗的快乐。

很多时候，我在想，究竟要选择哪种方式来活着呢？

偶然之间翻起了《散文》，"牧歌如水"？那一刻，我仿佛找到了安然的所在，做一个快乐的牧者。

于是，不必带上什么行囊，孑然一身，四处流浪，似乎随着大学时弹奏的《流浪歌手的情人》的旋律翩然而动，低低浅浅，悠悠扬扬。在晨曦的恩泽中沐浴新生的喜悦，于专注的眼神中，感受游荡的风，品味漂泊的云，释怀那一方远去的童年的梦想……在辽阔的草地上，豢养一头灵魂的羊，学会悠然，一个个脚印在踩下之前，欣赏露珠飞逝之时的安然。

一路行来，牧歌为伴。那自娱自乐而吟唱着的牧歌，在千山万水中跋涉、飞扬。在崇山峻岭间穿行，崩崖乱石，天梯蜀道，虔诚地篆刻成一枚青春白驹过隙之时的铃印。于雪海云涛中横渡，飞舟苦水，惊涛骇浪，悉心地勾勒成一纸人生烟雨迷茫之时的画卷。

一定还有什么是我做一名牧者，必须选择的。

晨风，暮雨，诗一样的精灵。

明月，清泉，午夜的安详。

晚霞，浮云，夕阳的挽歌。

……

不必费心地历尽风餐露宿的凄凉，不必刻意地执着方向的坚强，不必惆怅地追求梦想的天堂，不必……

前行，做一个牧者，只尽酣然！

头顶的星空

午夜未眠,躺在旧瓦房的木床上,瞥见了那嵌在屋顶上狭小的天窗。细看,天窗的玻璃上点缀着几颗星星,那星星明亮、秀美,透着雅致的洁白,引人追忆那童年与之交集的欢愉。

幼年之时,或于古宅的天窗之上,或于屋顶之上,总能望见繁星点点。若是在盛夏或深秋时节,总能给人带来新鲜独特而宁美的享受。

天幕之上,不知星星是否和人一样有着感受呢?它们无语,却总能让人遐想联翩,或许很多人的那段想象着成长的童年时光,会在记忆的星空中随着星光而闪烁。

或许,无数人在无数个夜晚,都有仰望头顶的星空的经历吧。无论是不经意的一瞥,还是深切地凝望,其中变化的心境和纠缠的情感,让星空显得更加美妙,甚至于无法形容,但至少总是深藏在它的深邃之中。

很多时候一个人对星空有些莫名的思绪。夜空为什么就这样容下了无数的星星,星星又为何以其之渺小勾画了天空的浩瀚无边,这样一种微小的品行,把它们多样的性情尽情描摹,那时多想在浮躁中寻求一种平静,多想在自己的平庸中寻求一种心灵的安慰啊。

星星或以微弱的光芒一闪,在驻地的一瞬间,穿越了几百万光年,那遥远的奔波不知是否是为了和与之相望的那个人心神交汇?那种交汇之中是否又隐藏什么动人的情愫呢?

星星在天幕之上,是否以其神奇的洞穿力望见了人世的一切,是否能理智地明辨平凡与伟大、庸俗与高尚的界限,是否能够在生存中建树生活的准则,不会如我一般地迷惘、无知呢?

一轮皓月在夜空尽情挥洒曼妙,悠闲的白云只能为之衬托。星星的光芒不再是那么耀眼,月朗星稀的景象,它们相得益彰,不是一片凄清,更多的是一份宁静的安闲。没有一种强弱的自我寻找对比,星星在自己的世界中,落定了各自的轨迹,在安定的位置之上循轨而行,没有迷失在其他事物的强大面前,而是坚守住了自己的价值,这该是一种内心多大的坚定啊!或许正由于如此,它们之间共同构建了夜空的浩瀚与宁静,始终散发着宇宙无穷而深邃的魅力。

康德给予星空不可战胜的至高赞誉,是否他也在哪个寂寥的夜晚,被勾起了那段潜伏的回忆,将心境安然地托付于它,在它的审视中透视了自我,并且在其无尽的深蓝中明了自己呢?他那宏大精深的哲学是否也是源自对星空的深切而真挚的思考呢?

那个在寓言中曾因专注仰望着星空思索而跌入地上坑洞的哲人,在愤愤不平下,是否能从星空的领略中,获得一种个人独到的心理快乐呢?或者寻找到一种人生切身的感触呢?

星空是一种无限的格局,人生如星空。

在生活的坚实中,寄予生活连缀的美好片段,寄予内心那份敢于渺小的平淡与平静,寄予那种清楚自我定位的坚守与自在。

在一个人的时候,夜晚和心灵都是不该孤独的,至少那片星空一直在头顶。

狗尾草

想写你，狗尾草。在这最后一丝春风还未逝去，最后一缕春光还未完全消退的时节，你一波一波地摇曳，轻拂过我的心头。

眼前一派迷蒙的景象，仿佛那正飘洒的绵细春雨，此刻被某种神奇的力量定格。

我想，那一定是一个蓄谋已久的计划。不知从什么时刻起，它们已将这种圣火式的传递悄悄推上了生活的舞台。

道路旁，田野间，树林中，山坡上，或许还有我所不曾抵达的地方，它们成群结队地，在阳光下，在微风中，在晨雾里，在细雨中，将整片生命的快意自然地袒露，独自守望着这个季节残存的独特。

驱车驶过常走的小路，一边是树林，一边是田野。那旁侧的树依然静默，而杂草丛中，它们探出毛茸茸的头来，笑容可掬地点头弯腰致意，在空气中，那股春夏交替的芬芳，随着它们盈盈而动，四处弥漫。

它们身边有的地方冒出一些太阳花，尽管那黄色醒眼，但似乎也只能在一片白色的海洋中望洋兴叹了，点缀成一种另类的陪衬。

路旁一些荒芜的田地也不甘寂寞，邀请来狗尾草们，举办着盛大的聚会。那样的光景让人甚是羡慕。不知道多少个迷人的黄昏，抑或是某个宁静的午后，更或许是某个不经意的瞬间，它们轻轻起舞，低低私语，浅浅吟唱，用自己的形式，安闲地享受着大地所给予生命的最高贵的惬意。我无从得知，可是望去，一切不能不惹人遐想联翩。

顺着道路旁的树林望去，高傲林立的落叶树俨然严肃的哨兵，在捍卫着一片森林的尊严，一种庄严的静穆直逼你的神经。可是你一定猜想不出，微风吹来，它们便偷偷地把一片片黄叶，缓缓地送到狗尾草的脚下，与它们亲昵交谈。我想其中一定有让人十分向往的秘密吧。

树林望不到尽头，一派树叶的风光，一个狗尾草的天堂。

用夕阳的眼光看你，你如同人们丰收的金麦穗。用清风的眼光看你，你是翩翩的舞者，每一次盈动都展现出一个绝美的舞姿。用孩童的眼光看你，你就是可爱的玩伴，在他们手中绽放一张张春天的笑脸。用我的眼光看你，你宛如跳跃的音符，从大地的键盘上，飞扬出一节节醉人悠扬的乐章。

要我如何继续写你，狗尾草！你用一个季节的符号在疯长，在张扬，也正在慢慢消亡。

或许，某个时节，随着不断向前延伸的道路，伴着不断奔跑的脚步，我终将你狠狠地遗忘。然而，我想一定会有人替代我，记住你这曾经献给大地、献给心灵世界的独特的过往。

人生若只初相见

若时光止步。我们擦肩而过的背后，一个人，一片风景，一段故事，一种感觉。一段光阴，止步最初的朦胧，浅尝辄止地开掘，却拥有了最初的纯美。

下定"人生"。其格局无限开阔而又自我囚笼，实在可感的生存和扑朔迷离的感性交织、衍生、变化。万类霜天因其道，以各种姿势，演绎生命表现形式的多元化，将价值的内核自由指向春秋战国里的明灯暗火丛。有趣的是，一个你，一个我，在很多冥冥之中的轨道上交汇，旋即又各自左右。或许今后，谁又会在谁的梦中若隐若现。

偏偏一个"若"字，道尽了围城的玄机，写满了回忆和追思，在一种假设中，以预想的力量，让许多事物戛然而止。千万人中遇见了你，不去求得缘分的全满，但深藏于心，任时光淘洗那永恒的画面，兴许便注定了唯一的成全。惊鸿一瞥，纵然被波浪打碎了美丽，也无惧于相忘于江湖的自然。

单一个"只"字，浸淫一种纯粹，渲染一份简单。不必在记忆满肠的肥赘里，去搜索那朴实的真际；也不必牵强附会地纠结无所不张的局面，一切似乎总能清晰明亮地回归到原点，就像那个迷路的小孩，带着一夜的迷惘，在曦光微绽的清晨，他回来推开了自己的家门。

好一个"初相见"！无论是邂逅还是相约而面，一种方式的简洁，总能让想象无限丰富起来。即便勾画一个如心的意境，添写几个情感丰腴的情节，它们最终都也只能成为"相见"的配角。何况，一个"初"字，将原始的朦胧和被引动的期待点燃，什么样的故事主题都可以随心而为，而搅动的是一个人内心最深沉最质朴的情愫。

"人生若只初相见，何事秋风悲画扇。"挟裹着纯善与真诚，从此出发，将魂灵寄宿于大千世界的渺小里，漫过千山万水，你我仍可风尘不染。

于是有一个人，在梦里偷偷潜回到那片熟悉的水域：水库坝上空，星斗满缀夜空，一首青春的歌谣被浅浅吟唱，一个少年的灵魂被静静地阅读着……

一切仿佛主宰了时间，连空气也散发着一种静谧的幽香。这种意境，适合慢慢地品味，能让人在品味中寻找到那种久违舒心的感觉。可惜的是，一个人即便是浑浑噩噩、无所事事，总是会慢慢养成为自己找借口的习惯，让一个最原始的自我在社会气息汇聚的空气中，悄悄发酵，以致逐渐变味。

有一天，我们不会再为偶遇杂草中的一朵花而惊叹，不会再为撞见若少时飘飞的蒲公英而兴奋，不会再为枝头鸣啼的鸟儿而欣悦……似乎，那种最自然最纯美的微笑，只是属于那些稚气犹存的小孩。

每个人都在经历成长，拾起放下，出发停驻。这或许真的如有人曾说的，人生就是在重复不断清零的生活。清零之后，在我们的灵魂深处，我们是否曾真切问过自己：在凌驾于肉体之上的精神国度里，我们是否纯善如初？

过程是一支动人的歌

暮色四合。

最后一批学生匆匆地离开，同时也带走了校园一天里最后的喧闹。他们无暇欣赏熟悉的风景，甚至远处夕阳最后的妩媚，也只能在他们的视线范围外。这些风景显得那么孤独、那么矫情、那么苍白。此时，几乎所有校园中的景致，开始在心间与夜晚的岑寂中慢慢咀嚼。

校园高处的几盏照明灯从白日的酣睡中醒来，用耀眼的光线与夜空的黑暗分庭对抗，交织着的黑与白已然分不清是谁淹没了谁，似乎只顾着在这样的时空下，会心地宣扬着它们的亲密。

小道两旁大部分的刺桐树也悄悄地把春的葱茏隐匿起来，而那几株在灯光照耀下的，却越发青亮。在眼前，每一片叶子仿佛都成了一面灵性的镜子：有的贪婪地吮吸着灯的馈赠，有的不时把一些调皮的灯光反射到周边，有的则默默地让那些安闲的光缓缓地倾泻到地上。这样的宁美，或许只有浪漫诗人的情怀，才懂得去真切地品味。

明天一早，琅琅的读书声，天真无邪的追逐打闹声，爽朗真挚的笑声，又将占据一切。一夜酝酿的宁静，演绎的绝美将迅速消失，直至夜幕降临。

时间静止，一切的人事流逝。校园最后只归属于一个过程的际遇而已了。

身居江南的泉州，在校园的情愫中，还是想重温你——心中的刺桐。

古往今来，有多少人描你入画，多少人写你成诗，多少人唱你如歌呢？

烟波浩渺，风雨飘摇，你选定一个姿势生长，总在天寒地冻的时节，落尽满枝的苍翠，就在枝头毅然扬起片片的花瓣，鲜红如血，一排排整齐向内簇集，向上伸展，将自己桀骜不驯的性灵极力舒张，成就了一种千百年永恒的高傲的生命格局。

从生命的最灿烂来礼赞你，我想，你会笑我的。

从来没有注意过校园中最后一簇刺桐红是什么时候被繁茂的绿叶取代的。可是我一直想界定你的一个过程。

在夏天，你用满头的绿叶守候着荫翳，毫不辟易地直对艳阳的直射。一个季节的疯长，你却如同流星迅速陨落，把青春的绿色埋藏在记忆的美好中，把伤痕累累的树干、突兀的树枝留给秋天。你的沉默，你的黯淡，你的孤寂，让我不禁生出了几多悲凉。

多愁善感的秋天，一旦沉醉，就忘却了，冬天迅雷不及掩耳地袭来。当我还在心中喟叹你的苦楚时，你却已经在枝头微笑，那微笑就如同冬日的阳光一样暖人心窝。

原来，你用一个季节生长，用一个季节蕴蓄，就是为了绽放两个季节的炽热和鲜红。与其说你坚毅，不如说你狡黠，更确切地说，每一个时刻，你都是那么安然。

我想，你早谙于过程的命数了。可是，谁的生命不也只是一个过程。

人生是一条没有尽头的路，每个人因为其能力的大小，到达的地方就会不同。而对于过程的云云种种否定，也许是我们对于欲望的过于偏执罢了。或许学会把握过程中的美丽，不失为一种生活的快乐，不失为一段人生的幸福。

无以为继之美

岁月在旅行，似乎别有用心地想挖空一段经历。然而每一次挖掘，却又动人心弦。

一朵昙花不夺群芳之艳，而以其短暂的唯美让人留恋；一颗流星静静滑落天际，优美的弧线转瞬即逝，而那片刻却融入了你我的情愫，常常于心间涌动；有些人，有些事，因其不复，却更能沁人心脾，长流于岁月之河。

那半年的时间或许就是这样的一种停驻。

那段日子，没有那熟悉绕耳的琅琅书声，没有那优雅回荡多愁善感的秋风，没有那翩翩而舞的刺桐落叶，没有那稚嫩而笑的脸庞。在那熟稔的土地上，在思绪膨胀的季节，时间倒戈相向，很多谙于被捕捉的景象和感触而来的思绪，被挟进了寒冬最后一丝的冷风中。

我望着那片依旧是那么蓝的海天，突然有些伤怀，一股浪翻腾而来，在礁石上撞开了无数美丽的花。海风袭来，一丝丝的咸腥味迎面扑来。这熟悉的风景和味道，让人浮想。

那个夜晚，我正准备骑车回家，一股淡雅的幽香掀动鼻翼，整个人为之一振。原来这是一棵桂花树啊！几个月来，车一直得到它的庇护，处风雨之下，却尽享安详。现在想想对于这风景的无动于衷，便觉得有些可笑。

十月的桂花，花期似乎比许多花来得晚一些，但是那萦绕心神的感觉却难以名状。郁达夫先生笔下的迟桂花，"因为开得迟，所以日子也经得久"，瓣瓣都是一种美丽，瓣瓣是一种幸福；在那万物萧索的秋天，这难道不是更有情趣和韵味的事吗？过多的庸常容易让人审美疲劳，有时远不及别有一番风味的品触。

桂花的馨香引我回到那段青葱的大学岁月，某一个偶遇的桂花香依然在记忆中飘动，想不到年轻时的漠不关心，而今却会暗暗回想。

有许多东西注定是不能挽留的，就像初恋的回味永远有其不可言传的独到；某一段苦痛的磨炼，在另一个时空回想，总是那么津津乐道；甚至一些悔憾之事，不可亡羊补牢之事，都是那么值得珍藏。

我想那锻炼期间的经历，的确是值得回味的。虽然常想若是当时多一些内心的关注，而不是于其中乐不思蜀地投入，想必今天的情境会有更丰腴的收获，但无论如何，那岁月仍会是我人生中很美的一段。

生活给过我们很多机遇，给过我们许多馈赠，或许因为无暇，或许因为眼球吸引的无趣，更或许是因为茫然，等到思路明亮时几乎都无以为继了。它们终究是属于岁月的，是属于记忆的，为何不暂且品味其中的美呢？

活着的人身上还有更多的希望和未来……

我又胡言乱语了

一

小时候，大人总是会说一些吓唬我们的话，诸如"要把饭吃完，不然老虎会来咬你""饭要吃干净些，不然就会变成麻子脸"之类的。那时我们几乎是空白的，对大人所说的话没有任何怀疑。

而今当我们有了自己的孩子后，我们依样画葫芦，结果，我们往往是落败者，有时甚至必须付出物质引诱的代价。

在这个世界中，改变是我们必须具备的思维。

二

听老人说，筷子关系着婚姻。

拿筷子时，由下往上的长短就是另一半离你的远近。那时我总是很有个性，脾气倔强而又暴躁，在我年幼的世界里，离开家，走向属于自己的远方是我的理想。于是吃饭时我总会拿到筷子的顶部，我希望我的另一半在远方等我。

多少年了，结婚的年龄到了，拿筷子的手似乎自觉不自觉地往下移，也许我们开始渴望靠近的温柔了，思维的视觉逐渐萎缩，有时简单得只想拥有一个临近的享受。

婚姻的温床也许真的可以承载许多情感的涟漪，而且不关乎筷子。

三

以前小学的课本上有这么一个故事，一只小猫将钓来的鱼种在泥土里，它渴望来年能如农民的春耕那样，有个丰硕的秋收，然而时至今日，我们都在笑它的愚笨。

我突然有了一种类似的想法。

很多时候，一个人会有精彩，但是春雨夏风、秋夜冬晨的交替变更，我们无法依旧保持原有的快乐，那时我们的心寂寞得想要躲藏。

我想在泥土里种下寂寞，而且快乐地接受世人的嘲讽。小猫的种鱼最终消失了，寒暑易节，或许我种的寂寞也能腐烂在泥土里……

四

那天，朋友突然说：创作《猫和老鼠》这部动画的人太不简单了。我也很赞叹这点。

其实接近而立之年的我应该有小孩了，但是我居然还热衷于《猫和老鼠》。

猫和老鼠是天敌，在哲学上可以说是矛盾，但是就是这对矛盾制造了无限的欢跃，甚至达到了老少皆宜的境界，我们不得不由衷佩服起制造者的高超思维。

猫和老鼠的微妙其实不正暗示了生活中的那些矛盾和困惑吗？它们完全可以因水火不容却别有风趣，重要的是你如何去把握罢了。

五

我呢？一个喜欢买菜做饭的人，但是我似乎不大喜欢享受自己做好的饭。原因并非因为饭食难食用。

我喜欢感受买菜时的认真细致，做饭时的全情投入，可以说我乐于享受这个过程。至于吃饭是一个结果而已，我俨然摆出不喜欢的样子。

在感情的问题上，我会去追求过程，但却更加重视结果。

过程和结果是很多事情都具有的一个流程，但是我不相信说：有的人偏执于过程或结果，而不重视结尾或过程。

那是我们的感情在左右我们的思考，投入后，谁都是重视过程和结果的，有的只是在不同事物上的侧重不一样而已。

莫名想起

最近突然一直幻想。

前世，今生，因果种种。

佛家讲究因果循环，哲学上则是讲"联系"。关于这些，我总想找出一些理由来说服自己，希望很多事都有一个归宿。

有时我在想，前世我可能是一只鱼，尽管大海浩瀚广阔，但是我却野心勃勃。偶然间抬头，我望见雄鹰展翅，于是我跃出水面，干涸而死。或许我前身是一只高飞的苍鹰，撞在猎人的枪口精准的瞄射下。更或许，我前世是一阵风，无影无踪，自由无隙……但最后我终究死了，没有在佛前求了五百年的机缘，今生却成了一个人。

六月伊始，我已经禁不住眺望七月的风光，懒懒大睡，狂热的足球，远方的旅行，甚至是久违的对神佛虔诚的膜拜、祈祷。人总是会回望的。在回望的那刹那，我突然感到了陌生。身后的世界是我所不想探想的，而来时的路，无处寻觅踪迹，也许，我，时间，都忘了那一切，我终究会如同寻桃花源的武陵渔人，寻未果，只是他有处处志之的遗憾，而我没有罢了。

鲁迅说，他不能确定很多事，这是我们凡人共有的思维，然而坟是我们共同认定的归宿。很多人在死上没有畏惧的恐慌，然而我坦白，我很怕死，时间没有什么东西不能忘却，更何况微不足道的我，抑或是路过留下的斑斑点点。

我平凡、庸俗，没有远大的志向，没有认真审视自己的人生。年幼时，母亲的教育左右着我，我先前倡导的节俭、勤劳，现在都被浪费、慵懒取代了，但最可怕的是我却没有先前的自责，蜕变感觉到这本该如此的。原来，我如此陌生。

突然发现原来的自己销声匿迹了，是该秉持一种茫然的态度，还是恐慌，抑或是焦灼地寻找呢？

哲学上说，世界是矛盾。是不是因此人也就矛盾地活着？事物的双刃性，有时让人无所适从。

站在叔本华的立场上，世间的种种必然是一个苦痛的过程，承受还是反抗呢？大学时，最喜欢依样画葫芦，到处卖弄一些一知半解的思想，而今看来倒是佩服那时的勇气，至少那时没有那么多的困惑。

回想起周国平的那句话："没有回忆的人生，一望便到了尽头。"看来生者将现实寄予了后来的回望。但是我选择不回望，一回望，便要停留。

或许就这样，听风闻雨，看云卷云舒，观落叶飘零，望前方风尘激扬，独自品茗。

窗外的雨又来了，我想，此时此刻的海一定是很美的。

乌云在海的上空到处招摇，成群结伙地涂鸦。风，盘旋，卷起一层一层的浪花。浪花在半空中疯狂跳跃，翻腾出各种姿势，就像在勾勒着生命的林林总总的弧线。浪从四面扑来，撞在礁石上……整个夜空，浪声、风声、雨声，揉碎成一颗静静谛听的心。

站在黑暗的肩上

顾城说："黑夜给了我黑色的眼睛，我却用它来寻找光明。"这深合我的口味。

其实，对于黑暗，我非但不排斥，甚至喜欢至极。

记忆的浓墨在生命的水中扩散，八九岁的印象却清晰依旧。

八九岁时，我便开始学会享受这种独守黑暗的快乐。那时忤逆父母，大哭逃跑，第一个念头就是找个地方隐匿起来，黑暗偏僻的地方成了我不二的选择。在这样的一个地方，怒气自然就消退了，再多繁杂的情绪像沉入海底的石头一样，归于平静。然后，静静慢慢地回忆自己的行径，一点一滴地挖掘自以为是的看法，但那些思维最终都很快被黑暗消磨，直至吞噬。

我有点讶异黑暗那神奇的力量，心中逐渐学着短暂逃避，学会依赖它，似乎一生之中找到了一位可以抚慰心灵的导师，庆幸人生路上寻觅了一位知音益友。虽说已时隔二十年了，但这种方式一直被岁月珍藏，陪伴我成长。那熟悉的味道，胜过镇静剂，如同弥漫在九月空气中的馨香，香如故。

很多时候，关上灯，将自己幽囚在一室的黑暗之中，很多东西似乎与心灵一同跋涉，那一刻，我才能感受到充实。

打火机与香烟的默契，在延续的燃烧中，随着一吸一吐的畅然，映照出独特微妙的安宁。我不知道该用什么灵魂的深度去品味，然而在这片小天地之中，唯有每次吮吸时的光点和我一同在喘息时，我才真切感觉到，生命的形式如此简单地在这个时空闪动。甚至有时几缕狡黠的光透过窗户直射下来时，那一室的漆黑好像才真正弥漫着，可是这种存在又是那么安静，那么隐私，仿佛与这个世界是格格不入。

偶尔顺着光的足迹仰望，那星空如同磁铁吸引各式的眼光，我的视线却在浩瀚之中游离不定，有时会无端生发出一些诡异的念头。神奇、美妙、广阔……无数的词语被选择地粘贴在星空之上，都且把那些看作是文人骚客笔下的意境吧，来听听哲人智慧的声音吧！

在哥尼斯堡康德的墓碑上刻着的一句话："有两件事物我愈是思考愈觉神奇，心中也愈充满敬畏，那就是我头顶上的星空与我内心的道德准则。它们向我印证：上帝在我头顶，亦在我心中。"

头顶上的星空，超越的力量，内心的道德准则，无法逾越的精神，这些都蕴含在了神的旨意之中，引领着人不断地探索，在思考中迷惘，在迷惘中不断前进，最终以满足的姿态，抵达了生命的彼岸。

那一切难道是遥不可及的星光的昭示吗？那一切难道是来自道德法则的指引吗？

有人说，康德是一个广阔而深沉的湖，细小的波澜都会被忽略。然而，仰望他的哲学峰顶，却有种令人无法抗拒的冷静，也许这正是那力量生生不息的源泉。

或许我们可以这样来思考：在自我审视的警觉中，唯有星星背后黑色天空的深邃，才可以成就思想的无穷；唯有自觉内心的深沉，才可以塑造出无与伦比的心灵品质，一如月光幽暗的大海，所展现的不仅是视野下的宽广，而更是一种思维和时空共同开掘的博大精深。

一个人如果将自己置身于现实纷杂的事务之中，他最多只能算是忙碌；如果是把自己定位于一个个目标的超越之中，他最多只能算是执着；如果他把自己豢养在心灵的土地之上，他才能算得上是一个真正意义上的人。

不知哪位哲学家说过，人生的意义在于自我价值的体现。真正的自我价值绝不是卑微的，绝不是庸俗的，绝不是狭隘的。而这种价值的建立首先来源于灵魂的不断审视、汲取和成长。或许你我都不会怀疑一种事实：在各种困难、挫折中思索建立的信念更为坚定。

迷惘如同一个人的黑夜，然而星光会因天幕的黑暗而更加熠熠生辉，人生的路上会有无数暗礁、黑夜在等待着我们，也许生命会因此而更加精彩！

许自己一个未来

林清玄大师喜欢茶道的"一生一会",这个有点幽凄而深沉的美,兴许可以看作每个人一生的写照,不管以什么样的姿态走这一遭,谁的人生都是不可逆的。许自己一个未来,或许就是在为这一生之"一会",做一个情怀优化的准备吧!

许自己一个未来,用上了"许",这其中的味道颇像希腊人不轻易为死人悲哀的"此人生前有没有热情"的询问,似乎其中仍保有一种对生命和生活把握的自信与激情,似乎其中仍保有年少时对未来的无限憧憬。这其中抑或包含着某些执着,预示着行动之前的蓄势待发。

许自己一个未来,便将自己置于一个新的人生平台之上,从"许"开始踏开新的生命征途。然若仅将未来建立在"许"的云端之上,未免显得虚无缥缈,这无疑仅能成为另一个寻而未果的桃花源,永远停留在梦的美好之中。

世界丰富多彩,或许最能直观诠释它的不是因为领域的广阔,而是那些流光溢彩的千姿百态。人,虽是生灵中的最高级者,却不免于规律中高低突显、美丑对映、贫富分化,甚至在一些阴暗的角落贵贱是那么泾渭分明。

生存的人格无时无刻总得面对现实所摊开的醒目的一切,于是便会油然而生出一种个性的"关注活着"的处境。这或许就如同陆蠡的自述:"我如同一个楔子,嵌在感情和理智的中间,受双方的挤压。"生活应该不会极端到强迫我们都"缘走窄小的生命的绳索",但是我们终究要与之共存,唯一剩下的选择或许便是方式的自由。

简单为生存而活?自私为闲适而隐世?悲哀为逃避而自我终结生命的历程?抑或更多。若是选择前两者之一,那么便意味着我们必须与青云之志诀别或埋葬我们青春的激扬,以一个历史浩渺烟云中的过往者身份,为"尘归尘,土归土"的朴素结局做些许的贡献。许自己一个未来,立以安静低调的姿态,长以韬光养晦的思维,亦可以足慰平生。

生命的可贵有时抵不过永恒的爱情,但总是有那足实的分量,随意而弃任何一种,俨然是对其极大的亵渎。这其中的天平艺术,或是嘲讽中阿Q式自我安慰,都可称之为生存的技巧与能力,更或许可以成为许自己一个未来的强大心理能量。

许自己一个未来,因为人生很多时候如戏,导演和观众自己都得担当。"许"的方式,不论拙劣,至少可以在心灵世界给予自己书写人生剧本的勇气,从而在未来生活的历练中冶炼出更美丽的篇章。如若不然,那么,就双手掩在背后,在一个默然或是寂寥的时空,将人生的脚本一页一页重新翻读,一点点浏览剧情,回味曾被充盈着思绪的未来与冷静的现实人生的交叠和参差不齐。

许自己一个未来,起点是"许",终点是未来。然而这中间的连接却意味深长。常听说"木秀于林,风必摧之""枪打出头鸟"之类的言论,这是不无道理的。若仅以一个许的高姿态,以一种许的青春激情,以许的年少自信,直接去面对生活浩瀚深邃的人生百态，直接去迎接前仆后继的艰难险阻，直接去承受接踵而至的冷风寒雨，旷日持久的战斗中，想必未来会断线，想必你不得不低下高贵的头颅，想必你曾激扬的热情会自动冷却，想必你强大的自信会尴尬削减。为何不在起点，在心里先许自己一种承受寂寞煎熬的约定，纵然在沉默中死去也不去挣扎显露呢？

许自己一个未来，或许应该肃穆地放在自己心里。

走走写写

再也没有之前落落校园中的静思冥想，没有了一个人寂寂夜境下的感怀享受，很多东西似乎开始与麻木不仁纠结死缠，十月的秋风似乎再也不能像从前一样装满青春郁结。

如水的岁月是个技艺精湛的魔术师，在你不经意之间，将你经年累月囤积的思想，一下子全变空。思想的空白，注定了先前的敏锐感触烟消云散的宿命，甚至连悲伤哀愁的能力，一并磨灭了。

夜空还是那片清朗的夜空，夜月的圆润与凄美，白云的悠闲与亲昵，月光的皎洁与柔媚，都不再是一种情丝的牵动；陪衬点缀与突出集中的审美，都尽显苍白，所有的元素再也无法描绘成一幅华美的图画，连支离破碎的一瞥，都被挤出抬头凝望的视线范围。

文字在情感的世界不断地消瘦，堆砌的瘦瘪符号，已然成了祥林嫂式的赘述。不知何时，心灵已经渺小得如同撒哈拉沙漠里的一颗黄沙，装不下任何一个穿越者落下的一滴汗。如果剖开这黄沙，指尖触碰到的漠视的冰冷，将会把心灵俯视的一切荒凉，深深埋葬。或许就剩下这么一具躯壳。

城市的路口，车和行人，继续出发，不知道会在哪个岔口转弯，会在哪个地方停靠。通畅的道路是城市醉人的歌，总用不同的乐章，引领着人们前行与抵达。而一具那样的躯壳，继续漠然徒行在城市的繁华中。

霓虹缤纷，夜朦胧迷离，暧昧不清，没有闲暇遗漏出一个躯壳的影像；空间穿梭着灯红酒绿，目标和方向淹没在时光不知疲倦的消逝中；耳畔的嘈杂喧嚣，仍觉得意犹未尽，如同远来的波涛，把整个夜晚拼命折腾。

如果就这样永不止步地前行，是否能赢得一个夸父追日的崇高结局呢？太阳、月亮、星星、游风、飘雨、高山、大海、森林、泥土，都已在尘世千锤百炼，仍将延续着那个不朽的神话和精神，而那具徒行的躯壳呢？

"去年天气旧亭台"，思绪满怀的昨天已化作秋风中的落叶，不是飘落在需要给养的泥土中，而是随着浩浩荡荡的尘风四处游荡。要是有停驻的一天，在同样的一个地方，历尽时光千辛万苦的洗礼后，再次碰面，是否还能唤起曾经的熟悉呢？

一条摊开的路，依旧不断延伸，是向着明天，是向着遥远，还是向着某个陌生的谁执着的梦想呢？

夜风轻轻挽起明月，像情人之间会心的微笑，彼此之间的温柔缓缓洒落，静静地安睡在地上。林立的城市建筑文明也禁不住低头欣赏，那些姿态矜持而优雅。唯那具躯壳，踏着月光铺开的路，依旧沉默，依旧向前。

我，属于谁的世界

学生们说，我老了些，不再属于他们了。可，谁是属于谁的世界呢？

那一天，我很纳闷地问自己：我属于谁的世界？

我，属于谁的世界？

在人生中，有两样事物是我们无法选择的，出生和死亡。然而我们终于还是属于它们。

有人用快乐缔造我们的存在，我们不由自主地被推到这个世界，于是我们用哭声来阐述了我们那片刻的不安。

从此，我们开始有所选择地学习生活的许多，学着如何像个"人样"地活着。

可是，我们被赋予了选择的权利，同时在这层层的社会中，我们终究还是无法逃避被选择的命运。有些时候，我们屈服于荣誉，臣服于金钱，拜倒在肉欲的胴体下。

没有山林野薮的快意，不见秋风厮耳的缠绵，难觅"众人皆醉我独醒"的高尚意境。最后扯不开的还是这社会般的入世生活。

那一刻的幡然醒悟：我属于选择和被选择的"人样"的社会。

用力撕开尘封的回忆的帷幕，面对婴儿的酣睡，一个熟悉的温暖的微笑在俯下的脸上荡漾；走来背着书包的孩童，贴着父亲的胡子在脸蛋上来回亲切地呢喃。

三五成群，不是喟叹"知己难逢"，举杯言欢，且尽享友情的芬芳。

亲爱的可人儿鸿雁传书，互诉衷肠，一纸愁短，情却悠长。

可以铭记于心的……

原来，我属于爱我的人和我爱的人的世界。

我，属于谁的世界？

不必满目疮痍地悲伤，让我们抬头凝视，夜空中孤独的北极星，依然璀璨。

无论黑夜如何蒙蔽人们的视觉，抵挡不住的是那一点点光明的指引，那一点点坚强而执着的闪烁。

黑暗如果突然来临，请在心里让北极星的光芒绽射出来，你的眼前会闪现出一条星辉斑斓的路。

我，是属于北极星光下的世界。

风吹动，凋零了树叶，枯黄了季节，谁的歌还在远方传唱？

是不是有人在午夜将月亮最后的一抹微笑轻轻挽起，遗落落寞的风，屏住了呼吸，独自恬美地安睡呢。

我，属于谁的世界？

从温润的海风中飘来，一声伴着海鸥振翅而过的哀鸣，沿着海岸线的弧度，撞进了沉沦的往昔，冰凉，寂静。

穿透着悸动的心，张扬的血，冷漠，消退了最后的激情。笑，已然昨日。

我是一个寂寞的孩子，喜欢把快乐埋在心底，我知道，独乐乐不如众乐乐，可我却还是那样无动于衷，自私。

一条一条自私的丝，织成自我的网，不是学毛毛虫作茧而孕育新生的喜悦，网住的是过往的岁月。

在岁月的须臾间，我望见残存的光，借此，我开始欢舞，因为我知道生命本是一支舞曲，即使没有舞伴，即使冷清收场，我一样要跳起来。

跳起来，总有些什么会随舞姿而飞扬，总有些什么让我们记住的，总有什么可以让我们独自温存的。不必在乎动作是否笨拙，是否能优美到打动观赏者的心灵。如果这个世界，没有我们的观众，谁也无法怀疑，我们是自己唯一最忠实的信仰者。

美酒、灯光、舞步、转动的声响，在一起喝彩。

我，属于我的世界。

我，属于谁的世界？

我，属于……

我，判自己有罪

祭坛，点燃烈火，风中摇曳。

十字架，捆绑灵魂，高贵的头颅，低下。

我，以一个未来临死的人的身份，宣判自己有罪！

回望，那些画面像是投石的水面上的涟漪，一圈一圈散开；有一双手，一点一点地将爬满罪过的绳索深深地勒进身体。

没有苦痛，没有挣扎。

那时，美术老师教我们认识色彩，红、橙、黄、绿、蓝、靛、紫。

五彩缤纷的世界，流光华丽的尘世，色态迥然的生活，一如摊开的画卷，飘然而来，触动着我们的思维，吸引着我们的眼睛，而我们也开始喜欢上用颜色标志自己的归属。

我们几乎都不是色盲，而今你却单调地选择黑白，并且把它们当为自己的颜色信仰。难道你忘了，春天来临时，那漫山的杜鹃是那样光彩夺目，微风中的野菊是你编织的童年的花环吗？难道你不记得了，夏日炎炎，家门前那一树茂盛浓绿下的荫翳，树梢上躁动的红嘴小鸟是你仰望的向往吗？秋天来了，曾经和母亲一起劳动过的稻田里，水稻又将满田饱满的金黄，谦虚地弯向镰刀身处。你说你更喜欢冬天的星空，故乡的夜晚宁静，抬头，苍穹中有种恬静而忧伤的深蓝。

不！你没有忘却，你只是在卑琐而懦弱地逃避着，贪婪地追逐着。

年幼时，你把"只要人人都献出一点爱，世界将会是美好的人间"的蕴意，偷偷地装在心里，你告诉自己，将来即使在一片贫瘠的土地上，也要挥洒青春的热情，不停地耕耘。当年的信誓旦旦是一张永远无法兑现的空头支票吗？你还会找出诸如"人要活得现实些"，"那只是年幼无知的冲动"的理由来搪塞、宽慰如今的自己吗？

似乎还记得"只要我们的目标是地平线，那么我们留给世界的只能是背影"的经典诗句，无法遗忘的是"乘风破浪会有时，直挂云帆济沧海"的豪情壮志。

一个人的生活，宛如一艘船，在远航。

风，迎面袭来，高浪压顶地覆盖下来。船，动了，但动的是一个人的信念，动的是一个人的方向。

任何人都是这个社会的新生者，更何况刚走出象牙塔不久的我们呢？

我们在前行，摸着石头过河，碰到坚硬的石头，碰出了伤口，我们开始痛苦而敏感地保护起自己。于是，每走一步，再没有一如从前，甚至有了回头上岸的念头。

勉强艰难地过了一条河，我们盘算起我们的失去，学会像一部分人盘算着如何去索取。

人们常说这个社会物欲横流。你也美妙地幻想着"五子登科"，俨然它们就是你生命的全部，而你手中还死死抓着这个社会赋予你的一切。你就像一个在沙漠中找到宝藏的人，干渴而死之前，念念不忘的还是一个宝藏的存在。

每个人都是一个背着行囊流浪的行者，我们的行囊不可能装下全世界，我们有所获得，有所失去。

我们唯一不变的是两样东西：死亡和欲望。而这两个东西都关乎方向。

曾记否，当年，于辍耕之垄上，陈涉对庸耕者说的"嗟乎，燕雀安知鸿鹄之志哉"的壮语？最近翻阅的周国平自传中记录着，花甲之年，他努力的方向还是年轻时的"真性情"。穷其一生的世纪老人冰心，仍孜孜不倦地将生命的最后倾注在"为人生"的文学中。

蜕变了，不是毛毛虫破蛹而出成为美丽的蝴蝶的版本，而是自己的世界陌生得只剩下童年的回忆了。

麦子说过："一个人可以同时爱几个人，只要他（她）爱得来。"我们笃信了这个方向。遇见，追求，得到，放弃，我们以为我们还年轻，于是开始了下一轮的游戏。

上天给予每个人的形式和内容并不是一样的，而我们却浅薄地进行着"损不足而奉有余"的可耻行为。在金钱和欲望交织着的年轻心态下，我们卑劣地践踏着人类永恒的神圣，亵渎了人类亘古的纯洁。

有了方向，你把握好当下了吗？

拨开绳索，一道道青紫、深陷的勒痕，每一道都在自己的身上开始隐隐作痛，冷冷发笑。

我，无语。

我，判自己有罪！

给自己一个答案

  一手浓茶，一手香烟，在午夜清醒时分，我把自己丢给岑寂，这无法摆脱的习惯成了我生命的一种救赎。

  很多时候，我想问自己：我究竟是一个怎么样的人？一思索，我便陷入混沌。于是我把自己坚决地丢弃在这个季节，风不停地让树舞蹈，我独自逃亡。在没有方向、没有疆域的世界中，我胆怯却又清醒地麻痹着自己。

  狠狠地吸上一口香烟，白烟在我舒坦吐出的时刻，和我一起残酷地游戏着生命。烟非我，我似烟。

  慢慢地呷一口浓茶，那味道从唇齿到肚肠，直至整个身体，反复流淌，只是成了一个偶然的过客。于人生而言，或许，我就如那茶。

  有时候，我会发傻地渴望：把自己的家悄悄地静静地安在井底，当一只通过井口来仰望天空的青蛙。在别人广泛的所谓目光短浅的名声下，我享受安然熟悉的舒适；在井外世界天翻地覆的折腾下，我用一个井口的大小来衡量自己的生活。

  阳光若是来穿透井底，我享受一点天然；如果风雨来侵袭，我亦自如地面对。

  我是谁？一只井底之蛙？能用一个井口的角度来看待世界？能用一片井口大的天空来代表生活？

  或许，对于现状的安逸的急切渴求来源于对生活不定性的恐惧吧。

  键盘的敲击声断断续续，窗外的寒风在整个夜晚张扬。窗稍微拉开一道缝隙，那风便争先恐后地朝它扑了过来，带着一并无可把握的尖锐的嘶鸣声。紧闭门窗，户外的风显得温柔许多。

  是不是，更广的时空才可以承受更多的包容，更大的局面视角才能够追求更上的层次呢？应该以怎样的人性思维，才可以把自己置身于无争的境界中呢？一个人的足迹，若在旷野荒漠中埋没，是不是将在延续着的千百万年的人类中，永远沉默消失呢？

  而风你为什么可以在千百万年的变迁之中，在成千上万次的过往和躲藏中，不离不弃，于天地与万物之间，在别人和自己的世界中，做时间最潇洒的浪子呢？我仰慕你，毫不避讳地想成为你，或你的影子。

  铺满记忆的路上，我来不及回望，来不及悼念，许多的驿动悄然消失。

  一直以来，我都沉溺在悲伤之中，把生活的哀伤幻化为无尽的苦海，其实，我似乎是缩小了自己的心，放大了自我世界的哀怜。

  从来没有从失败或不幸的遭遇中挣脱出来，拖泥带水地纠结，终究使自己被幽囚在困顿和苦痛的主观延续之中。其实，我似乎只是悲观地望见自己的影子，忘记了黑暗来临时，光明已存在了。

  沿着梦想的路，折回，驻足。

选择闪现在眼前，一条路向左，一条路向右，哪一条才是适合我的呢？

徘徊、迷惘、彷徨、踌躇、犹豫、无助，所有的无法抉择和难以割舍的感觉蜂拥而至。一秒、一分、一个小时、一天，流失的光阴总是这样毫无声息。在思想挣扎斗争的时空中，什么都在酝酿，或许新的选择将重新摊开。

人生，不是有很多时刻就是这样度过的吗？

在人生的岔路口上，究竟什么样的生活才是自己想要的呢？承前启后的臆想慢慢地摊开，如同墨汁在水中扩散。

年幼之时，我们在五彩斑斓的光圈与童稚的美好世界中，超越时空地遐想，我们生活在漂浮的天空中，世界对于我们几近是零重力的。

随着岁月的沉淀，青少年时期，我们拥有着愤世嫉俗的锐气和敢于探求的勇气，我们开始认识自我，但是生活给予我们种种触动思维和身体感受的体验，我们开始把自己带到了半空中，在理想与现实之间徘徊、摸索，世界对于我们似乎是浮力与重力相互作用的结果。

直到有一天，我们来到了生活的地上，蓦然发现，双脚踏实地告诫我们，一步一个脚印地去经营生活，似乎我们开始进入了成熟的季节；在人生的历练尤其是困顿之中，我们开始仰望天空，偷偷地隐匿着自己年少遥不可及的梦。

再后来，过去的已消失弥久了，但记忆却开始与我们厮耳。于是我们把过往的生活，一页一页地在脑海中重温，仿佛在不厌其烦地阅读一本值得品味的书，好像生活对于我们，真正想要的只是内心的一种最舒适的感觉。

所有思绪的线缠绕、交织，"剪不断，理还乱"。一个个的结纠缠成了一团，团中被束缚着的一个躯体，是扭曲变形了的我。

哲人曾在心底播下一颗种子：只有一成不变的方式不是真正的生活。是不是只有懂得去取舍，懂得去在守与变的尺度下行事，才能不失为活着的一种智慧呢？

去改变的事实在眼前无可遏止地走来。这才发现，原来我一直是一个那么害怕改变的人。

当有新的事物或者新的改变出现时，心灵之门立马自动关闭，来一个"今日免战"的懈怠或摆出死防死守之态，用此等行为来防护原有思维的城池。可我却忘却了，当旧的事物无法适应我们之时，我一如常态的坚守，只能寻得短暂的心理安定，将会有更多的苦恼朝我涌来，我的思想更将经历一场万劫不复的挣扎和痛苦。

为什么不尝试给痛苦一个流淌的伤口呢？或许，改变真的是一个伤口。

中国自古就有"识时务者为俊杰"的铭训，并非全然无理。一个人固执己见，生活在自我的世界中，不理会世界的变迁、人生接踵而来的变化，用旧式思维来引导自己的生活，是否是一种聪明的自我生存，还是一种精神的自戕呢？

迷雾散尽，真的拨得开心中的烟雨吗？思索了一次又一次的我，究竟是谁呢？

为路过的风景停留

生活奔放如风，伸手间，它却从指缝之间流过。那些散落在历史的尘埃，在狂风和暴雨的撕扯下，重重地坠落。窗外接连几天的暴雨依然在肆无忌惮地倾泻。

手中的笔在洁白的纸上写来画去，有种很无奈的心情。有时会想，将生命的颜色涂染在笔尖，游走。满纸的荒唐痕迹佐证，而这究竟能有多少在内心搁浅呢？我很苍白，因为我无以为证。

翻开信手写的《闲散文字》本子，那一个个独立的画面连缀而至。

田野之树

2007年3月17日，骑车送女友回英林，路过一片田野，女友不顾我开车时的专心致志，边喊边把手指向不远处一棵挂满黄叶的树，我停顿了片刻去观看。

我很诧异，在这个春暖花开、万物生机勃发的时节，为什么会有那种景致呢？它伫立于田野之间，俨然一位安然的老人，尽管有种唤不出它的名字来的尴尬，然而它身后那排整齐林立的白桦树成了陪衬的风景，在这田野的埂岸上竟然挺立着一种独特的美，让人顿生"熟悉的地方有风景"的感触。

然而生活究竟在什么时刻，用了多少时间，在偷偷勾画着这样那样况味不同的风景呢？

垂钓者

2007年4月14日下午，一个人骑车去深沪镇区，途经华丽内衣厂门口的下坡路，看见有两个人一前一后，形态相似。

拖鞋在地面和脚跟之间频繁接触，挽起一个裤脚露出了瘦实的小腿，时紧时松，腿肚上的青筋有种突出的感觉。腰间的鱼篓搭在肩上，手中握着那根竹质的渔竿，在走动中晃晃悠悠。

我想，或许就是这样，在雨天，在黄昏，在潮涨时分，在无数个时间消逝的人生间隙，他们成了垂钓者，抑或是风霜沧桑的渔者，成了生活的一道简朴的风景。

或许，时间从来都没闭过眼，我们很多人都在它的视觉下演绎着这两种身份，只不过时间的比例不同而已。

在人生不断追求的征途中，不少人用青春、健康、感情甚至用尊严在做钓竿，用欲望编织鱼篓，在力争被称为身外之物的名利、地位、金钱的鱼，成为劳心劳力的渔者。时间在他们心灵深处，于夜深寂寞之时，注满累累的风尘伤痕。

最终，他们却只想平静地享受节余的人生，于是他们又用金钱、名利、地位为钓竿，以常态为鱼篓，垂钓内心的自在和安然，他们是一个历经生活、返璞归真的垂钓者。

飘逝的远方

2007年5月22日傍晚,从青阳回老家,当车开到一片工业区时,飞沙走石,浓烟的臭味硬是钻进我的鼻翼。

我加快车速摆脱污染区,回望:耸立的烟囱口飘散着大片大片欢快的黑烟,一路张扬,飞向天际。

而我不知道,这样的生命在飞升时,是否得到了莫大的安慰,寻找了自己的快乐所在。此时站在地上的我,在逐渐飘远的黑烟的眼中,渺小得可以无视。是不是,我也一样可以藐视它高傲的飞翔,然后在心里给自己一个念头:那是一种消失,逝者如斯,我独安然、厚重?

未知的远方,飘逝的黑烟,它以高昂为追求,在生命消失的迷离之间,会忏悔吗?我们是要嗤笑它的轻浮,鄙夷它随风而动的限制,还是在天地万物的苍茫之中来俯瞰自己细小如沙的心灵呢?

一个个细节,一道道风景,一种种生活,或可暂且为它停留。

寻觅自己

凉风已经吹透了深秋，一个人在学校的小道上散步，两旁的刺桐树依然没有秋天的气息，扬起的风在枝头高歌，秋夜的叶子们和着歌在翩翩起舞。迎面扑来的风在身后和天空中零星散落的星星搭建出一个深秋的舞台。在这个小道上，我是唯一的观众，但是我选择了匆匆而过。

我不知道为什么选择了逃亡。诗人说，或许很多时候仅仅是因为寂寞……

据说，心安静了，可以听到很多声音。

因此，我翻开了字典，在《辞海》中查找"自己"，其中有这么一个义项：自己指一个人的自身。

在这之前，我很习惯大把大把地抽烟，在吞云吐雾中思索。或是一个人在一个僻静之地，冷却自己的思想。

曾几何时，我也独爱一份宁静，仿佛自己是一首六月的歌，在等待着一个人。

我，和许多人一样庸俗地生活着，甚至我曾经善于羡慕别人的拥有，于是渴望靠近拥有别人的世界。而今反观，别人是否也是如此呢？

其实，每个人的生命都有四季。

我们的春天像花儿一样欢快，犹如儿时的放风筝一样，有风就想去飞翔。我还记得家乡的老屋的后面有一个小山坡，很小的时候，爷爷为我做了一只风筝。有风时，顺着小山坡的小道急驰而下，看着风筝被风扬起，我的心中充满了喜悦。

我们的夏天已是茂盛油绿，挡不住的青春热情，我习惯了奔跑，在山坡上，在田野里，在村里的小巷中。不是为了方向，只是为了一种激情的燃烧。

等到秋日来临，万物悲秋，我们开始感伤，开始缅怀，唯一忘却的是前方，忘记了自己被浓缩成了其中的一个点缀。

我，在哪里呢？彷徨、迷惘、困顿、逃避……

没有冬雪飘扬的江南渔村中，我踌躇在冬风中思索，记忆慢慢被打开，开始冷却，开始寻找遗失的美好。蓦然间，发现丢失的是自己。

忘了身份，我是一个地道的农民的儿子，只不过触动心房的几个文字被简单堆砌而成。

忘了梦想，不管是苍鹰还是林间的小鸟，那都一样是一种生命的韵味。

忘了爱情，如果恋爱了，是否会想让幸福自私得只有我们两个人呢？

忘了，很多……

在这个世界上，我们都不可能百分百地拥有别人所享有的，为何要执着于别人拥有的追求呢？我们忽略自己的内心，我们终将得到不断失去的惩罚，因此我们又常常陷入了进退两难的尴尬。

世俗的社会中，人的成长永远不可能是日日如歌，一定会经历困顿的考验。而有自己的人，他们会百折不挠，而丧失自己的人却难免陷入更深的泥泞，甚至从此一蹶不振。

历史在风中飘下片片花瓣，其中有绝美的一片，可能会有自己的名字。

这个世界是我们的，不是我的，然而没有了我，何来我们呢？

在爱的世界中，我们曾经试着承诺什么，可是承诺有什么用呢？

面对尘缘，一笑而过，惜缘，我们需要审视的是自己的心。

面对纷扰的俗务，我们是唯一的支撑力量，又怎能由于过于忙碌，过于庸俗，过于沉浸，而让自己手足无措呢？或许我们需要矜持的只是自己生命的力量。

没有了自己，就没有了生命的圆心，无论再宏大的线，终究无法画出生活的圈。找回自己，找到自己的方向，找到自己的方式，才能开拓人生，靠近成功。

在人性之中穿行

一个人如何才能活得坦然呢？这样的一种人生思索，于今之我而言，莫若于敢于正视自我，审视真正的灵魂。而此举之可行，又得益于最大的人性理念的建树和践行。

周国平在自己的作品中曾提道：以最大的人性去理解包容人。这种生的智慧，以容纳百川的气概和胸襟，将茫茫人事常态化，使其得以最大的存在，有点萨特之"存在即合理"的影子。

《论语》有云："人不知而不愠。""知"之见解，有欣赏、赞同、了解之意，可视为对他人认知局限的宽容；而又有我之愚见，"知"为何不可多一个新解——"智"呢？一个人若是智慧没有臻至都能通会他人的境界，或是其智慧尚处于没有提升的水平，我们的内心似乎也不该给予"愠"之情感反应。这二者，不都是可以归就为某些人性的表象吗？

也许应该思索：当一个人的灵魂站得更高时，其广度与内在不是自然就更具有兼容性吗？

设若一个人真的具有坚持的品质是极其可贵的，然而不免要与所谓的卑劣相生相现。世间事，变化无端，阻挠不断，人性之阴暗面又往往引诱着我们去表现出惰性、劣根性。这就是负面的意识对一个人的行为具有的强大的导向性。

很多时候，我就是如此。而今看来，我只不过一味把自己狭隘地关在已限定的人性范畴，我还是逃脱不了思想的拷问。

那时候我在想："随心的生活能让人舒服，也能让人懒散。一个下午，惬意地安睡，一个晚上围着电视剧不肯割舍。这样的一天，感到了轻松。可心静下来之后，我似乎度过了空虚的一天，是不是该和每一天的生活较真呢？"

这样琐细的思考还不少，诸如"又碌碌无为地过了一天，不禁想这一生中究竟会度过多少这样的时刻呢？"想及于此，心中不免滋生出些恐慌，什么时候，我居然沦落至如此田地，曾经的雄心壮志，曾经的信心理想，曾经的勤奋进取，似乎荡然无存了。眼前的这个我是原本真实的我吗？

生活总一点一滴不着痕迹地把人改变。然而一个人，真的必须如此无奈于生活的雕琢吗？是不是有什么能让这仿佛会到来的一切改变呢？

混沌开天辟地之前，阳清阴浊无分，这难道不是一种最大的人性意念吗？

古人说："相由心生。"事物的认识来源于人们思想层次的感受，并且在生活实际中不断运用着"视网膜效应"来强化固有的思维方式与能力。殊不知，这已经是一种思想认识的疆界化，进入了一种受限制的境地了。

远处不知是谁家用礼炮在传递着喜讯，刚才安静时所听到的小雨淅淅沥沥的声音迅速被淹没了。渐渐地，夜恢复了宁静，只听得小雨的低吟和门缝里挤进来的风声。

这样充满诗情画意的夜晚，总让人很享受，于天地万物之间，仿佛得到了极大的自由。

曾见有人写的文字，说是雨夜最合适品读散文，或许散文的感情流淌和这夜的韵律是吻合的，同样可以抵达心灵的港湾。

人的精神在不断伸缩，思想在不断交替变更。物化的社会容易让人迷失，让人蜕变，也许雨夜的意境之中那种独有的情趣，正是生活给予的一次叩击心门的机会，一次回望或是面对真实的自我的机遇。

这样的人生经历并非少见，可能是我们真的很执着，在朝着一个相同的方向前行，忽略了两旁的风景，忘却所过之景物皆可入怀，藏天地万物于我心中。

古来有"两耳不闻窗外事，一心只读圣贤书"的警诫，而佛家有云：众生之迷惘，皆在于执着。

许多人于欲望之锲而不舍的追求中穷尽一生，自然无法真正去掌控自我的心灵，甚至可能就失去了最真实最需要的自我，没有臻至人生的"大我大无"的境界。试问，天地万物，哪样能逃脱得了"起承转灭"呢？哪一样事物不只是一个过程呢？

一生之中，可以把握的很多，无奈亦非少。若只有那等烦恼，何来从心的人生呢？

几何学中讲究点面，如果只是专注于一个点，何来面的宏大呢？

当然，我只是一介凡夫俗子，是某些人思想的寄生虫，甚至应该说是某些人思想的传声筒罢了。许多时刻，还是无法跳出原有思想的领域。但愿思之无疆的那一天在你我的生活中早点来临。

夏风，夏雨，夏天的暗暝

  这个夏夜因为有雨而充满遐想，雨后清新而又湿润的空气吹散了炎热，就像光的存在，割开了黑暗挤压的身躯，以伤口的样子流淌出呼吸。

——写在开头

  从日落起开始想念天空，追着她的变幻，想象自己也可以成为一阵晚风。

  夜幕降临了，风自远处慢慢地泗渡而来。停在凤凰木上，看她轻轻摇动时娇羞的姿态，窃听她梦中温柔的呓语。也钻进人家阳台的衣服里，像自己正从容地过着生活一样，摆弄出安静或晃动的影子。当然也可以更惬意地自由来去，不必刻意地留住过往的影踪，也不必揪心地思量将来的风尘。

  这一切应该是多么曼妙，像一场说走就走的旅行。许多事物随云飘浮，从来不问风将把它吹向哪里，而是在风的指引里，完成一次次梦的追寻。也像流浪的人那般，在街灯的光明下丈量距离，在转角小巷的昏暗中埋藏行走的影子，过一种自己懂得的生活。

  可谁从某一刻起已在盘算天空，预约了一场雨的到来，让她的眼泪整整流了一夜。雨水在窗外的铁皮上跳跃，噼里啪啦作响，仿佛有人正在歌唱，歌声里满是记忆来来往往的影。

  地面低洼的所在，有的已变成一片浅浅的小水域，迎接着雨点连续不断地敲击。一点点路灯光映着水面，和路面拥着那片晶莹的世界，把距离稀薄成一个符号，迷离了一双眼睛，暧昧得如同我们初会时的场景，至今让人不能释怀。

  老人们说夜雨常驻暝，我宁愿相信这场雨是一种等待，为了一段时光而来，来倾诉夏天未央的情感。

  暴雨如注时，她热烈、独到而又狂野；细雨朦胧时，她温柔、婉约而又缠绵；骤起骤停时，她豪放、直白而又干脆。当电闪雷鸣乍现，惊颤了城市的街灯，以及那片没有伞的天空下浮躁不定的光影，而有些东西又似乎在这冥冥之中早早地失去。

  那便来些风吧，从她的表达里，去倾听那些来自爱的世界又触人心神的箴言或暗语。

夏日拾句

一

香烟燃烧,以每一口熟悉的吞吐,应和着敲击键盘的节奏。闷热的天气在湿漉漉的玻璃上刻画出夜的梦影,脆弱得经不住轻轻一碰,便乱了方寸。嘈杂的车鸣声,以及转头可见的霓虹灯,把屋中的安静甩向喧嚣的街头。

二

夜色如潮,从都市远处的繁华中浮泛而来,有朦胧的诱惑,又有游离的自在。

窗台的晚风,如同微醺的少女,情窦初开时的矜持与羞涩爬上了脸颊,嘴上也打开了话匣,等着听你的柔情蜜语。

这意境的气息啊,迷乱了视野,满足了遐想。

三

归者在路上。那三轮车碾过路面的声响如期而至,一不留神,铿铿锵锵的节奏便拐进了意犹未尽的歌声里,让你感觉所有夜的落寞都在隐隐作痛地躲藏。

可它有时又摊开一对厚实的臂膀,将你紧紧拥揽着,以那进出的气体交换证明了一具躯体的存活,却不知一颗心已流浪远方,返期不详。

四

挡不住这激情雨季的攻势,光阴恍惚了尘世的温情,青春的驿动戛然而止。

白天与黑夜的距离忽远忽近,暧昧中夹杂着迷离。

思绪被反反复复地洗涤,猝不及防地撞进来,倏忽之间又决裂般地夺门而去。

触摸着那千丝万缕的纠缠,始终剥不出一片完整清晰的记忆。

五

连日雨天。雨水沿着十余年的缝隙缓缓而下,渗出的水珠悬挂在日光灯的周围,等待着每一次熟悉的飞舞。那发霉泛黄的渍迹清晰可见,勾画出它们彼此间的默契。

我取来水桶对准搁置,那嗒嗒作响的声音带着未知世故的稚气,从童年的光影中悠然而来,若隐若现地掩映着一座石头旧房子,那里人去室空,门窗紧闭,只有一片片雨水的欢歌,交相迭起。

六

水之畔，心之上，行船靠岸的短暂时光里，高高的吊脚楼里装着男人和女人的天堂。

未曾谙识的欣赏，每一刻的眺望都自觉怡然。洒漏下的光斑，在视野中的每一寸土地上跳跃，一股力量在生命的步伐里酝酿，指向前行的远方。

昨日的歌声已远去，然而那踏开的路上却有一片温暖的阳光，一如从前，在深处宁静的地方，与心相守相望。

七

留白的夜把生活拉长，我在车来车往的流影中伸手触摸时光。

微张的指缝滑过季节的变换，纵横交错的掌纹里一片苍白。信手摊开一本诗集，字里行间的每一寸黑白都在咏颂诗人的情怀，却容不下一个默读时的卑微未来。

八

偏爱独处的夜，把自己安心托付给无须言语的世界。

一袭温柔在远处枝头低吟浅唱，那婀娜的姿态是迷醉了谁，让现实与梦境在暴雨降临的时刻，刹那失去了分界。

我在窗前眺望雨后的天际，氤氲的绯红裹挟住了一片淡蓝，柔媚而幽婉。这夜的诗篇，要俘获了多少谦卑的目光，才肯让这场梦幻住进了一个沉默的心房？

九

这个雨季的夏天，我在一方石桥旁，遇见了五朵粉红的莲。

幽碧的水塘泛着细细的水纹，每一丝微动的光华里仿佛藏着尘世的过往，让人记起了忧伤。

苍褐的池石在脚步的远近里若即若离，却丝毫不敢亲近那独有的美艳。唯有那玲珑的莲叶，牵连一处，在静默的时光里，簇拥着一分安详。

这里的天地虽小，但我愿意相信，纵然尘缘难期，它们的心里早已装下了对方，彼此心照不宣。

十

曾想，一个人一生得走多少路才能抵达远方？来了与离开的距离又有多长？每个抉择的背后为何会有留恋，会有遗憾？

或许生活最大的公平在于不把完美交给任何人，在成长，也在淡忘，正如一个都市华丽的夜轻易间便搅碎了一个梦境，让你无处躲藏。

当我们循着依稀的影像去追寻时，我们已然在路上，来时的路不可改，不可往，唯有回望。

十一

一座老房子住在四代人的记忆里。

朱红的瓦片像鱼鳞，层次分明，又浑然一体，让两端跃起的屋脊拉起了一张收获生活的网。

风雨如许，光阴顺着瓦沟轻盈而下，在夏风的柔情中动了春心，滴落在地上，勾出泥土和青草的气息，清新扑鼻。被日光灼干的青苔从潮湿的雨季缓缓醒来，睡眼惺忪。那黯淡的灰色和红色交裹，把一座老房子的沧桑与古朴送入你的眼帘。

门前的兰花倚在墙角沉睡了一个春天，蕴蓄的力量从一簇绿条中抽出一朵花，舒展开了粉白渐变的花瓣，演绎着一场鹅黄的雄蕊与冰洁的雌蕊之间的无声对白。

从老房子的边门走出，在地基而上与墙体而下接壤的地方，一株小榕树破石而出，挺然直立，给你绿色生命的倔强和震撼。

我想我一定是不爱这纠缠的雨季，那纷纷扰扰、断断续续的节拍打乱了心绪。可我无法不自私地占有屋后苦楝树的景致。

生如夏花，在这个你最绚丽的时节里凝视着你。你迎上枝头，张开纤巧的身姿，与绿叶相映，与夏风对歌，摇落了一地的风尘。

风尘向静，美在一方。有人在你的周遭播下了南瓜子，它们在黑暗里微笑，把每一个叶片奋力摊开，把每一道叶脉延伸相连，把每一根纤细的茸毛立定铺满，只是为了迎接破土而出时的初会，贴着你最后的温柔，低诉衷肠。

然而这飘落的风采或许也会有一种悲哀。那树下狭长的方石早在诡异地张望，它承载最后的荣光，更以藏纳的冰凉或烈日的暴虐，永生隔绝了一份轮回的希望。

希望之谓希望，或以眷恋，或以幽藏，亦有淡忘，那便随时光自深自浅吧。

十二

掌一盏独坐的灯，在苍茫的夜色中追想。浪漫，从都市霓虹闪烁的热情瞬间跌落到远村乡野的荒凉，只剩下一份积攒的年华相伴。

年华踩不住身后的影子，容不下生活的恬适，又将出尘的素影毅然丢弃，凡心做作，自向晚去，一头消失在城市街头的雨里。

钢筋丛林的世界里，我读不懂这场夏雨，它似乎潇洒而又彷徨。你抬头看，它占据了天空挥洒自如，遮蔽了眺望的视野。当你低头注视它砸落在地的姿态，它又用激越的闷热笼罩了大地，让人恍惚之间便左支右绌。

掌一盏独坐的灯，借着微光，我看见了斑驳、卑微的自己。

十三

又是一场雨，它似乎来得不着不急。

雨水簌簌而下，雨势大小交替，雷声间或响起，这若无其事的架势里，或许藏着一个别有用心的秘密。

青春不惧风雨与行人已归憩的时空里,唯我占据俨然成了最合乎逻辑的解释。

你说,它酣畅释放,它淋漓展现,哪一滴雨里充满着一丝爱意,哪一个张力穿透的声音里,回荡的不是盛气凌人的宣示?

捅破一层纸看看,那肆无忌惮宣泄的故事里,深藏的也许仅是那幽禁于心底的哀怨与凄迷。

十四

我的睡梦里有一个没有雨季的夏天。水田泱泱,稻谷金黄,挥动的镰刀一片锃亮,收稻机随着起落有致的踩踏呜呜作响。

聪明的庄稼人把一天的时光掐成两端:晨光熹微与暮色初合。他们钟情于田野,汗水滴落在田里,随之溅起的泥水裹上裤脚;转动的滚筒惬意地收下成熟的稻谷,留下青葱的稻秸,拥抱大地怀里最后的温存。

烈日炎炎,在屋顶的大石板与水泥的路面上,一次次条理清晰地翻动,金色在流淌。晚风轻扬,敞口的簸箕在手中反反复复摇荡,落下一片一片,在风的方向里欢乐地歌唱。

十五

我将自己放逐在无人的荒原,把目光投向未知的远方。

风从身后飒飒刮来,越过脊梁的高度,摆弄一头凌乱,恣意地掀动衣襟,轻佻而又放荡。

暮色凄迷,枯草遍地,左脚与右脚的距离对证了最初的站立。

我期盼着鸟儿飞过,好能沿着它飞翔的轨迹,一步一步踏开路去。

一股苍凉不知何时已挤进心里,压住了喉咙,让人发不出一丝声响。也许沉默,才能与那即将来临的夜静静相对。

十六

犯不着纠结过去。来来往往本来就是一种生命的韵律。结局既然如此,不管什么样的路都没有理由回避,该做的就是迎上前去,小心翼翼地拨开荆棘,寻觅那朵雨后安宁的蔷薇。

夜

夜，或许有灵性，拥有与生俱来与人的情感交汇的柔情。不然她为何总让人向往不已，纷至沓来于其下呢？

华灯初上，那些最高等的生灵开始演绎着生命的不同乐章，夜的柔情便潜伏在每一个行者的身上。匆匆而过的方式，总习惯忽略这一份情感。于是，夜或寄予风，或寄予雨，或以嚎呼，或以低吟，或以沉默，致情致意。

风疾驰而来，以其粗狂，不可抵挡地让奔袭而来的悲怆大声喘息，于间隙钻窜悲鸣，于空旷之下随性而至，酣畅淋漓，寄予最了然的胸臆直抒，其行若决堤之洪；或以瞬间柔弱的低吟，随处而行，轻点悄击，似山涧之缓缓，河水之悠悠。情之所至，收放之间，宛若诗歌，或以豪放，或以婉约，有大家的豪气与大方之物的壮美，又有江南小家碧玉的古典与雅致。

雨潇潇而落，但并不能阻挡人们的脚步。我们在屋外朝着一个个心中的快意前进。夜，唯以雨，不予褒贬，赋予了最深沉而安静的观望。我们之间的闲言杂语，甚至充斥在耳畔的各种细碎的声响，和雨声，都仅成了这天幕之下的一个渲染，一切尽在夜的沉默之中。

有声时的无声，以其韧性、广度和深邃抵达了心灵，这恰似小说，每一个情节的延伸，攒动思索的力量，在不断的自然中展现了主题。然而更确切而言，这当如散文，可能是细致优雅的描绘下深藏的情意，也可能是无心插柳的自然流露，更可能是情之坦然，随物而情，臻于无形无相，须读者慢慢阅读，悉心品味，至于情志相投之时，达于身临其境，方能领会其中各味。

夜之高超，夜之美妙，让有心人如同泛舟于文化之长河上，永远有领略不尽的风情。但一路的丰腴和骨感相互触碰，我们在自觉中开始无处遁形，与柔情相异显像。

或以灯火通明，在灯红酒绿之下，浓妆艳抹，粉墨登场，多了一份喧嚣与热闹，多了一些狂欢与跃动，多了一些从心的张扬和直接，多了一些肢体的肆意与记忆的空缺。短暂的时空，做一个激情四溢、热烈无限的漫游灵魂，不知所终，不知所谓，或许这才是真实的自己。

最好夜永远点亮，让人不知道什么是黑暗，可以忘却寂寞，忘却生活的空虚，忘却那些拘禁灵魂的生命姿态，尽情自由地享受生命的随意挥洒。

如若不然，那么夜最好永远安宁。岑寂之下的安守，让人远离了漂泊不定的恐慌和不安，气定神闲，悠然而居中多一份安闲和平静，多一些平和与淡定；远离锋芒毕露后的躁动、乖张和另类，多一些超我的内敛和含蓄，多一些人格的制动与心灵的丰富。有限的平台，做一个灵魂充实、从容淡定的安适生命，方向在前，人生在前，或许这才是我想要的自己。

夜啊，读不完你的篇章，多想真切贴近你的灵性，可你依然如故，以每一种姿态、每一种形式，鲜活微妙地转变，诠释生活，映照出人生。

随笔二则

假如清风不解明月，青绿不垂荒山，绿叶不衬红花，秋风不舞落叶，哀鸣不传空谷，白浪不逐细沙，沙鸥不爱碧涛，那么柔情伤逝，生机黯然，鲜艳无趣，诗意消散，寂静孤单，闲逸不再，优雅不复。

可是，再多的假如，世界依然是一个世界。

一个梦

我们都曾是一粒种子，从春天万物的开始中，寻找生命的萌芽。

阳光、土地、水分，孕育了我们的梦。

春风春雨中，我们的梦破壳而出，纯净、清新。于是，我们稚嫩地张望着流光飞声、五音杂陈的世界。

可是，我丝毫不想在春天的盎然中停驻，生命的歌穿越夏花的灿烂，绕过秋果的馨香，我在梦的征途上，寻找生命所能抵达的最渴望的季节。

几十年来，我总以为秋天是我心灵的栖息处，是我人生思维的一种默契，于是总习惯寻找秋意，敏锐地感怀。在秋的季节中，晨风暮雨、黄昏夕阳、落叶……有时那么惹人深思，有时又总能让自己的脚步与心灵停下来休憩，或投以恣意的抒咏，很多时候是那么使人情不能自已。

然而朦胧诗意、触景生情，更多是浪漫主义者的情怀，在面对生活的现实时，很多便落入了那种大悲大喜的极点情境，呈现出一种更高或更低的落差，所支撑的也是一种极端的思维。

唯有冬天，以其冷峻，以其深邃，献以悲壮、雄伟、肃穆的气魄。

从秋天到冬天，不仅是一个时间的变换，更是一种人生境界的穿越。

当我们伫立在深秋，一次次在丰收后品尝人生的喜悦，同时也开始在培养着一种适应成就的习惯。因此当面对冬天的萧索时，我们不愿去泥土之下寻找生机，我们在视野的荒凉中，继续着我们对于冬天的不满，甚至给予内心失衡后的最大怨恨。

可是没有冬之深藏的蕴蓄，何来阳春的萌动呢？在面对新的成就之前，冬显然更沉稳内敛，更谦逊，更低调，这展示的不正是一种独特而真切的人生吗？

生命自然的终结若可以选择季节，我期望是在冬天。黄土荒凉，没有"落红情怀"，也愿以一炉躯体之烈火，驱散眷我者脸上的悲寒，温暖那将继续行走之人的身心，岂不更快哉？

拥抱冬天，在一些更笃实坚毅的品格中坚守自己，也许将温暖整个人生。

不如忘却

生命的鲜活，不外乎铭刻和忘却。若与选择，不如忘却。

困兽追求生命挣脱的自由，那是因为它们关注了樊篱的存在；游鱼于涸泽中的消亡，那是因为鱼与水的永生诀别；红花绿叶的交相辉映，绝不是色泽的自恃，而是彼此浑然一体的融合。

倘若仅有落叶，那些消逝充其量是别枝之后生命的陨落。正是秋风的情怀与其相拥而舞，才有那般诗情画意、触人伤怀的桥段。

而人生，大抵也是如斯的忘却，才能不为欲念所累，潇然于生命各个阶层的历练，成就生命之释然。

一直以来，总喜欢感物悲人、叹事伤情，那不正是自我生存的一种关注、一种束缚吗？历史的烟波浩渺中，多少仁人志士忘却羁绊，在洒脱之中尊重了生命的价值。

让那五斗米的富贵黯然，在南山之下，多少桑麻尽付酒欢，采菊，赋诗，于宦海之外的忘却中，做一名悠然隐士，坚守一份高洁，在桃花源的尘世超脱中，给予生命最大的自由、洒脱与宁静。

颠沛流离又如何？草堂之下，虽秋风卷去三重茅，门沿独立，然忘却我身，寄予自我之外的呼唤，待到世人广厦的安适，将个人的渺小淡化，以完成生命高尚的涅槃。

三朝恩科，宦海沉浮，一生碌碌，都成岁月，四处颠簸，钟情在那边远小镇，以一个至诚者之心，诀别名利，随遇而安。结友书画绘人生，虽无竹之高升，然却少不了那清瘦的朴实，得个"难得糊涂"的清逸，于淡然之中聊以慰藉。

弃医从文，辗转南北，将一腔热血付于良知，忘却生死的恫吓和迫害，正视淋漓的鲜血，直面惨淡的人生，以各种身姿，谱写一段灵魂安然的乐章，将最真实的战斗进行到底。

……

历史的长河，我无法跋涉，但是我愿意虔诚地聆听与凝望那一段段不如忘却的生命真谛。

暂且冥想

台风鲇鱼已跃身而过，沿海的浪涛依然拥着海滩的细沙，翻卷出残存的威力。预期的平静尚未来临，冷空气便来袭，浩大的夜空笼罩着不见月亮的寂寥和冰凉。撩不开的云层兴许包裹着月光，黯淡地注视着脚下的这片土地，冷漠的气氛从海边一直蔓延到城市中。唯有那些静静站立着的昏黄的街灯，散发着一股尚未完全消去的温情。

在这座城市的某个片区，一支拆迁工程队还在施工，三个穿着和夜一样颜色服装的人，围着一个被风吹动着的火堆正在谈话，他们的身体伴着机器撞击的声音在冷风中不时地晃动着，那节奏和跳跃的火苗极其相似，有一种莫名的美。设若没有这样的一次拆迁，我是断然遇不见那个场景，摩托车也只会朝着目的地奔驰而去，谈何斟酌这种心境。兴许，那已过的三十多年，便是那般浮光掠影而过，多的只是一种匆匆的感觉罢了。

近段时间，一些拆迁的影像不断地上演着，仿佛有种力量在刻意强化着某段记忆。成片的房子，无论是新楼还是旧宅，不论是高大的楼房还是低矮的瓦房，都挡不住现代文明和时代机器连续猛烈的冲击，轰然倒下。掉落的水泥板柱在钢钻头的重力撞击下，凝固的形态迅速被粉碎，裸露着钢筋和水泥曾有的交融、默契。之后，钢筋如稻草一般被扎成一捆一捆，被晃晃悠悠开进来的卡车心满意足地运走，且一并抹去运输历程那些滴洒漏的灰色痕迹。

而今，单位的四面建筑纷纷倒下，单位几乎成了孤岛，而大院的树木却平添了一种赫然挺立的威严，搅动着那片白天与黑夜无异的荒凉。

一些瞬间已经凝结成一段历史，或隐藏在一些人不经意的岁月流逝中，或被悄然掩埋到觅不着的深处里去了，可总有些却能使你为之一振，给你一切如故的安然。

通往单位的小路有两座小桥，第一座小桥旁长着几丛翠绿的竹子，竹丛的右侧便是一条小溪，溪水淙淙向东流。一些干枯的竹叶顺着溪水穿桥而过，和溪水相邀前去欣赏小溪畔油然的田野风光。小桥左侧的小溪有一约半米深的地段，那里时有小鱼自我地游动。曾两三次碰见几个年轻人拿着筛子和渔网，在小溪水中小心翼翼地走动。待到筛子被提起时，时常可见小鱼的不安在筛子之上翻腾。

最让人回味的是有一次中午偶遇一对驱车而来的中年男女。只见他们从车的后备厢取出钓鱼的工具和板凳，悠闲自如地将鱼钩放入溪水中。鱼竿和水面形成了一个以他们的座位为顶点的夹角，仿佛这夹角想夹住生活的什么。而被搁置在一旁的小红桶和他们静静地等待着鱼儿上钩。不知他们是否收获了那一段时光的期待和青睐，然而于这城市的变迁而言，这种日趋陌生的闲情逸致却仍然引人怀想，让人如同沉浸在童年那懵懂而欢快的时光。

时已子夜，于我，适合静静地冥想。

简单地快乐

最近常回想起以前的日子，心神似落水的浮标，随流水起伏而不由自主地晃动。眼下这段新开启的生活，似乎又在某个时刻将生命掏空，完全隔绝了人生偶尔应有的闲适和耐性，浮躁不安与失落如潮而涌，徒存一具附着虚无缥缈心神的沉重躯体。

此时此刻，大脑最想完全置身于儿子拾起枯叶时那天真稚气发问时的语境中。那种气息和轻音乐尤其是宗教音乐，有种无缝契合的纯净、自然。记不清多少次，在那轻浅起伏、和缓转接的韵律中，一个安全放松的磁场将我慢慢融化。

晴天的夜晚，从七楼的窗台俯瞰，广场之上，一群女性随音乐节拍欢快转舞，周边道路车水马龙，在她们华丽的转身之间，似乎又匆匆而过了。间有路人，驻足观望。一群舞者，一群看客，他们微妙地联系着，成了我眼中平静的风景。下雨时，望不见那些光景，心湖之上却又未能击起涟漪。呵，夜的精灵时而潜伏，时而骤然闪现，让你寻思着去捉摸它，又蓦地坠入和很多人的生活暗相吻合的苍茫之中。

我所暂居之地，据说是这个城市最热闹的地段。夜幕未落之时，常见车流交错、人行簇拥。而此时，街灯亮堂堂地照射着道路，看着眼前的路从白到黑变更。两侧的楼房整饬排序，底层的商铺虽暂时没有了生意的来往，但装潢的彩灯孜孜不倦地闪烁，以光电的渐变吸引着迷离的眼球，也将一栋栋高大的建筑物明朗地切开，分隔出上层的夜，供人们在黑暗中休憩。这夜的意境即便笼罩了一切，也不去完全占有，一半留给喧闹去放纵，一半留给安静去坚守。

离开那片熟悉的土地已近三周年了。每当置身于人潮攒动的熟悉街头，内心不知为何总在迫切地寻觅一个未知的方向，以至于最后窝在宿舍才能暂时感受到简单的安全感。

这应该是一种病态吧！好像有种见不得光，甚至隐藏着不可为人知的阴暗，在隐隐作祟。喧闹及其背后，是否有一片属于停泊自己的宁静所在？

静下心来时，我曾问过自己，一个人如果失去了一些自觉重要的精神支撑，生活将会是怎么样？我不知我是否已如此，但总强烈地感觉到徘徊，甚至游离在一种不能预测和难以把握的状态。闪烁的装饰灯装扮出了一种夜的鲜美，也映出了我内心的惶恐，我开始有点害怕起自己来了。

成长似乎已经在我的心上画上了多道线条，我没有艺术家的审美情感，总觉得它们杂乱无章，想将它们分明辨开，可它们如茧，即使抽开了线头，却又暗藏着断裂的危险。

朋友说，精神的智力障碍者是世界上最幸福的人，阿Q就是那样的人。我想从辩证的角度去反驳他，然而现实的骨感让我的辩词显得苍白无力。因为智力障碍者的身体让他们知道饥寒时便求取温饱，困倦疲惫之时便休憩；智力障碍者不懂得太多的悲伤，而他们会表现直观的快乐。终不必如我，要学会强颜欢笑，要懂得掩藏快乐与愤怒，要尽力将自己幽囚在体制的高度下，风尘女子般地违心应和与卖唱。

很长一段时间以前，会为涂写几个文字而获得阶段性的踏实。而今回看，我无非在一个时段内，充当了几回文字的过客，以偶遇中稍纵即逝的快感来短浅地满足自己。这有点像那些猥琐的性冲动者，在街头巷尾，偷瞄那些晃动的异性美腿，借以自我意淫、自我感慨罢了。

我也曾附庸风雅般地拜读过诗人的情诗，隔着优美的文字帷幕，聆听着他们爱意拳拳的表白，臆想爱情瀛台里空灵曼妙的生活。

遗憾的是，我终究不是诗人，不懂得用爱情的情怀来经营与拥抱生活。

那便随波逐流吧！在生活的大浪潮下，不是也有很多如我一般被少数人的生活挟裹着，朝他们掌舵的方向行走的吗？何必多出顾影自怜的姿态？何必陷入伪自我挣扎后又无济于事的思想泥潭呢？都是一遭生活，不都是从生开始，至死终结吗？

行走的每一步中，如果有合法的快乐，暂且别管是自愿还是强迫的，便或可愉快地尖叫着、享受着。

我思故我在

法国哲学家笛卡儿曾说："我思故我在。"带着多日的烦闷，我思考着这个颇多是非的观点。

宿舍的后面围墙外有一片田地，不远处有一个渔场，稀稀零零的渔场厂房仿佛被人搁放在堆满坟墓的小山丘和那些田地中间，不知名的野草和小树相互依偎生长。望去，整片土地自南向北斜斜而上，如同一个安稳的楼梯，可拾级而上。

前几天，有个农民驱赶着一头老黄牛，在田地上来来回回地翻转。那牛不紧不慢，在一种悠然的情趣中迈着脚步，时而低头吃吃地里的杂草，时而翻出一些新地，那一畦畦地整齐地分布着，似乎给这春日的宁静平添了一片生气。

正当你安静地品读这寂寞的风景时，雨突然下了起来。阴霾的天空中，细雨交织出一派朦胧，渐渐地，雨越落越大，像是天公正倾泻着那多日的沉闷，看着急落而下的雨，我的心中却漾动着一股酣畅淋漓的快感。

还是窗外的那块地，还是那头牛，不过早不见主人了。只见得那牛毫不着急，轻松地站着，在雨中显得安静祥和。也许应该把它喻为老者，在生活的风雨的侵袭下，它依然选择生命坚定的形式，沉默着，泰然处之地对待生活。

这个的情景让我想起了上个月的一个场景。

那天是周末，天下着小雨，在送女友回家的途中，我看见几匹棕褐色的马，有的埋头吃草，有的悠闲走动。但有一匹马让我印象深刻：它就那样在雨中静默着，好像整个世界的风景只剩下它眼中那一抹光亮。

我很纳闷，难道它在思索？

家门口有一棵老树，大概有二十几年的树龄了。孩提时我们就曾在它的身躯下玩耍过，直到我家搬到它的旁边，它成了我们兄弟亲切的伙伴，也成了我家最忠诚的守卫者。

几十年的风风雨雨，它越发青黑。记不得多少个夏夜，蝉儿们曾在它的枝头高歌，那画面伴着漫天的繁星在童年的梦中闪闪发光；鸟儿将巢安在它的树梢，调皮的弟弟还在屋顶用竹竿骚扰它们的欢快；豢养鸡鸭的圈棚就在它的身畔，不知多少个惬意的午后，成群的鸡鸭懒散地在那儿，快乐地聊天……

那一次回家，我却只看到了低矮的树桩、皴裂的老树皮，以及那一圈圈如同残破旧事的年轮。看不到它的枝条迎风而动了，拾掇不到满地的树叶来当柴烧了，一切在生命的轮回中只留下了句号般的树桩。

可在心灵安静的片刻，我分明感觉到了一种生命坚韧的样子。这不正如同那1984年仙逝的贺子珍一样，作为伟大历史的见证者，她却只选择了沉默的方式来完成了一生。伟大的人物可能有伟大的灵魂，可卑微的生命亦能在平淡的生活思索中探究自己。

连缀的片段编织成一片，那零乱的堆排已然超越了文字，积压在心中很久的郁闷找到了微笑的理由和方式。

　　谁的人生不用画上一个句号呢？阿 Q 在画押时还尽心尽力地画好那个代替不识字的圈呐。

　　生命表现为不同的形式，而对于生活的种种思考，是否也因此寄寓在那些不同的形式上呢，是否也因此肯定了生命的存在和价值呢？

　　无法探究的答案，我终究只能付之一笑，然而我坚信，有时那种沉默是一种生活不简单的方式。

我想沉默

> 记住和遗忘，没有声音，有的只是心灵的触碰。
>
> ——楔子

单位宿舍的二楼住过两个老人，她们年龄相仿，都在花甲之年，一个是同事的母亲，一个是同事的岳母，她们都是来看护同事的四岁的小女孩的。

关于第一个老人的记忆，想必在她离去之后，我开始淡忘了，甚至日见模糊了。成为印象的是她对我那一脸浅浅的却带着害羞的笑，还有婆媳吵架后那低低抽泣的声音，一双哭红肿的眼睛，以及静静望着天空的姿态。这个老人，和我们一起在二楼生活了两年，后来回家再也没有见到了。

而今眼前的这个老人大概是半年前来的，她第一次的出现，吓了我一跳。那时我感到后面一股冷冷的空气，转身看见了她一张"米"字形的笑脸，两排皓齿伴着咯吱咯吱停顿的笑声，着实让我生出了几分畏惧。

后来我们在同一层楼做饭，我心里好像难免滋生出几分恐惧。很多时候，我去厨房做饭时，她总发出那种咯吱咯吱停顿的笑声，以至于我对她的称呼，没有像称呼先前那位阿姨那么亲切顺口了。而心中藏匿近二十年，那种夜深之时，在村里朋友家看完僵尸片后，一个人穿过十几道小巷，迅速跑回到家，盖在棉被里的战战兢兢的感觉，突然回来了。

很长一段时间，我就经常保持着一个人安静做饭的习惯。每逢周末，同事一家总是外出，阿姨就一个人待在家里。在厨房做饭时，经常能听到阿姨唱着自我欣赏的《妈妈的吻》："在那遥远的小山村，小呀小山村，我那亲爱的妈妈已白发鬓鬓……"在歌声的节奏的间隙里，一种花甲之年却全情投入吟唱的悲的低沉，撞击着我的耳膜。

于是这种奇特的感觉让我不得不写起了和她相关的另外一些文字。

同事带妻儿周末外出有时没有回来。等到晚上我在走廊吃饭时，那个阿姨早就已经吃完饭了。于是她总喜欢在旁边观看，不时冒出几句"菜做得好看又好吃"之类的夸奖之词，而我只是随意地应和着她。有时她又会唱起那熟悉的《妈妈的吻》，边走边跳，简直像一个小孩子。我突然发现，那时二楼没有灯，黑灯瞎火里就只有她来来回回的童稚般的跳跃，伴着一跳一跳，我的心在喉咙上下跳动。

现在，心里还是有那种诡异的感觉。

有一次，同事家里只有她一个人，我从楼上走下来，看见她正和小猫在玩耍，嘴里念念道："猫啊，猫啊，你要快快吃饭，快快长大……"一见到我的出现，那种关切的声音戛然而止。片刻之后，她叫嚷着："这些猫很可恶，又来偷吃了，我赶它们走，该死的黄猫子。"之后，一连串地追赶，猫儿们似乎无所遁形，四处逃逸。我怵住了。

某个晚上，同事去开家长会，留下他的女儿和她在家，谁知他的女儿竟号啕大哭，一直叫嚷着:"我要爸爸,爸爸……"她安慰小孩说:"外婆和你下去玩。"

"不要,我要爸爸!我要爸爸!"小女孩用童心天真地喊叫着,"不要,不要,就不要,反正我们待在一起的时间也不会很久了。"这时,她转过脸,用我很熟悉的姿势仰望着天,黑暗中我无法看清她的表情。

一会儿,小孩还是哭声不止,她转过身,开始手舞足蹈地讲起牛郎织女的凄美故事。那个故事的版本和我所知道的不一样,尽管是断断续续,然而还是暂时止住了小孩的哭声。或许是因为语无伦次的说辞与遥远的陌生事物,小女孩在一小段时间之后,继续哭喊着要爸爸,但我似乎在其中感受到:年幼的小女孩在用自己的哭声抗议老人凌乱不堪的讲述,甚至张喊着一种对诓骗的理解。

这个场景让我想起了孔乙己。

孔乙己,落魄,穷苦,最可悲的是零余者,以致他是以笑料的身份出场的。世人中,他的思想中仅存一个倾诉的对象——孩童。但是,他还是无法逃避被打击、被蔑视的命运。当他准备向小伙计讲解"回"字的四种写法时,小伙计只是报以"愈不耐烦,努着嘴走远";邻居的几个小孩在孔乙己被嘲笑的声响中赶热闹,盯住了他的茴香豆,在分食了茴香豆之后,又在笑声中走散开了。

从始至终,孔乙己只有自己的心听见了自己的渴望。

是不是一条模糊却凝重的命运之绳穿越了时空,将他们紧紧串在了一起呢?

昨天刚看了一个学生描写的生活片段,笔下一个生活的老渔者,左手提着渔网耷拉在肩上,右手还拄着一根木棍,一个一瘸一拐的背影,在深沪狭长的古街上缓缓离去……

一个意外的生活瞬间,他捕捉到"还有多少这样的人,在困顿中挣扎着呢"的感触。然而在我的印象中,那些背影,已经如同古街上的青石,被穿梭来往的人踩得光滑了,只是有谁还会记起它们在脚下呢?

很多事,已经属于过去。我们开始谙于自己生活的关注,开始习惯遗忘。然而,我们有时遗忘的却是他人的整个世界。

倾听一种声音

夏天是一个属于倾听的季节，晴朗的夏夜是一场无可言喻的飨宴，总能听到一些饶有韵味的声音。

蟋蟀在草丛中浅浅低吟，青蛙在田间激情奏乐，甚至那不知名的夜鸟也为它倾力嘶鸣，一切似乎都为了诠释这欢悦的和谐，尽情地演绎出各种美妙的听觉效果而存在。

全然不知那夜鸟的鸣叫何时又在去年的记忆中响起了，但我想那一定是个会心的约定，不然不会那么默契、那么坚决、那么清晰，仿佛张扬着一种无可抗拒的力量，也好像在诉说着一段鲜为人知的残破旧事。

这种谛听属于宁静，而静谧之中总又浸透着那种无可把握的凝重，远不如海鸥之歌来得沁心。

海鸥斜掠过海面，像是天空划过的一道光明的闪电。飞翔的姿态沿着海岸线一次次折叠，把对大海热烈的情愫，借着浪涛与礁石的私语，一次又一次地扩散开，传递出无法掩饰的享受。柔柔黏黏的海风煽情地扬起，从少男的耳际、从少女的发梢吹过，那声音留在他们嘴角彼此会意的微笑上，开出了甜蜜的花朵。

这种倾听属于投入，让心灵搁浅，最适合一个人的回忆。那些东西明明被甩开了很远，一个不经意，那悠远的感觉恰似耳畔回响的海天之音，陪衬着闪现的场景，一波一波随意翻滚。

那个繁星满天的夏夜，村落旁的水库堤坝之上，一个少年潜伏在夜的梦中。徐徐吹拂的夏风四处游荡，掀动着那些最柔美最轻和的音符，把眼前的一切悄悄催眠。

俯瞰。参差不齐的房屋无序安适地卧着。大地摊开她那母亲般温暖的双臂，把它们轻轻地揽在怀中。此时它们宛如一个孩童，在母亲适的臂膀里，在夜梦的恬静中，安睡着。

夜的曲子，母亲的哼唱声，孩童的呓语，此刻都属于倾听的耳朵，缓缓地飘近了少年的心中。

我们在倾听，其实我们不只是听客，很多时候我们也成了一种旋动的声音。

噼里啪啦的拍水声，相互追逐的打闹声，激扬的吼叫声，愉悦的欢唱声，甚至一个人的呢喃之音，还有无数我们制造的声音，都在被聆听。

于是，鱼儿游开了，去寻找自己的梦境了；昆虫藏匿起来了，守卫它们生活的安乐；树梢的鸟儿惊慌失措地扑着翅膀，飞向不知名的远方；一个个注视的眼神惊奇地朝你撞来，打破了他们原先的关注；兴许草丛中的虫儿听到了你的哀叹，也不禁悲鸣起来，与你共和，彼此慰藉心灵。很多时候，我们一直生活在倾听与被倾听的交集里，简单地浓缩成了一种被倾听的声音。

然而，我们还是习惯了忽略。

没有一个季节没有风，没有一片土地上没有声音。用心，哪一种声音不能够被倾听呢？用心，哪一种声音不渴望被倾听呢？用心，哪一种声音不能够直达心灵呢？

或许，每个人，在与时间捆绑的人生之路的跋涉中，都从未停止过寻找倾听。

生与死的悲歌

经过近两个小时的舟车劳顿，我回到了老家。

如果不是因为事情的变故，我想我还会在单位待着。当我一脚踏进A兄的家时，我隐约能感到那种凄凉。义嫂今天悬梁自尽了，而现在这条绳子同样也将这个家死死捆住。由于刻意地用力，家支离破碎了，剩下还未满周岁的阿珠的哭声。

在这个世界上，的确会有一些人事让你措手不及，今天S的死便掀起轩然大波，让很多人没有招架之力。S的丈夫——A兄，当我踏进屋里，他和他妈妈都几乎无法动弹地躺在床上，他的手上还留有打点滴时针头刺进血管的血迹，床下散落着几瓶药液的空瓶。A兄见我到来，尝试地想坐起来，我赶快奔到他的床头。那曾经握过成千上万次的手比任何时候，更紧地握在一起。眼泪顺着他略见肿胀又带着瘀血的眼角迅速地滚落。他用疲惫的声音重诉着今天的境遇。

在开车的他突然接到家里的电话，闪烁其词的电话让他迫不及待地开车回家。一路上，由于车速和精神的分散，几次差点儿酿出车祸。当他跟跟跄跄地冲进家门时，岳丈一巴掌狠狠地盖了过去，仿佛东南亚的海啸就在他的面前，铺天盖地地朝他劈了下来，不设防的面对让他重重地撞在地上。接着如雨般的拳头和皮鞋迅速地淹没了他，不知多久他便昏厥了过去。他的妈妈也有相同的遭遇，他们都在慌乱之中被别人拉了出来，好长时间才醒过来。这才有了刚才在他手上的发现。而对于突如其来的待遇，我无法在他的眼神中发现不满，反是多了几许的忧伤和疲惫。

他继续沙哑地讲述他所知道的细节。七点多时，A兄上新厝开车去载客，路上他打了好几通电话给S，只是S一直没有接听。在对别人承诺无法分身和对爱人牵挂的情形下，他给堂妹打了电话叮嘱她去陪陪S。可谁料到，大概早上八点多，S给娘家打了电话后，便自缢了。她娘家的人匆忙从老家赶来时，S的身体已经没有了温度。娘家的人慌乱地将她接下，七手八脚地进行急救。有的忙着做观念中的人工呼吸：打开S的嘴，从她的嘴里吮着气体；有的认为应该把人抱起来，手脚拼命地甩摆；有的则用力撮死者的躯干；有的忙着挤压她的心脏口。各式的抢救方式如同热闹的菜市场上的东西，尽力地摆设施展，但终究无力回天，S的生命宛如昙花一现的短暂，二十八岁的青春年华，在晨曦的光芒还来不及温暖大地的时刻，悄然而逝。

生命仿若草芥，长在自然的时空中，经历风吹雨打的洗礼，还必须经受随时被践踏的磨炼。在这场无法理会将折磨多少人的事故里，许多人就是那样生活着。S的娘家人第二天意料之中来了，气势依然汹汹，俨然巨浪滔天的狂烈。A兄和他妈妈还卧在床上无法行动，药液随着导管一点一滴地流入他们的体内。S娘家的人一到，便利用怨气和人为的欺骗闯进去，恶狠狠地拔掉吊瓶，并且幻想继续昨天的悲歌。村里人见状，都形成了统一战线，共同御敌。场面是控制住了，S娘家的人依旧嚣张跋扈地将世间最恶毒和农村司空见惯的直指生殖器的流行骂语，赤脖子地悉数泼出。我想《九品芝麻官》里的最厉害的骂嘴周大演员也只能望洋兴叹，自叹得五体投地。

在这种如此不良的场合，你会知道长者为什么是必须被重视的。年长和有威望的人自稳住各方的人事，一同坐下商议。S的娘家人提出了许多的条件，其中有将生者（A兄和他妈妈）抬至死者的身旁，同休一床的强烈要求；还有追究死因和生者的责任；此外还有若干经济上的理系……大抵有十几项横竖都必须执行的要求，作为书记员的我，除了听清写好之外，许多东西带给你的联想你要有意志力去视之无物，单纯得只知道文字的堆砌。那时，自我强迫的工具性会让你更清楚"苍白"对于生命的定义。

3月15日消费者权益日那天，死者出殡了。S的娘家的做法让消费者的权益得到淋漓尽致的发挥，铺张的要求得到强迫性的兑现，就连未满周岁的女儿也按要求行孝，只是她的哭声对于那拥挤的人潮声而言是那么微不足道。连着长长的送葬队伍，西洋乐队的利益表演和着真假难分的哀号声，在这个只有六七百人的小村庄上空，酝酿着生命风光收场的挽歌。

我们是导演，我们是演员，我们是观众。那还有谁是生活的零余者呢？

殡仪车有目标地缓缓而行，它的影子逐渐拉长。天空下，我望着它从我的视野消失，一脸漠然地伫立在那儿，阳光也渐渐拉长了我的影子，只是我身后的那片，是阴影，还是阳光呢？

夏夜，和君子兰一起唱歌

单位宿舍区又停水好些天，同事们"八仙过海，各显神通"地取水，几近各啬地用水，似乎这个夏天在考验着我们。

这种情况，在今年已非首次，两次的断水时间估算起来有三十多日了。

当时，正值江南梅雨特别多情之日，有时天气过于阴晦，有时雨下得让人迷糊，天和人始终无法逃脱那种施与得的尴尬境地。

刚刚骑摩托车去办公楼洗完澡，顺便带回一桶水，路上那水好生调皮，不断摇晃。回宿舍时已一点多了，胡乱收拾寝室，又将宿舍内的君子兰搬到走廊去吸取天地精华，可是仍毫无睡意。索性提张凳子去与君子兰做伴，一起领略有海风缠绵的夏夜的宁静。

见不到皎洁的月亮，只得通过飘浮的云隙望见几颗寥落的星星。白云偶尔随风而动，在深蓝的天幕中闲走，捉迷藏的星斗时隐时现。

不多久，云儿们纷纷退出这片浩瀚的夜空。从地处工业区的宿舍楼望出去，几支烟囱毅然直立，悠然自得，不断缓缓地吐出白烟，被吹来的风拉斜向东。

张大眼凝望，幽蓝的夜空是一张伟大的画布，宽阔无比地包容了一切。镶在天幕上的星辰是醉人的眼睛，闪闪而动，那烟囱和白烟一点也不寂寞，和它们交相映衬，勾画了这个夏天深夜里的安睡图，那么恬静，那么优雅。

心不禁感叹起来，无聊的打发却成了一种情趣，真是"无心插柳柳成荫"，甚至连身旁的君子兰也让人多出了几分感悟。

盯着君子兰看，宽大肥厚的叶子左右开工，所有的叶尖都不约而同地向下生长；叶子靠近根部的部分相互靠齐，排列成一段短小厚实的茎，朝着根的方向延伸，一同埋头扎进了盆内的土壤中，整棵君子兰形成了自上而下连续倒立的人字塔。

君子兰，我共养过三棵，确切地说是买过。其中两棵除了买来他处摆设之外，几乎未曾亲手浇水养护过，只有这棵还安然独存。

第一棵君子兰已不知所踪，连记忆也搜寻不到半点碎片。第二棵君子兰曾被用来改善工作环境，一时内涵大增的需要在几个月前几乎成了无谓的遗弃。被信手剪去八九分，残存的底部寄养在别人的门前。经过一两个月，或许是有人的呵护，竟长出几片油绿的新叶，长短相异的背后，那种隐约的孱弱还未曾完全褪去，还能让人滋生出一种对它的哀怜。

如果不是晚上的百无聊赖，又怎能让我对眼前君子兰生出几分感触呢？

在村里，我见惯了水稻成熟时的谦卑，而今细细思来，君子兰不也是有这种韵味吗？

眼前的这棵君子兰两旁的叶尖一律朝下，像是训练有素，让人敬畏。正是它本身的宽大肥厚才让它支撑出独特的生存姿态。

那些叶子两边倾斜，没有一片例外地直立于中间，仿佛没有一点刚毅。然而对于人，无论是在单位，在公司，在无数个地方，我们都需要自我抉择，人为或非人为地站队吗？

整齐倒立向下、短小劲直而又厚实的根，沉默于土壤之中，那种坚定的气节，又何尝不在君子兰身上熠熠生辉呢？

　　现实的生活，利益的权衡，在意识层中，有些人或左或右，而更多站于中庸之上，更有甚者是两边倒的墙头草罢了。

　　没有君子兰的洒脱，没有君子兰的自然，没有君子兰的无畏无求，简单看来，我就俗人一个。

　　一个偶然的夏夜，一棵小小的君子兰，带给我一些切切的生活思考。在这一堆思考的背后，是否我们需要积极去建构蕴涵独特、真实自我的生命格局呢？

鸣

那夜,有雨。

熄了灯的宿舍,除了手中的香烟,什么都安静了下来,黑暗在烟头之外的每个角落游离。那时,那个鸟鸣如期而至。

自搬到三楼,在深夜,我总能听到一只不知名的鸟的悲鸣,那个声音持续了很长很长。在秒与秒的空隙之间,那种哀鸣被挤压得异常的低沉,在子夜的岑寂之中却透着简洁的力度。仔细谛听时,不难发现,在一个悲鸣停顿的节奏后,一切戛然而止,凝结的瞬间仿佛等待着下一个鸟鸣声的响起,然而这一瞬间,是寂寞的。

小时候听爷爷说,他养了一只八哥,那鸟每每饥饿时就会叫喊爷爷的名字,爷爷总会很高兴地给它喂食。后来,爷爷下田去劳动,八哥也跟着飞去,在田中被别人用鸟枪打死了。我不知道,那鸟当时是否会惦念爷爷,但是我想那时它一定发出了在世间的最后一声鸣叫,想必那鸣叫中有种悲的情愫。

后来,三叔在住的房子的西边边房的小天窗上养了一群布谷鸟(后证实为麻雀)。我们这些小鬼总喜欢顺着长长的木梯爬上去观望,每次几乎都遭到三叔的恫吓。他告诉我们说,鸟怕生,再上去看就揍我们。而今我回想起,在木梯之下的我们渴望看看鸟儿的样子,似乎忘了去欣赏它们那份一梯之远的欢快。

过了一个冬天,鸟儿突然再也没来筑巢了。小天窗上,有空空的风,和透过天窗琉璃瓦的阳光。

三叔在爷爷退休之后接替了爷爷的工作,那年他二十四岁。在他工作的几个月之后的一个夜里,他突然和飞去的鸟儿一样,再也没有回来了。奶奶号哭着,爷爷老泪纵横。没有人知道他去世的那晚,为什么他还吹着笛子,是不是和午夜的那鸟一样?

三叔去世三年后,爷爷因为脑出血在床上躺了一个多月,也走了。那时和爷爷一起睡的边房里只剩下我一个人。在很多夜晚,我不能入睡,我总莫名地感觉到春天小天窗上的鸟儿轻快的叫声,三叔的骂声,还有爷爷临终前那急促的喘息声。

写到这里时,我又听到了子夜那熟悉的鸟鸣声,在空气中继续回荡着。

在这一刻的静谧当中,我回想了我自己,就像是穿梭在静和叹息之间的一种鸣的化身。

二十六七岁了,我还像一个孩子,懒惰、不喜欢思考、喜欢逃避。

很多时候,日上三竿,我依然蜷着最惬意的姿势,迷糊地躺着、睡着。母亲曾告诉我的,小的时候我喜欢在她的怀里自由安然地酣睡。但我感觉,那是一种安静,一种慵懒,一种我极其喜欢的生活方式。

相对于安静,印象最深刻的莫过于叹息声。小时候,碰到一些事,我总习惯地:"哎……"一旁的母亲则笑着训斥我:"小孩子家,叹什么气?叹一个气要辛苦三年啊。"原来那时我已经在培养不喜欢思考和逃避的习性了。但同时我也纳闷:叹一个气,辛苦三年,难道母亲奔波在田野、在工厂、在家里，是由于年少不更事时叹息惹下的祸吗？那只午夜低鸣的鸟难道预知了自己一生的什么而选择悲鸣吗？

鸣，无声，有声。

用双手的十指将人生的日夜翻数，可能有三万多遍。可是这来来回回的盘点是否可以代表一声长叹呢？可以抵挡生命消逝前的一声急促的喘息声吗？可以承受死之后那一秒的安静吗？

也许子夜鸟鸣有另一种更深的蕴意，我必须更虔诚地聆听。

九月的微笑

　　白露过后,深沪的天气渐入冬天的景象。国庆将至的热烈和秋风的冰凉交织,空气中却还是没有荡漾着一丝的温和。阳光如顽童狡黠地躲藏,傍晚的风轻轻一吹,最后一丝的温暖和寂寥的叶子一起凋落了。

　　冬夜来临了。夜里自由徜徉的快意的风,在山坡上,在村庄里,在枝头,在指缝间,在你深锁的眉头,浮动着。

　　我,以一个孩子的身份,在这九月的天空下,在风中,微笑。

　　当岁月用日历在标志着、翻阅着,流逝的是时间,还是我们呢?我,开始想安静了。

　　一个人穿过市中心两旁华灯迷离闪烁的街道,在都市文明的繁华中,残存的温暖在那一刻如同六月的夏荷,盈盈绽放。而我似乎还只是觉得寒碜,似乎窘困得只有一个行走的身体。

　　那时,我突然问起自己:如果时间停留在1980年的秋天,是否那个夏天会成为人们绝美的回忆?是否这世界上从此就少了一份寂寥?是否能遇见和我以前一样的微笑呢?

　　万木悲秋的情怀导演了一场戏。我在戏里,又在戏外。可是无法抵挡的是嘴角那一抹诡异的微笑。

　　诡异的微笑,是一出生命的剧本,在静与动之时,张扬灵肉瞬间的悸动。

　　于是,我想以死的名义,终结生命的悲情,兴趣酣然地奔跑于生命的原野上,慰藉生命中无可奈何的过往。

　　于是,我想以死的名义,在千年的风和万年的雨中,风干寂寥的微笑。

　　于是,我想以死的名义,在水泽和方土之中,埋葬我的知觉,让漂浮沉淀的尘埃遮盖。

　　于是,我想把那永生的狂野,书写成一篇灵魂的祭文,在生与死之间,声嘶力竭地咆哮。

　　那一刻,我想我守住了诚实。

　　周国平说:"一个人预先置身于墓中,从死出发来回顾自己的一生,他就会具备一种根本的诚实。"

　　在这个正值韶华灿烂的季节,我以一个青春不诚实的理由,掩饰、躲藏,淡化了对死的理解。懵懂的世界中,我依旧微笑着。

　　窗外无边的夜透着黑暗,像狰狞的死亡的笑,包围了我,从皮肤的毛细血孔开始钻了进来,渗入我的心脏,充塞了心灵的每一寸生的土地,彻底将我淹没。想嚎叫,呼吸却已经停止,有的只是两只睁大的双眼,而那却只是证明着,什么也看不见了。

　　晨风、暮雨、青山,在寂寥的岁月中,都朝东缓缓流向深沪汪洋的大海。多少个黄昏,我伫立在礁石上,迎着海风,怔怔地望着海浪奔袭而去的远方。日复一日,仿佛青春的岁月被它们悄悄带走了。在这个临海的渔村,岁月似乎开始衰老。

　　九月,我想像一个孩子一样微笑,却成了一个固定的符号。

坟墓与海

午后，阳光安静、懒散。

一个人站在宿舍的窗前，不停地张望。

远远的，你的坟墓斜斜对着我的窗，在来来回回的空气中弥漫着古怪的安详。

记得那个午后，你匆忙地逃往，在深沪的某一个角隅，遗漏下了满天的静谧，就像今天我看到的阳光一样。你悄无声息的那一刻，整个世界还在沉睡。这一切都像一首无韵的诗，杂乱、敏感、哀怨而又伤感。

第二天，你被简单地埋葬，堆成为这世界上其中一个荒凉的坟。在深沪的老山陵园，一个不被容许留下名字的坟，默默地记述下了去年的冬天一曲关于生命终结的悲歌。

4月10日下午，雨歇斯底里地下，我和一束菊花站在你的坟前。你坟前的许多坟墓上，清晰而又堂皇地刻着许多安息者的名字，他们的坟上开满鲜红的纸花，一朵朵在雨中灿烂。而你的坟，没有一个文字，没有一朵花，几根熄灭残断的香，直直望着天。

原谅我，朋友，我迟来祭奠你的沉默。因为我还没学会习惯用一束洁白的菊花来凭吊你的寂寞，我想在心里静静地怀念，就像黄昏时看夕阳，一点一点，满怀忧伤。

雨疯长，感觉莫名却绵长。

雨中，我拉开了两瓶啤酒，在空气中和你碰杯，一饮而尽，然后笑了，笑容很狡猾。老山陵园静默得只有雨的声响，但在那刹那，我似乎听到碰杯的声音还在回荡，一如当年你的笑，那么爽朗、明亮。

你的坟墓约莫有一平方米，我突然感觉到了时间的漠然，仿佛在昨天我们谈论着足球和女人，而眼前你是一个坟，有种沉默的苍白，气氛冰凉。

一个朋友说，他不喜欢一个人出门，因为他害怕孤独和寂寞。你，害怕吗？

雨，浇湿了我的衣服，我转身回望，老山陵园所有的墓沉睡在雨霭之中，像一个海，肃穆苍凉。

远望，我看到了海，广阔而苍茫，就像一座恢宏的墓茔。成堆的岩石是墓碣，沙滩上的沙粒是永久的墓志铭。

也许这是蓄谋已久的阴谋。

数百年前，它摊开宽广的怀抱，诡异地笑着，等待着无数生命的过客的来临，并且一语不发地装下整个世界的灵魂。而它一定不知道，数百年后，所有的风和雨云集在深沪的老山陵园，不必等待，不必狰狞地笑，一个安宁的意外，却装下了一个人的世界，永远沉默。

在坟墓上望海，海在远处成了坟墓。原来生命有时就简单得是一种感觉、一个角度。

六块碎片

一个人的灵魂若真的可以分割，我愿意属于支离破碎的形态。

第一块碎片，献给母亲，在无声的穿梭和黑暗的静默中，守候她的灵魂。

每次回家，在村口或村里回家的路上，无论是上坡还是平坦的地方，我似乎总能望见那些奋力蹬着自行车的中年妇女。

清晨和夜幕降临时分。随意结伴而行的她们像是被打散的雁群，三三两两地缓缓向前；有时只有一个人，她如同被黑暗即将吞噬的一点移动的光，在夜风的游荡中，形单影只地朝着一个或许是来或许是往的方向，沉默前行。

那天，那熟悉的姿态又闪现在我眼前：她每踩一下自行车的脚踏板，身体都努力地向同一边倾斜，仿佛用尽了全身的力气，才完成了那一个动作，在左倾右斜的瞬间，头发同时微微地晃动着。

当她从你身边移过时，你们之间快意的招呼声和视觉很快陷入了同样的尴尬：削尖的下巴形成的"V"形脸上支起的是鲜明突出的颧骨，在对比之下的双眼已然是两个深掘的山洞，只有那瞳孔上散发着的微光让你不得不相信，这是一双亲切的眼睛。

而母亲就是其中的一员。

还有很多我没有遇见的时刻，她们或者她重复着如此相似的举动，仿佛在完成一次又一次生命虔诚的朝圣。

于是我在心中问自己：那一条条朝圣的路，是通往哪个方向呢？是通往被世人定性为愚昧、知识浅薄的农村中年妇女的心灵，还是被视为理所当然如此终日劳苦不堪的躯体，抑或是超越自我而立足于他人的伟大生存呢？

我回答不出时，心已在挣扎。无论如何都无法忘却，在我人生成长的每个阶段，母亲就是这样终日不辍地劳作着。

何时她能舒心地停下来休憩呢？何时她的脸上能洋溢着惬意的微笑呢？

第二块碎片，呈给我的父亲，在他挫折横生和困顿交错的清寒里，温暖他的心灵。

从模糊的记忆走到清晰的现实，仿佛生活的乌云总在他头顶盘旋。

走村过巷，跑船经商，看门远行……没有一样不是在渴望中被命运折断翅膀。

发疼的伤口悄然掩藏，多少人面前，他那一脸笑容的背后总有一丝牵强。

不想过多回味那过往，生活的直接却让他无法躲藏。

那次和父亲去姨父家走亲戚。父亲郑重其事地指着一辆破旧的本田摩托车，兴奋地对我说："这是你喜叔让我骑的摩托车。"我想他应该没有忘记1989年，在经营瓷砖厂的他已经开着进口的铃木来来回回了。

一路上，我开着车跟在父亲后面，我极力控制着车的油门，生怕车速超过他。他骑着车，小心翼翼地，后车轮不知什么时候已经开始左右摇摆。在深蓝色又起了绒的毛衣的衬托下，那原已瘦小的身子越发孱弱，背已经明显呈佝偻样，头顶的安全帽在行驶的颠簸中歪歪斜斜，一路摇晃。曾几何时，他走南闯北，风风光光。

我的眼眶不可遏止地被热流打湿了。

很多人初见父亲时，总会在我面前称赞他的年轻。然而，我始终无法忘却他轻描淡写地道出一次又一次去染发的话语。从白色到黑色，又回归白色，又继续装扮黑色的青葱年华。

那次回家，我特地去他工作的地方找他。在门口就望见：他的两只手被手推车的把柄支到了后背，那一车垒高的湿土仿佛让他显得很笨拙，每前进一步，好像得用尽了毕生的力量。看到我来了，他连忙停下来，左手很习惯地扳了扳右肩膀。我这才得知，他犯了肩周炎。

沉默或许是那时我心中唯一的语言，而聆听而来是一阵对我工作身体的关怀！父亲啊，我是您没尽孝道的儿子。

第三块碎片，捧给年迈的奶奶，在无能为力的悲痛和无可把握的凄凉中，承担您的艰苦。

老来丧子，白发人送黑发人的遭遇给您的生活抹上了浓烈诡异的黑色，似乎这残存余力毫无保留地献给了眼泪。多少个日日夜夜，多少次刺心的悲泣传递出我无法深谙的哀痛。

很快，爷爷也去世了，岁月带走您的老伴，你从此只属于那间只有一盏电灯的黑泥地的木房间。时光飞逝，一晃十五载了，您现在即将八十五岁了。

九年前，您突然举止反常，医生诊断出您大脑严重萎缩，轻度的会老人痴呆，严重的时日就不多了。悲伤在那段时间将每个人缠绕着。

尽管有一段时间我是鞍前马后地投入悉心的照料中，然而我终因高考的失意，脆弱地远行逃避，自私地将您留给大人们，短暂地忘记您那时吃饭才最听我的话的情景。

后来，您奇迹般地好转，医生的断定好像没有一个相符。可是后来，语无伦次、严重健忘、失禁、行为失控等症状开始与你为伴。

这几年来，您似乎还以为自己是年轻人，粗活重担，您仍然亲力亲为，甚至四处捡来一些废品。都记不清，姑姑们多少次请求别人开车来清理您的那些宝贝。而今，您除了准时到家里吃饭外，您还是那样生活着。

究竟该如何处理才是妥善的呢？又如何才能替您承受那深深的落寞与苦痛呢？能用这只字片语来慰藉自己的无奈吗？

第四块碎片，送给幽囚自我的哥哥，在希望的春日与憧憬的未来中，深切地祝福你。

如果没有记错，从你十六岁开始，命运仿佛在让你重复着父亲生活的阴影。你好像无法把握生活，尤其是爱情和伴侣。

在你年轻的时代，爱情横生变故，让你从此与对它原有的激情绝缘，多少次相亲都宣告失败。在父母的殷切期盼中，在同龄人成家立业、娶妻生子的家庭之乐中，你执着地守候着我看来是寂寞的一身。

难道你的内心真的只有冰冷了吗？难道你的心中没有那种偷偷的渴望吗？难道你只想

捍卫所谓单身主义的自由吗？还是你悄悄地把无数的无奈咽入腹中呢？

　　压力与无可奈何，还有多少我不能准确表达的感受，和你一同生活着，成了你现在的信仰和伴侣吗？

　　把自己这块装满祝福的碎片，送给你，盼望着你来年的喜悦。

　　第五块碎片，给予陷入迷惘与挣扎的弟弟，在周遭意外的变异和同龄人未及的喟叹中，一路与你追求远方。

　　我们生来都是幸运与不幸的融合体。在这两种对立的逻辑支配下，欲望的不达、期望的失落，总会让我们看到那么多不如意接踵而至。于是，你似乎在这些挫折中那样不可自拔地张扬着青春的茫然，甚至看起来有些颓废。

　　"子非鱼，焉知鱼之乐？"是啊，没有同样的经历来共情，我的话好像可以称为不知所谓。然而，有一样是无法抹杀的，那便是我们兄弟之间的情谊。

　　你曾说青春是一场美丽的幻想。对于那时的你似乎真的如此，你所信仰的青春在万千的美好与华贵光纤中黯然失色。你无助，你将自己关在了自己的世界中，你成了孑立于沧海中的一座荒岛。可是，你知道吗？如果你抬头张望，你回想，是有人始终如一地和你站在了同一个战场上。

　　生活中的智者告诉我们："改变可以改变的，接受不能改变的。"

　　别怕，别慌，我都与你同在，希望能同你一路前行。

　　《奉献》的歌词是那么真切——"长路奉献给远方，玫瑰奉献给爱情，我拿什么奉献给你，我的爱人？"

　　"我拿什么奉献给你，我的爱人？"心中的声音很明确地告诉我，将生命的最后一块碎片献给你，我挚爱的女人，我一生的伴侣。

　　上天将成人的孩子气剥夺殆尽，但却偏爱女人。

　　我的爱人，你有时是那么孩子气。可是，一个女人不正是觉得自己男人的怀抱最安全最可靠而义无反顾地撒娇撒嘴，这不正是爱的表现吗？或许之前我是那么不得体，然而乌云掠过，大雨倾泻之后，阳光在我的心里洒满了牵手的温暖。

　　你我都在不断地走向成熟，这一路不知还有多少的风雨雷电来考验我们。如果我们都笃定了这一生爱的信仰，让我们把手握紧，一同微笑地面对。

　　"人生只有一次"，简单的六个字，却是那么意味深长。希望能把许许多多还未说的话，留在一起的路上，慢慢……

　　面对这真实不可逆的人生，抑或是其他境况的生活，我所堆砌下的任何文字，都关乎自我的情感，所彰显的似乎都是我人性上的自私，但是我依然选择做它虔诚的信徒。

雨·夜·青春

今年的春雨来得迟，来得少。对她的印象，只能借着缥缈的记忆和她傍晚时分温柔飘洒的姿态，来慢慢重温。曾听老人们说，"傍晚降临的雨，会留在夜里"，这种状况应该是让人欢喜的。

从宿舍楼后窗望去，隐约可见大海，成片的巨尾桉由远及近密集地排列。透过巨尾桉的缝隙，沿海大通道将那泛黄的灯光揉进我的眼中，让我突然萌生一种心有灵犀的触动。这样的夜，我想那路灯更显得慈祥温柔，依旧深情地映照着眼前的大海，让波浪的动与静，都增添一份悦人的美。

为了建这栋宿舍楼，眼下的小山头被切开了一半，裸露出离地面十几米厚的红土地，一群相依为命的绿色生命依然悠然生长，将红与绿彼此慰藉的恋情大白于世。巨尾桉几十米外的土地上，零星地长出几株木麻黄，那树下的泥土露出浅白色，以根的方式，将一旁被炸开的几百平方米大的石头群和红土地，默契地连在了一起。

宿舍楼下的土路已被水泥路代替，路与山、树天然的接壤被快意地隔开，现代建筑文明标注出了一个新的形象，似乎想直接抹去水泥路两侧那段曾经一体相融的光阴。

印象中，母亲初到原单位后，提及楼下同事的母亲在倚山的围墙下，开垦出两垄长势其佳的菜地时，一脸羡慕。之后，母亲在山边也梳理出两畦地，开始种植一些蔬菜。可我依旧记得，当菜种子开始抽出绿芽时，一场台风肆虐，只剩下几株菜苗微颤地长了出来。而今想想这两位老人，她们半生不适闲暇、坚持辛劳的习惯，不料却在这教书育人之地延续了，如同演绎着一群人在生活的田地上耕耘的故事。

朱自清先生描写过春雨中人们的耕种，那是一种希望的孕育。而此时飘落的夜雨，我寻不出哪一种意象来寄托，只能静静地观望着。春雨在空荡荡的夜里晃过，被淋湿的石板材地面借着路灯，映出一片片光亮，这光亮像一个记忆模糊的微笑，这微笑像尘埃，远远地落定在时光的细节里。

对于雨夜，先前我是喜欢至极的。哪怕没有雨做伴的夜深，那种心神游离的意境也让人颇感欣慰。些微冷风拂过，被深吸的空气中有种吹去落在心上灰尘的力量。即使生活经年累月如驴转磨，偶尔也能从磨出的东西上，看到一些劳作的分量。而今，夜来了，留宿在偌大的新单位里，你能感受到的是不管哪种树，总是一片一片静静地望着天。兴许它们只愿等待着时机与月寒暄几句，好像从来你只是一个站在某个角度望着它们而没有存在价值的人。

朋友说，时光悠悠地销蚀着我们的生活，我们在得失的天平上努力寻找着平衡点。对此我付之一笑，但在现实面前，这言谈似乎意有所在。

无数次给自己找借口，等过段时间不忙，好好静下来读书。在所谓忙碌和彷徨焦灼的日子中，浮躁一点一滴地积累，大有随生活而去的趋势。站在一个分岔路口选择，脚却不由衷地踏入拥挤嘈杂、尘烟笼罩的都市走廊。而每走一步，总是情不自已地回望原来踏开的路，那里绿树荫翳，笑声、鸟声纯洁而灿烂地盛开在火红的刺桐花上。

回忆远了，夜深了。家人们都在休憩了，我仍站在窗口看雨，习惯性地点上一根，烟圈一环一环地飞入这迷茫的雨夜。

浮生行路

从宿舍通往单位最近的路有三条，它们在同一个地方各自转角，别有一番风味。

右转，行经医院，其大门口人车如织。沿路而上，两侧站立着一些大叶榕，这些树各自避让、敞开，拥出一道狭长的天空。天气晴朗时，阳光毫不避讳地直射而下，若你一抬头，便可望见那悠悠的白云。心情好时，云之白，天之蓝，叶之葱绿，分层错置又各自成趣，像是上天刻意打开一扇窗，让人可以从中望见一片憧憬的未来。

左转直行二三十米，分开两条路，一道右转，一道直行。

右行道通往校园和部分民居，路边有凤凰木、杧果树交杂排列，各得所依，颇有观门卫士的味道。五月之初，凤凰花悄然跃上枝头，在俊美的绿叶上随风起舞，将孩童放学的欢愉和居家之安乐快意轻舀，摇出一份浓浓的和乐。有时投入观赏那样的风情，驱车而过，竟忘了关注这路上的路障，冷不丁便跌入了摩托车撞击路障的交替顿挫之中。

然而夜晚时分我很喜欢走这条路。在办公室耗费时光后，乘着正浓的夜色，一路穿行，一天的生硬繁杂似乎都被甩下，一种轻松自溢心间。我想，此路六月的风是最善解人意的，民居前的玉兰花正羞涩绽开时，它便引着玉兰花香到了你身畔，慢慢地掀动着你的鼻翼；享受着这芬芳，仿若沉浸在玉兰那淡雅高洁的神韵里，生怕有人不小心惊扰了这份惬意。

直行道两侧百米长处也种着些大叶榕。这树经历了二十多年的风雨沧桑，仿佛有了更多的人性，以夹道相迎的姿态，伴你出入。三月里，这些树许是被春风温暖了心怀，纷纷撒下金黄色的叶子与大地厮磨。而今，两旁的树枝估计是生发朝夕相处的情丝，不知何时已默契地交叠在一起，撑起一片绵延的荫翳。即便夏日炎炎，那阳光像是知趣一般，尽量闪避，只有偶尔几道顽皮的光穿过枝叶的默许，安静地卧在柏油路上，为一方黝黑点缀出别致的斑驳。每每骑车而过时，那悠悠缓缓的节奏自应而出，大片的清凉落落而下，让人倍感神清气爽。

与其说这是三条路，不如说它们是自我灰色臆断的人生轨道上，一颗感性的心在时光漂荡中的栖息地，仿佛正以一种关怀极力地导向一处心之所往的安在。

啊，这是一个五颜六色的时代，许多人用尽每一寸色彩来装扮人生，俨然铺出了通向新生活的道路！而当我们静下来回望时，却又总是伫立在心灵的分岔路口：一条荆棘密布，踪迹难觅；一条绿树成荫，短暂显现；抑或尚有一条深隐不现，足音未至。

古往今来，世上从来都不缺少路，似乎更缺少的是明智的抉择罢了。一个人或因心态、方式和生活敲击力度的区别和叠加，或被牵引或被拥上或自主步入不同的路，进而行走出不同的人生轨迹。

让我们暂且揣想，有人会奔着心中的目标，以与生决裂的勇气，破釜沉舟，抗争至终；有人则会以追求和享受过程之态，如舟行于海因势而动，于万千变化中丰富自我，积淀人生；想必亦有人如此时此境之我，暗暗寄意未知期的希冀，未敢求逍遥，且不问所向，任随纷沓而来的际遇浮沉。

行文至此,《阿Q自传》中一句话突然从脑海中蹦了出来——"过了二十年又是一个……"这是阿Q在赴刑场路上的自我告慰,他似乎在用未知安有的来世好汉来寄予希望,定位自己。或许他死得迷糊,然而我们似乎仍可以从中瞥见一份选择新生后的坚毅与坦然。

戏里·戏外

今晚的高甲戏谢幕了，一旁的中老年人三五成群慢慢散去。从戏坪走出，心中已满是舒坦。不知为何，每次看完戏，那种轻松的感觉便不约而至，仿佛冥冥之中有股神奇的力量悄悄地将生活的褶皱抚平了。我放慢脚步，想把自己压在最后，好能自私地享受夜空里自我的平静。

小时候，总喜欢跟着爷爷去看戏。村中有个不知何年建造的戏台，即使偶有修葺也难掩其无遮无挡下风吹日晒的老旧残破。每逢佛诞等喜庆日子，便有村人出资捐戏，这时乡村的夜晚显得活泼生气多了，往日村人谙于一室的光景尽扫无余，饭后便自携坐凳去戏台前占位置了。而我们最喜欢的自然是那些来戏场兜售的游商，他们让这种场景下的大人们变得似乎更容易亲近了，我们只要用上撒娇，几乎都可讨得些零钱去满足贪吃的小嘴。

待到村中无戏可看时，童年的狡黠又让我们的心思转移到周边村落去了。到最远的戏台抄小路徒步而行，得花上半个多钟头的脚力。一路的漆黑让人不由得害怕，唯有噤若寒蝉。我的小手紧紧拽着爷爷的手，特担心大人吓唬孩子哭闹时常讲的鬼怪会突然蹿出，一把将我掳走。待到戏场时，我一会儿倚在爷爷的身旁听那些不知所云的唱句，一会儿又甩下爷爷的叮咛，溜去搜寻馋嘴的小零食了。

不知是岁月的沉淀，还是爷爷的影响，印象中的父亲也是一个戏迷。曾听母亲不止一次埋怨过，母亲生我当日，父亲正和村里好友去数十里外的城里看戏，待他回家时，我已在襁褓之中熟睡了。再后来，听他跟着录音机的哼唱、给我讲戏文等片段都装进了我成长的记忆。工作之后，我曾一次自以为是地评论起某场戏中旦角的唱功，父亲一副如数家珍之态，以少有的自信对我说：那些唱得像是气力欲断的人，其实骨子里头厉害着呢。而今看来，那时的较真无非是年轻气盛的造次罢了。

现因工作的缘故，我们一家暂居在这座城市中心的繁华之地，有趣的是单位宿舍楼下和周边社区常有唱戏的活动。若听到锣鼓的热场声，儿子总会跑来要求我与他同去观赏。初到戏场时，他总是正儿八经地看上半个小时，之后要么跳跃式地顾左右而言他，或者全然不再理会演员们的挥汗演出了，吵吵嚷嚷要寻自己的乐处去了。有时我性子来时，会恶狠狠地甩出不再带他来看戏之类的气话，但看着他那像霜打了茄子的模样，心底的强硬一下子又被抽空了。于是，父子俩边玩边看戏。

看戏的美好时光如闪电照亮天幕的刹那，倏地一晃，便消去了二十几年。许多戏目我已然忘却，而爷爷和父亲看戏的习惯却伴着我一路走来。断断续续盘算，也有二十几个年头了。妻子不解我为何喜欢看戏，说那是上了年纪的人才有的一种生活。其实，对于看戏，由始至终我都只是一个门外汉。然而正是这种喜好，让那些工作之后频频来袭的空洞、焦躁情绪有了一个去处，也暂时不必再为现在选择的后悔而纠结苦闷了。

朋友说，曾有老者告诫他说：无论做什么决定，总难免留下后悔。或许，生活真是如此。

当我们被拥着前行，可能便错过了最近的风景；而当我们从心而远，在很多岔路口抉择时，驿路的芬芳或许已随风而逝。一个人的局限性注定其无法追求面面俱到的生活，随遇而安的情趣在很多时候或许仅能囿于一厢情愿的自我满足吧。

而今，我所栖居的城市正以一种日新月异的姿态在仰首挺进。我是沉浸在高甲戏的传统演绎之中，选择做简单如一的看客，便暂时可不必理会现实生活中被导演、演员、观众等多重身份套牢而生的繁杂，拾掇些许自由心绪，随性旁观不同角色的定位，聆听气韵各异的唱腔。若再投入些，或可有所得地品味其中的蕴意，亦是快哉。

当繁华喧嚣冷静时，那些轻盈的影像从午夜深处悠游而来。一群看戏的老人谈笑风生而去，时不时将不同的戏班拿来对比，眉飞色舞地谈论着哪个角色的演技和唱功。这一切似如台风刚过的秋夜，多了一份铅华尽洗的清凉，有了一种回归平淡的从容与纯粹。

父亲的江湖

从接到那电话后,我知道这个世上再也没有我的父亲了。在仓乱北归的路上,悔恨如潮激涌,泪水不听话地落下。来回拨动的方向盘啊,我是多想它一个转弯便将我送到家门口。

我最终还是未能见上您最后一面,您像熟睡时那般安详。覆被如常,您却把呼吸和微笑永远地留在流逝的岁月里,用生命最后一刻的力量将拳头轻轻地握拢在胸前。您结婚时的老木床上,雕刻着那个时代的幸福图案,绣着"平安富贵"的字样,不料却一语反衬出您一生的颠沛与沧桑。

医生说您走得很突然,没有经历痛苦的折磨。然而您可知,晨曦未露的黑暗静静携你而去,却又在我们的世界里遗落下了漫天的悲伤。母亲不辍的哀号让她原本羸弱的身体疲惫不堪,我兄弟们的啜泣和茫然早已难以成言。

我的泪水停止了流淌,心中却已是一片汪洋。难掩的怅惘让我无法躲藏,我只有把香烟一根接一根点燃,拼命地吮吸着有您的记忆片段,白烟轻盈而上,凄苦的味道一口口往肚里咽。

从此再也没有人像您一样,不倦地与我彻夜长谈,了然于胸地指点我在人生的路上跨沟越坎;从此再也没有人像您一样,坚定地站在我的背后,支持鼓励着我向文学的圣堂朝觐;从此再也没有人像您一样,把一个父亲朴素而伟大的情怀倾注在我的身上,给我一座丰碑的荣光,给我一股最亲近最热衷于追随的力量。而那三十几年来关于"守岁父母福禄寿长"的美好祈愿,顷刻随风而散。

风云来去从容,思绪百回千转,我不知道作为儿子的我这三十几年的人生,您带走多少回忆,让您津津乐道、引以为荣?又有多少是您深藏心底、抱怨失望的?但思量,情何以堪?心中关于您的记忆如光,点点浮泛。

一碗滚烫的海蛎羹加上一碗油饭,从我悠悠的童年开始回荡,多少晨风过往,宛若昨日的飘香溢满心房。一句"是珍珠,在哪里都会发光"的宽慰,给了我二十余年来面对困境的力量,点燃了我对新生活的向往。

犹记得市某文学季刊上刊发了我的一篇文章,我随身带了回家。当您看到"某某散文十家"的栏目时,满心欢喜,情起难抑,按常理推论地与我谈起大作家文学创作的艰辛和努力,叮嘱我一定要学习,要坚持。

那年奶奶老年痴呆症病发走失了,您像个孩子一样,放声哭泣,四处疯狂寻觅,后来奶奶在翌日的夜里被寻回送医救治,我们拗不过您的执意,留您一人看护她到天明。再来奶奶被狗咬伤了,伤口溃烂,您为她清洗伤口,敷药调理,这些您从未在您的兄弟姐妹之间埋怨过一句。奶奶的老年痴呆症严重到生活不能自理,您三餐给她喂饭,每日为她倒尿倒屎,直到她溘然辞世。我的父亲啊,您把为人子的仁孝道义,缓缓地注入了我的心底。

除夕之夜的家庭座谈上，您逐个成员评点，又以潜心所学的生肖时运理论为我们导航。那时，我却在心里筑起了高傲的城防，愚钝不知这里饱含着一个父亲殷殷的关切和希望。

村人有求，看风水、建家庙、排八字、解笺签、置喜丧……您把平生所学倾力用上，事后静守边缘，不取不怨。您可知，在您的丧礼上，有多少人感叹，那句"好人好死"的论点给了我多大的遗憾，我多少次潜回到梦里又看见了您微笑的脸庞。

村人说，您年轻时才情横溢，写得一手好字。"人生得意须尽欢，莫使金樽空对月"，这在二十几年前被您用那遒劲有力的字，张贴在古厝那斑驳墙上的李白诗句，二十几年后成了我涂鸦后被刊印的一种资本，然而我却深深地感受到，这诗句里有您的洒脱飘逸，更有您难掩的无奈和忧伤。

为了生活，您行走江湖，穿村过乡，在陌生人眼中成了耍戏和别有用心的推销客。之后您跑过船，做过彩电推销生意，劳心劳力地经营瓷砖厂，奔走在水果摊和瓷砖生意之间，而后成了一个受雇佣的仓管人员、工厂管理、看门守护……甚至在您临终前的春节里，您不听我们规劝，早下定心意，过几日便要回到厂里去，自营生计。您可知那些话里有您的坚强，更有您儿子们自愧的感伤？

也许命运难期，您所筹划的在清闲的晚年与钟爱的盆栽厮守度日的念想，始终没能逃过上苍的蓄意。家门口的小叶榕、山茶花、铁树、雏菊还是一派生气，可摆弄它们的主人却永远离我们而去了。而我再也很少像往常，在夜里对着它们梳理思绪了。然而这种刻意的规避却躲不过儿子稚气的询问。

您走后不久，时年不足两周岁半的儿子问起爷爷去哪里了，我应付说您到很远的地方去了，再也不会回来了。儿子无邪地追问："是到天上去了吗？是不是变成星星啊？"

"是的，爷爷会变成一颗闪亮的星星，从天上望着我们。"而后的时光，对着星空，儿子经常提起爷爷是星星的笃定。殊不知，我一时的搪塞竟成了他的永信了。

其实，撞了流年，乱了际遇，我希望他的心里永远都有一个爷爷的江湖，有一份关于爷爷的记忆。

旧事叠影情深阒

太外祖母家的后门外有一株番石榴树,那是我们幼年时常去的地方。番石榴树高十余米,肆意撑开的树冠足有三十多平米方,从叶隙间漏下光,和那时的我们渴望的眼神,在一颗颗青色硕大的番石榴上交汇。

夏季初到,我们便蠢蠢欲动了。清晨醒来,几个表兄弟不约而同地来到树下,拨开枯叶丛,地毯式地搜寻不费吹灰之力的收获。站在树下,偶有一阵风吹过,我们总会专心地聆听,希望那熟悉的"咚"的声响能从枯叶丛中的某个角落传来,便可趋之若鹜地扑过去。即便仅拾得二手的番石榴(被虫蛀或鸟啄食过的),心中也畅快如风。

身手敏捷的孩子倏地一下子就上了树,枝蔓便是他们的王国,他们像猴子一样在树枝上来回攀爬跳跃,为摘得那最高点的番石榴而沾沾自喜。很多时候,年龄小的便在树下接应,即便只分得一杯羹也自得其乐。

至于这株番石榴树是何人栽种的,我们未曾获知。询问母亲,母亲说她很小的时候,这棵树就已经长成了,然而我却隐约地感觉到与这株番石榴树有一种莫名的因缘。

谈起这番石榴树,不得不提起太外祖母。曾听大姨说,太外祖母一生坎坷,十八岁便嫁于第一个外太祖父,新婚不到一年,太外祖父突发恶疾,未留下一儿半女,便撒手人寰了。几年后,在族人的撮合下,太外祖母与小叔子组建了新家庭,诞下外祖父等三兄妹,唯独外祖父存活了下来。

时光制造快乐,也酝酿悲伤。第二个太外祖父四十余岁便去世了,太外祖母一人毅然决然挑起了家庭的重担。长辈们口中的太外祖母特别能干,田间劳作、挑肥担粪等劳动能力一点都不逊于成年男子,那长期因负重而被压弯的腰背成了她劳碌的形象写照。

后来外祖父成家了,生了五个子女。本是其乐融融的家庭,却再一次遭受了命运的摧残。外祖父因操劳成疾,三十出头便与世长辞。在太外祖母当时五十多岁的人生里,已多次饱尝了阴阳两隔的苦痛。我无从得知她的内心是如何煎熬的,或许唯有后门外的那株老番石榴树见证了一切,在春华秋实的自然更替中,听到了她夜里孤独的抽泣声。

而后的时光,两个女人拖着五个孩子艰难度日,家中的餐食只有在年节时才能吃得上几口米饭,平日里大米汤、地瓜渣就已是不错的伙食。母亲年幼时便得和兄妹们分头外出捡柴火、畜粪等,曾因儿童好玩的天性而遭到外祖母的狠打,那瘦小的双手被放在板凳上,被木棍一次次敲打,那锥心裂肺之痛让她永生难忘,而对外祖母的耿耿于怀也成瘾了。

生活有时就像洒了盐的伤口,你挡不住那剧烈疼痛的到来。外祖母在外祖父去世八年后的某日,突然凭空消失了。太外祖母带着孙女们数日四处寻找,最后在离村七八里外的外村找到了已另结新家的外祖母,但外祖母已执意不回了。这一打击,让太外祖母狠下决定:绝不允许孩子们与外祖母再有任何瓜葛。对于一群十几岁的孩子而言,少时的懵懂已然成了他们生活的奢侈品和快进键,不必赶的鸭子也要自己上架了,他们毫无选择地踏上了为活着和分担的自觉之路。

时间将少年变成了丈夫，将少女变成了母亲，太外祖母家迎来了最小的二姨的嫁期。迎亲的队伍来到家门口，二姨哭着上车，那簌簌而下的泪水早把出嫁的喜悦淹没了。在许多人看来这是以哭来庇荫娘家的乡土风俗，可她的兄弟姐妹和太外祖母都分明听得她那悲戚的哭喊：自己没有母亲来送自己出嫁。这样的终身遗憾，引得兄弟姐妹们放声痛哭，近八十岁的太外祖母亦是老泪纵横。或许这样的场景在母亲、大姨的身上已经上演过了，对于太外祖母而言，身上的担子那天总算可以放下了，但人的心总触碰不得那些柔弱，曲调未成情已泛滥了。母亲的兄弟姐妹们对外祖母的怨恨或许又加深了，而几公里外的外祖母是否能感受得到呢？

许多事情真的需要时间来沉淀，等待物是人非的某一时刻，水落石出。

2013年南方的九月仍拥着暖意，收获的季节里并不只有欢乐的笑声。外祖母在一场符合农村逻辑的小病治疗中，永诀人寰了。在她生命的最后几日里，她旧家的子女们纷纷前往探望。我与母亲通电话了解外祖母的病况时，母亲语调哽咽。蓦然回想起母亲常对我念叨起外祖母的种种不是，而今看来，再如何大的怨恨，在血缘相传的亲人死亡面前也总会释怀的。而我们在这尘世匆匆走一遭，死后摊开的掌心其实也在明示着：每个人空手而来，也必将空手而去。

如果一个人真的能如某位哲人所说的，从死亡的角度来看待人生，也许生命中不会充斥着那么多倔强，不会有那么些跨不过去的坎了；他或许会从生命消亡的顶峰上，注视生活的尊严、谦卑和淡然，用心地迎接每一场雨的降临；在阳光润泽的每一寸时光中，享受最高生灵的礼遇、欢愉和幸福。

曾读过仓央嘉措的诗句："一个人需要隐藏多少秘密，才能巧妙地度过一生。"外祖母，一个毕生未曾离开过农村的女人，也在印证着这句话。

原来外祖父在世时，零星经营糖果、香皂等食杂，他病故后，外祖母继续操持着生意。可不料正是这营生，让母亲和她的兄弟姐妹们失去了母亲。

当年外祖母外出进货时，经过七八里外的吴村，有人给她说媒拉纤，介绍一名鳏夫。这鳏夫曾提出让外祖母嫁与他，他便让小女送嫁我大舅。或许，这就是外祖母忍心割下那群与之终日厮守的儿女的正解吧。孰知外祖母到新家后，先是遭到了丈夫的毒打，而后又在冷眼相待中度过了失望的日子，直到她在新家的儿子出世。我从不敢想象，外祖母原本瘦小的身躯是怎样忍受拳脚相向的痛苦，也许也没有人知道她的肚子里装下了多少辛酸的泪水。

死者已矣，生者当安。只是这安生的圈里难免有些与亡者勾连的影像会唤人去追忆，就像许多人一直依靠回忆，怀念过去，慰藉自己。关于外祖母，我印象最深刻的莫过于那些番石榴。

那年我大约七岁，父母亲外出劳作，我在古厝房门口的红砖上随意涂画。接近晌午时，一个喊母亲的名字极其熟稔却略带怯怯的声音从大门飘来，在门外的奶奶也跟着走了进来，告诉我说这是我的外祖母。

我怯生生地叫了声外祖母。心中想，原来外祖母就是这样的啊：头上系着一块红丝巾，皱巴巴的小脸，深凹的小眼睛，一张抿着皱纹的嘴，那下颚微向上翘，手臂上还挎着一个有盖子的竹篮子，有点像现在动画片里的鸭妈妈。

听到我的一声叫唤后，外祖母的眼睛笑成了一条线，口中露出了几颗银白色的镶牙。她旋即从竹篮子里拿出两颗番石榴递给我，我也毫不客气地吞食了起来。那番石榴虽娇小，但馨香扑鼻，对于当时的我最惊讶的莫过于它那粉红色的果肉了。我好像发现了新大陆一般兴奋了起来，两颗番石榴一溜烟就全下肚了，眼睛又直勾勾地望着那神奇的竹篮子了。

母亲回来后和外祖母寒暄了几句，外祖母便走了。我兄弟们是最大的收获者，满满一盆的番石榴在数次嘴馋中早已所剩无几了，而这颗小小的番石榴也成了我童年的一种期待。

想翻过番石榴这一页，可母亲偶然间的一句话又让我心疼不已。

我年幼时，家中曾经营水果生意，每到柑橘的季节，母亲总会把压伤和稍有腐烂的柑橘挑出，然后切除掉那些不能食用的部分，自己未尝食一口，便拿与我们分享。从那时起，我自以为是地想母亲和我一样是极其喜爱柑橘的。直到有一日母亲和我在回味那段时光时，我自以为然地向妻子道出母亲的水果爱好，一旁的母亲突然说："我最不爱吃柑橘了，我爱吃的是番石榴。"

"番石榴？"这个错愕的答案硬是把我的心神折腾了一番。在那瞬间，三十几年来为人子对母亲的关切，在一颗番石榴的分量前，似乎显得那么微不足道了。或许，在那个物质匮乏的时代，那颗番石榴因为某个人在某个时刻就已占据了她的心房，任时光如何流逝，那种情愫赓续至今。

而今，那株番石榴树和两个把番石榴种在我童年记忆中的人都已不在了，感谢上苍把那个爱吃番石榴的人留在我身边，让我去感恩与珍惜。

从"梦"起航,到"想"靠岸

儿子听完睡前故事后,问起关于做梦的事情。在五岁稚童的世界里,做梦是件不可思议的事情,每个未尝发觉的思维所营造出的梦境,都可轻易地让他们的情感迁移、变化。而做梦之于我们,很多时候却是麻木得可以淡忘的。

从来不知谁赋予了我们做梦的权利,在现实和虚幻交织的生存中,我们将人生这本书一页页翻过。而在这信息化时代,那些仓促的、刻骨铭心的记忆,又仿佛从别人的指尖下传递而出,如寒冷黑夜中的微光,渗透着熟悉而又模糊的影像。

那些依稀的梦影许是生活的疤痕,被时光藏匿在深处。我也曾浅尝辄止地追溯过往,可稍微触碰,那揭开痂皮的疼痛也便随之而来了。在大多数人所谓的青春韶华里,我遗憾地失去继续做一些梦的机缘。

故乡远去的梦,最让我不能释怀。

少时随母亲前去祈求庇佑的旧神宫,时常入梦而来,在风雨阴晴的更替中寂寞,更显苍褐沉静。它右侧那株苍老的榕树赫然立定,树冠如巨伞遮天;枝干上竖直垂下的根须迎风微扬,如长者的须髯,自然生发出和蔼之气,引我们自觉亲近。那些经年累月的根须,直直插入土中,以各自的强韧拉开了孩童嬉戏的间隙,从容地装下了我们追逐打闹时的狡黠。从此,在外出归家的脚步里,有母亲殷切的期盼,也有它的等待。

田地是农民的根,生长着祖辈们的勤劳作派,也结满乡村孩童的笑颜。当同龄的城里孩子在幼稚园里接受着老师们的谆谆教诲和细心呵护时,对于我们这群没有受过学前教育的乡野孩子而言,田野就是我们的幼稚园。那时,我们已开始学着拔草、摘菜叶等简单作业,我还曾因把杂草和菜叶"眉毛胡子一把抓",被母亲轻责过。待到我七八岁的农忙时,母亲便将我兄弟们早早喊起,带上馒头和茶水,一起下水田收割稻谷。可当脚上踩到滑溜的活物时,那手上的镰刀似乎显得多余了,信手一搁,便兴致昂扬地捉起泥鳅来。时至今日,那爬满裤脚、贴在脸上的泥水气息如在鼻翼,厚朴清新。

童年的无忌让我们尽情地挥霍着成长路上的纯真。当农家刚收割完甘蔗后,玩伴们便一起去挖甘蔗根下的虫蛹,各自赋以高声来宣布"战果"。而那些对白软绵柔的虫蛹的恐惧与怜悯,与那香酥可口的味道相比,自是相形见绌了。还有从不知名的田地里,偷拔胡萝卜来生食,用牛粪干熏烤偷挖来的地瓜,忙着吃出一张张黑嘴巴后,哄然大笑而归。

晚风轻拂少年的心,熏得村人都醉了。

母亲栽种了几分地的西瓜长势极好,眼看收成的日子近了,邻村却传来盗瓜者出没的消息,母亲的心弦立马被拉紧了,最终和父亲商量出守瓜的主意。于是,连续几个晚上,我随母亲一同在西瓜地里搭建的草棚中看护到夜半才回家。

从草棚仰望的夜空,深邃到了喉咙的安静。月朗星稀时,皎洁的月光优雅倾洒而下,随着风的问候,在西瓜叶片上微微漾动。繁星满天时,深蓝的苍穹中放亮出无数双微笑的眼睛,与一个孩童的心神遥相会意。少不了的自然有夏虫的低鸣,它们散混在草丛中,自取气韵,声律同曲,让一个寂寥的长夜生趣了起来。

某日晚上,天下起淅沥的雨,我们只得提前打道回府。翌日清晨阳光恩泽,我们如常来到瓜地,眼前遍地狼藉,瓜藤乱弃,成熟的西瓜已几乎被洗劫一空。母亲声泪俱下,我也随之啜泣。

母亲低着头收拾完西瓜藤和残留的雏形小西瓜。我突然觉得,那一团团的瓜藤宛如母亲瞬间突增的皱纹,那一垄垄的田埂犹如她鼻孔下凝重的愁叹。数日之后,母亲叮嘱我带火柴去瓜田里,我知道那意味着什么,却什么话也说不出口。那个上午,烧瓜藤的火在阳光下显得特别活跃,尽情地吞噬着希望,也映出一个弯着腰、不停劳作的身影。

凝望故乡的水,微风轻扬而来的涟漪打皱了我的倒影。

那田野边的小溪斗折蛇行,潺潺的流水如歌而远。站在小溪边,你若轻轻拨开它内侧的青草,几条顽皮的小鱼便与你做起游戏,忽左忽右、时缓时急地游动着,似乎在那清澈透明的领地里,快活的空气也眷恋不已。

在乡村孩子的世界里,一切都可以成为玩具,小鱼就是他们珍爱的玩偶。那双扎在水里的小脚丫不敢稍有惊动,在水里张开的小手小心翼翼地朝着小鱼而去,紧紧一合,迅速取出,只是不知何时那小鱼已灵活地跳开了。待你定睛细细搜寻,那条红尾灰斑的小鱼仍在不远处,正不紧不慢地晃悠。如此再三,那小鱼终成了囊中之物。回家后,将小鱼放养在透明的菠萝罐头瓶中,取来油绿的水草与它为伴,然后捧着它到玩伴家去炫耀和逗鱼了。几个小孩围着那玩物,用手指在瓶上戳来戳去,看着小鱼一惊一乍躲闪的模样,大家都咯吱咯吱地笑了起来。

笑声渐行渐远,故乡的梦如泉,从水库和水渠中慢慢涌现。

一个少年独坐在水坝上,头顶的星空摊开深蓝的幕布,在静寂的时刻,将幽囚于心中的秘密悄然采撷而去。脚下的村子安稳得只剩下几盏黄晕的灯,像是连缀在黑暗中的织锦,随着你的呼吸此起彼伏。那身后的水库,偶有水鸟掠起,扑哧一声,便消失在黑夜中了。可是惊动了谁?漂流在水里的梦被不经意地搅碎,成了鱼儿的美食,它们游得无影无踪。

我们最喜欢的是水库水位低下时候,因为水渠也接近干涸了。这时,玩伴们已迫不及待地下渠挖河蚌、捞田螺、捕虾。生吃河虾是玩伴们的拿手好戏,那小小的虾子在手中来回拍上几十秒,身体呈红色时便可下肚了。你若壮胆钻过一公里多的水渠暗道,胡子鱼、河蚌和田螺等河鲜几乎唾手可得。

对于这样的捕获,大人们始终是纠结的。虽说那时水渠里的水漫不过你的膝盖,但大人们总会责骂,有的甚至给予一顿抽打。之后,他们又娴熟地做起这些菜来了。看着灶膛里旺盛的火势,闻着热锅中翻炒的香气,"出砖入石"的古厝也似乎变得年轻了,那燕尾脊凌霄的生气,逼得炊烟飘逸而去。

时光是水,流向未名的远方;光影如纹,条条纵横交叠,盘落在心坎成石,砌成一堵相互倚靠的墙。老人和孩子们挤坐在墙边的石板上,说说笑笑,时不时挪挪身子。那出口的白气长短交错,吐纳着冬日的寒冷。

冬日的阳光照在身上，打亮了心田，也温暖了记忆。

年关的热闹如同"跳火群"仪式上的冲天火焰，映照出一张张火红的笑脸；黑黑的夜，冷清的睡意，等待着新年开更的一声惊天炮响；打着纸糊的折叠灯笼，邀上小伙伴，在小红烛的吉祥光亮中，从一条小巷晃荡到另一条小巷。

放学后的时光里，我们一起在古厝的厅堂前拍"小人图"、推滚"铁线圈"、敲木梭、掷纸包、弹滚珠、跳"人型框"，想必那敞开的天井感知到了我们的倔强，也洞悉了童年蒙昧的伎俩。

"流水它带走光阴的故事。"鲜红的覆盆子，油绿的稻田，红土地的茶园，梯田式的果树林，方形的老石井……全都跌落进故乡温柔的旧梦中，仿佛那棵经受过一场天雷地火的老榕树，把残存的枝干留给现实去消泯，在与纯良的撕扯与决裂中，裹挟着茫茫的未来。

人的一生究竟要错过或失去多少回，才能真正懂得珍惜？一份成熟要付出多少代价，才能如意得来呢？

诀别深沪的梦，最让我不安失落。

冷风从青阳的冬夜流窜而过，在水泥地和柏油路的变更中，轮流张望都市的繁华。我在宿舍楼顶望着高楼遮蔽的拐角，追忆那段徜徉的时光，思忖回路的方向。

五年前，为了一个虚荣的梦幻，我抛弃了一片海。五年后，我仍在城市钢筋丛林的喧闹中游走，从一个街口辗转到一个街口，寻觅一个可以安身立命的理由。不知如何定义这五年的光景，但心中却分明地感觉到一股力量狠狠地勒住了青春的肌体，让你一声疼都叫不出来。这疼痛的惊骇若有昏厥的决然，我愿欣然承受，好能在梦境的一方再续与海的情愫。

忘不了十多年前那个异地夏日的清晨，老旧的校舍，悠长的石街，静穆的古庵，恬适的笑容……都嵌进了一个静卧于烟雨朦胧中的渔乡古镇，安之若素，尘嚣未染。一颗梦的种子也在此开始生根发芽。

走出老校舍左拐，步行四五百米，就到了老街的入口。沿着狭长的石板路小坡而下，青石板的光泽引你走一段自然的时光。

在老街的天空下，那两侧的屋檐参差不齐，却又默契得拉开几近等距的宽度，装扮出形色一致的模样，让你纳闷这工艺是否出自一人之手。你若好旧，那便来对地方了，老式的蜜饯店、杂货店、理发店等沿街而立；你能舒畅地靠在理发店的木椅上，让理发师傅干净利落地整出你回忆的发型；你能从容地从杂货店中买到老款纽扣等小物件，而老店家也能轻而易举地从与你的攀扯中推断你的来处，热情地探问你的来历，让你恍惚觉得这情景在梦中似已见了。

在老街里，据说是深沪小吃发源地的老店也是不容错过的，热气腾腾的鱼丸、马加羹、拳头拇等飘散而出的香味定会诱惑你，让你不由自主地放慢脚步。若你抵挡不住店家那极富有人情味的招呼，进店一享口腹之乐，也是别有一番风味的。

其实，每一个老街里的脚步是那么轻妙，以至于你未曾察觉时，大井头（井名）已不慌不忙地将其揽入怀中，拥出生活的温暖，让那打水的人在谈笑风生中洋溢着乐趣。

从老街徐徐走出，便可瞥见不远处的大海。那汪汪的海水是船儿们的家乡，每一个跃起的浪花里都有引渡它们的方向。

月光归来时，码头上人声鼎沸。捕捞深海鱼的拖底船与丰网、大照等灯光船像是亲密的兄弟靠拢在一起，围出一片私语的海域；待嘈杂落去，它们又在海水的柔情的引诱下，微微晃动，仿佛在亲切地攀谈着一路的过往。

潮水压下每一份夜的躁动，腥咸的海风越过高高的桅杆，钻进那些敞开的窗户，把海的情操揉进了海边人的酣梦中。待到渔船出海后，它又诱掖出一份份拼搏风雨的豪情和爽朗。

常言道："靠山吃山，靠海吃海。"而从我的书声意气来看，这"吃"字非仅有口腹之安，更有与海交接的情趣之得，观日出便是其一。

驱车逼近海岸线，不料早有人在那等候了。海天相接处，金色与粉红色的云朵相间，装饰着日出的期待，也让衬出的蔚蓝显得越发清朗。海面上，层层鳞浪冲过礁岩，露出长长的白线，继而又灵性地前行。不远处有渔者驾舟迎浪，娴熟地布线撒网。而身旁那一串串轻盈的笑声时不时飘进我的耳朵来，引我好奇地扭头观看。倏忽之间，晨光直射而出，把周边的云彩迅速点燃，又逐渐扩散开。太阳像是在减负，每一寸的上升中都有一份跃动的感觉。一同看日出的人中有个声音跳了出来：太阳全部升起来了！是的，那温情脉脉的光芒已迷离了你的双眼，让你不知不觉已沉浸在晨曦柔美、波鳞婉丽、长空明媚的日出风情之中了。

天空把碧蓝的情思投入大海，日月之下的海无须雕琢，就有唯美的诗意和激扬天地的浩然。我自卑得不敢爱这些美，倒是谛听一方礁石下的潮声更能安然。

坐在岸边的礁石上，闭眼，海风拂过耳际，想着海浪汹涌、上涨、撞击，听着一个个爽朗的声响，堵在心中的杂念仿似那被激起的浪花，瞬间散落在洪波中，随流而去，晓示你尘世的起承转灭，叫你得毅然丢弃那些委曲求全的执着，于平淡中自得其乐。

深沪的春天有种得天独厚的意境，那自海面迁徙而来的迷雾深锁了校园。曾有雾气从木窗的缝隙渗透而来，引得课堂上的孩子们心不在焉，即便想打瞌睡的孩子也为之一振，争相传告。没有氛围的课堂，与他们一同看雾、谈雾，再掺兑些人生的况味，也是饶有趣味的。

刺桐花开时，当孩子王带着他们赏花作文。那奇崛的枝干爬满刺桐花，朵朵娇艳火热；朱红的花冠如同含羞的姑娘，在风中的枝头上对你回眸一笑；花瓣的底端自然向下合拢，只有那花瓣的尖，骄傲地昂起头，给你一份春寒之中少有的傲气。

捋一捋思绪，五年的光景又凭着记忆翻滚而来。那些稚气未脱的笑容宛在身畔，待你伸手想触摸时，又消失得无痕。那一阵悦耳的书声漫过夜梦，把回响甩给辗转反侧的躯体，与长夜漫漫消磨。还有那些并肩拼搏的欢乐与悲愁，千方百计而为的感动……全都埋进了那段狂野不羁的岁月，了无生地。

虽是如此，若撇开那个不告而别的自私行径，我仍感欣慰。在深沪这个青春的故乡里，有一段惬意的时光让我永生怀想。

从"梦"起航，到"想"靠岸，足矣。

鸟粪、落叶与那树

把车停在树下，常有鸟粪和落叶来光顾。人所知鸟儿并非有心而为，落叶亦非是自作多情地来投怀送抱，只是某个时间、某个地点，以及某种选择促成了一场场偶然。

我知道鸟有四处而去的觅食，有自由的飞翔，有安闲自得的休憩。然而我向来嫌恶鸟粪黑白交杂的装扮艺术，年少时便因此捅下过老房子屋檐下的燕巢。看着一片片泥块在地上摔得粉碎，骤然间获得一种胜利者的快感。而雏燕那粉红柔嫩的躯体不由自主地抽搐着，小黄嘴中间或挤出的悲鸣撞进耳来，恶心与恐惧也随之俘获了年少的心。后来生怕大人责骂，将它们仓促地收拾丢弃，全然不去理会时光如何轻易地吞噬那些孱弱的生命。然而总有一些模糊的影迹在某个不经意的时刻清晰起来，在你眼前晃动，逼你直视，逼你重新感受那段岁月的印记。

母亲的感触大抵也是如此。母亲是个农村妇女，在赚钱的日子里摸爬滚打，有时为了零星的几块钱，黑灯瞎火的地方她都奔去，即便是经历了砖窑坍塌覆压的死里逃生的危险，都难改她赚钱的倔强，可一只青蛙就让她畏惧。

据说母亲是少女时，家中曾宰杀田间捕获的青蛙。她眼生生看着青蛙雪白的肚皮被剖开，后拖着外漏的肠子四处跳跃躲藏。几十年过去了，当她谈论起当时的场景，仍心有余悸。谁曾想，这么一件现在看似微不足道的事情在她的生活里如影随形，挥之不去。

我想，无论是雏燕的伤亡悲鸣，还是青蛙被开膛破肚后跳跃的悲戚场面，都写着那行"生也柔弱，其死也坚强"的箴言，怀有一个活着的梦。在骨感的现实里，有梦的生命或许会更丰腴。泛而言之，一花一叶的世界里，那些动情感怀的时刻往往不会独行而来。

迦叶尊者拈花一笑的故事里有意境相合、心神相印的禅韵，一片落叶低吟浅唱的歌声与优雅飞舞的姿态里也许便深藏着一棵树的梦。

这个秋季，一片枯黄的刺桐树叶御风而行，盘旋跌宕，不偏不倚地钻进了雨刮和挡风玻璃的缝隙。本想将它取出扔一旁，但看着黑色车身多了一份黄色的点缀，心情竟柔软了起来，萌生了把一片树叶从一个地方载到另一个地方的念头。

车在行驶，黄叶迎风而动，像一位从容的歌者以或高或低的音调倾吐着旅途的际遇，摇曳一棵树昔日的流光华年，引着你我去追溯、品味。

相传在一千多年前，南唐晋江王留从效在泉州城郭种植刺桐，有"闽海云霞绕刺桐"的盛况，泉州之"刺桐城"因而得名。你若读过唐代诗人"越人多种刺桐花"和"刺桐夹道花开新"的诗句，自然便可明了泉州与刺桐早有的因缘。

刺桐没有白桦树的挺拔，没有苍松翠柏的儒雅，也没有"觉树"菩提的禅理佛心，它只是在一个地方毫不避讳地生长着。夏秋之时，它用碧绿装饰了视界，赚到王十朋的一句"初见枝头万绿浓"的咏赞。等到冬日，刺桐摇落尽青葱的记忆，虚位以待下一段光阴来临。

我知道落叶的故事里有顽强的孕育，有决然的生长，有不可抗拒的衰亡。给一些所谓的思想，这些环环相衔的桥段似乎都在张扬生命里那股必然的力量。

冬日叶落空枝开，初红未露心即安。是的，这留白的时光最容易令我倾心，目光扫过那一片片突兀的树枝，眼中倒立出一个个延伸的根系，虽颠覆常态却又素雅自然。

你若安静仰视，那一株叉开的树枝分明地立着，如同一双竭力张开的诡异的手，它俨然没有贪婪地想抓住什么的意思，只是寂静地刺向苍穹。

我的旧单位里也有刺桐，它们沿路而栽，整饬如一。远望时，枝杈们旁逸斜出，交错相依，拉成了一道妙趣横生的风景线。待你走到树下探看时，它们好像稍许节制，若即若离地呈现着，让你觉得你是在探察一段不明的关系。遇到起浓雾时，室外氤氲一片，如在仙境，而它们的朦胧、它们的暧昧，也就难以名状了。

冬风暗长。不知何时，一朵刺桐花已迎上枝头，殷红如血。乍看之下，那花冠略显松散，花瓣自向而生，较之紧凑、富有层次感的菊花相去甚远。而伸手轻轻压下一枝悉心端详，那些椭圆的花瓣两翼下弯，花瓣尖稍稍向上翘起，勾勒出一道道花瓣的脊梁，大有极力挣脱花萼束缚之势，仿佛每一片花瓣里都洋溢着热情奔放、激扬向上的力量。

侧面而看的花瓣其形弯弯，其势傲然。我在心里嘀咕：这炽热的花开在南国的泉州，豪放程度不够，婉约又欠缺几分，倒与地方人大方内敛并蓄的性格相近了。设若刺桐港没有"中国古代世界第一大港"的美誉，也便不会多联想出花瓣如船的写意来。当轻风拂过，花瓣们盈盈而动，不正暗合了爱拼敢赢的泉州人所演绎的乘风破浪、追求梦想的景况吗？

泉州城里刺桐树，刺桐树上泉州魂。身为泉州人的我，对于刺桐树的关注自然就更有情感色彩，以至于看到那些对它们不善意的行为，便会生出一种怨。

新单位办公楼后一字排开地种着二十一株刺桐，这对于我这初来乍到的人而言，倒是多了几分亲切。从中国传统的"兴旺衰微"来看，它们正走在"兴"的点上，应该是种好长势、好兆头。可在我新入职不足三个月的初冬时，它们便在一个改建围墙的决断中被屠戮殆尽。

主事的人说，这些树是十几年前一场活动时栽种的，值不了几个钱，砍掉较省事。看着仅留存的两株刺桐，我突然有点想念从它们身上飞落的鸟粪，也不知飞回的鸟儿是否会习惯这片天空？多年之后，是否仍会有人谈起这里曾有一排与冬风厮守的刺桐红？

时光不与人，心头徒伤感。很多时候，一些从瞬间穿刺而出的景象，会给人以头脑麻痹、望而生畏的震慑，但对生命的珍视，却常常要以涌出的鲜血和即将占据的死亡，或是无可把握的消逝为代价，方可争得优先权。

我为它们的付出感到悲哀，它们经风历雨地生长着，不问阴晴冷暖地装扮着，最后却得来一个个横截面的收场。我也为它们的死亡感到欢愉，它们终不必如一些人活在纠结的境遇之中，可以坦然地画上一个生命的句号，求得一个来生落地生根的新梦。

那么应该如何选择，才能叫作懂得生活？

午后经过宿舍的廊道，一阵清脆悦耳的鸟鸣声蓦然而至，那声音似乎充满着欣喜的力量，在鸣声与鸣声的间隔中冲激而出。

我为这鸟的存在感到快意。在这愁绪如风的季节，这突如其来的啼鸣仿若洞穿了一切的死亡与灰寂，隐秘地透着某种奇妙。正如《秋夜》里的那棵枣树在"猩红的栀子花开时"，有了做梦的期待和幸福，知道秋冬之后必有春，聊得一些宽慰。

老屋，老屋

老屋有多老？晋江五店市的天官第说是四百多年的历史，南安蔡氏古民居说是一百五十年的历史，而不少散落在乡野的红砖古厝则难以对。这些老屋或借助一些记载的资料，或以口口相传的方式，乃至种种迹象的推测，与时间扯上了关系，让人凭着它们隔世的姿态，酝酿思绪。

已记不清多少次走进五店市，燕尾脊的天空下，庭院深深，碧芳流翠，红砖白石，灰瓦花墙，回廊阁楼，道不尽历史的回响。雨和阳光落进天井，像南音的调子，须臾之间便雕琢出一份安静的时光。这些在来访的文人墨客笔下，唤出乡愁，表露了拳拳的故乡之心，既写着往昔，也照着未来。

从文化到文化产业，两个字的华丽转身，商圈集成，恍若明清时期繁华的五店市重生，一批批游客和周边的民众趋之若鹜，适逢节假日用"人潮井喷"与"人声鼎沸"来形容，似乎一点也不为过。我惊异于这种现代的美，而那些明清至今的建筑物们，是否会习惯这种新的礼遇呢？

在这些建筑物中有一个蔡氏宗祠，据说传衍了大部分的晋江蔡氏子孙。而在与之相距二十几公里的南安官桥镇，有一处蔡氏古民居建筑群，似乎可与之相呼应。我无意于考究它们之间的关系，只是觉得造化的艺术奇妙极了。

在一个午后，深沪的朋友提议一同前往蔡氏古民居。对于这处身列泉州"十佳古民居"之首的国家级文保单位，我仅在电视上看过。印象中的它也是燕尾脊式的红砖厝，规划齐整如一，如果不是那航拍的回字形图片，还以为是在排兵布阵哩。

那日下午四时许，我们跟着导航来到了蔡氏古民居附近。下车后，我们急忙寻找它的标志牌，替代它的却是两处房子。一边稍远立着的是修葺一新的红砖厝，另一边则是一个废弃的破房子。

那破房子的墙体几乎全倾倒，仅在靠近地面的所在裸露出一小截黄褐色的矮墙，一片碧绿的藤蔓缠绕、交织、覆盖着，仿佛想藏着什么秘密，又像要在这片荒芜的地方上造出一派别样的生机。阳光和煦，一远一近，一新一旧，在蓝、白、红、绿、黄的映衬下，俨然是一幅用心搭配色彩的油画，透着过往与新生交接后的安静。

对于一个在五店市热闹气象中沉浸过的孩子来说，此行的意义或许是找出一些别样的玩趣。见到这样的情景，儿子开始絮叨起"不好玩"的微词。而对于我这样一个脚有伤且多次往返五店市的人而言，也许只是陪着朋友来走走看看，舒散心情。

沿着断墙下的小路徐行，拐过一栋正在施工的房子，直行百余步，不知不觉便步入了蔡氏古民居。

和踏访五店市一样，我们先在红砖厝的大门外观赏一番，端详着各式雕刻艺术、门楣以及外墙的装饰和屋上的小构件。而后在边房、榉头、护厝、小厅、深井、厨房等各处悠悠品玩，石、砖、土、草、木等不同材质的气息相互融合又清韵各出，好像可以让时光流淌得更缓慢些，让脚步可以更从容。

蔡氏古民居的每一座老房子似乎总是那么不厌其烦地展现着古代精湛的雕刻艺术，石雕、木雕、砖雕、泥塑雕，甚至还有尚未被考证出的技法。这一点和五店市相差无异，大概是闽南人建造一座房子的用心构思，极其热衷用各个局部的汇合来诠释对人生与生活所有的理解、智慧和美好寄寓。

相对于这些精巧细节的运用，蔡氏古民居的埕则有种敞平、朴素的味道。五店市的埕是比较秀美温润的，它们或各自被围墙包着，或泾渭分明地切分着，可能除了天官第、乌大门、朝北大厝、蔡庄二宗祠门前那一条约五米宽为路的埕以外，几乎难寻如蔡氏古民居一望千余平方米的大埕。在这儿即便目光遇到一个石门框杵在远处，你也不必纠结什么，它依然能给你一样不断延伸的视野，而生发出一些关于宏大的感慨也是符合情景的。

我想设计这种规格的埕不仅得益于建造者追求整饬的审美情趣，更得益于他们正己修身的涵养，还有传统中国一体圆融的家族意识。设若在夏夜，大人们在埕上闲谈品茗，孩童们在埕上嬉戏打闹，彼此可见，或眼神交会，或隔空喊话，那融融泄泄的气氛在星夜之下萦绕，不正是传统中国齐家思想的映照吗？所表达的不正是一个"家"字实实在在的含义吗？

大半个下午，我们从一座房子走到一座房子，我的伤脚很是喜欢这种舒缓的节奏。同行的人兴许是为了照顾我，自觉地放慢脚步，仿佛如此更能在这片安静的天空下，自由地欣赏景致，聆听到先人们久远的足音。

经过一座老房子，正遇到一位老人在门口打扫卫生，大门内一名幼儿正咿咿呀呀地挪动着学步车。原来蔡氏古民居内还有原住民啊！果不其然，之后我们看见了一个坐在大门门槛上吃饭的妇女，甚至遇到了一位主动来与我们聚坐的白发苍苍的老奶奶。老奶奶见我脚有伤，关心地询问起来，并叮嘱我不能让伤脚沾水之类的。对于一个陌生的游客，她和善地给予了一些与己无关的问切，似乎我和她之间的交谈应该继续下去。

我问老奶奶的年龄，她稍迟疑一下，说她刚过六十岁。而同行的朋友信誓旦旦地推断她至少有七十岁，说也许老奶奶怕人说她太老了。对此我没有质疑，我想老奶奶应该不是害怕年岁的大，而是住久了，看着那些陌生的年轻面孔来了又走，心中关于岁月便有了些许的感慨，而眼见熟悉的人一个个离去，积攒的落寞日益增多罢了。

也不知道闲逛了多久，儿子嚷着要喝水，于是我们拐入了一家小商铺。这小商铺自名"蔡氏古民居茶餐厅"，里面的摆设逊色于普通的超市，甚至简陋极了，一看就是家庭式的小店仔。印象最深刻的当属搁置在它门口招揽生意的广告创意：一张夏日的大竹床横摆着，上面贴着十三张彩色的便利贴，写有"欢迎光临"和店名之类的字，那些字清秀腼腆，估计是一位少女的杰作吧。在蔡氏古民居里你很少能碰上这样的小店铺，其余的店面更是难寻踪迹。在这个商业振臂高呼，文化与产业无缝对接，而且运作模式被果断复制，广泛运用于创造市场价值的世界里，这种乡村农家的经营方式是一种停滞、退步，还是一种源于内心对生活的认知和拥有的珍视呢？

其实，我是畏惧这些思考的，可又不能自已地将目光投向那些路过的老房子，那些被摆、砌的砖瓦石，雕、镂、堆、剪的装饰物，立、架的梁柱椽子，乃至零碎的小物件，仿佛我与生俱来就与它们难脱干系。当我踏入安徽的宏村、唐模，走进扬州的个园、何园、东关街，徒步在延平的宝珠村，站立在永春老三家的祖厝和老屋前，那些行走在五店市和蔡氏古民居时触发的情思，又一次次折回关于故乡与老家老屋的印记里去了。

老家的老屋自从奶奶过世之后，家人几乎没有再进去过，偶尔因村人房子翻建，借用过一两次，现在被老邻居借用于豢养家禽。老家的老屋有多老？大概七十多岁吧，它是爷爷奶奶辛苦操持起来的。老屋的朝向，据说是请当时的风水师傅定的，父亲曾说那是坐艮坤向丑未方。其实对于风水学我深感云里雾里，自然不会像父亲娓娓道出一堆吉凶，或也因此常有村邻来向他请教。我总想着他老人家在就不用愁这些问题了，可父亲却在年未及花甲实时前走了，虽晚于老屋而出，却早于老屋而去。

以前的老屋应该是喜欢人气的，不然那八间土坯的屋子，怎么会接二连三地出人丁，最热闹时住下将近二十号人。年幼的我们很喜欢靠着它的墙体，坐在长石板上享受冬日的温暖。那时的阳光是多么纯粹，那么安静，像邻家女孩莞尔的笑脸，又如同母亲轻声的呼唤与父亲的宽慰，每一丝都让人倍感亲切。而今，它安静了，那些家禽偶尔的叫声会不会让它觉得聒噪呢？

老屋是再普通不过的闽南房子了，有小深井、排水暗道、木栋梁柱窗、灰瓦、厝顶；除了大门两侧整堵墙是用石头砌成的之外，其余三面则半是石方半土坯。若论装饰，最奢侈的，是紧靠大门与屋中木石用料一样没有任何雕刻花纹的两片红砖墙面，以及西面侧边房上的琉璃小侧窗。

小深井、厝顶和小侧窗是我尤其喜欢玩耍的地方。小深井最低处仅有二十多厘米高，逢暴雨连下时，排水暗道堵塞，小深井瞬间成了一个小方盆，蓄好了水。大人们不在的时候，我们几个小伙伴就在那跳跃，任水喷溅，有时也相互泼水，全然不顾一身湿透。大人们来时，骂声像雨水那般泼来，可我们心里已在盘算下次如何"复仇"了。

而厝顶呢？用那时的话来讲是试胆、验证打赌和"练轻功"的。弓着身子，蹑手蹑脚地在瓦片上换着脚步，仿佛身子轻得瓦片足以承受，这种感觉多半是武侠片的影像在童真里发酵而来的。有时难免下脚太快或是瓦片有质量问题，一个"咔"的声响，尴尬和讪笑就在同一个厝顶上空荡漾着。若遇漏雨时，大人们则好像洞察了事情一般，责问了起来。然而不管如何，那些往事就像覆盖在瓦片上的青苔，经年累月地附着、渗透，成了挥之不去的记忆。

琉璃小侧窗在三叔的屋子里头，它紧挨着村中的小路，墨绿色的模样勾勒出一幅流线婉转的画，或因此曾引来鸟儿在此安家。三叔过世后，我曾在这屋中翻出两箱旧书。我在想，傍晚夕照，这窗映着点点余晖，或许也映照过一段阅读的时光。

关于这老屋，确实让我想起了许多，然而也不完全是孩童的玩事。比如二叔早期做不锈钢生意，劳作时火花从切割机上哧哧喷射着；三叔从单位买回来了红膏蟳，煮熟后我们迫不及待抢着吃；奶奶在大灶锅里煮着麦粿，灶炉里却烤着臭鸡蛋；爷爷对着石墙在磨大拇指的指甲，那指甲像是鹦鹉的鼻子弯弯长长等。这些情景跳得太快了，以至于把握起来零零碎碎的。而奶奶生命的最后一段日子却是那般痛切。

记得奶奶那时已患了老年痴呆症，总是四处游走，可不管走多远，她总记得回到那里，一个人守住空空的屋子。也不知何故，她竟被流浪狗咬出一大片伤口，那时父亲每日上班总会赶回来帮她清洗伤口，准备饭菜，换洗衣服。过了一段时间，奶奶的伤好了，精神也逐渐恢复了。可人说走就走，在小雪节气降临的当日，奶奶安然离去。父亲来电告知，我第一次感觉自己离家实在太远了，连奶奶的最后一面都未能见上。孰知不足四年之后的正月，父亲却在元宵的热闹还没腾跃的凌晨猝然辞世。同样的悲剧又一次上演，我又遗憾地失去了厮守在最亲爱的人生死流转的时光。

我总想，就这样锁着这个老屋吧，不再去打搅它的睡梦。可一不小心，又在别处遇见一座座老屋，特别是故土乡野那一片避不开的红砖古厝。在肃穆、衰败、支离破碎的景象里，一股熟悉又不可抗拒的力量浮荡而出，左右着你的脚步。

我大胆地相信它们是在等待一种目光，在安静的时刻与之对视。你不必刻意在哪片瓦或哪块砖上聚焦会意，彼此无声的世界里，眼神就是最好的言语，超越了时空，直抵心灵。我甚至相信它们是在等待有人经过，重新踏上那条石板路，借着泛起的清光，收纳下足音，一路延伸开去，好叫谁的心里都跟着亮堂起来。我更相信它们只是在等待时光，等待时光来了却它们无数的风尘际遇，埋葬所有终将归于岑寂和虚无的东西。

请一株绿萝长在梦里

家中的阳台上原先摆放着几盆小植物，有吊兰、小榕树、仙人掌和富贵竹。后因搬家，一盆绿萝也住进了我们的生活。

打理它们的事几乎是妻子在做，而我只有偶尔兴致来了才给它们浇浇水、松松土，一开始自然也就没有对它们生发出什么亲切的感觉。

妻子不知何时掐了几段绿萝栽种在另一个花盆里，数月之间，一片绿意已然铺开。有几条茎悄悄地蔓延到花盆之外，像是在寻找一个可以自由舒放的空间；它们从阳台的边沿垂下，最前端的叶片又轻盈上扬，静看之时，一份优雅婀娜的风姿不约自来。

对于这绿萝，我几尽无知，可它那生长的姿态着实吸引人。妻子告诉我，树叶的生长离不开顶芽和侧芽。细看绿萝，原来真是如此。

一条茎上总有那么一片叶子长在最前头，它牵引着茎向前生长，而在其旁侧的茎里又隐藏着一个像被卷束的叶芽，这应该就是侧芽吧。待到顶芽完全摊开时，那侧芽仿佛得到了恩准，不紧不慢地从茎上穿出，几天工夫便翻开了一种新的光景。

绿萝也是狡黠的。你光顾着欣赏它的茎叶，殊不知，已有短白的气根偷偷地长出。那些空悬的，自觉地包裹起来，越发青黑，似乎是在积蓄一种不足为外人道的力量。那些贴着土壤的，不知何时已扎进土壤里去了，若是你随便一拨，它们好像早已洞悉了这种技法，付之左右轻晃，旋即又轻松地安坐着，一切如前。

绿萝扎根于花盆的限界，朝茎延伸的方向，隐秘而坚定地钻入泥土，汲取营养，不断生长，却也从未放弃对一个新世界新生活的探寻与追求。难怪人们愿意用"坚韧善良、守望幸福"如此动人的花语来形容它。

绿萝，请也长到我的梦里来吧！

岐阳蜜茶

最近喝到一种新茶——蜜茶。蜜茶顾名思义，既有铁观音茶的香气雅韵，又有蜂蜜的甘美之味。因茶主是安溪县感德镇岐阳村人，我便给这茶安上"岐阳蜜茶"的名头。

与这茶结缘，还得感谢同事。在同事盛情邀约下，我与另一位同事结伴同行，三个人坐着边喝边侃大山。同事接连泡了几种不同的茶，我的唇齿之间洋溢着被不同气味洗涤的快意。

许是谈话太过投入了，不小心惊醒了午睡中的人。一位老先生从我们聚坐的厅堂边的小屋中走了出来。看年纪大概有花甲之岁，但精神十分矍铄。只见他微微示意，就走到作坊中去了，不一会儿从作坊中取出一些茶叶来。同事见状，立马离席，笑着说："我爸比我更懂得泡茶。"

老人家不紧不慢地把茶放入茶盅里，悬壶高冲，刮沫，洗杯，斟茶，一气呵成，微微香气扑鼻而来。在同事为我们简单介绍后，老人家开口道："这是蜜茶，经过五十个小时烘焙的，你们试试。"他说话时，眉宇之间充满着慈祥。

后来得知，老人家姓王，从事茶业工作已有三十多年。三十多年是一段漫长的岁月，如果一个人对一样事物不是真心喜好，甚至是热衷、痴迷的话，是很难如此坚持的。我们一边品味蜜茶，一边聆听老人家讲述有关蜜茶的故事。

岐阳蜜茶的生成说来颇具传奇色彩。听王老先生说，他曾祖父曾身患重疾，因肝脾湿热致使其腹大坚满，以至双脚浮肿，行走不便。听人说有一味蜜茶可以疗治此病。王老先生的曾祖父几经周折，弄来了一些蜜茶，装在竹筒里，坚持服用，病情随后有所缓解，最后竟不药而愈了。切身的体会让他开始潜心研制蜜茶。如此一传百年有余，至王老先生一代已有四代，目前他的子女是岐阳蜜茶的第五代传人了。

据王老先生回忆，在药品供给匮乏和医疗意识较为淡薄的时期，村中曾有人遇邪火过旺、腹有胀气、腹泻难止的情况，便前来请赠蜜茶。老先生记得那蜜茶是装在竹筒里，挂在农家屋顶烟囱的外沿，需要时再取下来用。这种独特的保存办法，靠的是烟囱温度的调节，适宜的温度使得茶叶不会因为过潮而发霉，同时又保持了茶叶的新鲜度。在那个保鲜技术尚不高超的时代，这种方法无疑闪烁着制茶人的智慧之光，不得不为之击节称赞。

谈话之际，王老先生拿出了岐阳蜜茶的课题研究报告和获认证的国家专利证书。我粗略看了一下，蜜茶的制作先是将茶和蜂蜜按一比一的比例调和，接着放置一小段时间发酵，之后按照一定的厚薄度将茶铺在茶焙中，搁置于约四十度至五十度之间的容火器上烘焙数个小时，期间须定时进行翻拌。适才王老先生为我们新沏的茶烘焙了五十个小时，每两小时翻拌一次，前后共翻拌了二十五次之多，确实令人咋舌惊叹。如此看来，制茶的过程是劳心劳力的。而想制作出佳茗的，除了娴熟的技艺、好的天时，更需要运用经验，可以称得上集天时地利人和一体之功。

早期刚制好的蜜茶，色泽黑亮，呈黏稠状。乍看之下，令人难免心生洁净与否的担忧。后经技术改良，颗粒虽因蜂蜜的缘故未能一一分立，但已大有缓解，只需轻轻摇晃，茶米自然分开，每一粒饱满独立，油黑发亮，煞是奇特。

对于茶，我向来是敬畏的。料想这一片薄薄的叶子，任山风荡涤，历雨霜濯磨，涵养天地之精气，后经巧手斟酌素心调制，方以成茗。一片叶子的生命得以转化，更高的生存价值从此舒展开。我想岐阳蜜茶、铁观音苦瓜茶等茶的状态是相似的，它们都有茶的本色底气，又在与其他物质糅合的过程中蜕变，创造出新的价值。

都说人生如茶，由上观之，人生岂非也当如此？

我们的本心在这世俗的大染缸中，不知经过了多少形色味气的交杂。只是有的人面对再多的外界熏染，既能如这蜜茶拥有融合包容的胸怀，又能保留住本真，带给我们一种新鲜独特的气息。

人的丰腴可以习于天地自然，也应当有延续天地自然大法的思想和责任。眼下蜜茶的制作流程显然是有异同的。然而不管它们之间有多大的差异，在时下文艺大兴的时代，从于人类生生不息的长远发展，于非物质文化遗产的保护和传承的领域，为蜜茶这种优秀传统制作工艺开辟一隅，或许是一件很有意义的事情。

临行前，王老先生亲切赠予蜜茶，并邀我们常来聚坐喝茶，一想到今后又多了一个好去处，便满腹欣然，岐阳蜜茶的那种微酸微甜的味道，正在唇齿喉间不断潜溢。

独白：一条船的海洋

——致惠安女

风的漂泊里一定有海波的眷恋。千百万年激荡奔涌，千百万里匍匐蜿蜒，拉成一条柔情的长线，切割岁月的流向。

一扇门开启的时光在指上攀缘。一个小女孩静静地张望，笑靥如花，外面的世界仿佛闪现一片灵光。她凝眸、拿捏、刺穿、提拉、翻转的每个瞬间，都在聚焦慈祥的目光，都在记忆纯澈的眼神。这温柔的生活啊，如同波澜不惊的大海，用它宽广的胸膛盛满温暖的阳光。

时间之网张开，洒落一地的光芒，映照出不同的景象，缓缓流淌……

我的心在那个昔日行船的人身上。你可记得，在多年前的远方，你迎着风浪，在甲板上摇晃生命的光暗。你可知道，你每一次出航，我的思绪爬满黑夜白天；手中的线游走在与大海一样蔚蓝的布头上，好像可以与你一起乘风破浪，忘却思念。

请千万别说所有的女子居家即为安。生活之门敞开的时候，不论男女。我亲密的人啊，在一个男人没有进入一个女人的人生之前，一个女人其实早已是一条船，那一身的风姿就是她的模样。

大海咆哮！海风钻进黑色的裤管，落落大满，来自艰难的催促注满前进的力量。抓起翻飞的银浪，挂在腰间，每一步行走都可以晃动一片光亮。把蓝天披在头上，采撷白云来装饰它的梦。这一切还远远不够，我们用微笑让鲜花在桅杆上高高地绽放，用压不弯的脊梁把坚硬的石头——押入船舱。

一条船的一生至少应该经过一片海洋，才能从容地靠岸。

鸟的影子

至今,故乡在我心中活了三十几年。我的记忆里遗憾地忘却了许多东西,又分明地扑动着一些鸟的影子。

麻雀与八哥

少年时,村中常见的鸟有麻雀和燕子。麻雀大多被村人称为偷食者与聒噪者。单听那叫声,叽叽喳喳的,如同喧闹的菜市场,既不够悦耳又夹杂着躁动。而在收割水稻的农忙时节,麻雀们似乎早有密谋,成群地飞来,把浅褐色的身段扎进金黄色的稻谷中,俨然一体。待人们的脚步循着它们去了,或是呵斥一声,它们便调皮地飞开。如果在田间,麻雀们几次靠近那些穿着衣服的稻草人之后,这种摆设已然失去令其生畏的威严。

村人对于这不太欢迎的鸟,手下不留情自然也成了一种生活习惯。印象最深刻的莫过于打麻雀。方法与"灭四害"时的"红旗招展、锣鼓喧天"不同,弹弓、手电筒、铅弹气枪是最常用的工具。夜晚时,村人拿着手电筒在村中的树上搜寻,发现麻雀时便直直照着它们。这些小生灵仿佛被施了咒,一动也不动,安静地等着铅弹从枪膛里冲出,将其从树枝上扑倒而落下。一个晚上的战果是很可观的,在烤、爆炒、油炸等烹饪方式的运用下,美味可口的麻雀肉就进了村人的腹中。

小孩对于捕获的活麻雀常用于玩味。小伙伴用红绳子系住麻雀的一只爪子,一手牵拉着。麻雀挣扎地往上飞,他轻轻一拽,麻雀便落地了。偶尔碰上麻雀逃脱的事,那时手上或只拿着松软的绳子,或急着去追赶,或对着麻雀飞去的地方兴叹,或气急败坏地算起谁的账了。

这群麻雀在村人和孩子们的世界中盘旋,成了美食、玩具,也成了三叔的情趣。

20世纪80年代末期,三叔房间的小琉璃窗上不知何时有了一个麻雀窝。我们几个小伙伴总算计将它掏来,后因被他"抓现行"而招来一顿苛责。现在想来,对于这鸟我们丝毫没有一点仇恨,而且并没有意识到所谓的伤害。但在三叔的眼里,这鸟却别有味道。

记得在他训斥我们后说:每天躺在床上听着鸟鸣起床,是一件很享受的事情。那时幼稚的我们自然是无法体味他话中的含义,而对于一个村中屈指可数拥有高中学历的人而言,生命的平等与生活的情趣,乃至所谓心志的追求,求得了一种寄托。

我想,三叔如此喜爱鸟也许和爷爷有所关联吧。村人说,爷爷年轻时养了一只会说话的八哥。据说它饿的时候会叫爷爷的名字说:"当啊,当啊,要吃肉!"对此我是充满好奇的。后来,爷爷经不住我的追问,轻描淡写地提及养八哥的事。爷爷说,初养八哥时给它喂食一些细小的破碗碎片和极小的石头、沙粒,先磨磨它的舌头。接着经常在它进食前对它说话,日复一日地重复。终于有一天,那只八哥就说话了。我估计爷爷当时应该是乐坏了,讲到此处时,他的眼神中闪着一丝兴奋。

八哥的死是一场偶然。那天,爷爷下田干活,八哥也跟着去了。那只八哥许是到田间甩开了性子，到处乱飞，恰巧碰上了打鸟的人，于是就死于非命了。

从八哥到麻雀，这两只鸟成为他们生活的一个插曲，抑或只是点缀。然而细想，我们的人生不都是由无数的碎片拼凑而成的吗？多一份动情的记忆，不是更值得回味吗？

燕 子

至于燕子那就更常见了。因为益鸟的观念，村道、屋顶、电线、屋檐下等许多地方都可见其乌黑的身影。看着燕子在村道上低斜飞，抬头望望天，有经验的老人会告诉你要下雨了。傍晚时，燕子们也开始休息。一只只排列在电线上，像一个个音符，准备为劳作一日的村人奏响轻柔的催眠曲。而村人对于燕子的喜爱，大都表现在对燕子筑巢上，他们笃定燕子来筑巢是一种幸运和喜事的眷顾。因此，他们乐意让燕子把窝搭在屋檐下、厅前，不厌其烦地为其清理粪便。遇到小孩拿杆子捅燕巢时，总会扔出几句叱骂或教训，好让孩子们从此断了这份好奇的瘾。

关于燕子，我最感兴趣的是它一肚子的白色羽毛。这些洁白的羽毛在旷亮的天空下，如同天上采撷而来的一团白云，又如一份至心，因了轻盈飘洒的飞翔，显得更加清逸隽妙了。也许，在这茫荡的尘世里，有这一抹平凡的风景可以注视，不失为一种对语，值得慢慢咀嚼一番。

白鹭丝和斑鸠

停留在故乡的时光里，还有一种鸟牵动了我的思绪。几十年前的故乡，在我上学必经的路旁，长着一大片的水稻田。田螺、泥鳅、胡子鱼，甚至叫不出名的鱼也时常在那里出现。每至水稻收割时节，我们也习以为常地接受这片田野的馈赠。但那种鸟一旦出现，我们的心就变野了。

有一日，我与小伙伴们如往常经过那片水稻田，我们边说边笑着。不知谁发现了异常情况，把我们的视线引向了田间。只见水稻青碧徐徐，微风之下，轻波拂过，有一白色"异鸟"赫立其间，伸头、低头、漫步都是那么不紧不慢，偶尔伴有猝然一啄的动作，瞬间又恢复先前的悠闲。

几个人合计之后得出一个共识：抓住它，烤了它吃。光看其秀美独特的身姿，臆想那馋嘴的味道已然胜过鸡鸭鹅的了。于是，大家连忙冲过去，白色大鸟振翅一飞，离我们似乎更远了。大家不甘心，放轻放慢脚步，悄悄靠近。扑空的结果证明了我们太小觑了它，只能眼睁睁地看着它凌空高飞。

我们烤过地瓜、鸡蛋、花生、甘蔗、溪鱼、老鼠、麻雀等，其中最可口的当属蝉肉。一只蝉仅取那约有成人食指六分之一大小的颈部上的瘦肉，撒上点盐巴，在火上乐滋滋地烤上几分钟，入口之鲜美犹令人念想。想那白鸟的味道应该是更美味吧。

抓不住的白鸟究竟叫什么名字呢？大人们说那是白鹭鸶。书中曾读过"一行白鹭上青天"的佳句，写的莫非就是这种鸟？后来在我参加工作的一个渔镇——深沪，这个一面靠山、三面环海的乡镇，也生长着一些白色的水鸟，而我认得其中一种——白鹭。

虽然遇见的地方不同，但它们的体态几乎是一样的：腿修长，羽毛雪白，喙黑色，就连飞翔也尽显同一种优柔轻盈，好像所有的凶猛、粗野全抛给了大海。值得一提的是，海边的白鹭较不惧怕人，更易接受与人的亲近距离。换种唯心的说法：这个环境下的白鹭更自信了。

后来读到鲁迅先生的《从百草园到三味书屋》中"雪地捕鸟"的情节，对于海边白鹭的自信更确信了。古往今来，在中国的饮食文化里，人们在海边设诱惑抓捕海鸟的事是极少听闻，倒是一些捕鱼时的附带捕获偶有见到。这些为了生存的海鸟在熟悉的水域得主场的地利之便，不必过多地担忧所谓的诱惑陷阱，它们在海面上飞舞，在海水中捕食，在沙滩上散步，在很多不为我们所知的时光里经受命运的洗礼，享受生命的欢愉。

然而当人类郑重地演绎自身定义时，无论是哪种鸟类，其生存都被推向了选择。极其可悲的是那些进入了城市却又想过着乡野生活的鸟。

我现所居住的青阳是一个小城市的中心，那里车道四通八达，绿化带的树木高低错落，却几乎见不到有鸟儿从容停留其间。我和朋友们在单位废弃的小山坡上开垦了一个小菜园子，挖空心思地移植一些菜苗栽种。不料没过几日，这些菜苗大都被鸟儿吃了个秃头，有的甚至连根茎也找不着了。大家为此气愤不已，有的连忙布置稻草人，有的悬挂红塑料袋，有的则张网以吓鸟。

守株待兔未必都是可笑的。几日下来，小菜园子里的网上捕获了近二十只鸟，大的有斑鸠，小的有麻雀，当然也有个别不知名的家伙。据说公鸟天生有向后退的本事，有时能侥幸逃脱；而母鸟则是一个劲向前钻，入网就在劫难逃了。因鸟网上的丝线比钓鱼线更细更柔软，所以鸟儿一旦触网，羽毛便被粘住了，接着便是不断地挣扎，而丝线往往缠绕一起或交叉错位，要将猎物从网上取下得费点工时，解猎物的状况也频出了。

一个朋友在给鸟解开网结时，不小心把一只麻雀扯成了两半，他被吓了一跳，随手就把那鸟的一半身子丢弃了。另有一个朋友的母亲在解网时因鸟被束缚得解不下来，她便拿着剪刀直接给鸟开膛破肚，那鸟皮一撕就掉，内脏一拉就出来，鲜血淋淋的，看着都叫头皮发麻。

显然我们的初衷并不是为了吃鸟肉，但还是有一部分被网住的鸟不可避免地成为美食，而这种现象也在孩子们的呼喊声中日渐消弭。于是，有时看到鸟被网住了，就小心翼翼地解开它，将其放生。遇到解不开的就顺其自然了，幸运的得以挣脱重获自由，不幸的则殒命于网上，直至被晒干风干。时间过了大半年，这几张鸟网上几乎再也看不到鸟被网住的情形了，仅留着几根羽毛随风轻摇。

再后来，读到了"孔子见罗雀者"的故事，孔子先生昭示的"善惊以远害、利食而忘患"的蕴意发人深省，对白鹭鸶的逃脱以及菜园子里的网不复挂鸟的现象，自然便释怀了。

这世上的许多人总自以为聪明，当真正面对诱惑时，却未必都能如这"善惊之鸟"，遭遇什么波折和落得哪种下场也就可见一斑了。过去"农转非"不易，现在"非转农"难行，在这个钢筋丛林的城市里，闲暇之余在这一方惬意的小菜园子天地里劳作，聆听一些悦耳的群鸟啁啾声，借此疏解工作的烦躁与生活的纠结，岂不是一桩美事？

如果还有什么鸟应该和过去一起被记下，那一定是那只悲鸣的夜鸟。我不知道它的样子，声音是它给我留下的唯一记忆。我只能在夜深人静的时刻默默地怀想，如同一条河流，在很多时刻被一种或暗示或潜藏的力量，引入生活的海洋。

漫步也遐想

关于人生，我更愿意将其比作一块园地。而这块土地总在很多时候，因为很多人而不断变化。很长一段时间，我总觉得伟大的作家是那么不可思议，他们像一棵棵树，其思想的根不断延伸，慢慢进入你的领地，与你交结、衍生、悄然生养。而有一天，你才蓦然发现，我们的园地上，也长着这么一棵小树。

十年前，那本《忏悔录》让我撞进了一个质朴坦诚的世界，文质兼美的笔触更把卢梭这个名字写进了我的心里。十年后，《漫步遐想录》让我更想贴近那脆弱却善良自有的灵魂。

打开《漫步之一》，卢梭又开始了生命的跋涉，他把文学的根系继续延伸到了我的心园之上。作者在开篇便阐述了自己的使命，文字从此把他的生命带入了一种意识美好而充满希望的岁月回眸之中。

一开始，他便只属于他一个人，周遭把他留给自己和影子，然而孤独不是形单影只，内心与性格使然的渴望反差，使他尽显着一种生存的寂寞和悲哀。

如果一个人在孑然一身的状态下生存，拥有的只有自己的世界，那么他失去的与将会迎来的是无可想象的。

这种时候，或许需要冷静地面对与思考。而大多数人却不是这样的，怨天尤人、悲观失落、哀叹号哭是他们的定向举措。

沿着文字的脉络，我们被一种袒露着的极大的性情包容，他以内心曾鲜活的爱的美好来宽恕他所得到的暴戾的对待。

此时，卢梭在思想的经纬度之上，通过过滤，得以取精，得以萃取"我之外"的影像，而"真我"也在这一刻更得以浓缩、集中，更大程度地凸现着自己的存在。他所寻求的这种方式，是一种冷静的美学。

然而，他还是有了那种被抛弃的感觉，有时会莫名地脱离心灵坚定的轨道，失去生活的重心，跌落到无可预知、无法把握的广大之中，茫然让他便又尝试挣扎。寻而未果，徒劳的挣扎充其量只是一个动作、一种形式，更多的是陷入了绝望的茫然之中。

他，成了零余人，他的战斗似乎也只属于自己，开辟的是一个过去与现在思索厮杀，现实与心灵碰撞对决的战场。可是，在战胜内心痛苦想象的最大程度承受中，卢梭完成了对"同仇敌忾地驱逐出人类"而招致的一切灾难、不幸、打击的承受。

无所谓希望，只有顺其自然的生存状态，他趋于内心的平静。或许人生就是这样一种容量、这样一种沉淀。

而这种容量、这种沉淀，无疑是来自自身的寻求，即严肃而诚恳的自省。

或许，人生生不息的力量源泉是来自自己的内心审视。我们忙碌却不充实，我们疲于追求却不快乐。我想，在心灵这一关上，没有探寻到真正的意义、动力，所有一切的努力失去存在的真正价值。

或许，那心灵的真正追求才是最有意义的生活。

文字传递的温度让我思想起伏，但我还是不能最大限度地去理解卢梭，因而我只能狭隘地揣测。

这是一个怎样的人呢？

孤独，与世界隔绝地冷漠着，似乎想将内心与外界完全割裂。他的生存，忘记了身体，只有一颗心的呼唤？

敏感，周遭的一切都共同加注了他的脆弱？他在思维神经的超前承受下，坦然地面对厄运、困顿，甚至显得那么恬静。

无奈之至？他无力改变一切，顺其自然地接受生活的种种，同时借以心灵的探寻得以享受。这是一种封闭？还是一种真心灵（真灵魂）的挣扎？

挣扎着，仿佛有了自我安慰的呼吸空间，并以此从自我的内省中，寻找到阳光、养料。

他，活着，有根有源地活着，甚至比一切排斥他、否定他的人活得更好。

他们增添的打击与怨恨，也只能成为他的一种嘲笑、一种更大的安慰。

其实，他在放大地生活，是在寻找各种生活下去的机遇与方式。

也许，这也是我们可以积极寻求的生活。

当一个人的孤独与遐思结盟时，以灵魂力所能及的最大自由，来寻求真我的回归，是一种最自然、最有效而美妙的生活方式。

孤独带来的不是寂寞的哀怨、空洞无聊，反而可能是一种能量的蕴蓄，那便是冷静。拥有这样能力的人是相对豁达的，因为一个人不会狭隘地把思维囚禁在自己的世界中，一味地用顾影自怜的姿态来回味自己、面对生活。

而遐思以轻松与随意的灵性，不断地开掘触动神经的存在价值。此时，冷静以理智的审视来重新定位，沉淀之后的，便是最简单、最纯净的精神元素。

在《梦与大自然与人》中的卢梭便是一个在这样的道路上行进的感恩的人。

作者一度发现了自己想象力孱弱，唯一可以依存的就是记忆。在散步的悠闲之中，没有节奏地回忆。于自然中穿行，滤去一身的焦虑与先前的无奈苦痛，自然成为他心中最亲切，甚至是无声关爱他的母亲的怀抱；在人性中行走，作者是在重温跋涉的岁月，而有了先前的保障，那一切已被时间绑走的人事物，在印象中是那么清晰，可是又总是遥不可及，没有了触目伤怀的敏感，最后只能成为一场纯粹的有着生活影像的梦。

梦的存在虽是那样缥缈，却夹杂着一种寻找的寄托。一个偶然，作者发现了罕见的毛莲莱、镰叶柴胡、水生卷耳草，心境变得兴奋了起来，那种快意不亚于碰见久违的趣味相投的老友。他还是在不经意之中显露了他的孤独与渴望，可是那种显露很仓促、很短暂，它们随即被他夹入了随身携带的书籍之中，似乎卢梭在为他与自然的对话收藏足够的素材。

当卢梭穿过了秋后的葡萄园和草地时，梦境投映在他的眼前。收获过的秋天，风烛残年的余生，情致是那样的相似。他的心弦便被拨动了，那声音中有苍凉吗？会有下一个季节的冷酷吗？

我想卢梭无法离开他的遐想，扪心自问是他的一种习惯，仿佛他一生都是在一次又一次的不经意中，完成对生命的寻找。"我来到了人间走了一遭，可我究竟干了些什么呢？我本是为了生活而降生，可我还不曾生活就将死去……"

我宁愿把那看成是一场对话。大自然给了他行走的艰辛，他发现了美丽。于是，在美丽的发现和惨败的落寞中，他开始和大自然对话，感谢大自然这一路来给予他的际遇，生命才会有了那么多的喜悦。我想大自然是欣慰的，而他是心怀感恩的。

美妙的感受，很多情况下会走向梦幻斑斓或跌入冰谷的深渊。梅尼尔蒙丹街的傍晚，一场车祸导演了作者重归后者极端的境地。昏迷，忘却，清醒而没有受伤般地走回了家中，在家人的诧异之中，作者终于警觉到了自己受伤的真实。然而，他还停留在一位素不相识的先生的善良温暖中，对于遭遇没有惨烈至极而倍感庆幸的安慰之中。

可现实绝不会因为他内心的纯洁而变得柔软，也许他一生注定与厄运结缘，接踵而来的繁杂，无论是现实的还是虚拟的，苦心孤诣地想将他击倒。

关于他死亡的报道和死后盖棺定论的种种蓄谋已久的流言蜚语蜂拥而至，仿佛在彰显那种同仇敌忾的愤怒与箭在弦上的严谨，于是卢梭又成了众矢之的。辟谣更是促成了公众的厌恨，精致的解释无非成了此地无银三百两的自我嘲弄，越多的语言越显得苍白。基于事情之始可揣测结局的逻辑，静默成为一名观众或许是他可以做到的，但是选择什么方式，他都成了主角。他的存在仿佛是公众活着的一种证明。

或许有那么一些关怀，可是当关怀与目的勾结时，卢梭还是必须成为一个善良的突破口，继续承受他后知后觉的疼痛。奥穆瓦夫人所谓的恭维，到结果只是一种迎合大众的视觉转移。以至于对她的回绝，都让卢梭显得那么被动。

也许我们都想到了反抗，可是当你发现，在社会上唯一适合自己的方式是流亡时，想必你也会省下一些气力，继续行走，甚至在漫漫的长行中怀疑那份坚守自己的信念。此时，卢梭和你有点接近。

所有人团结的力量都让他开始欣赏他们的完美，在美的审阅中，他模糊地忘记了自己。用美丽的享受来调和自己原先拙劣的想法。

忘记之后，空白地填补上天地人和谐的美，并以此继续前行。在他心中坚守的仍然是最初那份对生活的热爱和恬美，他相信有一天一切都会美好起来的。

这便是一个纯粹的卢梭。一个冷静面对事态、积极自我探寻的卢梭。一个以忘记伤痛的纯洁之心，来感恩地活着的卢梭。

《草房子》的旅行

读书，就像谈恋爱。若读上一本好书，如同经历一场刻骨铭心的恋爱。尽管不免有外在的眼球吸引，但更永恒的是其内在美的欣赏与追求，让人于潜移默化中蜕变提升。

轻轻推开曹文轩风情文笔下的《草房子》，在安静的心境中品读，就像经历了一段很长的旅行，一路收拾行囊。

书中有种让人讶异的美，让人不由自主地放下骨感现实中一些可悲可怕的收藏。

好似神力刻意构造，那些唯美全部浓缩在一个偏远的油麻地。如絮温柔的白云、起舞的梧桐叶、风吹日晒的茅草、成茬成茬的麦田、宁静的夏夜、低浅的虫鸣、悠扬的低声、美丽的芦苇荡、成群的游鸭、一颗即将成熟的南瓜……都在一片古朴的土地和一方木舟来回引渡的大河圈中展现。所有的美，悄悄地潜伏在草房子的记忆之中。

在这种意境下，人的声音和自然的音乐，都被揉碎，融为一体，无论哪个艺术大师的高超创造都无法媲美。

桑桑的歌声，似乎不合时宜、不合内容地飘起；纸月夜晚教柳柳的悉心朗读，被未眠的桑桑会心默记；蒋老师无法掩饰的情感，像一支短笛曲，在夜的寂寥和人们的劳动中飘荡；甚至是秦大奶奶蓄意而为的鸡鸭喊叫声，在油麻地小学课堂外，都汇聚成一种情感寄托；当秦大奶奶为了救乔乔而溺水奄奄一息时，所有学生"奶奶"的呼喊，是那么一致而充满生命力；不得已而辍学的杜小康，被迫离开油麻地，慢慢划动船桨，和父亲把鸭子安顿在美丽的芦苇荡，在生活的种种不幸的际遇中，坚守着读书的梦想……

优美的画面翻转不停，交织的声音萦绕不绝，演绎着草房子最自然的美。

我们害怕充耳不闻的自我享受，惮于自以为是的拥有。世界很广阔，草房子的人们继续向我们呈献出动人的场面，尤其是之中深藏着的却是不可抵挡的人性魅力。

当小说的楔子把桑桑一个人被搁置在最高屋脊的上午时，永远告别的序幕触动了所有珍惜留念，真情涌动如潮。

当陆鹤被嘲弄之后，刻意破坏了学校大会操的评比，他的内心却不是满足的快感；而在一场重要声誉的演出中，他主动承担空缺的尴尬角色，在出色表演后，悄悄地躲在小镇水码头最低的石阶上哭泣。没有成功的狂喜，只有平静的收获、责任的承担以及内心友情的渴求。

此时，孩子们都一起哭了，在一个"纯净的月光照着大河"的夜晚。或许哭场让人唏叹，然而，那未抵达成熟、发自内心、从未被污染的纯真，成了主题。与其说是月光的纯净，还不如说，这朵友谊之花真诚绽放、纯洁动人。那其中的真挚该让多少人汗颜啊！

想再提及桑桑，"只因为桑桑就是桑桑"。当所有的人都同仇敌忾地看待秦大奶奶住在油麻地小学时，唯独桑桑以她从未听过别人对自己称呼的"奶奶"，亲近了这位孤独的老人，以至于大家佩服他从奶奶那里取得了艾草。当桑桑在辍学的杜小康家里无意中发现那个女孩丢失的课本时，桑桑"我不说"的重复，既保护了杜小康那颗脆弱的心，又挽救了杜小康求学向上的信念。经历了一场生死的考验后，他更无法忘却，油麻地永驻他的心中。"桑桑就是桑桑"！

　　江南的细马在故事中是不幸的，离家，被过继，承担着生活重担。一个和桑桑同龄的人，不得已地超越了同龄的成熟，将生活给予的困难，从容地一一击倒，在历练中表现出非凡的能力。在面对挫折时，他不再是自然保持距离生长的艾草，而是一棵楝树。

　　在小说中，秦大奶奶不是主角，她和丈夫吃苦耐劳、不知疲倦地用心血换来了土地，喜悦地望着土地上麦穗金子一样的光芒。在丈夫死去之后，由于油麻地小学的建立，几次被强行搬家，她始终坚守着"打死我也不离开这里"的思想。当大家把她当成小学的一部分时，为了学生，甚至为了维护学校里一颗即将成熟的南瓜的所谓财产，她献出了宝贵的生命，成就了坚守中的自觉美。

　　而这块土地，或许是一种生命意义的象征，或许是她和爱人曾经岁月的情感依托，但或许更应该视为她对情感和信念的坚定。虽垂垂老矣，却让人不得不肃然起敬。

　　……

　　读罢行文，心情一直不能平静。的确，作者说得很对，依旧感动！这个世界的感动，或许不能再创造出新的，但是那些可以直达心灵蕴含的永恒。

　　人生一世，精神的空虚远远比肉体的孱弱来得可怕。

　　收藏这一切的美丽，走出《草房子》，沿着梦想继续上路……

走一段寻根的人生路

阅罢路遥先生的《人生》，情不能自已，思潮涌动。想必先生是个真性情之人，是个生活得有根之人。黄土高原的土地，培植了他的热爱，养育了他的灵性，不然那一股股文字的暖流，何以能牵引着读者，走一段段身临其境的人生路，渴望为每一段人生路找寻一个根呢？

有一段路，属于梦想与现实。

看完了作品中的高加林和马栓，我想起了鲁迅的作品《在酒楼上》中吕纬甫说的一句话："我在少年时，看见蜂子或蝇子停在一个地方，被什么一吓，即刻飞去了，但是飞了一个小圈子，便又回来停在原地点，便以为这实在很可笑，也可怜。可不料现在我自己也飞回来了，不过绕了一点小圈子。又不料你也回来了。你不能飞得更远些吗？"文中的故事似乎在飞与回之间游走。

一场暴风雨来临，闷雷炸开了高玉德一家的生活，高加林的民办教师工作被高三星顶替了。愤懑在年轻的高加林血管中张扬，家中的生气被生生剥夺了，然而这只是他人生的一个开端，苍蝇式的人生之路刚刚摊开。

细皮嫩肉的民办教师在消沉了一个月后，日子像是高玉德轻轻打掉的灯花，窑洞中亮堂了许多，父母亲的辛劳使得高加林的心中有了些许的明亮。家庭的窘困使得他走了一趟县城，扮演了一位卖白馍馍的农家人，然而他选择躲进县文化馆的阅览室，"躲进小楼成一统，管他春夏与秋冬"，忘却时间地投入精神食粮的吸收。可面子却压垮了一个知识分子的虚荣和清高，从县城到高家村十华里的土路尘土飞扬，他的心仿佛被锤炼成一颗自以为卑微的尘埃，终归是要回归土地的。于是他决计下田劳动，在狠狠的劳动中，成就了一个地道农民的角色。

然而活着的人，还有一丝梦想在纠结。叔叔高玉智的回家，使得马占胜阿谀奉承地给高加林办好工作，他摇身一变，吃上了公粮，当上国家干部，成了县里的通讯干事。青春因为梦想而更有激情，年轻的高加林在农民与干部两种身份之间，始终坚定着干部的理想。一次暴风骤雨让他在工作上崭露头角，生活上也开始春风得意了。于是他对未来的生活有了更大的念头，而省报短期新闻培训班让他的梦想仿佛就在咫尺。培训回来之后，当他还未将梦想实在地抓在手里，接入现实时，一场爱情的风波，一个大公无私的叔叔的电话干预，他不得不将铺盖卷托高三星运回家里，沮丧地回到生养他的那片土地。仿佛一个孙少平又赫然站立在眼前。生活或许就像文中说的："生活啊，生活！有时候它把现实变成了梦想，有时候它又把梦想变成了现实！"

一个理想从云端的高度突然坠落，在掉下的打击中，他望着故乡单纯而丰富的土地，在乡亲父老的宽慰和热情感染下，在自己曾经深爱的女人——刘巧珍的帮助下，又重新回到了教坛上。这正印证了马栓对刘巧珍执着的婚姻上的一句话："年轻人，谁没个三曲四折？"

三曲四折，一段段人生，是父亲高玉德相信的命运吗？吴敬梓笔下的范进用了几十年的青春年华，敲开了科举制度的大门，而高加林在梦想和现实之间飘荡，最终落在了厚实的故土上，在他的理想信念中是否还跳动着希望的火花呢？也许寻得了根的生活才更实在，才能生发出一些深厚的感情来。在文字中，笔者的心和高加林一起经历了一段苍蝇式的人生，执着于心中的"美食"，从一个点飞开，绕了圈子，又回到原来的点上。至于在精神上，是否飞出了这个点，一切不得而知。

而一个不识字的农民——马栓，在来高家村刘立本家中说亲的路上，用一番幽默的话，让处于失落的高加林满脸欢笑。而这个起点正与故事的结尾重叠。当高加林和刘巧珍恋爱时，马栓"飞"走了，可是他始终惦记着刘巧珍这个原来的点，在高加林和刘巧珍痛心分手后，来刘家说亲的媒人几乎遁形了，而马栓一如既往地来刘家说亲，以朴实的语言，动感情地坚守着对刘巧珍的婚事，最终守得云开见月明，完成了一只"苍蝇"似乎应有的飞行轨迹。

何止高加林、马栓，还有高玉智，还有许多人，或许包括你和我，我们盯紧惦记着那个点，在迂回曲折中，在大小不一的圈中飞行，最终回到原来的点，演绎着一段段苍蝇式的人生。然而不论是怎样的苍蝇式的人生，没有根的飞翔难免会落入困倦之中。

人生的路有很多段，完整的人生应该有一段属于年轻的爱情，或暗或明。

爱情的力量向来是巨大的，无论是悄然而隐还是公之于世，尤其是当它面对着一个失去方向、需要慰藉的心灵时。

大字不识的刘巧珍在一次蓄谋已久的行动中，用自己的行为帮助了高加林这个失落的知识分子，保留住了一个民办老师的尊严。在单纯而质朴的农村性情使动下，大胆的倾诉超越了带着野嗓音的信天游传情，玉米高粱谷子长成的庄稼在傍晚成了一条神秘的境界，空气中清香的气息，正在酝酿一段爱情。爱情的月光把山川照得一片迷蒙，也使他们变得朦胧了，大马河的水在两个年轻人的心上静静地流淌，夜的宁静对于他们而言都是一种心灵的澎湃。一个逼近崩溃的精神，就这样得到了一股源泉，有了一种救赎的信仰。爱情是他不幸时候的幸福，温暖了他精神的冻土，唤起了他生活的热情，唤醒了一个农民的儿子对土地深厚的感情。

而感动的激情使得刘巧珍为一句"要刷牙"而不怕村人异样的谈论和眼光，甚至敢于与父亲抗争。在生活中，处处悉心关注高加林，在女为悦己者容的心境下生活。

得到能量补充的高加林在困顿中逐渐清醒过来，再怎样逃避的生活始终要面对。而他却以一个知识分子的清高，将这段感情看作是一种堕落和消沉的表现，但是又割舍不了对巧珍精神上的需要和渴望。

当梦想的影子来时，高加林便又会陷入思想的混乱之中，而巧珍的关心成了抚平他内心骚乱的良药和蜜糖。当流言蜚语漫天飞舞时，德顺爷爷捅破年轻人爱情的窗纸，而他们年轻的心，用充满的激情和大胆的挑战去面对。为了解决村里水井的问题，他们共同坐着一辆自行车进城，在闭塞的乡村文化中召唤一阵现代的文明风。爱情，从两个黑夜独自在庄稼地里的感受，到向整个世界公开展示的幸福，他们沉浸在一种庄严和骄傲中。

后来，他们共同进城运粪，聆听了德顺爷爷与灵转的凄美爱情。这份感情震动他们年轻的心扉，爱情在夜晚安详入睡，可很多个夜晚总有一种响声，那是梦想在心中回荡。爱情在时光中温存心灵，内心的惆怅苦闷不能完全覆盖，梦想的未来即使是漂渺的，也从未停止过激扬。于是他渴望离开家乡，带着爱情去闯荡。

生活在一个瞬间发生了巨大的变化。高加林踏上了县城通讯干事的工作岗位，临行时对巧珍暗暗落泪。进城后，一个仿似匆匆过客的蜕变，在东岗的散步中，感受到了城市异常的辉煌，"城外黄土高原无边无际的山岭，像起伏不平的浪涛，涌向了遥远的地平线"，那里面可是藏着未来？还是藏着那份思念呢？

城南暴风骤雨的工作，文采横溢的广播稿唤醒了黄亚萍的爱情，这份爱情也似那两场山洪淹没了许多，意外地埋葬了一个人的人生梦想，折断了三段爱情的翅膀。高加林、张克南、刘巧珍、黄亚萍，他们或徘徊在爱情的抉择中，或被爱情冷酷地拒之门外。

高加林在良心不安和不舍中开始了一段罗曼蒂克的爱情，也在苦闷和生气中品尝了和黄亚萍的爱情的滋味。而后又在农民角色的重新定位下，割舍下了现代爱情，在懊悔中接受了与刘巧珍的爱情逝去的现实。

失去爱情的刘巧珍，爱朗朗的大马河和大马河的青草野花，爱太阳，爱土地，她寻到了爱情根，要扎根于土地上，她要在土地上寻找别的地方找不到的东西。她明白了在爱情上的追求是多么天真！她要老老实实按自己的条件来生活，秉持着"我已经伤过心了，我再不能伤马栓的心了"的信念，在心中深藏那份曾经的爱。

即将南下的黄亚萍，不知情归何方的张克南，他们或许会有新的际遇。对于爱情，对于生活，更对于人生，也许像日趋成熟的巧珍说的："对待社会，我们常说要向前看，对一个人来说，也要向前看。生活总是这样，不能叫人相处都满意。但我们还要热情地活下去。"

文中爱情的影像在时光长河的沉淀中，或许有一天会成为文中那场《永恒的爱情》，然而年轻的心，在激情的岁月中，只有寻得到了根，爱情之树才会长青。

行文至此，依然记得那个镜头，当高加林最初回家当农民时，两只手的血泡把镢把都染红了，但他还是那般疯狂地干着。犁地的德顺老汉抓了两把干黄土抹在他手上，说："黄土是止血的……加林！"

或许那黄土不仅可止住手上的血，也可止住爱情流产和梦想破灭所流的血，因为黄土是……

在时光的细节里

与郑简相识颇有些时日，某日向其索要《时光的细节》一书，其欣然应允。数日之后，郑简寄来有其签名且加盖名印的这本书。

初收此书，草草浏览数文，无奈浮躁困扰，将书搁置抽屉中，一过便一个多月。时逢值班，天微雨，单位人员已悉数散去，唯留芳草绿树为伴，而不远之处，万达广场建设的号角伴随挖掘机的轰鸣，自如响起。立于办公楼门前观望，就像很多时候的习惯一样，总想拨开飞扬的尘烟，看个明白，可又扪心自问：自己究竟能真正看清什么呢？

百无聊赖的夜晚精神枯燥而振奋，正好同飘洒的细雨，以不同的姿势去阅读些什么。翻阅了《时光的细节》若干篇章，抬头之际已是子夜了。空气的清新、淡雅的书香已冲淡了浮躁的气息，心境平和得让人讶异。这种久违的感觉让人不禁念起了雨夜读散文的好。这灵性的雨啊，在夜的呼唤下，陪伴着一个灯下的灵魂，品味着散文中那至真纯善的情愫和表达。

我想《从码头出发》

选择一条路行走，总因为有一种离不开的情怀。海岸线有多曲折，有多漫长，那个少年的梦便有多青春、多勇敢。

停泊的煤船养育了一批人。他们通身墨黑、辛苦劳作，他们有共同的名字——搬煤工。生存的圆心支开了不同的半径，描画出各自生活的圈。一个少年，遇见了挑煤工人身上抖下的如黑盐闪光的煤灰后，从他们姿势跳跃的身影中，生长出了一个关于码头的梦。

"汪洋中的一条船"的插图终因同桌家生计之故，被踩踏的三轮车碾碎。完整之为完整，是相对碎片而言。而碎片较之完整，却更能留于人心怀。多年之后，游船圆了一个二十多年前少年的梦，那梦却仿佛停留在那个码头。那梦，依旧沿着最稚纯的思想之路，触动过往和快乐，从那个码头出发，成了一种最原始的渴望。

如果多次温读此文，你自然会清晰地发现，温暖扑面而来，细腻随处可见。而今如果作者重新踏上那码头，是否可以抵达心中最初怀揣的那个梦想吗？

也许应该感谢时光，她曾那么用心雕琢一个朦胧的梦想，她不经意间遗留了一些生活的残片，供郑简，抑或更多的人，细细回想，用心珍藏。

《时光的细节》，无声

人活着，总会有些细节在某段时光里被唤醒，被回忆。

回忆被钉在木板上的旧电表。望见时针停止的某个刻度，细节会被勾起。琐屑的旧宅事物，再度无声流淌。脑子把某些现状的变化贴上对比的标签，骨子里依然藏着怀旧的暧昧。

回忆一面有历史的墙。一条古巷的青春在生命交替的茁壮生长中，露出了往事的泥土，就像在海浪冲刷下，翻卷出的各色贝壳，亮丽如新。无须什么声音，海的剧情、光阴的故事便会裸露在你的思潮中，一如当前。

回忆一段关于亲情的岁月。一份细心的叮咛、一个小心翼翼的举动、一点欢喜的好奇、一种寂寥的等待，相互交织，最终都被时光拥揽入怀，那份眷恋的温暖如花，在春天的温存中，朵朵盛开，如婴孩最自然恬美的微笑。

时光推着我们老去，终有一天我们已经无法再表达，但那些关于时光的细节，仍然会给予我们一个曾经的青春。

静心聆听《夜晚的声音》

夜，如常而逝，没有谁能阻止它消逝的脚步。

有些关于生命的平淡、悲壮与绚丽的篇章，以及梦与睡眠的厮守，都一并被包裹在它的匆匆中。有的被磨成细节，发出微弱的声音；有的甚至可能连细节的名分也没有，便在冥冥的起伏和变幻中，逐渐模糊，至于难以捉摸的田地。

我曾做了一个梦，梦中有所谓地狱的刑罚，在那里我经历了下油锅、上刀山的煎熬。梦中痛楚的感觉，给人以从高耸的楼层掉落的恐惧，最后一丝的希望也找不到落脚的底线。猛烈惊醒后，急忙在现实中寻找那些可触可感的棱棱角角。

梦与现实，泾渭分明，然于一生的终结而言，似乎又密不可分。来世上走一遭，为世俗中的各样追逐奔波，撒手人寰后，又能带走什么呢？想必，夜晚给予我们睡觉的作息时，也潜入我们的梦境里，悄悄给我们一些声音。这声音，或许关于情感的纠结，或许关于道德的拷问，或许关于生命的意义，更或许只是一种简单的敲击，想让我们去寻得心最想走的路。

夜晚有声音，你、我，听到了哪一种呢？

心也得听讲古，《乘凉》

早听祖父讲过盛夏乘凉的美事，心中羡慕不已。而今在郑简的笔下又重温那个场景，时光倒流，门口的大石臼上，我在听祖父讲故事。

故事里，不是狐仙狸怪，不是粉红情事，似乎因为祖父的工作出身，更多的是关于革命的悲壮风雨。自己心中对那个时代的概念，那般单纯，那般可爱，把祖父言中的人物往死里崇拜。

有时祖父也讲起村里围坐闲谈的故事。古今轶趣，十乡八里的奇异人事，乡中邻里的琐屑之事，各人七嘴八舌道来。如此一来，也有作者笔下蜷身于乘凉讲古篇章中，不敢稍有懈怠的氛围。设若漏听了某个细节，少的不仅是一个故事的完整演绎，而是一次心情的跌宕起伏，甚至有可能是一次身心全然融入的洗礼与享受，为某个智慧角落的有所建树。

闲暇的谈论对夏日的燥热的消除俨然是一剂良方，村人们好像都各有捕获地回家。这其中值得人感悟的，应该少不了村人身上那些淳朴善良的秉性和简约平实的风气吧。

很多人想方设法地挤进城市，可当我们身居城市的高楼新房时，我们该以什么心态来看待那闲适，如何更切身体会那种原始的质朴呢？我们也许都能感受到，在电视中讲古栏目兴起时，那种曾经的熟悉带着许多我们需要的元素，悄然远去。我们再也无法激动地像祖辈父辈那样，感同身受地给我们的子辈讲起我们曾经捕捉的那些美好的、给予心灵一次次撞击的故事情节了。

夏虫不可语冰，缺的或许便是一种心境和生活的抚摸。

回到《乡村语境》中去

郑简笔下的乡村像是一种语境，让其终身游弋其间。这描述倒是给人一种自在安全的感觉。如果乡村像是一种语境，那么我们又能以什么身份来回应她呢？

于我而言，求学至工作，我与乡村的距离越来越远，对于乡村的形容逐渐生疏了起来。很多时候，在乡村面前，我触摸不到自己。

昆德拉有所谓的《生命不能承受之轻》一书。其轻不能承受，大抵是置放在现实与内心情感的断层上，一个人内心真诚而不设防，突如其来或是渐变的时遇，让其陷入没有自主的抉择中，对原本熟稔于胸的人、事、物，不可抗拒地拉出绝缘或是极其陌生的距离。于是，置身于当局，却游离在局外尴尬地承受着。

当朋友谈起我们不是与郑简拥有相同生长环境而无法有亲切细腻的表达时，其实我也曾很温馨地生长在一个乡村。在那里，田野、稻子、地瓜、蔬菜、小溪、鱼以及小伙伴，还有很多被时光抹去的东西和感觉。只是，这么多年来，我一路行走，不曾认真地驻足回望和回想，它们旋即被成长的脚步甩在时光的身后。

可奇怪的是，当迷惘和无名的烦躁来临时，我总在寻找心神休憩的地方，乡村是最宁静的选择。车到了村口，农田早已在变卖和荒废中面目全非了，但村里那座破旧的神殿，神殿旁小时候常见而今被雷电台风摧毁一半生命的大榕树，用石头砌成的几百米长的水坝，那石头围成的露天木厕，那一张张看着我长大如今刻满岁月痕迹的脸，仿佛都以最甜美的微笑和最欢迎的姿势，迎我回家。

单位离乡村有近五十公里的路程，不远的距离时常被年轻的心忽略，每每回家，父母亲总是掩不住欢喜，询问起我的工作和生活。夜里他们踏实地睡下后，对着门外的小红菊、石井、山茶花和高远的夜空，一种愧疚潜溢而出，其他的杂想也随之而来了。

有时想，人一出生，便注定属于某种语境，它伴随人一生，或隐或现，割舍不断。

做一只在边城歌唱的竹雀

读完《边城》，心中有些困惑：一座边远小城缘何能自绝于20世纪20年代的中国纷杂，以一种安之若素、单纯寂寞的独特姿态，在一位年轻人纯净的笔下娓娓道来呢？

在一睹了沈从文先生年轻时的风采后，一切似乎有了着落，心中也暗自窃喜。照片中，他那隽秀儒雅的脸庞、明亮清澈的眼神，有一种俊逸清雅的气韵，这似乎也佐证了"相由心生、文如其人"的说辞。

小说没有中国革命理想信仰的所谓高度，没有历史沧桑与沉重的描绘，没有人情世事纷繁与灰暗的勾勒。仅囿于一方边远小城，描述出寻常人家的悲欢与真切的追求。

这些平凡也在爱情的温柔与纠结中聚焦。

翠翠的双亲因缠绵歌唱而秘密暧昧，最终都无法面对各自所谓的责任而求全殉情；即使死亡来宣告，都无法否定他们爱恋彼此的执着和忠贞；那死的结束，也是一个将对爱情纯真向往的生命的新生。

而正是这个新生，在争做渡夫船靠岸的时刻，一次又一次独自装扮着新娘子的美梦；在令她心神驿动的美妙歌声里，浮了起来，从悬崖半腰采摘了一大把虎耳草，却始终不知该将它交予何人。这种直白的陈述似乎也预示着这颗柔软纯净的心，最终会在一个死去的人挟带而来的凄凉印象中，继续漂漂。

《边城》的结尾傩送还没有归来，她继续做着关于新娘子的梦；而我总相信，在那民风淳朴、至情至性的边城，会有一个人在某个时空帮她达成梦想。

泰戈尔曾写道："我迷路了，我寻求得不到的东西，我得到没有寻求的东西。"其实，人生的路，有从心而为的收获，也定有那些不期而遇的美好。我们往往因寻而未得而躁动不已，却忽略了已来到身边的珍贵。很多时候，我们需要的就是一份安静明亮的心境，一份重新出发的勇气。

生活惯用欲望做脚本，所有的演员最终都必须公平地扮演死亡的角色，而这永恒的沉默基本上是属于死者的义务，生者则履行了新生活的权利。

小说中，天保在茨滩的旋水里遇难了，船总顺顺父子的心里烙下了迁怒老船夫的悲戚的印，也让中寨人在渡河中分寸十足地戳破了老船夫的念想。老船夫痛苦地守着秘密，在多次努力为翠翠这"雀儿"寻窝未果后，于暴雨夜袭的雷声中悄然逝去。而老马兵成了翠翠唯一的信托人，他年轻时牵马到碧溪岨对一个女子深情歌唱的记忆再次被唤醒，一份升华的爱在翠翠的身上延续着。

之后，老马兵像是个讲故事的高手，解密般地述说着关于这一家、关于老船夫的事情。这些谈论让翠翠逐渐地长大了起来，在老马兵的主张下，他们婉拒了顺顺派人接她过河入门的商量。而老马兵守着傩送不日归来的期望，接替了老船夫的工作，把日子踏实地过了下去。

坍塌的白塔在人们分享的积德造福中，于冬天重修完工，那样确切实在地立着；而生活仍像送傩送下行的河水，流向未知的远方，小说的结局也定格在结尾的"也许"之中。

　　也许之为也许，是因为即使面对不可逆的人生，仍有诸多的诠释，寄意于梦境与现实之际，悲观与乐观之时，光明与黑暗之中，美善与丑恶之间。值得庆幸的是，我们的思维仍拥有自由选择的权利。

　　人生一世，草木一秋。渺小的自我选择什么，求取多少，真正的归宿或许都难跳出心灵安逸的结果。当我们漠视道德和真我情怀，热衷于争名逐利，殚于钩心斗角，以道貌岸然的粉饰之态站立时，阳光之下，纵然伟岸的皮囊，也总有低矮阴暗可怜可悲的影子。而当我们依然惦记着那个美好的希冀时，快活的空气便会凝聚而来，伴我们歌唱明天，面对未来。

　　我想这些都在鲜明地展示着一个关于作者、关于生活的事实：融入边城，活在真诚。以至于他不由自主地生发出对农人和兵士的温爱，对这一方土地的优美赞叹。小说以几近一尘不染的纯粹，毫不避讳地将人物置于事件中展现人性之美，将茶峒边城景色之静美注入平凡的生活之中，也展露出他对边城的拳拳之心。

　　我想，他的心不会是激扬的海潮，跃出壮阔的海面，顶着太阳，激烈地演绎着大风起伏的狂野与雄壮。他的心更像碧溪岨月夜里的竹雀，有着一颗纯净、优美、安静的灵魂，愿意诚实与坦白地向心仪的姑娘歌唱，不攀比，不羡慕，不嫉妒，极其自然地等待结果。

　　正因如此，作品便更贴切了，也叩响了读者倾听自我内心之门。然而此刻，我的脑中却徒增了一份迷茫：边城人单纯的生活里，"不用什么心事"，而时下的你我是否也该如斯呢？

心清自然，画深典雅

　　第一次得知"许自典"这个名字是从老徐的"扯闲篇"中而来，知道这人是画画的，至于是何类画种便不得而知。后来承蒙文友指引，有幸观赏了许先生的画展。

　　那是个南音飘绕回旋的夜晚，我在文化馆"E"字形的展厅里来来回回、停停走走，极想从端详中去印证我所知道的艺术流派，借着许先生的艺术魅力去去身上的俗气。可惜我对书画的了解尚甚肤浅，几个来回下来，我总感觉一股强大的浮躁之力硬生生将我从许先生的画境中剥离出来，脑海中仅留下些黑白相映衬的影像。最后只能由着简单的喜好，信手拍了几张照片就回寝室了。

　　或许我也是属于夜晚的人，适合浸泡在静寂的时空中，方可慢慢发酵膨胀，在那样的光景里，我仿佛在许先生画作中开始跋涉了。

　　撇开人物像而论，不知是许先生的用心还是我的臆想，那些画作中总隐藏着"看你的眼睛"，有淡定静观的，有怒目冷视的，有惊讶捂口的，有诡异张扬的，有狡黠灵活的，有不苟言笑的，有侧目微笑的，有龇牙阴笑的，有含情脉脉的……诸如此类，随眼可观。

　　如果说蒙娜丽莎的微笑震撼了全世界，那么没有她那温柔妩媚的眼神，那名画可能会黯然失色，流于平俗了。而细品许先生画中之"眼"，恐惧之情陡然而生。

　　试想，品赏一幅恬静的乡村农家之图，可让人滋生出几分生活的悠然安适，可偏偏一双冷眼或笑眼似乎又撞开你的心门，那些被欲望挟持着，引你拼命追逐着的名利、权位以及人性阴暗的东西，全都一股脑儿涌出。当你站立在真实真诚的天平上扪心自问时，你或许会发现，再高尚外衣下的伟岸身躯，也不过是一具虚伪笨重的皮囊。这种生命在消逝的前一刻，或许唯有觉醒的叹息才能真正显示出人生的分量。

　　请同我去一览画中的小舟。平湖渔舟集结归渡，喧嚣匿迹；小树孤舟相伴相依，融融泄泄，安闲和静；那顺水道慢摇穿桥洞的行舟，碾碎了吊脚楼的孤芳自赏，泛起一道道不舍的涟漪，引人思量；还有那海上的舟群，朝着收获的方向从容行进，将连绵的壮美压进汉子们坚定的胸膛。一切风雨的默契在它们面前宛若处子，羞涩矜持。

　　夫子曾言："道不行，乘桴浮于海。"若经道不得传布，主张不得推行，便欲假桴而寻一去处，似有黯然归隐之味。但若细细品味，夫子之言颇有破釜沉舟之志，更可印证他一生游历行道的毅然决然。其实，夫子一生不也是过渡之舟的写照吗？桴有其形，而夫子之舟兼得己身和他人，仿若更有"大象无形"的境界了。

　　而观时下，多如我者常以他人为舟，渡自己的彼岸，甘为人舟者不仅如凤毛麟角，甚至可能附加以"动机不纯"的微词和揣测。

　　设若你我仅是野渡边的一方扁舟，无人求渡，也可随风因水轻摆，独得一番自由自在的情趣。一旦有他舟同行时，不论是力争上游还是飘摇相伴，再多的寂寞侵袭时，或仍可求取一份置身于外的纯粹与专注。若从天怀，以己为他人方便之舟，人生的层次那便别有洞天了，即便风雨再大，你也总能从中望见那些如影随形的浮光，始终与你执着前行。

曾闻"我手写我心"，许先生的画作是否也有那"我画表我心"的蕴意呢？

欣赏过许先生的画展，我俨然被他的黑白世界"蛊惑"了，对他也多出了几分敬意。当我们热衷于暧昧不清的纠缠，得心应手地去经营着模棱两可的层位时，我想许先生的精神上已然有了"从心所欲，不逾矩"的风采，借以黑与白的分明、交融的技法，将心入画，巧妙地拿捏出生活。

行文及此，我若有所悟：许自典，好一个意味深长的名字，以上赘言已尽在其中了。

作家许谋清画画

中国画的历史上有一种画叫"文人画"（亦称"士夫画"）。套用在现在，泛指区别于专业画工和画家的文人、当官的所作的画。在晋江也活跃着这么一批人，诧异的是突然有一天作家许谋清也成为其中的一分子。

他最近出了一本画册——《赤岸》，作家的身份引发了一场争吵。

图画们争先恐后地说："你们瞧瞧，这是一本画册，从定义上讲，图画应该就是占据绝对的主体地位的，而且所有的文字篇幅短小，不过是点缀和应景而已，况且他是一位作家。"

文字们不干了，愤懑地问："知道是谁在为你们导航吗？瞅瞅文本、序与目录，如果没有我们增色添辉与代言，你们就可能仅是一堆相互勾搭的线条和色彩。"

"你们还别说序和目录的问题，自己看看，毛笔字里还加了小人的图，目录的设置更是不按套路出牌，净整一些不规则的玩意。"图画们反击道。

"什么是规则？规则大凡是人定的。就像鲁迅说的，世上本没有路，走的人多了也便成了路。一种米可以养出百种人，文艺又不是'自古上华山只有一条路'的旧论。百花齐放，百家争鸣，更有春天。"

文字们的话音刚落下，封面一站出来环视了一圈，徐徐地说："你们这是在耕自家的一亩三分地，都停下来看看我。"

目光聚焦：洁白的封面上，居左印着一幅红砖厝的缩小版的国画，居右题着枣红的"赤岸"二字，左下方解释："赤，就是穷……赤是赤诚，坦坦荡荡。赤岸，直临大海，红蓝相知。"

一切无声。

我粗略地搜索了文人画的常识，发现封建社会中国画的延续与文人画的发展是脱不了干系的。中国画里的"书画同源"思想根深蒂固，大量的作品讲究诗、书、画、印的深度一体的结合。近代陈衡恪提出了文人画的四个内容，即人品、学问、才情和思想。他的理论已延伸到修养与道德的领域，在精神造诣上要求更高，涉及弗洛伊德人格结构理论的"超我"形态。

从文人画的渊源来看，当代作家许谋清画画是有本可溯的，其画已持有了古代文人画的入场券，不足为之惊奇。然而若我们稍加关注身边的文学圈，作家出画册的事应该是不多的。那个"又红又专"的时代似乎从来没有走远，"一技傍身"的观念尚未曾过时，许多人仍在努力地培养着一种赖以生存或足以迈进某个圈子的特长。在这种情况下，年过花甲的他涉足画坛，除了可看作一种探索、尝试，更可道的或许就是他骨子里头的文人情怀。

这种情怀的背后一定有故事。

作家许谋清自北大历史系毕业后，被分配到人民美术出版社工作，在那待了几年，与一些画坛名家与新生力量有打交道，有"久入芝兰之室"的境遇，难免得其香，画心萌动，我估计那颗画画的种子便是在那时藏起来的。只是这种子藏的时间久了也经不起一些诱惑。

依他的话而言，他最早认真学画是从画马开始，闲空时就提笔画马，算起来画马的工龄有十几年了。之后他一头钻进了北京的文学圈子，又转战家乡晋江挂职，成了中国海土小说的发起人之一。而赤土路、红砖古厝、老街、海洋文化、城市变迁、水查某（闽南话里的"漂亮的女人"）等故乡的意象在他的小说作品里也亮了起来。至此，我又想揣测一番：如果说生活的经历孕育了他画画的种子，那么故乡就是这种子萌芽的一席温床，他用情愫浇灌着种子成长。

如果硬要切开这份情愫，至少有一份是对于家乡人，一份是对于友人。在这本画册的序里，他谈到与画家李老十、陈世旭、毕淑敏、朱新建、吕胜中等文艺界名家的交往轶事，道出了出画册的触动点。这寥寥数百字的文字里，与其说是一段段难忘的经历，不如说是一份份珍贵的情谊。

言此种种，作家许谋清画画，其勇气可嘉，其柔情可赞，这便是我对《赤岸》的第一观感。

基于此，我想说说这些画。《赤岸》共收录了作家许谋清的六十幅画作，按题材分，主要有山水风土、动植物、人物等，是近于中国画"画分三科"的理念。其中山水风土画和动植物画各有二十余幅，人物画有十六幅。

中国画传衍至今仍生生不息，其思想艺术性是一个很重要的原因。关于这东西，通俗说法是指反映了宇宙和人生的关系，我个人理解为是人对空间层次、精神追求的探索和表现。

在这些画里，无论是写景、状物，还是画人，所诠释的应该是包括作者的心境、性情以及一些我们所未曾触及或现仍无法感知的故事与经历。

弗洛伊德曾有一个观点：一个人的童年的经历会在潜意识里影响成年后的自己。许谋清说，有人让他画红砖厝，应该说他心里烙着一个红砖厝的印，借着这个机会又表达出来，是一种解不开的"故乡结"。

因此，我首先想谈谈册子里头有红砖厝及构件的画。

这类画有十四幅。在燕尾脊、红砖、白石、蓝天、树与水等意象的设置上，或集中展现，或分散罗列，或自由开合，多种形式的随意组合运用。在意象的勾画上，以点染、浓淡、虚实、疏密、留白见墨色之变化，以纵横、粗细、连断、徐疾呈现线条的质感，也使这些意象具有了强烈凸出与朦胧柔美之感。

这位作家画画，不固一法、如意而行、由心造境，倒暗合了国画大师石涛的"我之为我，自有我在"之说，亦可以理解为"和而不同"的君子之范。从这些角度推论，他的画应该是写意画。

写意，重在其意，笔法从心，而意之重要可见一斑。关于他的"意"，读过他近期的《五店市听墙》《紫帽山看雷》等作品，听过他讲故事的人，大抵会相信他确实适合作写意画。

几个月前看过他的一些画作，我在想，如果许谋清是北大美术系而不是历史系毕业，而且不是作家，他的画里是否能如此从心所欲？或许他的人生轨迹变了，身份、地位也随之改变，但他那不能自已的"地瓜腔"，骨子里头流淌着的故乡的血，都仍将给我们一种熟悉的晋江人特质和精神，而这些东西将渗进墨里，又跃于纸上。除了这些故乡气息的画作外，册子里的"马"和"人"也是让我印象比较深刻。

这七幅马画里，全是奔跑的马，马蹄交错，鬃毛和马尾飞扬，黑、灰、白三色相互交接、映衬，一种奔逸绝尘和一往无前的气势扑面而来，而马的自由奔放与狂野不羁也值得品味，让人有时会羡慕过上一段这种状态的生活。

与马画比，许谋清的人物画更多了。这些人物画主要有文学人物和生活人物两种。

文学人物画选取了中国四大名著里的一些代表人物，这些画的人物形象有点连环画和漫画结合的味道，较之画册里的其他人物画，我更想谈谈后者。

人物画的表现要借助动作、神态、外貌等，因此人物画的创作相对比较深奥。这册子里的生活人物画都是肖像画，其中有七个中老年男性。

中老年男性的肖像画所捕捉的应该是非富足的社会群体，人物形象大多较朴素、粗犷，作家用了许多代表"纹"的线条，来展现人物的年龄、岁月刻痕和心理。这些形象的塑造与作家的社会生存状态是相距甚远的，究竟是要看作是他对现实生活群体的善意关注，还是某种心理暗示的反向表征呢？

接下来该说说作家的女人们。

张艺谋用电影艺术培养了一批"谋女郎"，作家许谋清则用画描绘了一批女人，因同"谋"，所以我把这组女人像也称之为"谋女郎"。

没记错的话，这本画册中有七张女性的画像：有葬花图里古典娇弱的林妹妹；有两个戴时尚眼镜的女子，一个扎着麻花辫，一个卷发的；有一个长睫毛尖下巴稍有艺术变形的妙龄少女；有两个被"抹黑"的女性；还有一个裸体女人。

在作家的女人们里，除黑人女人和裸体女人外，其他女性都有一张撩人的朱唇，其安静、微笑、冷酷等状，从留白的大背景中浮泛而出。

而我最喜欢裸体女人画。艺术眼光之外的裸体画可能较易被定式的取向抹杀。在这画里，一匹马和女人分立左右，她的头发被风吹向左边，若忽略身体的曲线，自颈部而下，一片雪白。最巧妙的是这个女人给予你的是一个婀娜的背影，让你仿佛能从灵动的线条臆想她的青春、她的娇容、她的灵性，思忖出一段段关于岁月关于际遇关于远方的故事。这也许就是绘画艺术的魔力，它以各种姿态和力量在纸上行走，未力透纸背时，却已悄悄地溜进了你的心里。

当我们从艺术作品的跨度去挖掘，这群"谋女郎"的艺术形象各有代表又相互映照，古典与时尚、中国与外域、形象与抽象的艺术发散力若隐若现，穿越了时空，穿透了感知。而对于一位作家而言，这种力量的拿捏却恰巧是如鱼得水的。

再回到那张黑人女人画时，我想起了青岛画家薛林兴的国画《和平女神》。画中黑人女神放飞和平鸽，象征和平的主题。我又想多了，作家许谋清是不是也想通过它表现什么主题呢？

或因个人孤陋寡闻，在借助网络查找后，用国画艺术来表现黑人女人的作品也是寥寥无几。而这对于作家许谋清而言，或许也是一种新奇、一种挑战，正如他笔下奔驰的骏马，奋力向前。

作品读者心，各人自理会。当作家出了画册，他一定是攒足了勇气来承受公众情感、态度与价值观的张力，甚至接纳严肃的艺术拷问。如果我们能走到《古画品录》和《续画品》中去，品一品"夫画品者，盖众画之优劣也"的评论，听一听"夫丹青妙极，未易言尽"与"前后相形，优劣舛错"的弦外之音，或许我们心中会多出一种新的期待。

谁动了我们的时代感情

张炜写了篇小说叫《你好，本林同志》，在里面，它们把你拉向东，让你面对朝日的气场，想造出一种热烈的生活来；它们把你引向西，跳开日暮的苍凉，让你面对夜晚的柔软与冷静，在回想中追溯，想直扑一种最纯粹与本分的生活。而在我的心里，论细腻的笔触，迂回变化的情节，牵连张合的结构，抑或那些抹不开的时代环境，都远不如谈一份自由的品位来得快哉。

我非鱼，却想在那游弋

中国有句古话说：水来土掩。谁都不能否认，土在挡住水的去路时，也被水悄悄地湿润了。张炜着重写了一个村子，不给它任何名字，却给了它一条独特的河——芦青河。在这片土地与河的交集里，矛盾在对抗中蜕变，像在诠释人类与生俱来的那种傍水而居的情结。他笔下的本林就是在芦青河里出场的。

从一条跳跃的鱼的身影里走近夏日正午的芦青河。平展的水面，被水汽朦胧的芦苇，飞旋的海鸥，厮守的野鸭，延伸开的苇荻，以及本林被勾出来的记忆，全都散发出悠闲诗意的气息。于是，水中的本林像一条自由的鱼，轻松地游着，荡开了生活的涟漪。

夏夜来临，芦青河是那么令人心驰神往。田苗齐平而又显骄傲，露珠晶莹。熟悉的土地气息和着花草的香气，把一个老练的庄稼人对土地的依恋，浅浅道来。虫鸣丰厚了夏夜，给了夜一个分明的层次。山峦与小道的点线艺术，静静地重叠在氤氲的雾霭之中，让星空的邈远寂寥自然铺开。一切自下而上，又自上而下，回归在大地的怀抱中，奔向芦青河。纯净如圆镜的芦青河，映照着一切，也收藏着一切。

而这一切在作者笔下又变得更加美好。正如一条被钓上岸的鱼，又重回熟悉的水域，被鱼钩穿透的伤口是不足为惧的，生命的鲜活和天真的心灵让它更加眷恋那片水域。在办厂失败的夜晚，本林和小进走进了芦青河。湿漉漉而新鲜的河道气味沿路袭来，蔚蓝色的河映入眼帘。那里波光粼粼，水鸟飞歌，水草幽绿，浮藻轻漾。柔暖温顺的河水包裹着两具调皮的躯体，又像在疗伤，洗去了本林困境中的惆怅、懊悔、苦痛，跳跃着的只有肆意的笑声，以及那随芦青河水执着流向远方的未来。

上善若水，水善利万物而不争。诗人曾表白："在康河的柔波里／我甘心做一条水草！"在芦青河的水流里，我愿是鱼，在它的每一个角落游弋。

右手与右手的艺术

握手是文中多次出现的场景，每一次握手似乎都独具匠心，让每个情节的冷暖明暗随之变换。

当记忆中美好的友谊伴着熟悉的琴声又来临时，在村头的梧桐树下，本林用最真切又久违的方式用力地握住了孙玉峰的手。这握手的力量不是唐突的，因为在之后的行文里，你会很自然地发现，一个单纯的农民是在用这样的方式表达对一个人由衷的崇拜和对一份友谊的珍视，在挚友的琴声中永远微笑着，乃至最后他被抛弃了，他的心中都没有一丝的愤懑。

如果按照时间来排列的话，本林第一次握手的对象是卢达。生活很奇妙，他们的命运从此也便拴在了一起。早在卢达还是团委书记的时候，曾严肃处理过一个生产队长，为本林拨乱反正。之后又带着一口新锅去慰问他，与他亲切握手，称呼他同志。可想而知，一个最底层的农民在贫穷的现实面前，那个脆弱的心灵突然找到了安全感和愉快的享受，他的内心是如何的感动。他高兴地哭了，编了小曲，四处吟唱，小农民的淳朴善良在他身上尽显无遗，歌唱是人类的灵魂仿佛也有了更直观的脚注。

当一个人的生活不可遏制地被卷入时代的漩涡时，他的冷静、理性在很大程度上是被绑架了的。于是，在一个连对方长得怎样都不清楚的革命式握手后，本林义无反顾地走上了武斗的道路。在被一把钢叉撂倒之后，他的腿在人们的谈笑中似有阴影笼罩一般地瘸了起来，但他却仍能寻得一种虽不能领会"上古之世，人民少而禽兽众，人民不胜禽兽虫蛇"之意的自我安慰。在这份懵懂的自我安慰里，那次握手如同点燃本林心中激情的火引子，被炸毁的是他的价值观。有一点也许是作者未曾预言过的，在现今这个经济快速推进的时代，不必鼓动地握手，许多人已自觉地摒弃了那些所谓不合时宜的追求，挤上了一条"你懂的"的道路。

生活有时就是那么逼仄，本林又一次被拥入政治的围栏。他依赖着原有的中药认知走上了一条注定会因浅薄而失败的道路，最终因为"一把草"的医疗事故而成了被打击的靶子，被扣上了"被阶级敌人利用变质下水的、破坏合作医疗事物、危及贫下中农的生命、破坏我们事业的"帽子，被卢书记亲自下令揪出来，彻底被掀翻了。这里没有握手的艺术，却是中了第一次握手的毒。卢达产生的培养本林的念头一旦付诸行动，旋即就将他的生活推入了深渊。本林底子里的爱恨情仇毫不掩饰地表现出来，每每想起总是气愤不已。可奇怪的是，在村头和孙玉峰的重逢时的握手却始终脱不了最初握手的愉快想象。

在卢达率工作组进驻河边村子的第二年，他主动与本林握了手。那时本林慌促地看着他，在情绪转变为优越的享受时，手却被抽空了，陷入了众人的哄笑和嘲弄之中。这样的握手，投射在本林的心头的是感激、痛楚，还是困惑？

后来，卢达暑期回村，造访本林，弯腰与他握手。本林十分错愕，以不停地翻白眼和不友好的态度来质疑卢达的来访，催促着老婆大云谢客。这些不欢迎的举动里除了映射的敌对外，是否连一点点曾经的美好都不曾动摇过？

而在卢书记帮助他和玉峰修好纺绳的机器时，他主动与卢达握了手。这个握手里既有对他和孙玉峰友谊的尊重，又似乎夹杂着礼貌感谢的味道。在麻绳出现在河边村子时，本林遭到了众人围聚的嘲笑，卢书记帮他解了围，他带着自我隔绝的使命感，与卢书记快意地握手，借口去叫卖麻绳，并乘机甩掉了卢达。本林历经世事失落之后的狡猾在这个细节的设置下若隐似现，也许他已在隔绝与卢达的生存空间。

当麻绳厂关闭后，在芦青河里，卢达给本林出了做蒲窝的主意，他紧紧地攥着卢达的手，并道出"卢小达，你是个好人"的肯定，那句"你到底还是没忘了我本林"的话其实把一个农民被知识分子关注的渴望再次拖出。然而生活的遭遇让卢达猛然觉悟，他已经帮助不了本林了。因为当一个知识分子从外面的世界看待蜗居的农民时，他明白了本林的局限性，可他还是忘不了去弥补本林，几经努力，为本林寻得了一个拖耙子的营生。当他即将回省城时，拖耙子的本林快乐地出现在他面前，主动地握住了他的手，故事又出现了一个在感恩的世界里简单地生活着的本林。

究竟是谁发明了握手，让作者可以不厌其烦地运用它，在切入细微的同时，又放大了一个小农民的喜怒哀乐？

有些回想总会有味道的

我们可以拒绝很多东西，却抵制不住记忆的侵蚀。美好的回忆经常是人一生中可以反复咀嚼的精神食粮。

当村口的坠琴声飘进本林的耳朵时，他很快陷入了与孙玉峰友谊世界的回忆里。其所产生的力量，超越了那个爱唠叨甚至戳他痛处的老婆大云给他带来的畏惧。在孙玉峰出现的那个晚饭后，本林在门口的蒿草墩上仰望天空。那些令人愉快的往事像一群流星雨朝他撞来，在他心底激起一股幸福感。

在夏夜的芦青河里，本林又折回了那段激情岁月。他享受了燃烧的欲望，追逐着一往无前的革命忠诚。在他看来，那腔沸腾的血液似乎天生是为这而流动，自己隐约看见的人类文明与虫兽野蛮战斗的场面，以及人类最高等生灵的不可撼动的优越地位。

当失败再一次冲进本林的生活里，芦青河成了他最终的救赎，他惬意地躺在她的怀里回想，把记忆拉到快乐生活开始的影子——童年。芦青河缔造了本林的童年，那时他与芦青河亲密的感情，像一条鱼对水的渴望，承载着无数的无忧无虑和永不疲倦的感觉。因此，一到了芦青河，一双温柔无比的手便抚慰着他的伤口，让他忘记了痛，忘了疲乏。而今在惨痛的现实面前，一汪憋着的泪水也毫不保留地淌进了芦青河里，让望着简单生活的眼睛清明了起来。

回忆是人生存的一种方式，对于每个可以自由呼吸的人而言也许都是公平的，就像孙玉峰他有权把自己关在小院子刚落成的美好光景中。在麻绳厂开办的夜晚，那一方小院子在他的怀想中变得那般丰腴、美妙、任性。不知何时长了几棵树，竖着一排桩子，蜘蛛结了网，黄鼠狼做了窝，兔子窝塌了，葫芦架子朽了，都是那么任其自然，似乎院子中所有的存在和毁坏都永远烙印在最初的美好，一丝一毫都无法剥离开。

本林、孙玉峰在作者的笔下遁入了美好的记忆中去享受自己，行走在文章中，不管是卢达与故乡事物的对语，还是大云与本林关于中草药药性的争论，作者三言两语勾画的小进与姑娘恋爱的场景，乃至本林拉耙子的快活心情，无一不是在触动我们去寻味或构想或遗失的美好本真。

遗憾的是许多如我的人学会了模仿，背着一个又一个沉重的壳，挤上了别人生活着的路。

一个人走着走着，也许有时该静下来，好好回想一些美好。

很多人都曾想回头

希腊神话中描述了大地之子安泰的故事，读者很容易发现打败安泰的办法就是让他离开大地。这个解答在张炜的这部小说里也得到很好的印证。

小说中主要塑造了李本林、孙玉峰、卢达三个人物形象，他们共同表达的是一种从离开或背弃到回归的生活轨迹，解析的是许多时代下许多人的生活模式。

卢达原先是海边公社里的一个官，通过学习改变命运而成了一个大学生。当进入城市的校园后，他像现在的大学生一样，在大学里情不自禁地走进了一场"恋爱"。只是这场"恋爱"的对象是他曾经生活过的那片土地。

田埂、桥头、小码头、葡萄园边，这些记忆流连的老地方，微凉的海风、绿油油的庄稼、摇铃的土豆、蹿缨的玉米、结水仁的花生等可亲的意象仿似一个个怦然心动的恋爱片段，静静地卧在他的思念里。

在他暑期重新踏入这片土地时，熟悉的人群和海边的叫喊声，像一股股陌生的冷气，盖住了他的双眼。他静默地凝视这片土地，只有深情地触摸才可成为彼此推心置腹的方式。他喟叹岁月的无情，却又在茫然地找寻着什么。在海边一个愣怔怔的身影像一把无形的手，一下子揪住了他的魂。于是，往事决堤，酸楚滋味涌上了他的心头。

在一个特殊的时代，一个公社的官可以用三言两语便可扶起一个人，也可证据确凿地打倒一个人。当本林仍在卢达为其伸张正义和尽心栽培的美幻情感世界里沉睡时，一盆路线斗争的冷水狠狠地朝他泼过来。他在批斗中很快地落魄了，而命运又在此时与开起了玩笑。

他的小舅子小进因擅自做主的爱情被送去改造，却疯着回来了。在卢达的心里，那个家庭中的两个人辜负了他的用心良苦，更砸碎了他的时代信仰。而当一个旧时代的激流静止时，一个农村的知识分子建立在不否认随波逐流却无可把握地给别人带来伤害时，固有的人性良知推动着他渴望做出一些弥补。

他预知拜访本林会得到不好脸色，却偏向虎山行。他捕捉到本林准备做"大事情"的端倪，自觉地跟进，竟帮本林和孙玉峰修好了纺绳的机器；他在被本林机智甩掉后，不由自主地走到码头，给了本林一个兜售麻绳的好主意；他在夜晚的芦青河里被本林的阿Q精神胜利法重拳回击后，却又为本林酝酿了新的生计；他耐心地聆听本林关于蒲窝生意的沮丧遭遇后，思忖着这片土地上的人世沧桑，最终寻获了一颗觉醒的初心，决计再次去帮助本林；他站在等值的道义上悲哀地审视本林对孙玉峰崇拜至极的友谊，却又一头扎进去寻找本林。他安静地坐在老槐树下等待本林，渐起的南风却用琴声拐走了本林。他终于又帮助了本林，为本林谋得一份羡慕的营生，在滚动的烟尘里望见了一份新生。

这个在时代的洪流中翻腾的人，在往昔生活的影子里几经折腾后，最后带着满怀的信心离开。小说的结尾如此设计让我想起了《麦田里的守望者》里的霍尔顿，残酷的社会现实掳掠了他，正是那份切肤之痛给了他担当麦田守望者的渴望和理想。而一个觉醒而真正入一场肃穆悲苦的祭祀,最后在疾驰的列车上驶向如往常的漂泊。如他诗中所说的,"好些年了/我比一片羽毛还漂泊"。活着的人,永远在路上;漂泊的人,应该有远方。虽然"离开"几乎是我们一生惯用的方式,然而在远方之上,无数的迷惘困顿或许因为期盼和信念的存在可能就成为一种磨砺的力量,指引我们听从心的召唤,眷恋梦想,回归故乡。即便"一条小兴场的泥路/反对我的新鞋/欢迎我的热泪",他都如此的决绝。

城市的喧嚣映射出繁华的影像,镌刻下漂泊的诗行。当乌鸟鸟站在颁奖台上,紧张、欲言若止的表现却道出了一种沧桑与饱满——"反复修改和打磨"。他把对诗歌的纯粹追求当成生活,骨感的现实一次次将他抛入辗转、错落的风尘,他仍愿意在每个途径的渡口虔诚地写下思索。我看着他的妻子抱着孩子站在窗口凝望,一股心酸涌上心头。她无论用再如何不舍和深远的目光,望见的只能是那个被摩托车拉向村路尽头的背影。从此,"浑身长满了思念的刺",借以诗歌仰望城市与乡村共有的天空,想着彼此的生活。

死亡是尘世生命的终点,却无法逾越精神的永恒。2014 年 10 月 1 日,一位"90 后"深圳诗人许立志坠楼身亡。他的骨灰被洒在深圳南澳的海水里,就像揭开了他诗中写的"此行的终点是大海,我是一条船"的谜底。我自信这条船就是他的自画像,现在短暂地停靠是为了即将开启的远航。他的肉体飞下,沉重的叹息留给了大地,高贵的灵魂飘向了云天。他是在完成一个"阳清为天,阴浊为地"的古老仪式,向我们传达了属于生命更自在、属于人生更真切的暗语。其实,望着镜头里他的照片,我忽然觉得在贴满纷繁杂乱小广告的天桥上,他身后的那片空荡是生命无法承受之力为他掘开的巨壑。他在期待一种东西来填补,或是寻找一种方式去飞翔。

这六个桥段,我称之为六个章节,尽管有太多的表达,但我仍坚信它们永远都无法合成一部完整的"我的诗篇"。

文字在流淌,心神难掩悲伤。这种悲伤停留在卑微的自我心间,够不到悲悯的高度。这种博大的情怀在历史上一朝一代地流转,到了今天似乎有了一些不该有的疲倦。而许多如我之人在这个世界是如此的躁动不安,把目光投入了生死两端不可携带的景象,一路追逐,乐此不疲。

世界上的无奈与苦难浩如烟海,人的一生接踵而来的际遇悲喜交集。有人在生活之上,有人却在生活之下,打上一个记号叫作"底层"。而一些可笑的人偏偏执着地冠以"最"字,用赫赫在目的"最底层"的字眼去全权代理别人的生存,殊不知因为有了光,还有许多我们所不可瞥见与估量的地方,足以击溃既自负又自卑的自我展现。

我们不能也不应该忘却悲伤,那些被黑暗笼罩的所在,隐藏或埋葬了苦痛,压抑了还来不及发出的呐喊,让我们在世界的另一种姿态中,渐渐习惯了无意识去对视的呼吸,毅然决然地否定自己是一名诗者,以及那些哪怕只是人生经历所排列而成的关于生活的诗篇。

或许我们不必再忙忙碌碌地寻觅,只需记起,记起我们的身心向远方,每一次的行走都是在题写关于自己关于生活关于世界的诗篇,这样我们的心就不会慌。

让我们折回影片中,看看影片中的六个工人,如果时光倒回,他们便成为或接近农民。在广大的农村,土地是农民的命,是农民的根。他们像一棵棵庄稼,原本的生长与死亡都将在那里。总有一些东西不由自主地就改变了生活的轨迹。当固守的生存与外界链接在一起，当经济时代被呼唤降临，当利益拥有了左右道德的权力，当他们的肥沃土地所产出的粮食已无法承受欲望的撞击，这些曾经的农民努力完成了人生的最初转化——成为工人，在不同的生产线上，像与生俱来一样地出卖自己的体力。

聚焦，无法丈量的距离。吊带裙、煤、炸药、钉子、船、羽毛等意象正在逃离一个个工人诗人，呈现在天空和地层之间，以无声代言。想撬开或者强行进入它们时，陈年喜的那句"这个时代应该说是发展得非常快，但我们这个条件从来没有改善过"的话语瞬间刺了过来，一种冷峻的颤抖随之而起。

邬霞、乌鸟鸟的名字与吉克阿优、许立志的方式饱含着天空的向往；老井和陈年喜的职业扎到了土地里，脚步向下摸索，一步一步走近大地的心脏。然而不可置疑的是，他们安慰着生存，都在用诗行告诉着我们：在天空和地层里一样可以飞翔。

写到这里，我无意褒奖《我的诗篇》，但它身后的所有人不得不让我们赞叹。他们感性敏锐地捕捉，理性用心地表达，将视野放逐于苦难的意境，以梦想的缔造，试图唤醒那个在困顿、彷徨乃至失去的生活中旷远的未来，并思索着前行。让我们深深相信：如果还有什么要将"我"从泥土里永生剥离，"我"可以勇敢地面对；因为一切阴晦的光影都会死去，未来的眼睛可以诗意地栖息在某处，阳光会用温暖拥抱相随的苦难。

自忖来时的路，在天空和地层之间，我的苍白不为你们所有。而在此刻，我愿意重新启程。